GEORGIA BOCKOVEN

Der Liebe zärtlicher Klang

GEORGIA BOCKOVEN

DER LIEBE ZÄRTLICHER KLANG

Roman

Aus dem Englischen
von Lydia Nahas

Titel der Originalausgabe
ALONE IN A CROWD

Umwelthinweis:
Alle bedruckten Materialien dieses Taschenbuches
sind chlorfrei und umweltschonend.

Printed in Germany
Umschlagillustration: Bildagentur Mauritius/AGE, Mittenwald
Umschlaggestaltung: Nele Schütz Design, München
Gesamtherstellung: GGP Media, Pößneck
ISBN 3-453-77035-8

Einleitung

Cole Webster presste seine Finger auf die Bandagen, die sein Gesicht bedeckten. Nichts. Er drückte fester. Langsam und unerbittlich senkten sich seine Finger tiefer in die Gazeschichten.

Der Chirurg hatte ihm erzählt, es habe während der neunstündigen Operation Phasen gegeben, da der Ausgang ungewiss erschienen war. Mehrere Knochen in Coles Gesicht waren nicht nur gebrochen, sondern buchstäblich zersplittert. Es war ein Wunder gewesen, dass keiner der Splitter sich in sein Gehirn gebohrt hatte. Der Doppelbruch seines Beins, das mit einer Metallplatte stabilisiert worden war, erschien im Vergleich zu den Kopfverletzungen geradezu harmlos. Ein Team von Spezialisten hatte sein Bestes gegeben, um Coles Gesichtsknochen zusammenzuflicken, zu verdrahten und halbwegs wieder an den richtigen Platz zu rücken. Allerdings würde er nicht sprechen können, solange die Drähte sich in seinem Kiefer befanden, und wie sein Gesicht aussah, würde sich erst herausstellen, wenn die Schwellungen zurückgingen.

Eine alte Frau fiel Cole ein, die er einst gesehen hatte, als er, noch ein Halbwüchsiger, mit einer zweitklassigen Kentucky-Band auf Kirchweihveranstaltungen aufgespielt hatte. Sie hatte bemerkt, wie er auf ihre Hände starrte – verkrüppelte, von Arthritis zweifach gekrümmte Finger. Als er sie fragte, ob sie Schmerzen habe, hatte sie geantwortet: »Jetzt ist es nicht mehr so schlimm. Aber es gab eine Zeit, in der ich glaubte, es wäre besser, sie mit dem Hammer zu zerschmettern.«

Da er damals nicht in der Lage war, ihre Worte zu verstehen, war er zurückgeschreckt. Nun, nahezu zwanzig Jahre später, wusste er, wovon sie gesprochen hatte.

Coles tastende Finger durchbrachen die unsichtbare Barriere, und er fühlte einen scharfen, stechenden

Schmerz in seinem linken Auge. Er warf sich ins Kissen zurück und unterdrückte ein Stöhnen. Seit dem Erwachen aus der Narkose war der Schmerz sein ständiger Begleiter. Einer der Ärzte, die ihn heute Morgen untersucht hatten, meinte, er solle doch seinen Zustand als positiv empfinden. Wenn man schließlich die Alternative bedenke …

Der Arzt hatte, verdammt noch mal, nicht die leiseste Ahnung. Hätte er sie gehabt, so müsste ihm klar sein, dass es Erfahrungen gab, die den Tod in einem milden Licht erscheinen ließen. Wie etwa die Erfahrung, von einem ausbrechenden Motorrad herunter in einen Canyon zu fallen und dabei mit dem Gesicht auf einen Baum aufzuschlagen. Am schlimmsten war die Erinnerung daran. Jede Einzelheit, vom Ausrutschen auf der Öllache bis zum Aufprall, hatte sich minutiös in sein Gedächtnis gegraben.

Das Quietschen einer Türangel durchbrach den roten Schleier seines Schmerzes. Er lehnte sich nach vorne in dem Versuch herauszufinden, wer sein Zimmer betreten hatte.

»Ich hab's gefunden«, verkündete Frank Webster, während er näher kam. Sein forscher Schritt passte zu seinem triumphierenden Grinsen. »Es ist wie für uns gemacht. Eins dieser Häuser mit hochtrabenden Namen. Der Immobilienmakler nennt es *Casa Blanca*. Es liegt zehn Meilen abseits der Hauptstraße. Es gibt sogar einen Hubschrauberlandeplatz, sobald wir den Zaun um den Tennisplatz entfernt haben. Der Pilot hat heute früh einen Testflug gemacht. Mit dem Hubschrauber sind es weniger als zwanzig Minuten zum Ventura-Hospital. Wir können also die Ärzte zu dir oder dich zu den Ärzten bringen lassen, das geht schneller als von zu Hause aus.

Cole starrte seinen Vater durch zu Schlitzen verengten Augen und ohne die Hilfe der Kontaktlinsen an, die er sonst trug. Trotz dieser Hindernisse konnte er den lebhaften Gesichtsausdruck seines Vaters erkennen. Das Lösen von Problemen war Frank Websters Jungbrunnen.

Das Erste, was Cole nach dem Erwachen aus der Narkose gehört hatte, war die Stimme seines Vaters gewesen, der ihm wieder und wieder, wie eine eintönige Litanei, zuflüsterte, dass er sich über eine Entdeckung seines Aufenthaltsortes keine Sorgen machen müsse. Nur die Ärzte wüssten, wer er wirklich sei.

In den folgenden Tagen gingen Cole die ›Begrüßungsworte‹ seines Vaters nicht aus dem Kopf. Gelegentlich versuchte er sich einzureden, es sei nur natürlich, dass sein Vater sich um Schadensbegrenzung bemühte, sobald klar war, dass Cole überleben würde. Das war schließlich die Aufgabe eines Managers. Und ein Cole Webster, so versicherte sein Vater ihm unermüdlich, war schließlich kein dahergelaufener Irgendwer.

Frank stellte sich so, dass Cole ihn sehen konnte, ohne den Kopf drehen zu müssen. »Auf dem Weg hierher habe ich mir überlegt, wie die Boulevardpresse reagieren würde, wenn sie von deinem Unfall erführe. Vor Aufregung habe ich die richtige Ausfahrt verpasst und musste umdrehen. Das hat mich mindestens eine Meile Umweg gekostet.«

Cole schloss die Augen, um sich vor dem zu schützen, was als Nächstes kommen musste. Ein Streit, den er einmal mit seinem Vater geführt hatte, ging ihm durch den Sinn. Damals hatte er ihm das ständig parate Notizheft aus der Hand gerissen und eine wütende Bemerkung über die autoritäre Weise, in der er behandelt wurde, hineingekritzelt.

»Diese Leute würden vor keinem Tratsch Halt machen. Sie würden dir sogar hier ihre Kameras unter die Nase halten«, redete Frank weiter. »Die schrecken vor nichts zurück. So wie du im Augenblick aussiehst, könnten wir jeden auf die Bühne stellen und sagen, du wärst es. Kannst du dir vorstellen, wie die Presseleute darauf reagieren würden? Sie würden behaupten, dass du tot wärst und wir nur versuchten, es zu verheimlichen. Und wir könnten sie durch nichts vom Gegenteil überzeugen – es sei denn, wir ließen sie deine Fingerabdrücke nehmen.«

Er redete sich warm, während er auf und ab schritt. »Vermutlich denkst du, wir könnten uns mit der Boulevardpresse arrangieren. Aber das gilt nicht für die Kritiker. Wenn die von dieser Geschichte Wind bekommen, werden sie wie die Geier über deinem Krankenbett lauern. Je länger du krank bist, umso größer werden ihre Zweifel an deinem Comeback. Und die Menschen glauben alles, wenn es nur oft genug wiederholt wird.«

Um seinen Worten Nachdruck zu verleihen, blieb er am Fußende des Betts stehen und blickte Cole an. »Wie ich dir schon immer gesagt habe: Kritiker werden fürs Kritisieren bezahlt. Wenn sie von dem Unfall erfahren, werden sie deiner Karriere das Aus prophezeien, noch ehe du einen Fuß aus der Klinik gesetzt hast. Wenn du dann bei deinem nächsten Auftritt nur einen Ton nicht triffst oder dich ein wenig langsamer bewegst, werden sie sich gegenseitig über den Haufen rennen, an ihre Computer zu kommen und niederzuschreiben, wie Recht sie doch mit ihrer Vermutung hatten.«

Auch wenn seine Kiefer nicht zusammengedrahtet gewesen wären, hätte Cole nicht versucht, seinem Vater in diesem Punkt zu widersprechen. Er hatte erlebt, was geschah, wenn die Kritiker sich in den Kopf gesetzt hatten, dass es mit einem Sänger bergab gehe. Es war gleichgültig, ob sie Recht hatten oder einfach nur die Saure-Gurken-Zeit mit müßigen Spekulationen beleben wollten. Wenn das Streichholz einmal an den Zunder gehalten wurde, war niemand – und am wenigsten der Sänger selbst – in der Lage, das Feuer wieder auszutreten.

»Ich gebe es ungern zu«, meinte Frank grinsend, »aber ich finde es einfach schade, dass wir die Publicity nicht nutzen können, die deine Geschichte einbringen würde. Es wäre zweifellos der größte Knüller, seit Patsy Cline mit dem Flugzeug abgestürzt ist.«

Auf eines konnte man sich bei Frank Webster verlassen – sein Verhalten änderte sich nie. Er dachte immer in den Kategorien Gewinn und Verlust. Er ging immer bis zum Äußersten und klopfte jedes Ereignis daraufhin ab, wie sich etwas aus ihm herausschlagen ließe. Seine verquere Ansicht über Coles Unfall war in keiner Weise ungewöhnlich und sicherlich nicht unerwartet. Trotzdem fühlte Cole sich irgendwie enttäuscht.

»Ich muss los«, sagte Frank. »Trevor braucht bis heute Abend eine Entscheidung über die neue Plattenhülle.«

Cole lehnte sich zurück und hörte die Tür hinter seinem Vater ins Schloss fallen. Seine Gedanken schweiften ab.

Gott, war er müde. Nein, mehr als müde – erschöpft. Warum sonst ging es ihm so nahe, dass Frank ihn, seinen Erstgeborenen, nicht ein einziges Mal gefragt hatte, wie es ihm ging?

1

Belinda Hanover räkelte sich auf dem Liegestuhl, schob die Hand unter die Kaskade ihres blonden Haars und hob es von den Schultern. Die Zedern, die den Garten umstanden, waren einst gepflanzt worden, um den Teleobjektiven lästiger Fotografen den Blick auf die Benutzer des olympische Ausmaße erreichenden Swimmingpools zu verwehren. Zusätzlich dämpften sie auch den stärksten Wind zu einem lauen Lüftchen. Belinda ließ das Haar wieder zurückfallen und fuhr sich mit den Fingern durch die Locken, um die Fülle wieder herzustellen.

Nachdem sie einen kurzen Blick auf ihre Brüste geworfen hatte, um sich zu vergewissern, dass die Brustwarzen noch von dem winzigen Bikinioberteil bedeckt waren, schloss sie wieder die Augen. Sie lehnte sich in das Kissen zurück und versuchte sich an Einzelheiten des Artikels in *Cosmo* zu erinnern, der über das erhöhte Risiko ultravioletter Strahlung in den Bergen berichtet hatte.

Sie war vor weniger als einer Stunde in *Casa Blanca* zu ihrem wöchentlichen Besuch bei Cole eingetroffen und freute sich bereits jetzt auf den Heimflug.

Sie hasste das Anwesen und ärgerte sich über die lange Anreise. Obwohl Cole ihr kaum Beachtung schenkte, bestand Frank auf diesen regelmäßigen Besuchen.

Cole hatte seit seinem Unfall nur wenig mit ihr gesprochen, und so hatte sie erst nach zwei Wochen bemerkt, dass die Drähte aus seinem Kiefer entfernt worden waren. Allerdings brachte Frank sie nicht hierher, damit sie mit Cole Konversation pflegte. Sie hatte darüber nachgedacht, ob sie Frank mitteilen sollte, dass Cole seit dem Unfall kein Interesse am Sex gezeigt hatte. Dann überlegte sie es sich jedoch anders. Frank solche Geständnisse zu machen war das Gleiche, als würde sie einem Einbrecher das Versteck ihres Gewehrs verraten.

Eine kleine Uhr schlug neben ihr. Die sieben Minuten, die sie sich für die Bräunung ihrer linken Körperhälfte gegönnt hatte, waren um. Sie stellte die Zeit wieder auf sieben Minuten ein und drehte sich auf die andere Seite, wobei sie sorgfältig darauf achtete, das beste Bild zu bieten, falls Cole aus dem Fenster sah.

Rhonda Marie Hanover hatte ihre ganze Hoffnung in ihre Tochter Belinda gesetzt und sie sorgfältig auf die Zukunft vorbereitet. Das College war etwas für unscheinbare Mädchen. Belindas Gesicht und Körper würden sie jedoch weiter bringen als jeder akademische Abschluss.

Rhonda hatte Belinda zu ihrem ersten Schönheitswettbewerb angemeldet, als sie noch nicht einmal ein Jahr alt war. Natürlich hatte Belinda gewonnen, und was einst als Wochenendzeitvertreib für eine einsame Frau und ein außergewöhnlich hübsches Kleinkind begonnen hatte, war zu einer alles verzehrenden Leidenschaft geworden. Die Wettbewerbe wurden ihr Lebensmittelpunkt. Irgendwann in jenen Jahren war Rhonda ihr Ehemann und Belinda die Kindheit abhanden gekommen; doch beide waren zu beschäftigt mit Reisen und Vorbereitungen für den nächsten Schönheitswettbewerb, um es wahrzunehmen.

Kein anderes Mädchen gewann so viele Preise wie das ›Mädel aus Tallahassee‹, Belinda Sue Hanover. Als Belinda sechzehn wurde, gab ihre Mutter eine Pressenotiz heraus, in der sie mitteilte, dass ihre Tochter sich vom Wettbewerbsgeschehen zurückziehen und eine Schauspielkarriere beginnen werde. Das Magazin *People* schickte einen Fotografen auf den weiten Weg nach Florida, um das Ereignis gebührend zu würdigen.

Der Fotograf setzte Belinda auf einen grünen Rasen, umgeben von ihren Trophäen und die Arme ausgebreitet wie eine Showmasterin, die auf die zu gewinnenden Preise deutet. Ihre Mutter stand neben dem Fotografen, sprach Belinda Mut zu und gab Ratschläge.

Rhonda schickte jeder Agentur in Hollywood eine Kopie des Artikels, doch nur drei antworteten. Eine Agentur schickte sogar ein Vertragsformular und teilte mit, dass man Belinda in Los Angeles für Probeaufnahmen haben wolle, die für das Fernsehen bestimmt seien. Natürlich gab es da noch die Kleinigkeit von sechstausend Dollar für Vermittlungsgebühren und Unkosten vorzuschießen; doch der Agent betonte, dass Mädchen wie Belinda zweifellos schon in ihrer ersten Arbeitswoche das Doppelte verdienen würden.

Rhonda war vor Aufregung ganz aus dem Häuschen. Noch am selben Tag schickte sie den Scheck ab und schrieb ihr kleines Haus zum Verkauf aus.

Allerdings stellte sich der Erfolg nicht so einfach und auch nicht in der Weise ein, wie Rhonda und Belinda es erwartet hatten. Andererseits war man auch nicht so erniedrigend mit ihr umgesprungen, wie diese Emanzen in der Donahue-Show es darstellen wollten.

Belinda war stolz auf ihre Fotomappe. Schließlich hatte sie nicht mit gespreizten Beinen oder der Hand im Schritt posiert. Die Bilder waren künstlerisch gut und geschmackvoll. Doch diese vorlauten Feministinnen wollten das nicht einsehen. Alles, worüber sie reden wollten, war das eine Bild, auf dem sie vor einer riesigen Vergrößerung des Fotos stand, das sie als Fünfjährige bei der Entgegennahme des Miss-Tunturan-Mall-Preises zeigte. Diese Frauen hatten keine Ahnung, wovon sie sprachen. Das Magazin hatte nur zeigen wollen, dass manche kleinen Mädchen einfach entzückend heranwuchsen. Das als Kinderpornografie anzuprangern war einfach übertrieben.

Sie wollten ihr auch nicht zuhören, als sie über die Kontakte sprach, die sie geknüpft hatte, oder über die wichtigen Partys, zu denen sie aufgrund ihrer Arbeit für das Magazin eingeladen wurde. *Wie sonst konnte jemand wie sie Cole Webster treffen?*

»He, Belinda«, rief eine männliche Stimme, »bist du da draußen?«

Belinda blickte auf und sah Randy Webster mit einem schiefen Grinsen auf sich zukommen. Sie schaute auf die Uhr. »Ich brauche noch ein paar Minuten. Warum?«

»Ich mag nicht allein hineingehen«, sagte Randy.

»Frank bekommt einen Wutanfall, wenn er mich hier sieht.«

Belinda beschattete ihre Augen mit der Hand. Das Lächeln, das sie Randy mit ihren kollagengepolsterten Lippen schenkte, war aufrichtig. Sie mochte ihn. Coles Bruder war der Bassist der Tourneeband und der Einzige in Coles intimem Kreis, der sie nicht behandelte, als sei sie nur ein nebensächlicher Gegenstand in seinem Leben, um den man sich nicht weiter zu kümmern brauchte. Sie stützte sich auf ihren Ellbogen.

»Ich dachte, du solltest dich an diesem Wochenende in Coles Haus sehen lassen«, sagte sie. Es war Randys verblüffende Ähnlichkeit mit seinem Bruder, die es Frank ermöglichte, Coles lange Abwesenheit zu verbergen. Besser gesagt, die frühere Ähnlichkeit zwischen den beiden, denn im Augenblick sah Randy seinem Bruder ähnlicher als dieser sich selbst.

»Ich dachte, wenn ich mich schon für Cole ausgeben soll, kann ich es auch ganz tun.« Mit einem boshaften Lächeln blickte er auf seine Stiefelspitzen. »Also habe ich daheim angerufen und allen einen Tag freigegeben. Wenn es kein Publikum gibt, kann auch der Auftritt entfallen.«

»Ich würde gerne den Leuten, die *hier* arbeiten, eine Zeit lang freigeben, am liebsten einen ganzen Monat. Hätte dein Vater kein Personal finden können, das unsere Sprache spricht?«

»Das hat nichts mit Sprachkenntnissen zu tun. Er hat mit Bedacht nur Leute ausgewählt, die er dazu zwingen kann, den Mund zu halten. Und wer ist dazu besser geeignet als illegale Einwanderer?«

»Er verbeißt sich regelrecht in diese Angelegenheit.« Belinda und Randy hatten anfangs nicht glauben wollen, dass es möglich sein könne, Randy als Cole auszugeben. Randy hatte seinem Vater vorgehalten, dass die Presse, sollte sie je Wind von dieser Sache bekommen, Coles Karriere ein für alle Mal mit einem Riesenknall beenden würde. Wie üblich hatte Frank sich geweigert zuzuhören.

Zu Randys Überraschung war die Täuschung bisher gut gelungen. Randy hatte sich sogar aus größerer Entfernung für ein Bild in der Innenklappe von Coles neuer CD fotografieren lassen. Zum Glück war es nicht das erste Mal, dass er für solche Fotos posierte, daher fand niemand etwas dabei, als er erzählte, er spränge aus Termingründen für Cole ein. Einige Jungs von der Band begannen sich zwar zu fragen, wie lange Cole sich noch für die Vorbereitungen zu den neuen Aufnahmen zurückziehen wolle; alle anderen, die geschäftlich mit Cole zu tun hatten, gaben sich klaglos mit Frank oder Randy als Zwischenträgern zufrieden. Wenn Cole auf Tournee war, verfuhr man schließlich auf gleiche Weise.

»Frank benimmt sich, als wäre Coles Karriere tatsächlich zu Ende, wenn jemand von seinem Unfall erfahren würde«, meinte Belinda.

»Ich glaube, schlimmer wäre es, wenn Cole nach dem Unfall fünf Jahre lang beweisen müsste, dass er noch ebenso gut ist wie davor. Die Kritiker würden arbeitslos, wenn sie immer nur schrieben, wie gut Cole ist.«

»Bei den Schönheitswettbewerben war es genauso«, stimmte Belinda zu. »Jedermann fand einen niedlich, solange man arm und benachteiligt war. Gewann man jedoch dauernd, war man plötzlich ein Biest.«

»Du warst damals noch sehr jung. Dieses Leben war sicher hart für dich.«

Belinda sprach niemals über die schlimmen Dinge, die damals geschehen waren. Wer das Geschäft nicht kannte, machte sich leicht falsche Vorstellungen. Es war besser, die Menschen in dem Glauben zu lassen, dass die Wettbewerbe alles waren, wofür die Veranstalter warben. »Was wird Frank wohl tun, wenn er dich sieht?« Sie richtete den Blick wieder auf Randy.

»Er wird in die Luft gehen«, prophezeite er und zog sich einen Stuhl heran, auf dem er sich niederließ. »Deswegen, liebste Belinda, wäre es mir recht, wenn du mit hineinkommen würdest.«

»Ich weiß nicht, was ich davon halten soll, dass du bei

mir Schutz suchst.« Sie stand auf und griff hinter sich, um den Stuhl wieder in Sitzposition zu bringen. Randy kam ihr zuvor.

»Betrachte es als Kompliment«, scherzte er.

Belinda winkelte den Arm an und betrachtete eingehend ihren Bizeps. »Willst du damit andeuten, dass ich in letzter Zeit zu oft im Sportstudio war?«

Nahezu hilflos glitt Randys Blick über ihren fast nackten Körper, wobei sein Gesicht und sein Hals sich mit Röte bedeckten. »Nein«, antwortete er, »das möchte ich damit nicht im Entferntesten andeuten.«

Belinda freute sich über die Geste und die Worte. Es war schön, ab und zu etwas Anerkennung zu erhalten. Von Cole war ihr in letzter Zeit weiß Gott wenig Aufmerksamkeit zuteil geworden.

»Dein Dad meint, wir beide würden die Angelegenheit nicht ernst genug nehmen. Und dass du heute hier bist, wird seine Laune nicht verbessern.« Es war seit dem Unfall Randys Aufgabe, mehrmals täglich in Coles Kleidern um das Studio zu spazieren, das etwa siebzig Meter vom Haupthaus entfernt war. Wer zu Besuch kam, wurde von Frank unweigerlich am Studio vorbeigeführt und konnte den vermeintlichen Cole hinter einer großen Glasscheibe am Piano sitzen oder mit einem der Hunde spielen sehen.

»Zum Teufel, nicht mal Cole selbst ist von der Notwendigkeit dieses Theaters überzeugt!«, rief Randy.

»Wann hat er dir das gesagt?«

»Vor ein paar Wochen.«

»Und warum lässt er es dann zu?«

»Als es anfing, konnte er nicht sprechen. Und du kennst Dad: Wenn man ihn nicht überschreit, kommt man nicht gegen ihn an.«

»Wahrscheinlich war es gar nicht wichtig, ob Cole sprechen konnte oder nicht. Wenn Frank sich mal was in den Kopf setzt ...« Meistens war sie recht zurückhaltend, wenn sie Frank seinen Söhnen gegenüber erwähnte.

»Frank war überzeugt, dass die plastische Chirurgie Wunder wirken könne.«

»Aber hat der Arzt nicht gesagt, Coles Gesicht würde wieder normal aussehen, wenn die Schwellung nach einigen Monaten zurückgeht?«

»Na, ich weiß nicht. Wenn sie wirklich alle kaputten Knochen wieder an ihrem richtigen Platz eingesetzt haben, dann haben sie es bei einigen verkehrt herum getan. Ich weiß nicht weshalb, aber Cole sieht einfach nicht mehr aus wie er selbst.«

»Das kommt von der Narbe über seinem Auge. Ich muss immerzu darauf starren. Dagegen sollten die Ärzte etwas tun.«

»Cole sagte, er wolle kein Krankenhaus mehr von innen sehen. Sechs Operationen reichten.«

Die Uhr klingelte neben Belinda. Sie schaltete sie ab und schob ihren Stuhl zurück. »Sei ein Schatz und gib mir meinen Kaftan.«

Randy hielt ihr das leuchtend blaue Kleidungsstück hin, während sie hineinschlüpfte. »Können wir jetzt raufgehen?«

»Wie kommst du darauf, dass Frank dich sanfter behandelt, wenn ich dabei bin?«, fragte sie.

»Ein Mann muss sein Glück versuchen.«

»Besonders einer, den ich so gut leiden kann wie dich.« Lächelnd schob sie ihren Arm in seinen und drückte sich beim Gehen leicht an ihn.

Cole stand am Wohnzimmerfenster und verlagerte das Gewicht auf sein gesundes Bein, um den ständigen Schmerz in dem anderen etwas zu erleichtern. Er beobachtete Randy und Belinda, die auf das Haus zugingen. Sie hatten die Köpfe zusammengesteckt und lachten. Eine plötzliche Eifersucht erwachte in Cole. Er hörte nur noch selten Geplauder und Gelächter um sich.

Randy bückte sich und hob etwas vom Rasen auf. Er betrachtete es eingehend, warf es dann zur Seite und beschleunigte seinen Schritt, um Belinda einzuholen.

In letzter Zeit empfand Cole gelegentlich Neid gegenüber seinem Bruder, wenn er ihn sah. Aber Randy die Schuld dafür zu geben, dass er der Zweitgeborene und daher nicht dem Druck ausgesetzt war, die Träume seines Vater zu erfüllen, wäre unsinnig gewesen.

Als Heranwachsende waren sie unzertrennlich gewesen. Doch dann war Coles Karriere steil nach oben gegangen und alles war anders geworden. Anfangs hatte es ihm geschmeichelt, immer einen vollen Terminkalender zu haben und von einer Verpflichtung zur anderen zu eilen. Doch eines Tages wurde ihm klar, dass er vom Leben seines Bruders nichts mehr wusste. Er kannte nicht die Freundin seines Bruders, ja er wusste nicht einmal, ob Randy überhaupt eine Freundin hatte. Zwei Jungen, aufgewachsen im Tourneewagen, abgeschottet von Gleichaltrigen und sich gegenseitig der einzige Freund, wussten als Erwachsene plötzlich nicht mehr, worüber sie miteinander reden sollten.

Cole hörte jemand ins Zimmer kommen und sah die Umrisse seines Vaters, die sich im Fensterglas spiegelten.

»Wie ist die Aussicht auf den Pool?«, fragte Frank.

Sein neckender Ton verriet, dass er keine Antwort erwartete. Belinda war für ihn ein Appetithäppchen für die Augen, aber kein ernsthaftes Gesprächsthema.

»Was, verdammt noch mal« – Frank drückte sein Gesicht an die Scheibe –, »macht der denn hier?«

»Wer?«, fragte Cole, verwirrt von dem Ausbruch seines Vaters.

»Randy. Ich habe ihm doch gesagt, dass er an diesem Wochenende nicht aus dem Haus gehen soll!«

Cole wandte sich vom Fenster ab. »Er scheint sich's anders überlegt zu haben.«

»Der Junge kann nichts ordentlich tun, was man ihm aufträgt. Ich hätte wissen müssen, dass ich mich nicht auf ihn verlassen kann.«

»Du liebe Zeit, Dad, gönn ihm doch mal eine Pause. Er macht das jetzt schon seit über vier Monaten.«

»Du hast Randy viel zu lange in Schutz genommen, Cole. Wenn du nicht damit aufhörst, wird er nie selbstständig.«

»Was soll das heißen? Was meinst du damit, Dad?«

»Randy kann doch in der wirklichen Welt vorne nicht von hinten unterscheiden. Es ist an der Zeit, dass er das lernt.« Frank legte den Kopf in den Nacken und stieß einen tiefen Seufzer aus. Immer noch zur Decke blickend, sagte er: »Warum kauen wir eigentlich immer wieder das Gleiche durch, wenn es weitaus Wichtigeres zu tun gibt?« Vorwurfsvoll starrte er Cole an. »Machst du eigentlich diese Übungen, die der Arzt dir empfohlen hat?«

Die Frage traf Cole unerwartet. »Welche Übungen?«

»Das hab ich mir gedacht.« Ein heimlicher Triumph lag in Franks Stimme, da er den Sohn so nachlässig fand, wie er es erwartet hatte. »Die Stimmübungen«, erklärte er mit gespielter Geduld. »Ich höre keinerlei Verbesserung. Wenn wir das durchziehen sollen, Cole, dann musst du schon mithelfen. Ich kann nicht alles alleine machen.«

Noch ehe Cole antworten konnte, wechselte Frank das Thema. »Ich habe die Kopie für den neuen Auftritt dabei. Andy meint, du sollst sie dir ansehen. Er hat …«

»Damit möchte ich mich im Augenblick nicht beschäftigen.« In Wahrheit wollte er im Moment nur seinem Vater entkommen. »Wenn jemand nach mir fragt, ich bin in meinem Zimmer.«

»Läufst du schon wieder davon? Das wird bei dir langsam zur Gewohnheit.«

»Was willst du eigentlich von mir?«, fragte Cole.

»Nichts, was nicht in deinem Interesse läge. Ich habe zu hart gearbeitet – Teufel, wir beide haben hart gearbeitet –, als dass ich alles den Bach runtergehen ließe, nur weil du nicht die Finger von diesem verdammten Motorrad lassen konntest. Ich werde nicht zulassen, dass eine Öllache auf irgendeiner gottverlassenen Landstraße das Größte zerstört, was die Countrymusik je hervorgebracht hat.« Er legte den Arm um Coles Schulter. »Schau, ich habe in den letzten Wochen ziemlichen Druck auf dich ausgeübt, aber das ist alles nur zu deinem Besten.«

»Wenn du wüsstest, wie dieser Spruch mich anödet.« Cole war es müde, immer wieder dieselben Argumente zu hören.

»Es stimmt aber«, gab Frank zurück.

»Vielleicht solltest du dich mal um dein eigenes Leben kümmern, statt immer nur für mich da zu sein.«

Frank nahm seinen Arm weg. »Von allen undankbaren …«

»Gib's auf, Dad. Ich habe das zu oft gehört.«

»Eines Tages treibst du es zu weit.«

Das Gespräch verlief immer in den gleichen Bahnen, als würden sie es aus einem Drehbuch ablesen. Dies war die Stelle, an der Cole den Kopf hängen lassen und etwas davon murmeln musste, er stünde zu sehr unter Druck und beabsichtige nicht, Frank zu beleidigen. Dann würde Frank ihm verzeihen und sie würden weitermachen, als hätte es niemals einen Streit gegeben.

Cole ging durch das Zimmer und ließ sich in einen gepolsterten Sessel fallen. Nach einigen Sekunden beugte er sich vor und stützte die Ellbogen auf die Knie. »Warum zeigst du mir nicht die Entwürfe, die Steve für das *Single Man*-Video geschickt hat?«

Cole hatte eigentlich für den Tag nach dem Unfall einen Termin im Studio gehabt, um am Titelsong seines neuen Albums noch einige Feinarbeiten vorzunehmen. Obwohl Frank ihn gedrängt hatte, das Album so freizugeben, wie es war, hatte Cole das abgelehnt. Die Arbeit im Studio war nahezu der einzige Bereich seiner Karriere, über den er noch selbst bestimmen konnte, und dieses Revier verteidigte er mit Zähnen und Klauen.

»Ich dachte, wir seien uns einig gewesen, *A Walk on the Right Side of Town* als erste Single herauszubringen«, sagte Frank. »Nach Überzeugung aller ist es das stärkste Lied.«

Nachdem er bereits sieben Alben eingespielt hatte, sollte Cole sich bereits an Änderungen in letzter Minute gewöhnt haben; stattdessen stellte er jedoch fest, dass er umso ärgerlicher wurde, je mehr ihm die Kontrolle über seine Arbeit entglitt. Als Produzent kümmerte sein Vater sich um alles: um die Auswahl der Lieder und der Studiomusiker, um die Entwürfe der CD-Cover, um die Songs, die als Singles ausgekoppelt werden sollten, und um die Route der Tournee. Jene, die sich in der Countryszene auskannten, betrachteten Frank Webster als Genie.

Wer war Cole, dass er mit einem Genie streiten wollte?

Frank wurde ständig angebettelt, neue Sänger anzunehmen. Er lehnte immer ab. Grundsätzlich. Sein Sohn war sein Lebensinhalt, war es immer gewesen und würde es immer sein. Und Cole konnte nichts dagegen tun.

»Ich wünschte, du hättest mir gesagt, du wolltest *Single Man* gegen *Right Side of Town* austauschen«, sagte Cole.

Frank zögerte. »Ich habe es nicht nur ausgetauscht.«

Cole blickte auf. »Was soll das heißen?«

Frank wurde unruhig. »Ich hätte es dir früher sagen müssen, doch als du im Krankenhaus warst und Tony Klossen darauf drängte, dass du *Single Man* im Studio fertig aufnehmen solltest, musste ich mir was einfallen lassen. Also habe ich ihm erzählt, du würdest es aufschieben, weil du die Arbeit mit Gloria beenden möchtest und dies der einfachste Weg dafür sei.«

Cole bedeckte sein Gesicht mit den Händen. »Hast du wenigstens die Höflichkeit besessen, Gloria mitzuteilen, was los ist?«

»Wir werden alles wieder gutmachen. Wenn das alles vorbei ist ...«

Cole sprang auf, plötzlich von Zorn erfasst. Aufgrund der heftigen Bewegung schoss ein scharfer Schmerz durch seinen Kopf; sein Bein gab nach und er musste die Armlehne packen, um nicht zu fallen. Er hielt den Atem an und presste die andere Hand gegen die Stirn, als könne er so den Schmerz eindämmen. »Entweder du rufst sie auf der Stelle an und gibst ihr eine akzeptable Erklärung, oder ich rufe sie selbst an und erzähle ihr die Wahrheit.«

»Siehst du, was passiert, wenn du dich aufregst?« Frank durchquerte das Zimmer und half seinem Sohn zurück in den Sessel.

»Ich möchte, dass du sie anrufst, Dad. Sofort.« Der Schmerz verursachte Cole Übelkeit.

»Wahrscheinlich ist sie nicht einmal zu Hause.« Frank

blickte demonstrativ auf seine Uhr. »Ich werde es in ein paar Stunden versuchen.«

Cole hob den Arm, um seinen Vater beiseite zu schieben, und versuchte wieder aufzustehen.

»Gut, gut«, gab Frank nach. »Wenn es dir so wichtig ist, rufe ich sie gleich an.«

Als Frank aus der Tür war, lehnte Cole sich zurück und schloss die Augen. Einige Sekunden später drangen die streitenden Stimmen seines Vaters und seines Bruders in den Raum.

2

Eine leichte Brise bewegte die Vorhänge des Schlafzimmerfensters. Cole lag ausgestreckt auf dem Bett, ein Laken achtlos über die Hüften geworfen, die Hände hinter dem Kopf verschränkt. Er sah zu, wie die Schatten über die Zimmerdecke tanzten, und überlegte, wie viele Nächte er unter Neonlichtern verbracht hatte und wie wenige im Licht des Mondes.

Die Unrast und Nachdenklichkeit, die ihn während der vier Monate, die seit dem Unfall vergangen waren, begleitet hatten, waren zu vertrauten Gefährten geworden. Nacht für Nacht ging er müde zu Bett und konnte doch vor drei, vier Uhr morgens nicht einschlafen. Sein Kopf wollte einfach keine Pause einlegen. Wenn er nicht wieder und wieder den Unfall in Gedanken durchspielte, dachte er über den Fortgang seiner Karriere nach. Ihn bekümmerte nicht, ob er nach so langer Zeit auf die Bühne zurückkehren und die übereifrigen Kritiker überzeugen könne, dass der ›Kalifornische Cowboy‹ auch nach einigen Gesichtsoperationen noch ebenso gut sänge wie früher; nein, was ihn beunruhigte war, dass ihn diese Sorge kaum berührte. Wie sehr er sich auch bemühte, er konnte im Geist nicht mehr die Freude nachvollziehen, die es ihm früher bereitet hatte, die Bühne zu betreten und für ein Stadion voller Fans zu singen, die jedes seiner Lieder auswendig kannten.

Es war ihm einfach egal. Alles war ihm gleichgültig und er fühlte sich verdammt schlecht dabei.

Belinda, die neben ihm lag, seufzte leise im Schlaf und drehte sich vom Rücken auf den Bauch. Am Abend, als Cole sich nach dem Essen vom Tisch erhoben hatte, um zu Bett zu gehen, hatte sie darauf bestanden, ihn zu begleiten. Cole hatte protestiert, doch sie ließ sich nicht abschütteln.

Sobald sie alleine waren, fing sie an, ihn auszuziehen, da er unbedingt eine Massage brauche, um sich zu entspannen und besser zu schlafen. Sie wussten beide, was sie eigentlich meinte. Ihre Techniken hatten früher nie ihren Zweck verfehlt, es gab also keinen Grund anzunehmen, dass es nun anders sein sollte – besonders nach so vielen Monaten der Enthaltsamkeit. Wenn es um erotische Stimulation ging, gab es keine Frau, die geschickter war als Belinda. Sie konnte ihm allein mit ihrer Zungenspitze größeren Genuss bereiten als jede andere Frau mit ihrem ganzen Körper.

Doch nun war alle Mühe vergeblich.

Sie hatten das Missgeschick auf die noch allzu empfindlichen Nervenenden geschoben, die ihn aufschreien ließen, wie leicht sie auch ihre Hand über seinen Rücken oder seine Schenkel gleiten ließ.

Auch in seinem Gesicht gab es solche Stellen, besonders die Narbe an der Schläfe und die andere über seinem Auge. Manchmal schien sogar die Brille, die er eine Zeit lang statt seiner Kontaktlinsen tragen sollte, zehn Pfund zu wiegen. Dann musste er die Gläser abnehmen, obwohl ihn das fast zu einem Halbblinden machte.

Auch das Rasieren war eine Qual. Entweder schnitt er sich an Stellen, wo die Haut taub war, oder er presste die Zähne vor Schmerz zusammen, wenn die Klinge an Gewebe kam, das noch nicht völlig verheilt war. Aus diesem Grund ließ er sich einen struppigen Bart stehen, den alle abscheulich fanden.

Da er annahm, alle anderen langweilten sich allmählich, wenn er von seinem Zustand redete, erzählte er niemandem, warum er sich den Bart wachsen ließ. Er meinte nur, er wolle ihn abnehmen, wenn die Zeit dazu reif sei. Der Arzt sagte, es könne Wochen dauern, bis die Empfindlichkeit nachließe, es könne sich aber auch um Monate handeln, und schließlich bestünde noch die Möglichkeit, dass es für den Rest seines Lebens so bleiben würde.

Was also machte es, wenn er ein wenig anders aussah, ein wenig anders klang und ein bisschen hinkte und wenn er es nicht aushielt, dass man ihn anfasste? Schließlich war er am Leben.

Warum aber freute er sich nicht?

Der Schatten an der Decke bildete ein Muster wie von Tintenklecksen. Cole schloss die Augen und konzentrierte sich auf die Geräusche, die von draußen hereindrangen. Grillen, Frösche und Nachtvögel vereinten ihre Stimmen zu einer Kakophonie, laut genug, um einen Toten zu wecken – und er hatte bisher gar nichts gehört.

Bei dieser Vorstellung lächelte er innerlich. Wahrscheinlich, so überlegte er, hatten die Toten ein besseres Gehör, weil sie nicht so selbstbezogen waren wie er.

Während er horchte, schlich sich ein neues Geräusch ein. Es war so anders, dass er einige Sekunden benötigte, um es einzuordnen. Er richtete sich auf, griff nach seiner Brille und erhob sich vorsichtig vom Bett, um Belinda nicht zu stören.

Als er zum Fenster kam, schob er den Vorhang beiseite und lugte hinaus. Unten stand Randy, den Arm zu einem weiteren Wurf erhoben. Ein merkwürdiges Gefühl beschlich Cole. Er fühlte sich in jene Zeit vor zwanzig Jahren zurückversetzt, als er und Randy einmal gemeinsam weggelaufen waren. Damals war er es gewesen, der Randy auf diese Weise geweckt hatte.

Cole schob das Fenster ganz nach oben und hängte das Fliegengitter aus. Dann lehnte er sich hinaus, damit Randy ihn sehen konnte. »Ich denke, du hast genug getrunken«, zischte er.

»Ich habe keinen Tropfen angerührt seit dem Abendessen«, gab Randy zurück, gerade laut genug, dass Cole ihn hören konnte. »Komm runter, großer Bruder, lass uns von hier abhauen.«

Cole blickte hinüber zu Belinda, die fest schlief. Er erinnerte sich, dass sie mit ihrer allabendlichen Mixtur von Vitaminpräparaten auch eine Schlaftablette geschluckt hatte, sodass sie erst spät am nächsten Morgen aufwachen würde. »Was hast du vor?«, fragte er Randy.

»Das ist eine Überraschung.«

Nachdem Randy schon einmal hier war, war Cole bereit mitzuspielen. Er streckte den Kopf noch weiter aus dem Fenster und suchte nach einem Fluchtweg. Unter dem Fenster befand sich ein Ziersims, das aussah, als habe man es angebracht, um die Nahtstelle eines Anbaus zu verbergen. Ein wenig entfernt davon verlief eine Regenrinne, die an dem Sims ein Knie bildete. Nachdem dies der ältere Teil des Hauses war, vermutete Cole, dass Sims und Rinne besser gesichert und aus stärkerem Material als am neueren Teil waren. »Ich weiß nicht recht …«

»Um Himmels willen, ich verlange doch nicht, dass du fliehst! Ich will nur, dass du heute Nacht mitkommst. Also zieh dir deine Hose an und komm zum Eingang.« Randy streute die übrigen Kiesel aus seiner Hand in das Blumenbeet. »Und sieh zu, dass du niemand aufweckst.«

Cole suchte nach Gründen, warum er nicht mit Randy gehen sollte. Doch der Gedanke, diesem Haus für eine Nacht zu entkommen, war zu verlockend. Er wandte sich ins Zimmer, dann zögerte er und streckte den Kopf wieder aus dem Fenster. »Warte hier auf mich, Randy.«

Es dauerte einige Sekunden, ehe Randy verstand, was Cole meinte. »Bist du verrückt geworden?«, fragte er.

»Das müssen wir noch herausfinden, nicht wahr?« Cole schlich durchs Schlafzimmer und zog seine Jeans, ein T-Shirt und Tennisschuhe an. Schon diese einfachen Bewegungen ließen ihn so schwer atmen, als habe er einen Langstreckenlauf absolviert. Doch darüber wollte er jetzt nicht nachdenken. Er ging zurück zum Fenster, schwang sein gesundes Bein über das Fensterbrett und setzte den Fuß auf das Sims.

Randy riss die Augen auf. »Es ist nicht zu fassen. Der Baum, gegen den du gefahren bist, hat anscheinend nicht nur dein Gesicht in Mitleidenschaft gezogen, sondern auch dein Gehirn durcheinander gerührt. Weißt du eigentlich, was du da tust?«

»Das ist ein Teil meines Problems – ich denke zu viel.« Cole legte sein Gewicht auf das Bein am Sims. Das Sims schien zu halten.

»Mensch, Cole«, bat Randy, »mach keine Dummheit.«

»Pssst!« Cole wies mit dem Kinn auf das Fenster zu seiner Linken. »Wenn du nicht leise bist, wird Frank uns erwischen.« Er hob das zweite Bein aus dem Fenster. Langsam legte er sein volles Gewicht auf die Füße und versetzte dem Sims noch einen Tritt zur Probe. Es hielt.

Vorsichtig begann er sich zu der Regenrinne hinzuarbeiten. Während er die Sicherheit des Fensters hinter sich ließ, vermeinte er eine Stimme aus seiner Kindheit zu vernehmen, die ihm einreden wollte, dass er nur – wie in seinen Träumen – die Arme ausbreiten müsse, um zu fliegen. Er nahm sich zusammen und widerstand dem Drang. Einmal, da war er sieben Jahre alt gewesen, hatte er geglaubt, ihm könne alles gelingen, wenn er es sich nur stark genug wünschte. Die Erinnerung an seinen damaligen ›Flug‹ stand klar und schmerzvoll vor seinen Augen.

Auf der Erde unter dem Sims schritt Randy unruhig auf und ab. »Warum tust du mir das an, Cole?«

Cole blickte hinab und grinste. »He, das war doch deine Idee. Mir wäre nie so etwas Hirnverbranntes eingefallen. Hast du vergessen, dass ich der Vernünftige bin?« Während er sich mit den Fingerspitzen der einen Hand noch am Fensterrahmen festhielt, tastete er mit der anderen nach dem Regenrohr, doch alles, was er fühlte, war die Stuckverzierung. Er versuchte, die Entfernung zwischen seiner ausgestreckten Hand und dem Rohr abzuschätzen. Sein Mut sank. Es fehlten noch beinahe zwanzig Zentimeter. Sein Verstand riet ihm aufzugeben.

Randy wurde unruhig. »Was ist los? Bist du lebensmüde?«

»Nein, ich bin es nur müde, so zu leben, als wäre der Tod das Schlimmste, was mir geschehen kann.« Cole blieb noch einen Augenblick stehen und genoss das Gefühl der Freiheit, das er plötzlich empfand. »Randy?«

»Was?«

»Komm ein bisschen näher, ja?«

Randy gehorchte. »Was soll ich tun?«

»Fang mich auf, wenn ich falle.«

»Vergiss es!« Randy trat wieder auf seinen alten Platz zurück. »Diesmal musst du deine Dummheit selbst ausbaden.«

Cole grinste und holte tief Luft. Möglicherweise würde er in ein, zwei Minuten ganz anders empfinden – aber gerade jetzt fühlte er sich unglaublich, berauschend lebendig.

Noch ein unsicherer Schritt, dann ertasteten seine Finger das Metall der Regenrinne. Er hatte Recht gehabt, sie war nicht aus Aluminium, sondern aus einem solideren Metall. Instinktiv umklammerte er das Rohr mit der Hand und den Beinen, dann ließ er sich langsam über das Sims hinabgleiten. Ein stechender Schmerz raste durch sein krankes Bein. Er verteilte sein Gewicht auf die Hände und Hüften und tastete mit dem gesunden Fuß nach der Halterung, die das Rohr mit der Mauer verband.

»Noch ein paar Zentimeter«, rief Randy hinauf.

Cole rutschte noch ein wenig tiefer, ehe sein Fuß Halt fand. Dann, mit einem schnellen Ruck, war er über das Sims hinweg und tastete mit den Zehen nach der nächsten Halterung.

»Du wirst es niemals schaffen«, verkündete Randy von unten. Er trat näher, streckte den Arm aus und berührte Coles Absatz mit den Fingerspitzen. »Mach weiter … du kannst auf meine Schulter treten.«

Coles Armmuskeln schmerzten von der Anstrengung des Festhaltens. »Geh aus dem Weg und lass mich springen.«

»Damit du dir auch noch die Knochen brichst, die du beim letzten Mal übersehen hast?«

»Randy, ich rutsche ab. Geh aus dem Weg!« Cole hatte kaum die letzten Worte ausgesprochen, als er sich nicht mehr halten konnte. Er fiel und landete auf Randy, der vergeblich versuchte, ihn in seinen Armen aufzufangen. Randy hielt sich noch eine halbe Sekunde aufrecht, ehe er neben Cole in die Zierhecke fiel.

Die erschreckende Stille, die folgte, wurde von Coles Stöhnen unterbrochen. »Ich glaube, mein Bein ist gebrochen.«

Randy setzte sich auf. »Welches?«

»Das rechte.«

Randy betastete vorsichtig Coles rechtes Bein.

Wieder stöhnte Cole. »Ich glaube, es ist doch das linke.«

Randy befühlte Coles linkes Bein.

»Ich bin sicher, es ist doch das rechte«, ächzte Cole.

Randy lachte. »Lass mich in Ruhe, du Hundesohn«, sagte er und stieß Cole in die Rippen.

Cole rückte seine Brille zurecht und setzte sich auf. Die Anstrengung verursachte ihm Schmerzen in der Schulter, und in seinem Kopf klopfte es dumpf, doch all das war nichts im Vergleich zu der Freude, den Weg nach unten geschafft zu haben, wenn auch mit einer unrühmlichen Landung.

Randy stand auf und streckte Cole die Hand hin. Mühsam kam dieser auf die Beine. Er klopfte sich den Schmutz aus den Kleidern, als er bemerkte, dass Randys Gesichtsausdruck sich veränderte. »Was gibt es?«

»Dads Licht ist eben angegangen.«

»Mist. Wenn er uns erwischt …« Er beendete den Satz nicht, sondern ergriff Randys Arm. »Lass uns verschwinden.« Sie machten sich davon, Randy im Laufschritt, während Cole hinterherhumpelte.

»Er wird sich alles zusammenreimen, sobald er auf das Gebüsch sieht«, sagte Randy.

»Hast du vergessen, dass ich ein Invalide bin? Wie kann ich wissen, was in einem Gebüsch drei Meter unter meinem Fenster vorgeht?« Sie umrundeten die Vorderseite des Hauses und strebten auf Randys uralten, heiß geliebten Lastwagen zu. Als hätten sie vorher geprobt, kletterten sie gleichzeitig hinein und hielten die Türen fest, um das Geräusch des Zuschlagens zu vermeiden. Randy löste die Handbremse und das Fahrzeug rollte auf das Tor zu.

Erst als sie ein gutes Stück vom Haus entfernt waren, wagte Randy den Motor anzulassen, und auch die Scheinwerfer machte er erst an, als sie die Straße erreicht hatten. Danach warfen sie wie auf ein Stichwort die Türen zu, sahen sich an und begannen zu lachen.

»Zwei erwachsene Männer sollten nachts eigentlich Besseres zu tun haben, als sich aus dem Haus zu schleichen und zu hoffen, ihr Daddy möge sie nicht erwischen.« Das Vergnügen in Coles Stimme strafte seine rügenden Worte Lügen.

Randy kurbelte sein Fenster herunter. Warme Sommerluft drang ins Führerhaus. Cole folgte seinem Beispiel. »Also, wohin fahren wir?«, fragte er.

»Wie ich schon sagte, das ist eine Überraschung. Lehn dich zurück und genieße die Fahrt.«

Erst als Randy anhielt und den Motor abstellte, merkte Cole, dass er eingenickt war. Er setzte sich auf, streckte sich und blickte umher. Der Lastwagen war auf einer ebenen Fläche neben einer schmalen Straße geparkt. Vor ihnen ragte ein steiler Hügel auf, hinter ihnen rauschte das Meer.

Randy stieg aus und schnallte die Zeltplane auf, welche die Ladefläche überdeckte. Dann entfaltete er zwei Strandstühle und stellte sie so auf, dass sie mit dem Rücken an die Fahrerkabine stießen. Cole kam nach hinten gehumpelt und erblickte eine große Kühltasche und zwei aufgerollte Schlafsäcke. Er grinste. Es sollte offensichtlich eine Party geben, wie in alten Zeiten, wenn er und Randy von zu Hause ausrissen und eine Nacht der Freiheit gerne mit Franks Zorn bezahlten.

Nur war es diesmal, so viele Jahre später, Randys Idee

gewesen. »Woher wusstest du, dass ich genau das brauche?«, fragte Cole.

Randy, der auf der Ladefläche beschäftigt war, hielt inne und ging in die Hocke. Er ließ seinen Blick über das Meer schweifen, ehe er Cole ansah. »Ich habe deine Rolle erst vor ein paar Monaten übernommen«, sagte er langsam, »aber das hat mir gereicht, um festzustellen, dass ich keinesfalls an deiner Stelle sein möchte.« Er öffnete die Kühltasche und reichte Cole eine Bierflasche.

»Es tut mir Leid, dass Dad dir das aufgehalst hat.« Cole nahm die Bierflasche zögernd entgegen. Er war nicht sicher, ob er zu seinen üblichen Kopfschmerzen auch noch einen Kater riskieren sollte.

»Es muss dir nicht Leid tun. Dieser Rollenwechsel hat mir Klarheit über einige Dinge gebracht.«

Cole starrte immer noch auf die Flasche. Endlich, angewidert von seiner eigenen Unentschlossenheit, öffnete er den Verschluss. Wenn er es am nächsten Morgen bereuen würde, so war das einzig und allein seine Angelegenheit. Er nahm einen ausgiebigen Schluck. Ihm wurde beinahe übel von der eiskalten Flüssigkeit.

»Mensch, Cole, langsam! Wir haben die ganze Nacht vor uns.«

Cole setzte sich auf den Rand der Ladefläche und ließ die Beine baumeln. Die Bewegung verursachte ihm Schmerzen, trotzdem freute er sich, zu einer so einfachen Handlung überhaupt in der Lage zu sein.

»Vielleicht ist ein anständiger Rausch genau das, was mir fehlt. Ganz wie in alten Zeiten. Wir haben ein paar bemerkenswerte Nächte miteinander erlebt.«

Randy lachte und ließ sich neben Cole nieder. »Ich kann mich zwar nicht an jede Nacht erinnern, aber dafür könnte ich dir jeden Kater, der folgte, bis ins Kleinste beschreiben.«

Cole nahm erneut einen Schluck. Er blickte auf das Meer hinaus und ließ die Nacht auf sich einwirken. Das Mondlicht schimmerte auf dem dunklen Wasser. »Wenn wir auf der Bühne sind, fragst du dich dann manchmal, wie es ist, auf der anderen Seite der Scheinwerfer zu stehen?«

»Es sind die gleichen Leute wie wir«, gab Randy zurück. »Sie haben bloß andere Probleme.«

»Wieso stehe ich ganz vorne und nicht du?«

Randy schaute verwundert auf. »Wie kommst du auf solche Fragen?«

»Weil ich in letzter Zeit viel darüber nachgedacht habe.«

»Du warst einfach zur rechten Zeit am rechten Ort. Das Publikum hat nach einem neuen Countrysänger verlangt, der auch die Seelen jener Menschen anspricht, die nicht in den Südstaaten leben.«

Cole verzog verächtlich den Mund. »Du meinst einen ›Kalifornischen Cowboy‹.«

Diese Bezeichnung haftete an ihm. Sie war ursprünglich in herabsetzender Absicht von einem Kritiker ausgesprochen worden, der Cole damit vermutlich für das Verlassen seiner Wurzeln strafen wollte. Mit seinem üblichen Geschick hatte Frank die abwertende Bezeichnung aufgenommen und sie in ein Lob verwandelt, indem er mit seinem Clan nach Los Angeles zog und das nächste Album in *Country Soul* umbenannte.

Was zählte es, dass Cole in North Carolina geboren war und seine ersten fünfundzwanzig Jahre südlich der Mason-Dixon-Linie verbracht hatte und ebenso wenig in Kalifornien heimisch war wie der Wappenvogel von Carolina? Nicht einmal als er erfuhr, dass der Canyon, in dem er sein Haus gebaut hatte, auf einer berüchtigten Erdbebenlinie lag, war Frank dazu zu bewegen, wieder nach Osten zu ziehen.

Randy kreuzte die Füße und starrte auf seine Stiefel. »Wenn einer weiß, was ihn nach oben bringt, dann müsste er auch in der Lage sein, oben zu bleiben und …«

»Gib mir noch ein Bier, ja?«

Randy klappte den Deckel der Kühlbox auf, nahm zwei Flaschen heraus und reichte eine an Cole weiter. »Wie ich sagte …«

»Es reicht«, sagte Cole. »Ich mag nichts mehr davon hören.«

»Du darfst dich nicht mit der Vorstellung quälen, du könntest eines Morgens aufwachen und alles, was du erreicht hast, ist weg.«

Cole lächelte. Würde Randy es wohl verstehen, dass Anonymität für ihn kein Albtraum, sondern ein Herzenswunsch war? »Hast du mal mit Mike oder Eric oder einem der anderen Jungs aus unserer alten Band gesprochen?«

»Nur mit Buddy. Ich rufe ihn ein paarmal im Jahr an, um zu hören, was er so treibt.«

Buddy Chapman hatte in Coles erster richtiger Band, den ›Mississippi Road Warriors‹, Mandoline und Fiedel gespielt. Die Gruppe war damals in einem alten Wohnmobil, das lediglich durch Klebeband und Gummiseile am Auseinanderfallen gehindert wurde, von Auftritt zu Auftritt getourt. Cole war immer noch erstaunt darüber, wie sehr die letzten sieben Jahre sein Leben verändert hatten. Der Bus, in dem er jetzt fuhr, hatte eine halbe Million Dollar gekostet und war nur einer von vieren, die das Unternehmen ›Cole Webster Enterprises‹ besaß.

Mike hatte Leadgitarre und Keyboard gespielt. Die Band war noch eine Weile zusammengeblieben, nachdem Frank sie entlassen hatte, doch dann ging jeder seiner eigenen Wege. Coles Karriere ging steil nach oben und ließ bald keinen Raum mehr für anderes. Nach einigen fruchtlosen Versuchen, wieder gemeinsam aufzutreten, hatten sie sich aus den Augen verloren. Jeder lebte sein eigenes Leben. Im letzten Jahr hatte Cole häufig an die Jungs gedacht, hatte sogar einige andere Musiker nach ihnen gefragt, aber es war nichts dabei herausgekommen.

»Ist er immer noch bei dieser Kentucky-Band?«, fragte Cole.

»Buddy?«

»Ja. Als ich letztes Mal mit ihm sprach …«

»Mensch, Cole, das ist mindestens vier Jahre her.«

»Wirklich schon so lange? Wie kann das sein? Mir

kommt es vor wie gestern.« Hatten die Gespräche mit Buddy nur in seinem Kopf stattgefunden?

»Liest du denn nie diese fürchterlich weitschweifigen Weihnachtsbriefe, die Suzy dir jedes Jahr schreibt?« Buddy und Suzy hatten ein Jahr vor der Trennung der ›Mississippi Road Warriors‹ geheiratet.

»Ich habe nie einen bekommen.«

»Sicher hast du. Jedenfalls hat Buddy mir gesagt, sie würden dir schreiben. Wieso sollte er mich anlügen?«

»Wahrscheinlich geht die Post ans Büro.« Es gab einen Stab von Mitarbeitern, die nichts anderes taten, als Coles Post zu bearbeiten. Nur gelegentlich, wenn es um eine pressewirksame, vielleicht sogar menschlich rührende Angelegenheit ging, durfte Cole einen Brief persönlich beantworten. Es war dies ein weiterer Bereich in Coles Leben, den er aus Notwendigkeit oder Bequemlichkeit Frank überlassen hatte.

»Vielleicht war Dad der Meinung, du sollst diese Briefe nicht lesen«, gab Randy zu bedenken.

»Was willst du damit sagen?«

Randy reckte sich, stand auf und ging zu einem der Liegestühle. Er ließ sich hineinfallen und streckte die Beine von sich. Cole holte noch zwei Bierflaschen aus der Box und folgte ihm.

»Halt dich lieber zurück mit dem Bier«, riet Randy. »Du hast lange nichts stärkeres getrunken als Dads Kaffee.«

»Ich weiß, was ich tue«, schnappte Cole zurück.

Beschwichtigend hob Randy die Hände. »Reiß mir nicht gleich den Kopf ab.«

Einige Minuten lang herrschte gespanntes Schweigen. Endlich ließ Cole sich schwer in den Liegestuhl zurücksinken. Er stieß einen Seufzer aus. »Tut mir Leid, Randy. Ich hab's einfach satt, immer gesagt zu bekommen, was ich tun soll, wie ich es tun soll und wie ich mich dabei fühlen soll.«

»Aber nicht von mir«, sagte Randy spitz.

»Was meintest du vorhin wegen Buddys Brief?«

»Dad glaubt, er müsse dich schützen.«

»Vor Buddy?«

»Vor jedem, den er nicht kontrollieren kann und der nicht so denkt wie er.«

»Das ist doch verrückt.«

»Fragt er dich jemals nach deiner Meinung zu den Leuten, die er einstellt oder feuert?«

»Er ist mein Manager. Es ist sein Job, sich um diese Dinge zu kümmern.«

»Er hat Angst, Cole, dass du ihm über den Kopf wachsen könntest, und er tut alles, um dich von ihm abhängig zu machen.«

»Warum sollte ich mich von ihm abwenden? Es ist sein Verdienst, dass ich heute ganz oben stehe.«

»Und er weiß selbst am besten, was er dir auf diesem Weg alles zugemutet hat. Zudem ist er der Überzeugung, dass du jedes Mal daran denkst, wenn du ihn ansiehst. In deiner Position könntest du dir deine Manager und Produzenten selbst aussuchen. Zum Teufel, jeder in der Branche leckt sich die Finger danach, mit dir arbeiten zu dürfen.«

»Aber er ist mein Vater.«

»Wenn du von Loyalität sprichst, so ist das ein Begriff, den Frank nicht versteht. Er will nur, dass du nach seiner Pfeife tanzt.«

Cole beugte sich vor und stützte die Ellbogen auf die Knie. Er beobachtete, wie die Wellen an den Strand rollten. Randy und ich haben als Kinder nur Orte kennen gelernt, dachte er, aber keine Menschen. Die letzten Verwandten hatte er bei der Beerdigung seiner Mutter gesehen. Damals war er sieben Jahre alt gewesen und Randy vier.

Er trank sein Bier aus und ging zur Kühlbox. »Ist da auch etwas zu essen drin?«

»Zufälligerweise ja.« Randy setzte sein Bier ab und klopfte mit den Zeigefingern einen Trommelwirbel auf der Styroporbox. Dann griff er hinein, holte eine rosa Kuchenschachtel hervor und öffnete sie. »Weide deine Augen an diesem Wunderwerk«, sagte er grinsend.

Cole gaffte auf den Kuchen. Er war mit hellblauem Zuckerguss überzogen und mit jenen Zuckerrosen verziert, derentwegen Randy und er als Kinder immer gerauft hatten. Über das ganze Kunstwerk verlief noch ein dunkelblauer Schriftzug. »Was steht drauf?«

Randy lachte. »Ursprünglich stand dort ›Happy Birthday, Susan‹. Ich habe einen Preisnachlass bekommen, weil der Konditor bei dem Versuch, das ›Susan‹ durch ›Randy‹ zu ersetzen, alles verpatzt hat.«

Cole wurde bedrückt, als ihm die Zusammenhänge klar wurden. »Heute ist dein Geburtstag«, stellte er leise fest.

»Jetzt werd' nicht melancholisch. Das ist nicht der Grund, weswegen ich dich hierher gebracht habe.«

»Ich mache es wieder gut. Ich weiß noch nicht wie, aber ich werde einen Weg finden.«

Randy setzte den Kuchen zwischen sich und seinen Bruder. »Ich wollte den Tag zuerst überspringen, aber dann fiel mir ein, du würdest dich vielleicht schlecht fühlen, wenn du es bemerkst. Daher habe ich beschlossen, meine eigene Party zu geben. Und jetzt greif zu.« Er senkte seine Hand in den Kuchen und brach ein dickes Stück heraus.

Cole zögerte einen Augenblick, ehe er Randys Beispiel folgte. Er schwenkte sein Kuchenstück und neigte feierlich den Kopf. »Auf deinen Geburtstag, kleiner Bruder.« Und er fügte hinzu: »Und auf Susans.«

Randy grinste, und ehe Cole es sich versah, klatschte Randy sein Kuchenstück in der Luft gegen Coles. Kuchen spritzte über ihre Haare, über ihre Kleider und klebte an ihren Händen und Armen. Ist das Leben nicht toll?«, fragte Randy.

Mit der Zunge erhaschte Cole ein Stück Zuckerguss, das sich in seinem Mundwinkel verfangen hatte. Der Geschmack löste eine Flut von Erinnerungen an viele andere Geburtstage aus, die er und Randy mit einem gekauften Geburtstagskuchen gefeiert hatten. »Danke«, sagte er.

»Wofür?«, fragte Randy verwirrt.

»Dafür, dass du immer da bist, wenn ich dich brauche.«

»Ich habe dich gewarnt, nicht frech zu werden.« Randy

hielt drohend seine cremeverschmierte Hand vor Coles Gesicht.

»Nur zu!« Cole nahm die Herausforderung an. »Aber beschwer dich nicht, wenn die Retourkutsche kommt.«

Bedächtig wischte Randy seine Hand erst an Coles Wange und dann an seiner Stirn ab. »Oh, verdammt, tut mir Leid. Das wollte ich nicht.«

»Ja, ich sehe, welche Gewissensbisse du hast.« Cole griff nach einem weiteren Stück Kuchen. Die Schlacht war eröffnet.

3

Cole riss die Kissen vom Bett und warf sie auf den Boden. Dann ließ er das Laken und die Decke folgen. Es war kaum anzunehmen, dass seine Brieftasche sich in das Bett verirrt hatte, doch alle anderen Plätze hatte er bereits abgesucht.

Frank kam herein und stieg vorsichtig über eine Hose, die offensichtlich aus der Kommode gefallen war. Missbilligend blickte er auf das Chaos. »Hattest du einen Streit mit Belinda?«

»Ich kann meine Brieftasche nicht finden.«

»Hast du in den Sachen nachgesehen, die wir aus dem Krankenhaus mitgebracht haben?«

»Mist.« Natürlich musste die Brieftasche dort sein. »Wo hast du die Tasche hingestellt?«

»Unten, im vorderen Schrank.« Frank folgte Cole aus dem Zimmer. »Warum ist dir deine Brieftasche plötzlich so wichtig?«, fragte er misstrauisch. »Du hast sie doch fast fünf Monate lang nicht gebraucht.«

Cole zögerte, doch dann entschied er, Frank auf der Stelle mit der Wahrheit zu konfrontieren: Er wollte alleine nach Hause fahren. »Ich brauche meinen Führerschein«, sagte er. »Randy hat Belinda angeboten, ihr Auto zu fahren, also werde ich seinen Truck fahren.«

Frank reagierte schnell und laut. »Ich werde dich keinesfalls dieses Vehikel durch den Verkehr von Los Angeles steuern lassen!«

»Mich lassen?«, fragte Cole sarkastisch.

»Was ist los mit dir? Hat dir dein nächtlicher Ausflug nicht gereicht? Du weißt so gut wie ich, dass dieses Gefährt jeden Moment zusammenbrechen kann.«

»Wenn Randy den Laster fährt, ist dir das ziemlich egal.« Verärgert stieg er die Stufen hinab, da ihm sein Bein noch immer kein schnelleres Tempo erlaubte.

»Es nützt dir nichts, das Thema zu wechseln. Du wirst Randys Rostlaube nicht fahren und dabei bleibt es!«

Am Treppenabsatz angelangt, wandte Cole sich zu seinem Vater um. Was gibt dir das Recht, mir vorzuschreiben, was ich tun soll und was nicht? Ich bin einunddreißig Jahre alt, vergiss das nicht, und ich bin sehr wohl in der Lage, meine eigenen Entscheidungen zu treffen.«

»Ach, zum Beispiel die Entscheidung, dich nachts davonzuschleichen und dich am Strand zu betrinken? Das zeugt wahrhaftig von großer Reife.«

»Es ist nichts passiert.«

»Du hattest Glück.«

Cole stieg langsam weiter die Treppe hinab. Er hatte mit seiner Duldsamkeit selbst Ziegelsteine und Mörtel für seine Gefängnismauern geliefert. Es hatte Jahre gedauert, sie aufzubauen; er war nicht in der Lage, sie an einem Tag einzureißen. »Ich übernehme die Verantwortung für mich selbst.«

»Und was ist mit den Menschen, deren Leben von dir abhängt?«

»Es handelt sich nicht um ihr Leben, Frank, sondern um ihren Lebensunterhalt. Das ist ein großer Unterschied.« Er öffnete die Schranktür und nahm die braunlederne Brieftasche heraus. Sie hatte einen langen Kratzer. Cole wollte lieber nicht darüber nachdenken, wovon. Er schob sie in seine Jackentasche und griff nach einer Baseballkappe, die Randy auf dem Regal liegen gelassen hatte. »In ein paar Stunden sehen wir uns im Haus.«

»Ich habe einiges Material in der Limousine, das wir vor der Pressekonferenz hinüberbringen sollten. Wenn du selbst fährst, geht es nicht schnell genug.«

»Ich habe dir bereits gesagt, dass ich zwar an der Konferenz teilnehmen werde, aber nicht mit den Presseleuten sprechen will. Lass Janet das machen. Schließlich wird sie dafür bezahlt, nicht wahr?« Sie hatten Janet Reynolds direkt von der führenden Werbeagentur Südkaliforniens weg angeheuert. Sie wurde mit Frank und seinen gelegentlichen Tiraden genauso gut fertig wie mit einer feindseligen Presse. Seit vier Jahren gehörte sie dem Team an und hatte es verstanden, sich unentbehrlich zu machen. Sie war eine der drei Personen, denen Frank traute, und die Einzige von ihnen, die nicht mit ihm verwandt war.

»Sie wird sich um die offizielle Seite kümmern, aber trotzdem musst du einige Fragen beantworten.«

»Keine Angst, Frank, ich werde rechtzeitig da sein.« Frank hatte sich damit abfinden müssen, dass Cole nicht wieder auftreten konnte, ohne seine äußere Veränderung zu erklären. Nun kam es darauf an, einen Saal voller skeptischer Reporter zu überzeugen, dass nicht mehr hinter der Geschichte steckte, als man ihnen zu erzählen bereit war.

Cole war auf das vorbereitet, was auf ihn zukommen würde. Er musste sich öffentlich zeigen, um zu beweisen, dass er so gut war wie eh und je. Die Menschen mussten selbst feststellen, dass er zwar ein wenig anders aussah, aber immer noch derselbe Cole Webster war.

Randy kam hereingeschlendert mit einem Eis in der Hand. Cole verdrehte die Augen. Sein Bruder besaß das Talent, immer dann aufzutauchen, wenn Frank gerade kurz vor einem Wutausbruch stand.

»Ich dachte, du wärst schon unterwegs, Cole«, sagte Randy.

Franks Lippen wurden zu einem dünnen, harten Strich.

Cole setzte die Kappe auf und nahm Randy beim Ärmel. »Ich bin fast weg. Warum begleitest du mich nicht hinaus?«

»Gerne.« Randy wartete, blickte Frank an und biss ein Stück von seinem Schoko-Eisriegel ab. Er schluckte es hinunter und fragte dann: »Stimmt was nicht?«

»Du weißt verdammt gut, was ...«

Cole ließ Randys Ärmel los, nahm ihn bei der Hand und drehte ihn zur Tür. »Lass gut sein«, sagte er.

Als sie draußen waren, bemerkte Randy: »Dad wird nicht gerade begeistert darüber sein, dass du alleine nach Hause fahren willst.«

Cole ließ seinen Bruder los. »Warum machst du das?«

»Was?«

»Ihn ärgern.«

»Ich weiß es nicht.« Randy zuckte die Schultern. »Wahrscheinlich, weil es so leicht ist.«

»Nun, tu mir einen Gefallen und lass mich in Zukunft da raus, ja?«

Randy grinste. »Schlecht geschlafen?«

»Hab schon mal besser geschlafen.« Cole ging die Einfahrt hinab zu dem Laster.

Randy folgte ihm. »Nach Belindas Worten zu schließen, wird das nicht besser. Sie sagte, Frank wolle der Presse schließlich doch das große Geheimnis enthüllen.«

Cole drehte sich auf dem Absatz zu Randy herum. »Hast du dir das nicht selbst denken können? Du brauchst mich doch nur anzusehen.«

Randy hob die Hände und wich zurück. »Diesen Ton bekomme ich oft genug von Frank zu hören. Fang du nicht auch noch an. Ich verschwinde von hier.«

Als Cole zum Tor hinausfuhr, fiel ihm ein, dass er an diesem Morgen eigentlich jedem Menschen, mit dem er gesprochen hatte, eine Abbitte schuldete. Und an erster Stelle Belinda. Sie hatte ihm keinen Anlass gegeben und doch war er auf sie losgegangen wie ein bissiger Kettenhund.

Das Schlimmste war, dass sie sich nach seinem Wutanfall bei ihm entschuldigt hatte, anstatt ihm zu sagen, er solle sich zum Teufel scheren. Doch starke Worte waren nicht Belindas Sache. Sie hatte ihre eigene Methode, um jeden Preis Frieden zu halten.

Cole beugte sich zum Handschuhfach und zog eine Kassette heraus. Sein Bruder hatte sie mit der Post von einem Songschreiber erhalten. Cole steckte sie in das Abspielgerät, legte den Arm auf das offene Fenster und kratzte sich am Kinn. Sogar jetzt juckte ihn sein kurz geschnittener Bart noch gelegentlich.

Ein Schwall von Musik erfüllte plötzlich die Kabine. Gedanken über die Kämpfe, die er heute bereits ausgefochten hatte, und jene, die er noch führen würde, gingen Cole durch den Sinn, während die Musik langsam in sein Bewusstsein drang. Er fing an, sich auf das Lied zu konzentrieren. Zuerst erklang eine wunderschön gespielte Gitarre, dann folgte Gesang. Das Lied handelte nicht von verlorener Liebe, vom Trinken oder von Verachtung der Gesellschaft; nein, es ging um die Schönheit einer Waldwiese, gesehen durch die Augen eines Stadtkindes. Die Worte waren von bewegender Schlichtheit und Eindringlichkeit und klangen ganz natürlich. Der Zuhörer wurde selbst zum Betrachter dieser Schönheit, der eines Tages seine eigenen Kinder zu diesem Platz führen wollte.

Cole spulte das Band zurück und spielte es wieder und wieder ab. Beim vierten Mal murmelte er die Worte mit, beim fünften Mal sang er. Er versuchte, sich in Erinnerung zu rufen, was Randy ihm über den Interpreten erzählt hatte, aber er hatte damals einfach nicht aufmerksam zugehört.

Er fuhr Meile um Meile. Der Verkehr wurde dichter, als die Bergstraße sich verbreiterte und dann in den Freeway mündete. In seinem Kopf hörte er das Lied, wie er selbst es einspielen würde – das Spiel der Gitarre, die Andeutung eines Keyboards und den Rhythmus des Basses, die sich zu dem vereinigten, was er bereits als sein Lied betrachtete. Da ihm klar war, dass der Musiker sicher viele Demo-Bänder verschickt hatte, wäre er am liebsten an den Straßenrand gefahren, um Ausschau nach dem nächsten Telefon zu halten und Randy anzurufen. Doch als er sich umsah, stellte er fest, dass es sich kaum noch lohnte, da er nicht mehr weit von zu Hause war.

Minuten später verließ er den Freeway und fuhr den engen Canyon hinauf, der zu seinem Haus führte. Obwohl Frank vorgab, sein Hauptquartier in Kalifornien aufgrund des Namens des ›Kalifornischen Cowboys‹ aufgeschlagen zu haben, waren Cole und Randy fest davon überzeugt, dass er es getan hatte, um es den Leuten aus der Musikbranche in Nashville heimzuzahlen.

Cole hatte Dutzende von Häusern besichtigen müssen und sich schließlich für dieses entschieden, da es auf einem ausgedehnten Grundstück stand. Er hatte sich nicht einmal die Mühe gemacht hineinzugehen, ehe der Kaufvertrag abgeschlossen war. Es gab den üblichen Swimmingpool und Tennisplatz und bei Nacht einen spektakulären Blick über die Senke von Los Angeles. Sie setzten viele Pflanzen ein und bewässerten sie fleißig, und es verging kein Tag, an dem sie sich nicht gegenseitig versicherten, wie weit sie es gebracht hatten. Unausgesprochen blieb, dass Kalifornien, gleichgültig wie wunderbar oder außergewöhnlich die Umgebung war, nicht ihre Heimat war und es nie sein würde.

Cole hatte noch eine knappe Meile zu fahren, als der Motor zu spucken und zu husten begann und dann abstarb. »Hundesohn.« Er schlug mit der Hand auf das Lenkrad. »Hättest du nicht diese eine Meile durchhalten können?«

Er schaltete in den Leerlauf, steuerte auf den Seitenstreifen und stieg dann aus. Hoffnungsvoll blickte er erst auf seine Armbanduhr, dann die Straße entlang. Da er schneller gewesen war als angenommen, würde ihn in der nächsten Stunde niemand vermissen. Ein roter BMW fuhr auf ihn zu. Cole winkte, aber der BMW schoss vorüber, als wäre Cole unsichtbar. Dann kam ein Mercedes und danach noch ein BMW. Doch auch deren Fahrer ignorierten den Mann, der winkend am Straßenrand stand.

Um sich die Zeit zu vertreiben, öffnete Cole die Motorabdeckung. Er hatte von der Funktionsweise eines Trucks ebenso viel Ahnung wie vom Kochen – nämlich gar keine.

Als er sich den Motor besah, war ihm trotzdem sofort

klar, dass es sich nicht um fehlende oder gebrochene Teile handelte. Ganz deutlich hörte er in seinem Kopf Randys Stimme, der ihm geraten hatte zu tanken, ehe er die Heimfahrt antrat. Er hatte ihm sogar noch einen Geldschein in die Hosentasche geschoben, da Cole immer ohne Geld ausging.

Cole betastete sein rechtes Bein und versuchte abzuschätzen, wie weit es ihn tragen würde. Er wusste es, nachdem er bis zu den gemauerten Säulen seines schmiedeeisernen Tores gehinkt war. Die letzten Meter war er mehr gehumpelt als gegangen. Er unterdrückte ein Stöhnen und lehnte sich an den Pfosten mit dem Sprechgerät, das mit dem Büro des Grundstücksverwalters verbunden war.

Eine männliche Stimme antwortete auf sein Läuten. »Kann ich Ihnen helfen?«

»Marty, ich bin's, Cole. Könnten Sie jemand schicken, der mich abholt?«

»Marty arbeitet hier nicht mehr. Ich bin jetzt an seiner Stelle. Ich heiße Roger.«

Frank war wieder tätig gewesen. Es schien Cole, als würde das Personal ausgewechselt, sobald er sich die Namen gemerkt hatte. »Schön, Sie kennen zu lernen, Roger. Würden Sie jetzt bitte jemand zum Tor schicken?«

»Kommen Sie von einer Zeitung?«

»Ich bin Cole Webster«, wiederholte Cole langsam und deutlich. »Ich wohne hier.«

»Das ist unmöglich. Mr. Webster kam …« Er hielt inne, als wolle er nicht zu viel verraten.

Cole öffnete den Mund, um zu sagen, dass er unmöglich zur gleichen Zeit im Haus und am Tor sein könne, doch dann dämmerte ihm allmählich die Wahrheit. Irgendwie hatte Randy es noch schneller nach Hause geschafft. Und für jeden, der nach dem Unfall eingestellt worden war, war sein Bruder Cole. »Rufen Sie im Haus an und lassen Sie mich mit ihm sprechen.«

»Das geht nicht.«

»Weshalb?«

»Weil Mr. Cole im Moment sehr beschäftigt ist. Er hat keine Zeit ...«

Im Moment sehr beschäftigt? Wo hatte Frank nur diesen Kerl aufgegabelt? »Dann lassen Sie mich mit Frank sprechen.«

»Der ist auch beschäftigt«, gab Roger zurück. »Sie sind doch einer von der Presse, nicht wahr? Mr. Webster sagte ...«

Cole ließ ihn nicht aussprechen. »Ist Belinda im Haus?«

Nach einer langen Pause antwortete der Mann zögernd: »Ja.«

Vielleicht können Sie *sie* ans Telefon holen?«

»Es tut mir Leid, aber ...«

»Verdammt noch mal«, brüllte Cole, »entweder Sie holen sie jetzt an dieses Telefon oder ...« Er hielt inne und schöpfte Atem. Der Mann folgte schließlich nur Franks Anweisungen. »Ich nehme an, Sie mögen Ihren Job und wollen ihn behalten?«

»Selbstverständlich.«

»Gut, das werden Sie auch, falls Sie innerhalb der nächsten fünf Minuten jemanden hierher zum Tor schicken, um mich abholen zu lassen. Denken Sie darüber nach, Roger. Wollen Sie Ihren Job riskieren?«

Der Mann schien zu überlegen. »Ich werde sehen, was ich tun kann«, sagte er nach einer Weile.

Cole ließ den Sprechknopf los und hockte sich auf den Boden. Er massierte sein Bein und überlegte. Seine jetzige Situation war die Folge eines früheren Streits zwischen Frank und Randy. Sein Bruder hatte die Codekarte verloren, die das Tor öffnete, und hatte sich von da an geweigert, eine Ersatzkarte mit sich zu führen. Danach konnte er das Grundstück nur betreten, wenn das Tor von innen geöffnet wurde.

Unter anderen Umständen hätte Cole es amüsant gefunden, aus seinem eigenen Haus ausgesperrt zu sein. Doch nun fand er es zumindest seltsam, sich unbedingt Zutritt zu einem Anwesen verschaffen zu wollen, das er noch vor wenigen Stunden nicht hatte betreten wollen.

Ein wenig beunruhigt merkte er, wie schnell er sich an eine Lebensart gewöhnt hatte, die ihm früher fremd gewesen war. Er war mit Grütze, Grünzeug und Schwarzaugenbohnen aufgezogen worden. Inzwischen kannte er nicht nur den Unterschied zwischen einer Trüffel und einem Trifle, sondern freute sich auch über dieses Wissen. Irgendwann, ohne es zu merken, war er zu der Überzeugung gelangt, dass solche Dinge wichtig waren.

Ehe er sich mit Belinda eingelassen hatte, war er – wenn er nicht gerade auf Tournee war oder Studioaufnahmen machte – mit einigen der aufregendsten weiblichen Hollywood-Stars ausgegangen, in deren Leben sich alles ums Sehen und Gesehenwerden drehte. Kein neu eröffnetes Lokal entging ihm, und in jedem Nachtclub, der gerade in Mode war, konnte man ihn finden. Doch der Reiz des Neuen verblasste schnell. Er stellte fest, dass es keinen Spaß machte, mit Frauen zu tanzen, die ständig den Kopf verdrehten, um festzustellen, wer gerade zu ihnen hersah.

Frank hatte Coles ausschweifendes Leben nicht gebilligt, aber er verkniff sich böse Bemerkungen, hauptsächlich wegen der Publicity in den Magazinen. Janet konnte gar nicht alle Nachfragen nach Interviews zufrieden stellen. Es schien auch gleichgültig zu sein, ob die Artikel wohlwollend oder ungünstig ausfielen; das Wichtigste war, dass Cole so oft wie möglich in den Zeitschriften erwähnt wurde. Und wenn es nicht zu einem Artikel reichte, dann erschien wenigstens ein Foto mit ausführlicher Bildunterschrift. Etwa vier Monate lang erschien Coles Bild wöchentlich in jedem Klatschmagazin, das im Supermarkt auflag. Irgendwann wurde es so unerträglich, dass Cole dazu überging, nur noch seine geliebten Science-Fiction- und Mystery-Bücher zu lesen. Doch auch das wurde ihm verleidet, als er eines Tages in *›Rückkehr zum schweigenden Planeten‹* seinen Namen als Teil einer versunkenen Pop-Kultur fand und in *»Die G-Saiten-Affäre«* eines seiner Konzerte als Hintergrund für einen Mord diente.

Ein umgebauter Golfwagen erschien auf dem Hügel,

der den Blick auf das Haus verdeckte. Mühsam erhob sich Cole wieder. Es war kaum zu glauben, dass er noch vor einigen Monaten täglich fünf Meilen gelaufen war und viermal wöchentlich mit einem persönlichen Trainer Sport betrieben hatte.

Er wand sich innerlich, als er daran dachte, wie lange er benötigen würde, um seine alte Form wieder zu erlangen. Der Wagen stoppte so nahe beim Tor, dass man es nicht öffnen konnte, ohne ihn wieder zurückzusetzen. Ein schlechtes Zeichen. Ein großer, fleischiger Mann zwängte sich hinter dem Lenkrad hervor. »Immer noch da, he?«

»Wo sollte ich sonst sein?«, gab Cole zurück.

»Ich dachte, Sie hätten sich inzwischen verkrümelt.«

»Und wieso hätte ich das tun sollen?«

»Ich dachte, Sie hätten nicht den Nerv, immer noch hier herumzulungern.«

Was für ein Spiel spielte dieser Kerl? Wusste er wirklich nicht, mit wem er sprach? Aus der Entfernung konnte man ihn vielleicht mit Randy verwechseln, aber sicher nicht aus der Nähe.

Dann erkannte er plötzlich, was los war. Randy spielte wieder mal Cole. »Können Sie nicht einfach das blöde Tor aufmachen?«, fragte Cole müde.

»Tut mir Leid, Mister. Das geht nicht.«

»Ich weiß nicht, was Randy vorhat, aber der Spaß wird langsam schal.«

»Mr. Webster hat mich nicht hergeschickt. Er hat mich immer davor gewarnt, wie trickreich ihr Sensationsjournalisten seid. Ich wollte Ihnen nur klarmachen, dass Sie hier nicht hereinkommen, solange ich im Dienst bin.«

»Wir Sensationsjournalisten?«, echote Cole ungläubig. »Mann, machen Sie die Augen auf! Ich bin Cole Webster. *Dies ist mein Haus!*«

»Es hilft Ihnen nicht, wenn Sie hier herumschreien.« Der Mann ging zu seinem Wagen zurück. »Ich weiß, Sie tun nur Ihre Arbeit, aber das tue ich auch. Sie können Ihrem Boss ausrichten, dass hier jemand Wache hält, der sich nicht so leicht hereinlegen lässt.«

Cole war verblüfft. »Erkennen Sie mich wirklich nicht? Nicht mal ein bisschen?«

»Nun, um die Augen herum sehen Sie Cole Webster ein wenig ähnlich. Aber die Ähnlichkeit ist nicht ausgeprägt genug, um Ihnen auch nur ein Wort zu glauben.« Er kletterte wieder auf den Sitz und startete den Wagen. »Wenn Sie etwas längere Haare hätten und rasiert wären, hätten Sie sich möglicherweise hereinschmuggeln können. Aber so, wie Sie herumlaufen, wird niemand Sie je für Cole Webster halten.«

Cole sah ein, dass es nutzlos war, weiter zu streiten. Trotzdem bemerkte er: »Sie werden ganz schön in der Tinte sitzen, wenn Frank das erfährt.«

Roger lächelte Cole über das Lenkrad hinweg an. »Lieber Ärger im Job als arbeitslos«, sagte er und fuhr davon.

Cole schüttelte ratlos den Kopf. Obwohl er verärgert war, dass man ihm den Zutritt zu seinem eigenen Haus verwehrte, tat der Mann ihm ein wenig Leid. Er stemmte die Hände in die Hüften und blickte die Straße entlang. Der Weg zurück zum Laster war verdammt weit.

Er konnte sich vor das Tor setzen, bis jemand ihn hereinließe. Doch was sollte er tun, wenn ein Reporter vorbeikam? *Cole Webster aus seinem eigenen Haus ausgesperrt. Nach entstellendem Unfall von seiner Familie verleugnet.* Das wäre doch eine herrliche Schlagzeile.

Da es auf dem Rückweg bergab ging, wurde seine Hüfte entlastet, dafür brannte jedoch sein Schienbein wie Feuer. In diesem Zustand würde er niemals wieder auf Tournee gehen können. Die Menschen kamen schließlich nicht nur zu seinen Auftritten, um seine Lieder zu hören, sondern auch, um sich von der Energie mitreißen zu lassen, mit der er seine Songs auf der Bühne vortrug. Seine Show war nicht nur ein schlichtes Absingen von Hits, nein, sie war ein Happening. Ein lautes, metallisches Geräusch drang an sein Ohr. Er blickte auf und stellte fest, dass er den Lastwagen schon beinahe erreicht hatte. Als er um die Kurve bog, sah er gelbe Lichter durch die Bäume blinken, die den Straßenrand säumten. Ein flaues Gefühl in der Magengegend beschlich ihn, als er bemerkte, was vor sich ging. Er beschleunigte seine Schritte und stieß ein kurzes Stoßgebet aus. Lass es nicht wahr sein, dachte er.

Doch es war kein Irrtum.

Verdammt, was sollte an diesem Tag noch alles schief gehen?

4

»Ein Telefonanruf, das ist alles, worum ich Sie bitte«, sagte Cole eindringlich. Der Mann, der den Abschleppwagen bediente, verrückte eine der Ketten, mit der er Randys Laster befestigt hatte. »Ich sagte Ihnen doch, Mann, das kann ich nicht zulassen. Mein Boss hat mir befohlen, niemand an die Ausrüstung zu lassen. Es geht um meinen Job.«

Cole beschloss, seine Taktik zu ändern. »Wenn Sie den Laster zu meinem Haus bringen, bezahle ich Ihnen das Doppelte; es ist nur eine Meile von hier, viel näher, als wenn Sie ihn zur Stadt schleppen.«

Der Mann hielt in seiner Beschäftigung inne und musterte Cole vom Kopf bis zu den Füßen. »Sie sagen, Sie wohnen hier in der Gegend?«

»Ja, in dem Haus oben am Hügel.«

»Ja ja. Wenn ich Sie so anschaue, könnte ich es fast glauben.«

»Was gefällt Ihnen nicht an mir? Bin ich nicht richtig angezogen?« Cole trug wie sonst auch Jeans, T-Shirt und Turnschuhe.

»Wenn Sie wirklich von hier wären, hätten Sie ein kleines Pferdchen auf Ihrer Brusttasche und Ihre Jeans hätten Bundfalten. Ich arbeite seit zehn Jahren hier und kenne die Leute, die hier wohnen.«

»Schauen Sie mich an«, bat Cole. »Komme ich Ihnen nicht bekannt vor?«

Der Mann starrte ihn gleichmütig an. »Vermutlich wollen Sie mir weismachen, Sie seien ein wahnsinnig berühmter Filmstar.«

»Kein Filmstar … ein Sänger. Ich bin Cole Webster.« Cole zog seine Geldbörse aus der Gesäßtasche und holte seinen Führerschein heraus. Den hätte er schon Roger zeigen sollen. Er wies auf das Foto. »Hier, sehen Sie, das bin ich.«

Der Mann nahm das Dokument, studierte es eingehend und blickte zweifelnd auf Cole. Dann gab er es ihm zurück. »Ich weiß nicht, woher Sie das haben, aber wenn ich Sie wäre, würde ich es so schnell wie möglich wieder loswerden.«

»Ich hatte einen Unfall. Ich sehe nicht mehr so aus wie früher.«

»Aha.« Der Mann hob den Schraubenschlüssel auf und warf ihn ins Führerhaus. »Ich gebe Ihnen einen guten Rat. Die Leute, die hier wohnen, mögen es nicht, wenn Typen wie Sie sich auf der Straße herumtreiben. Sie mögen es auch nicht, wenn verlassene alte Blechkisten ihren Ausblick verschandeln. An Ihrer Stelle würde ich von hier verschwinden.«

»Der Truck war nicht verlassen. Mir ist das Benzin ausgegangen. Wenn Sie mich dahin bringen, wohin ich möchte, kann ich Ihnen beweisen, dass ich Cole Webster bin.« Ein Gedanke schoss durch seinen Kopf. Warum war er nicht früher darauf gekommen? »Prüfen Sie den Fahrzeugschein. Der Wagen gehört meinem Bruder, aber Sie werden sehen, dass ich Ihnen die Wahrheit über meine Adresse gesagt habe.«

»Ich habe nachgesehen. Es gibt keinen Fahrzeugschein.«

»Sind Sie sicher? Haben Sie ins Handschuhfach geschaut? Und unter den Sitz?«

»Im Handschuhfach ist nichts und das Einzige, was ich unter dem Sitz gefunden habe, ist eine leere Tüte Maischips.«

Cole gelangte zu der Überzeugung, dass es sinnlos sei, den Mann zu bitten, ihn selbst suchen zu lassen. »Ist es nicht gleichgültig, wohin Sie den Wagen schleppen, solange Sie dafür bezahlt werden?«

»In diesem Fall nicht. Ich wurde nämlich von der Polizei beauftragt. Sie müssen sich an die Polizei wenden, um das Fahrzeug zurückzubekommen.« Er sprang in die Kabine, warf die Tür zu und winkte Cole durch das offene Fenster. »Springen Sie rein. Ich nehme Sie mit bis in die Stadt.«

Cole zögerte.

»Wie Sie wollen.« Der Mann beugte sich vor und drehte den Zündschlüssel.

»Warten Sie!« Cole hatte keine Ahnung, wie lange es dauern würde, bis Frank jemanden schickte, um nach ihm zu suchen. In der Stadt würde er sicher ein Telefon finden. Er ging auf die andere Seite und stieg ein. »Danke, Mann. Ich weiß das zu schätzen.«

»Kein Problem.«

Zwanzig Minuten später ließ der Fahrer des Abschleppwagens Cole an der Abzweigung zum Freeway aussteigen. »Es geht mich ja nichts an«, bemerkte er zu Cole, »aber wie gesagt, sehen Sie zu, dass Sie diesen Führerschein loswerden. Wenn jemand Sie damit erwischt, könnten Sie eine Menge Ärger bekommen.«

»Danke für den Rat«, sagte Cole.

Der Fahrer winkte ihm zu, legte den Gang ein und fuhr davon. Cole wich vor seiner Dieselfahne zurück und überquerte schnell die Straße. Er befand sich in einem Teil der Stadt, den er nicht kannte. Die Straßen waren mit Lagerhäusern und verlassenen Gebäuden gesäumt. Einige Blocks entfernt erspähte er ein Lebensmittelgeschäft. Er hinkte darauf zu.

Im Laden waren vier Kunden; zwei Frauen und ein Junge, die die Gänge zwischen den Regalen entlangwanderten, und ein Mann, der Brot am Tresen kaufte. Die Verkäuferin war ein Mädchen Anfang zwanzig. Cole senkte automatisch den Kopf und zog den Mützenschirm ins Gesicht, eine Geste, die ihm zur Gewohnheit geworden war. Als er bemerkte, was er tat, beschloss er, eine Probe zu machen. Er nahm die Mütze ab und schob sie in seine Gesäßtasche. Dann fuhr er sich mit der Hand durchs Haar und blickte die beiden Kundinnen an, die in seine Richtung kamen. Die erste gönnte ihm ein schnelles, gleichgültiges Lächeln; die zweite warf ihm einen missbilligenden Blick zu, als wäre er einer dieser aufdringlichen Kerle, die zu Dutzenden herumlaufen.

Keine der beiden schien ihn erkannt zu haben. Cole bekämpfte das Verlangen, die Frauen anzusprechen und zu fragen, ob er ihnen nicht bekannt vorkäme. Er betrachtete sich in dem gewölbten Spiegel am Ende des Ganges. Hatte er sich wirklich so sehr verändert, oder war er gerade heute zufällig auf ein halbes Dutzend Menschen gestoßen, welche die ›Webstermanie‹, wie die Presse es nannte, einfach verschlafen hatten? War es Selbstgefälligkeit oder war es Einbildung gewesen, die ihn hatte glauben lassen, er würde überall erkannt werden?

Er trat näher an den Spiegel heran. Konnten einige Narben, ein Haarschnitt und ein Bart einen solchen Unterschied bewirken?

»He, Mister, kann ich Ihnen helfen? Suchen Sie etwas Bestimmtes?«

»Äh ... ja, ich suche ein Telefon«, sagte Cole.

»Dort hinten neben dem Kühlfach.«

»Danke.«

»Brauchen Sie Kleingeld?«

Cole fuhr in seine Tasche und holte das Geld hervor, das Randy ihm am Morgen zugesteckt hatte. »Ja, sieht so aus«, antwortete er und reichte dem Mädchen den Zwanzig-Dollar-Schein.

Mit dem Wechselgeld ging er zum Telefon und wählte seine Nummer. Es läutete dreimal, dann war Randy am Apparat.

»Wo bist du?«, fragte er flüsternd. »Dad ist ...«

»Kannst du aus dem Haus gehen, ohne gesehen zu werden?«

»Ich glaube schon. Warum?«

»Du musst kommen und mich abholen.«

Randy stöhnte auf. »Ist etwas mit dem Laster?«

»Das ist eine lange Geschichte. Ich erzähle dir alles, sobald du hier bist.«

»Verdammt, Cole, du hast doch keinen Unfall gebaut?«

»Mir ist das Benzin ausgegangen«, gab Cole widerstrebend zu.

»Ich habe dir gesagt, du sollst noch tanken.«

»Können wir das später erörtern?«

»Ich soll also losfahren, ohne Dad irgendetwas zu sagen?«

»Ja. Ich werde mich darum kümmern, wenn ich zu Hause bin.«

»Ist dir klar, dass in ungefähr zehn Minuten einige Dutzend Reporter hier auftauchen werden?«

»Dad und Janet können sie hinhalten, bis ich dort bin.«

»Wo bist du jetzt?«

Cole fragte die Verkäuferin nach der Adresse und gab sie an Randy weiter. »Hol Janet ans Telefon, dann komm her, so schnell du kannst.«

Nach einigen Sekunden erklang eine weibliche Stimme. »Hier spricht Janet Reynolds.«

»Janet, ich bin's, Cole.«

Wie Randy senkte auch sie die Stimme zu einem Flüstern. »Du solltest schon seit einer Stunde hier sein.«

»Ich erkläre es dir später. Im Moment kann ich hier nicht weg und wahrscheinlich schaffe ich es nicht rechtzeitig bis zur Pressekonferenz.« Er hatte bisher noch nie eine wichtige Konferenz versäumt. Hoffentlich würde Janet verstehen, dass er es heute nicht ohne triftigen Grund tun würde.

»Hast du mit Frank darüber gesprochen?«, fragte sie.

»Noch nicht. Ich dachte, vielleicht könntest du das für mich erledigen.«

»Vielen Dank. Soll ich sonst noch irgendwelche Löwen für dich bändigen?« Janet seufzte resigniert. »Es wäre hilfreich, wenn ich ihm etwas mehr erzählen könnte. Er weiß bereits, dass du nicht hier bist.«

»Sag ihm, es ginge mir gut. Der Rest ist unwichtig.«

»Er wird sich Sorgen machen.«

»Ist das etwas Neues?« Er bereute die gefühllosen Worte, sobald er sie ausgesprochen hatte. »Sag ihm, ich komme, sobald ich kann.«

»Könntest du etwas genauer sein? Sprechen wir von einer Stunde?« Als Cole nicht antwortete, bohrte sie nach. »Zwei?« Noch immer sagte er nichts. »Du könntest mir wenigstens eine ungefähre Zeit nennen.«

Doch je mehr sie fragte, umso unwilliger wurde Cole, sich festzulegen. »Ich kann es im Augenblick wirklich nicht sagen.«

»Na schön. Ich werde tun, was ich kann ... mit Frank und den Reportern.«

»Ich wusste, ich kann mich auf dich verlassen.«

»Lass das bloß nicht zur Gewohnheit werden. Es gibt nichts Gefährlicheres als einen Reporter, der sich an der Nase herumgeführt fühlt.«

»Vielleicht hast du es vergessen, aber du hast mir selbst einmal gesagt: Manipulation ist der Grundpfeiler des Showgeschäfts. Das hat meine ganze Zukunft verändert.«

»Du bist zu jung, um so zynisch zu sein.«

Es entstand eine längere Pause, dann fragte Cole: »Stimmt etwas nicht?«

»Ich hatte mich einfach darauf gefreut, dich wiederzusehen. Du warst lange weg.«

»Danke.«

»Ich hätte dir das schon zuvor sagen sollen.« Als bemerkte sie, welche abwehrenden Gefühle sie in Cole erweckt hatte, setzte sie munter hinzu: »Ich mache mich jetzt auf den Weg. Mich einem Saal voller Leute zu stellen, die mir am liebsten an die Kehle gehen würden, ist immer wieder erfrischend.«

Cole legte auf und schlenderte zu dem Zeitschriftenstand, wo ein *Music Weekly*-Magazin auslag. Er betrachtete das Titelblatt. Es wurde von Reby McEntire geziert, dazu gab es in der linken oberen Ecke ein Bild von Vince Gill und unten rechts ein älteres Foto von Cole Webster. Im Inneren des Magazins fand er keinen Hinweis auf Gerüchte über seine lange Abwesenheit. Die meisten Artikel behandelten Ereignisse, die nicht älter als zwei Wochen waren. Nur im Fernsehen und in der Tagespresse gab es aktuellere Meldungen über das Musikgeschäft.

Der Artikel über ihn war der zweitgrößte und enthielt Aufnahmen von seiner letzten Konzerttournee. Cole überflog die ersten Absätze und suchte nach Hinweisen, die sich mit seiner langen Abwesenheit befassten. Er fand Informationen über den geänderten Zeitpunkt der Herausgabe seines neuen Albums und über die Vorbereitung seiner Europatournee. Nichts Aufregendes.

Cole wusste nicht, ob es Franks oder Janets Werk war, die Presse so erstaunlich ruhig zu halten. Es würde interessant werden, die Reaktion der Presse zu beobachten, wenn sie erführe, wie vollständig sie hinsichtlich seines Verschwindens getäuscht worden war. Es gab einige Reporter, die über dieses Versteckspiel ganz besonders wütend sein würden.

Er legte das Magazin zurück und ging hinaus. Eine halbe Stunde später fuhr Randy in Coles Lotus vor. »Wie bist du denn ausgerechnet hier gelandet?«, fragte er, als Cole einstieg.

»Hast du Geld?«, entgegnete Cole, um die Erzählung dieser unglaublichen Geschichte hinauszuzögern.

»Ein bisschen.«

»Reicht es, um irgendwo essen zu gehen?«

»Zu Hause gibt es tonnenweise Lebensmittel. Man könnte glauben, das gesamte Pressecorps von Südkalifornien sei eingeladen.«

»Ich will im Moment nicht nach Hause«, erklärte Cole. »Ich habe über etwas nachgedacht und möchte mit dir darüber sprechen.«

»Und das ist so dringend, dass es nicht ein paar Stunden warten kann? Ich hasse es, darauf herumzureiten, aber daheim warten eine Menge Leute auf dich.«

»Lass sie warten.«

Randy blickte Cole an. Ein boshaftes Glitzern lag in seinen Augen. »Bist du sicher? Dad wird uns umbringen, wenn er dahinter kommt.«

»Dad läuft zur Höchstform auf, wenn es eine Krise zu bewältigen gibt.«

»Ich glaube, dieser neue Cole Webster beginnt mir zu gefallen.« Randy ging von der Kupplung und legte den zweiten Gang ein, wobei er eine schwarze Gummispur auf dem Asphalt hinterließ.

»Das würde ich mir bei deinem Laster nie erlauben«, murrte Cole.

Randy lachte. »Du kannst es gerne versuchen.«

Später im Lokal, beim Kaffee nach dem Essen, war ihre Diskussion noch immer nicht beendet.

»Ich sehe nicht ein, was du dir davon versprichst, ein paar Tage in Los Angeles herumzulaufen.« Randy warf einige Stücke Süßstoff in seine Tasse. »Also erklär mir, was du eigentlich suchst.«

Cole fürchtete, dass jeder Erklärungsversuch unzureichend wäre und sein Ziel lediglich verwässern würde. »Ich kann es nicht in Worte fassen.«

Randy schwieg eine Zeit lang, dann fragte er: »Ist es so was wie Zen, was dir vorschwebt?«

Cole beugte sich vor, wobei er die Ellbogen auf den Tisch stützte. »Hast du dir je vorgestellt, wie es wäre, wenn du eines Morgens aufwachen würdest, und alles, was du bisher als gegeben hingenommen hast, ist nicht mehr da?«

»Meinst du deine Karriere?«

»Früher war ich ein unbedeutender Countrysänger, der einmal in der Woche in Bars aufgetreten ist, wo es so laut war, dass niemand die Musik hören konnte. Und plötzlich war ich der Prophet, der einen sterbenden Wirtschaftszweig in das Gelobte Land führen sollte. Niemanden hat es interessiert, dass ich in beiden Fällen derselbe Mensch war.«

Randy schob seine Kaffeetasse auf dem Tisch hin und her und schüttelte den Kopf. »Wenn du über diese Gefühle nicht hinwegkommst, wirst du nie wieder in der Lage sein, dich auf eine Bühne zu stellen und die Leute davon zu überzeugen, dass das Geld für ihre Eintrittskarte gut angelegt ist.«

Cole fühlte sich erleichtert. In seiner verdrehten Art hatte Randy seine Ängste in Worte gekleidet. Du verstehst also, warum ich weg will?«

»Das Warum habe ich verstanden, aber das Wie leuchtet mir nicht ein. Wieso glaubst du, Antworten zu finden, indem du einfach untertauchst?«

Der Gedanke war Cole auf dem Weg zum Restaurant gekommen. Bislang war ihm selbst noch nicht alles klar. »Das weiß ich selbst noch nicht.«

»Warum fängst du es dann nicht anders an?« Randy ließ sich die Tasse von der Kellnerin erneut auffüllen und lächelte sie an. »Ich will dir keine Angst machen, aber ich halte es für ziemlich gefährlich, allein in Los Angeles umherzuwandern.«

»Millionen von Menschen tun das täglich.«

»Aber nicht Cole Webster.«

»Das ist es eben. Niemand erkennt mich mehr. Ich habe die einmalige Chance, um …«

»Du hast dich nicht so sehr verändert, wie du denkst.«

»Schau dich um«, beharrte Cole. »Starrt mich irgendwer an? Ist irgendjemand betont gleichgültig vorübergegangen? Hat irgendwer das geringste Interesse an uns gezeigt?«

»Die Leute sind mit sich selbst beschäftigt«, meinte Randy. »Das beweist überhaupt nichts.«

»Wann bin ich zuletzt irgendwo hingegangen, ohne erkannt zu werden?«

Randy dachte nach. »Verflixt, ich kann mich nicht erinnern.«

»Es ist, als würde sich ein Fenster vor mir auftun. Sobald die Presse von dem Unfall erfährt und Bilder mit meinem jetzigen Aussehen veröffentlicht werden, geht alles wieder von vorne los. Alles, was ich will, sind ein paar Tage.«

»Hoffentlich passiert dir bei diesem Fenster nicht das Gleiche wie bei deiner letzten Flucht aus einem Fenster.«

»Wovon redest du?«

»Du bist gewaltig auf den Hintern gefallen, großer Bruder.«

Cole lächelte. »Dieses Risiko gehe ich ein.«

»Und was ist mit Belinda?«

An sie hatte Cole überhaupt nicht gedacht. »Richte ihr aus, sie solle ein paar Tage ihre Mutter besuchen.«

Randy blitzte Cole ärgerlich an. »Meinst du nicht, du solltest ihr das selbst sagen?«

»Das wäre sinnlos. Sie würde mich nicht verstehen.«

»Wie kannst du von ihr erwarten, dass sie etwas versteht, was du selbst nicht verstehst?«

»Seit wann spielst du den Ritter für Belinda?«

»Seit du es nicht mehr tust. Cole, das Mädchen ist verrückt nach dir.«

»Und ich bin verrückt nach ihr«, antwortete Cole, doch die Worte klangen hohl. »Ich kann es ihr nur nicht immer zeigen.« Cole schob sein Glas zentimeterweise über den Tisch und hinterließ dabei eine Spur von feuchten Ringen. Vom ersten Tag an, da Cole Belinda mit nach Hause gebracht hatte, hatte Randy einen Narren an ihr gefressen. Nach seiner Überzeugung war sie die perfekte Frau für Cole. Sie sollte die Nichten und Neffen gebären, die Randy dann nach Kräften verwöhnen wollte. Cole brachte es nicht über sich, ihm zu erzählen, dass Belinda sich vor lauter Angst, ein Baby könne ihre Figur verderben, hatte sterilisieren lassen, und das schon zwei Jahre, bevor sie Cole kennen gelernt hatte. Und für Cole war das einer ihrer größten Pluspunkte. Er hatte schon vor Jahren entschieden, dass er sich nicht zum Vater eignete. Anders als Randy glaubte Cole sehr stark an Vererbung. Es erschreckte ihn, was man alles an ein Kind weitergeben konnte. Keiner der Webster, die er kannte, war ein wahrer Vater gewesen. Cole gab sich keinen Illusionen darüber hin, dass er es besser machen könne.

»Also sagst du es ihr selbst?«, fragte Randy bohrend.

Cole wusste, wann er nachgeben musste. »Ich werde sie anrufen, sobald sie bei ihrer Mutter ist.«

»Das wird nicht funktionieren.« Randy lehnte sich zurück. »Ich werde sie nie aus dem Haus bekommen, wenn ich ihr nicht sage, was los ist.«

»Und wenn ich sie zu Hause anrufe, wirst du sie nicht

schnell genug aus dem Haus bekommen, ehe Frank explodiert.«

Randy schwieg eine Weile, dann fuhr er sich durch die Haare und blickte Cole stirnrunzelnd an. »Hat Dad griechisches Blut?«

»Was hat das denn damit zu tun?«

»Waren es nicht die Griechen, die die Überbringer schlechter Nachrichten töten ließen?«

Cole steckte den Finger ins Wasserglas und spritzte einige Tropfen in Randys Gesicht. »Halte dich einfach nahe bei der Haustür auf und lass den Motor laufen. Dann kann dir nichts passieren.«

»Was ist eigentlich mit meinem Truck passiert?«

Ein etwas dümmliches Grinsen erschien auf Coles Gesicht. »Ach ja, das hatte ich vergessen.« Er wollte sich erheben, überlegte es sich aber anders. »Noch etwas.«

»Was denn noch?«

»Ich werde Geld brauchen.«

Randy holte seine Geldbörse hervor und reichte Cole alle Scheine, die darin waren. »Damit wirst du nicht weit kommen.«

Cole zählte die Banknoten. Es waren weniger als zweihundert Dollar. Er nahm einen Zwanziger und gab ihn Randy zurück. Den wirst du fürs Taxi brauchen.«

Randy winkte ab. »Ich erledige das, wenn ich zu Hause bin.«

Cole starrte auf das Geld und versuchte sich vorzustellen, wie lange er damit auskommen würde. Er hatte schon so lange nicht mehr für etwas selbst bezahlt, dass er keine Ahnung hatte, was ein Motelzimmer, ein Restaurantbesuch oder eine Zahnbürste kostete. Er warf einen fragenden Blick auf Randy.

»Stimmt was nicht?«

»Ich weiß nicht, wo mein Geld ist.«

»Ich dachte, du hast keines«, gab Randy zurück.

»Ich meine das Geld auf der Bank.« Cole rieb sich den Nacken. Ein Kopfschmerz zog auf. »Ich weiß nicht, auf welcher Bank es ist.«

»Wie bezahlst du deine Rechnungen?«

»Der Buchhalter bezahlt sie.«

»Woher bekommst du dein Taschengeld?«

»Ich gehe nirgendwohin, wo ich Geld brauche.«

»Hast du eine Kreditkarte?«

Cole schüttelte den Kopf. »Ich habe keine.«

»Wie bekommt Belinda ihr Geld?«

»Sie sagt dem Buchhalter, wie viel sie braucht, und er kümmert sich darum.«

Randy machte ein ungläubiges Gesicht. »Gefällt dir ein solches Leben?«

»Weshalb soll ich immer Geld mit mir herumtragen, wenn ich keines brauche?«

»Weil alle Leute das tun.« Randy setzte sich Cole direkt gegenüber. »Du führst ein Leben wie ein Schoßhündchen.«

»So schlimm ist es auch nicht«, meinte Cole ohne Überzeugung. Ein Gedanke fuhr ihm durch den Kopf. »Woher bekommst du dein Geld?«

»Meinst du, ursprünglich oder …«

»Wirst du bar oder mit Scheck bezahlt?«

»Mit Scheck.«

»Und auf welche Bank lautet der Scheck?«

Randy nickte verstehend. »Harbor International.«

Cole lächelte triumphierend, legte zwei Fünf-Dollar-Noten als Trinkgeld auf den Tisch und stand auf. »Ich glaube, ich habe soeben mein Geldproblem gelöst.«

Randy nahm einen der Fünfer und gab ihn Cole zurück. »Nur für den Fall«, sagte er.

Cole bezahlte die Rechnung an der Kasse und ging mit Randy hinaus. Sie gingen einige Schritte, während sie auf ein Taxi warteten. »Eines hätte ich beinahe vergessen«, sagte Cole.

»Was noch?«

»Das Lied auf der Kassette.«

»Ja?«

»Ich möchte es haben. Es gefällt mir besser als vieles, was ich in letzter Zeit gehört habe.«

»Es liegt aber nicht auf deiner Linie.« Randy schob die Hände in die Hosentaschen und wippte auf den Absätzen. »Du wirst es schwer haben, es Frank beizubringen.«

»Du tust deinen Teil und ich meinen.«

Ein gelbes Taxi näherte sich. Randy winkte dem Fahrer und trat auf die Straße. Er wandte sich noch einmal zu Cole um. »Pass auf dich auf, großer Bruder.«

Keine drei Stunden später saß Randy in einem anderen Auto und fuhr auf einer anderen Straße in eine andere Richtung.

»Geht es ihm wirklich gut?«, fragte Belinda zum dritten Mal, als sie in die Pazifik-Küstenstraße einbogen.

»Er will sich nur ein paar Tage zurückziehen, um in Ruhe nachzudenken«, erklärte Randy.

Als er ihr mitgeteilt hatte, Cole würde nicht sofort nach Hause kommen, hatte sie sich so aufgeregt, dass er sich entschlossen hatte, sie selbst zu ihrer Mutter nach Long Beach zu chauffieren. Inzwischen war ihm klar geworden, dass er nicht die ganze Zeit über so tun konnte, als wüsste er nichts Genaueres. Einerseits wäre es Belinda gegenüber nicht fair, andererseits würde sie ihm nie wieder vertrauen, wenn sie herausfände, dass er die ganze Wahrheit kannte. Also fuhr er den längsten Weg zum Haus ihrer Mutter und gab ihr damit ausreichend Zeit, ihn gründlich auszufragen.

Belinda blickte aus dem Seitenfenster ihrer Corvette. »Es steckt mehr dahinter«, beharrte sie. »Er hatte genug Zeit, um nachzudenken, so lange er wollte.«

»Du kennst doch Cole. Er handelt nicht immer logisch.«

Belinda warf ihm einen durchdringenden Blick zu. »Du verbirgst etwas vor mir.«

»Das würde ich niemals tun«, antwortete Randy aufrichtig. Er hatte zwar damit gerechnet, dass sie sich Sorgen machen würde, aber es schien ihr wirklich nahe zu gehen. »Cole ist wie ein kleiner Junge mit einem neuen Spielzeug«, versuchte er zu erklären. »Im Augenblick ist sein neues Gesicht dieses Spielzeug. Er kann es nicht erwarten, es auszuprobieren.«

»Aber warum will er allein sein? Ich wäre sofort mitgegangen.«

Eine oberflächliche Antwort bot sich an, doch Randy ließ sie unausgesprochen. Belinda verdiente etwas Besseres. »Das hat nichts mit dir zu tun. Du weißt, wie launisch Cole manchmal ist.« Belinda ließ den Kopf hängen. Das Haar verbarg ihr Gesicht wie ein Vorhang. Randy empfand das heftige Verlangen, die seidige Mähne zu streicheln. Er stellte sich vor, wie zart das Haar durch seine Finger gleiten würde.

»Ich weiß nicht, was ich tun würde, wenn ihm etwas geschähe«, seufzte Belinda.

Randy versuchte sie zu trösten. »Es ist ja nur für ein paar Tage. Du brauchst nichts weiter zu tun, als dir vorzustellen, er wäre noch im *Casa Blanca;* im Handumdrehen wird er wieder da sein.«

»Liegt es an mir?«

Der Verkehr wurde dichter und forderte mehr Aufmerksamkeit. Randy hielt nach einem Platz Ausschau, an dem er stoppen konnte. In einer noblen Allee hielt er vor einem rosafarbenen stuckverzierten Haus an und stellte den Motor ab. »Würdest du mir genauer erklären, was du mit dieser Frage meinst?«

Belinda sah ihn nicht an. »Ist er meiner überdrüssig geworden?«, fragte sie leise. »Ist das seine Art, mich loszuwerden?«

Die Frage überraschte Randy. Er überlegte, ob es zwischen Belinda und Cole Streit gegeben hatte. »Ich weiß nur, was er mir gesagt hat«, erklärte er. »Er befürchtete, Frank würde seinen Zorn an dir auslassen, wenn du im Haus bliebst.« Er nahm ihre Hand und drückte sie beruhigend.

Belinda blickte ihn ängstlich an. »Ich weiß nicht, wie ich ohne ihn leben könnte, Randy. Er ist meine ganze Welt.«

Randy schluckte schwer. Warum musste Cole sich so intensiv mit den dunklen Seiten seines Lebens befassen, dass er die positiven nicht mehr erkennen konnte? »Er weiß, was er an dir hat, Belinda«, meinte er ermutigend und lächelte ihr zu. »Und falls er es je vergessen sollte, werde ich ihn daran erinnern.«

Belindas Finger umklammerten seine Hand. »Ich bin so froh, dich zum Freund zu haben, Randy.«

In diesem Augenblick wäre er für sie durchs Feuer gegangen. »Wenn Cole sein ›Abenteuer‹, hinter sich hat und wieder im alten Trott ist, wird alles wieder wie früher sein«, versicherte er ihr.

»Vielleicht sollte ich ihm anbieten, ihn irgendwo zu treffen?«, fragte sie.

Randy genoss das Gefühl, Belindas Hand in seiner zu halten. Er war ihr bisher noch nie so nahe gewesen. Er wollte ihre Hand nicht loslassen, damit sie nicht auf den Gedanken käme, sie sei ihm lästig. Doch etwas musste geschehen, um wieder zu ihrem gewohnten Umgangston zurückzufinden. In einer komischen, altväterischen Geste hob er ihre Hand an seine Lippen und küsste jeden einzelnen Knöchel. Er war überwältigt, wie zart und duftend ihre Haut war. »Das liegt an dir«, sagte er und räusperte sich. »Aber vermutlich will er das alleine durchziehen.«

»Sagst du das, damit ich mich nicht verletzt fühle, falls er ein Treffen ablehnt?«

»Er ist auf der Suche, Belinda, aber er weiß noch nicht, wonach. Und solange er das nicht herausgefunden hat, wird er weder auf sich selbst noch auf andere Rücksicht nehmen.«

»Aber du weißt, wonach er sucht, nicht wahr?«

»Wie kommst du darauf?«

»Alle halten dich für einen Leichtfuß. Aber ich habe dich beobachtet, ohne dass du es bemerkt hast. Du lässt dir nichts entgehen. Ich wette, du kennst Cole besser als er sich selbst.«

»Die Wette würdest du verlieren. Cole ist immer für eine Überraschung gut.« Er war nicht sicher, ob es ihm gefiel, von Belinda beobachtet zu werden, denn es gab nur eine Sache, die Randy seinem Bruder voraus hatte: eine Privatsphäre.

»Wir sollten weiterfahren«, sagte Belinda. »Ich will

schließlich zu Hause sein, falls Cole anrufen sollte.« Sie lächelte süß.

Ungewollt stieg eine Erinnerung in Randy auf – Cole und Belinda, die sich auf dem Bett liebten. Was er gesehen hatte, war erregend und erotisch gewesen, doch auch bar jeder echten Leidenschaft. Randy hatte es bedauert, Zeuge dieses Anblicks geworden zu sein, auch wenn es unbeabsichtigt geschehen war.

Ohne ein weiteres Wort startete er den Wagen und lenkte ihn weiter landeinwärts. Als Belinda erkannte, welchen Weg er nahm, bemerkte sie: »Ich begrüße deine Bemühungen, doch eine halbe Stunde mehr macht nun auch nichts mehr aus.«

»Das ist es nicht. Ich wollte nur all die Stoppschilder zwischen hier und Long Beach vermeiden.« Belinda machte ein so enttäuschtes Gesicht, dass es ihm beinahe Leid tat, einen so vernünftigen Grund für seinen Umweg genannt zu haben. Man vergaß leicht, wie unsicher sie im Grunde war und wie sehr sie immer nach Bestätigung suchte. Und bei Coles jetziger Handlungsweise musste sie noch verunsicherter sein als sonst. Randy nahm sich vor, von nun an noch mehr Rücksicht auf ihre Gefühle zu nehmen.

5

Cole saß auf einer Bank in Disneyland, direkt gegenüber der Anlage mit den ›Piraten der Karibik‹. Er fühlte sich niedergeschlagen und beachtete niemand. Der Tag hatte eigentlich ganz gut begonnen. Belinda hatte sich weniger gesträubt, für einige Tage ihre Mutter zu besuchen, als er erwartet hatte. Wie immer war sie verständnisvoll und mitfühlend gewesen und hatte Rücksicht auf seine unklaren Wünsche genommen, die er selbst nicht ganz verstand. Sie war perfekt gewesen, wie immer. Und wie immer hatte Cole nach dem Gespräch ein diffuses Schuldgefühl gehabt.

Er war auch in der Harbor International Bank gewesen und hatte in Erfahrung gebracht, dass er – oder besser gesagt, die Cole Webster Enterprises – mehrere Konten dort führte. Doch auch nachdem er seinen Führerschein vorgezeigt hatte, wollte ihm niemand genaue Zahlen nennen. Man informierte ihn nur, dass alle Konten solvent und ausreichend gedeckt seien und dass er zu keinem einzigen Zugang habe. Es war völlig gleichgültig, ob der Angestellte ihn erkannte oder nicht – sein Name war überall verzeichnet, nur nicht auf den Vollmachten.

Noch vor wenigen Jahren hatte er nicht einmal ein Girokonto besessen. Dann, nachdem die Anfangsschwierigkeiten überwunden waren, hatte Cole seinem Vater bereitwillig die Kontrolle über die Finanzen überlassen. Warum auch nicht? Frank mochte ein Despot sein, aber er war ehrlich bis zum Letzten.

Cole rieb sein Handgelenk, an dem bis vor einigen Stunden eine Rolex geprangt hatte. Obwohl sie ihm nie besonders gut gefallen hatte, war es doch ein harter Brocken, dass er für eine Uhr, die fünfundzwanzigtausend Dollar gekostet hatte, im Pfandhaus gerade ein Zehntel ihres Werts erhalten hatte.

Er streckte sich und stand auf. Es war ein Fehler gewesen, hierher zu kommen. Obwohl er allein sein wollte, war er nicht der Einzelgänger, der zu sein er vorgab. Es gab Orte, die man alleine genießen musste, und andere wie dieser hier, an denen man sich doppelt einsam fühlte.

Während er zu dem Motel zurückfuhr, in dem er sich einquartiert hatte, überkam ihn plötzlich die Erkenntnis: Er hatte nicht zu wenig Zeit zum Nachdenken, sondern zu viel! Wenn er arbeitete, kümmerte er sich nicht darum, wer das Geld verwaltete oder die Schecks unterzeichnete. Es hatte ihn nie interessiert.

Doch alles der Reihe nach. Er hatte das deutliche Gefühl, als Erstes müsse er eine Nacht in den verkommensten Spelunken von LA zubringen, und zwar nicht alleine.

Er wollte nach seinem Handy greifen, erinnerte sich jedoch, es im Motel gelassen zu haben. Also hielt er vor dem nächsten Lebensmittelgeschäft. Das Telefon befand sich neben einem Plastikpony, auf dem Kinder gegen den Einwurf einer Münze zu lauter Musik auf und ab geschaukelt wurden. Er wartete, bis das Pony und die Musik innehielten, dann wählte er.

Frank war am Apparat. »Hallo.«

Cole war nahe daran aufzuhängen.

»Wer ist da?«, fragte Frank. »Bist du es, Cole?«

»Ja, ich bin's«, gab Cole widerstrebend zu.

»Wo, zum Teufel, steckst du?«

»Mir geht es gut, danke der Nachfrage.«

»Hast du eine Vorstellung davon, in welche Schwierigkeiten du uns alle mit deinem Verschwinden gebracht hast?«

Cole lehnte sich an die Wand. »Nein, aber wenn ich danach frage, wirst du es mir bestimmt erzählen.«

»Die Reporter hätten dich ans Kreuz genagelt, wenn Janet und ich uns nicht schnell etwas ausgedacht hätten.«

»Ich habe dich nicht danach gefragt, Frank.«

»Du undankbarer …« Frank hielt inne. »Ich hätte ihnen die Wahrheit sagen sollen. Dann hättest du zusehen können, wie du da allein wieder herauskommst.«

Cole hielt sich zurück. Einen Streit mit Frank konnte man nicht gewinnen, schon gar nicht am Telefon. »Mir ist klar«, sagte er betont ruhig, »dass es möglicherweise gefühllos von mir ist, dich darauf hinzuweisen; aber ist es nicht Teil deiner Arbeit, dich um die Presse zu kümmern?«

Es entstand eine lange, brütende Stille. Dann antwortete Frank: »Ich bin dein Vater. Wie kannst du es wagen, mit mir zu sprechen, als wäre ich ein Angestellter?«

Es war absolut der falsche Zeitpunkt, doch Cole musste es loswerden. »Wenn ich zurückkomme, müssen wir einige Dinge zwischen uns klarstellen.«

»Was soll das heißen?«

»Ich möchte jetzt wirklich nicht darüber sprechen.«

»Pfeif drauf. Wenn du denkst, dass ich stillhalte, während du meine Arbeit schlecht machst, wirst du noch über einiges nachzudenken haben. Vergiss nicht, ich habe dich zu dem gemacht, was du jetzt bist. Alles, was du bist und was du hast, verdankst du mir.«

»Nimm es. Es gehört dir. Ich will es nicht mehr.« Ein stechender Schmerz schoss hinter Coles Augen durch seine Schläfen. Er verzog das Gesicht und legte die Hand auf die Stirn. Dies waren die ersten richtigen Kopfschmerzen, die er seit dem Verlassen von *Casa Blanca* fühlte.

»Was ist los mit dir? Hast du was geschluckt?«

Cole seufzte. »Meinst du, außer den Medikamenten, welche die Ärzte mir gegeben haben?«

»Ich bin nicht so blöd, wie du offensichtlich glaubst. Ich weiß, dass du keine Medikamente mehr nimmst.« Frank schwieg wieder eine Weile, dann fragte er: »Wann kommst du nach Hause?« Seine Stimme klang verdächtig ruhig.

»In ein paar Tagen«, antwortete Cole.

»Weshalb hast du angerufen?«

»Ich wollte mit Randy sprechen.«

»Er ist nicht da«, antwortete Frank etwas zu schnell. »Ich glaube, er ist draußen. Gib mir deine Nummer und …«

»Ich werde ihn später anrufen.«

»Wann?«

»Wie spät ist es jetzt?«

»Wo ist deine Uhr?«

Dem Mann entging nichts. »Ich habe entdeckt, dass ich auf der Bank nur durch einen Überfall hätte zu Geld kommen können. Stattdessen habe ich mich durch einen Pfandleiher ausnehmen lassen.«

»Du hättest mir sagen sollen, dass du Geld brauchst.«

»Warum hätte ich dich um etwas bitten sollen, das sowieso mir gehört?«

»Geht es darum? Willst du mehr Taschengeld?«

Cole wurde zornig. »Sag Randy, ich setze mich mit ihm in Verbindung.«

»Einen Moment, er kommt gerade herein.«

»Was gibt's?«, fragte Randy betont unschuldig.

»Ich dachte«, sagte Cole, »wir könnten heute Abend

mal um die Häuser ziehen, falls du noch nichts anderes vorhast.«

»Das ist vermutlich keine gute Idee.«

»Ach?« Cole war verwirrt. »Wieso nicht?«

»Das ist schwer zu erklären.«

»Da stimmt was nicht. Soll ich raten?«

»Du würdest nie darauf kommen, nicht in einer Million Jahre.«

»Was soll ich also tun?«

Randy schwieg einige Sekunden, ehe seine Stimme wieder zu hören war. »Das werde ich nicht tun«, sagte er. Seine Stimme klang gedämpft, als deckte er die Muschel mit der Hand ab, während er zu jemand anders sprach.

Cole wurde aufmerksam. »Randy? Was ist los?«

»Dad scheint zu glauben, du hättest einen Nervenzusammenbruch. Er hat mit den Ärzten gesprochen, sie wollen, dass er dich in eine der Privatkliniken im Tal einweist, um dich ein paar Tage lang beobachten zu lassen.«

»Er möchte mich einweisen lassen?«, fragte Cole ungläubig. Er konnte im Hintergrund die Stimme seines Vaters hören. Die Worte waren unverständlich, doch der Ton war eindeutig. Frank musste schrecklich wütend auf Randy sein.

»Cole, ich spreche später mit dir«, stieß Randy hastig hervor.

Franks Worte wurden jetzt deutlich hörbar. »Geh mir aus den Augen! Hinaus aus meinem Haus! Ich will dich nicht …«

Der Rest war nicht mehr zu verstehen. Dann war Frank wieder am Telefon. »Tut mir Leid, Cole, dass du dir diesen Mist anhören musstest. Ich hatte nie die Absicht …«

»Willst du mir sagen, dass Randy alles missverstanden hat und du nie mit den Ärzten darüber gesprochen hast?«

»Es ist nicht so, wie er es dargestellt hat.«

»Warum sagst du mir dann nicht, wie es wirklich war?«

»Ich habe mir Sorgen um dich gemacht. In letzter Zeit warst du nicht du selbst.«

»Wenn ich glauben könnte, du hättest überhaupt keine

Ahnung, wer ich bin, dann wüsstest du möglicherweise, wovon du sprichst.« Cole schwieg einige Sekunden. »Ich hänge jetzt auf.«

»Du hast mir noch nicht gesagt, wann du wiederkommst.«

»Ich weiß es nicht.«

»Wann rufst du wieder an?«

»Das weiß ich auch nicht.« Cole wollte das Gespräch beenden, etwas musste er jedoch noch loswerden. »Übrigens, Dad, das Haus, aus dem du Randy werfen wolltest, gehört mir. Wenn irgendjemand hinausgeworfen wird, dann von mir.« Mit diesen Worten hängte er ein.

Cole setzte sich in sein Auto und umklammerte das Lenkrad. Eine neue, seltsame Unrast überfiel ihn. Es war, als hätte Franks Benehmen ihm eine neue Freiheit geschenkt. Und die Erkenntnis, dass die Antworten auf seine Fragen nicht in ruheloser Arbeit zu finden waren.

Und dann wusste er plötzlich, was er zu tun hatte.

Er brannte vor Ungeduld, die stark befahrene Stadtautobahn hinter sich zu bringen. Als er die Wüste erreichte, musste er sich zurückhalten, um nicht alles aus seinem Lotus herauszuholen. Doch die Vernunft bewog ihn, nicht schneller als achtzig Meilen pro Stunde zu fahren. Dieses Tempo konnte ihm zwar einen Strafzettel, nicht aber eine Nacht im Gefängnis einbringen.

Cole hatte keine Augen für das Farbenspiel der Dämmerung, als er durch die Berge New Mexicos raste. Er achtete nur auf die Wegweiser, die ihm die schwindende Entfernung nach Taos anzeigten. Die Berge wichen einer flachen, eintönigen Hochebene, bis auf einmal der schroffe Einschnitt des Rio Grande vor ihm lag.

Jetzt war es nicht mehr weit. Er wurde unruhig und in seiner Magengrube begann es zu kribbeln. Es war wie damals, als er bei der Verleihung des Country-Musik-Preises im Publikum saß und darauf wartete, ob er zum vierten Mal hintereinander zum Entertainer des Jahres gewählt würde.

Bei seiner ersten Nominierung war er sehr aufgeregt gewesen. Endlich bot sich die Gelegenheit, all die Leute persönlich kennen zu lernen, die seit seiner frühesten Jugend seine Idole gewesen waren. Nicht in seinen kühnsten Träumen hatte er gehofft, den Preis selbst zu gewinnen.

Im folgenden Jahr war er ruhiger gewesen. Es war unmöglich, zweimal hintereinander zu gewinnen. Wozu sich also aufregen? Er ging zu der Veranstaltung, um sich zu amüsieren und mit etwas Glück ein oder zwei kleinere Preise für sein viertes Album entgegenzunehmen. Als er tatsächlich wieder Entertainer des Jahres wurde, hatte er dagesessen wie ein Trottel und musste zweimal aufgerufen werden.

Im dritten Jahr konnte er sich kaum im Zaum halten. Jedem, der ihm über den Weg lief, sagte er, dass er diesmal nicht gewinnen könne, und jeder bestätigte ihm das. Allerdings stets mit dem Zusatz: »Wirklich wissen kann man es vorher aber nie.«

Und er gewann. Doch auf dem Weg zur Bühne ging ihm jedes bisschen Witz verloren. Hinterher war er überzeugt, noch niemand habe in der Geschichte der Preisverleihung eine nichts sagendere Dankesrede gehalten.

Auch im vergangenen Jahr war er nominiert worden und hatte allen erzählt, er könne auf keinen Fall gewinnen. Und diesmal hatte er Recht behalten. Wie er Preisverleihungen hasste!

Cole näherte sich den Ausläufern der Stadt. Aus Gewohnheit warf er einen Blick auf sein Handgelenk. Da er die Uhr jedoch versetzt hatte, sah er auf sein Armaturenbrett: Es war erst 6.45 Uhr, viel zu früh, um unangemeldet bei jemandem aufzutauchen. Er überlegte, wie lange es dauern würde, ein Telefonbuch zu finden, die Adresse herauszusuchen und jemanden nach dem Weg zu fragen. Nicht lange genug. Vielleicht sollte er zuerst ein Restaurant ansteuern und sich ein Frühstück genehmigen, um die Zeit totzuschlagen.

Ein Lächeln kräuselte seine Lippen. Nein, er würde sich nicht damit zufrieden geben, in einem Lokal zu sitzen und die Zeiger der Wanduhr anzustarren, während draußen seine Bestimmung auf ihn wartete.

Zur Hölle mit dem Anstand!

Als er an Buddy Chapmans Tür klopfte, öffnete dieser ihm in einem rot-grünen Filzbademantel. Er hatte einige Pfund zugenommen, seit Cole ihn zuletzt gesehen hatte. Das Fett hatte seine kantigen Gesichtszüge weicher gemacht und ließ ihn trotz einiger Silberfäden im schwarzen Haar jünger erscheinen. Auf dem Arm trug er ein etwa zweijähriges Mädchen in rosarotem Pyjamaoberteil und Windeln. »Was kann ich für Sie tun?«, fragte er und unterdrückte ein Gähnen.

Cole warf alle Zurückhaltung über Bord. »Du kannst mich entweder zum Frühstück hereinbitten oder mich zum Teufel schicken. Du bist völlig im Recht, wenn du mich davonjagst, aber ich hoffe, du entscheidest dich für das Frühstück.«

Buddy setzte das Kleinkind auf die Fliesen des Eingangs und betrachtete Cole genauer. Das Mädchen versteckte sich sofort hinter den Beinen seines Vaters, Sekunden später äugte es jedoch vorsichtig hinter seinen Knien hervor und blickte den fremden Mann mit unverhohlener Neugierde an. Buddys Gesicht trug denselben Ausdruck. »Cole? Bist du es?«, fragte er ungläubig.

Cole grinste erleichtert. »Ja, ein wenig abgenutzt, aber ich bin's wirklich.«

»Da soll doch … du bist wahrhaftig der letzte Mensch, den ich auf meiner Veranda erwartet hätte.«

»Heißt das, ich soll verschwinden?«

Buddy antwortete zögernd. »Ich würde lügen, wenn ich dir reine Freude vorspielen würde.«

»Ich kann dich verstehen.«

Wieder zögerte Buddy. »Ach was«, sagte er schließlich, »für's Beleidigtsein kann ich mir nichts kaufen. Also, was soll's!« Er nahm Cole beim Arm und führte ihn ins Haus. »Wenn du Zeit hast, bleib auch zum Mittag- und Abendessen. Ich will nur nicht, dass du denkst, Suzy würde dir Gift ins Essen streuen, weil sie immer noch sauer auf dich ist. Sie kann bis heute nicht anständig kochen.«

»Ich habe dich gehört«, sagte Suzy, die mit einem hölzernen Kochlöffel in der Hand am Ende des langen Korridors aufgetaucht war.

»Komm her und rate, wer das ist«, forderte Buddy sie auf.

»Das ist unnötig. Ich weiß, wer das ist – der fabelhafte Cole Webster.«

Cole wand sich unter der Feindseligkeit in ihrer Stimme.

»Woher weißt du das?«, fragte Buddy.

»Ich habe sein Auto durchs Küchenfenster gesehen. Niemand sonst, den wir kennen, fährt einen solchen Wagen.«

Buddy warf Cole einen fragenden Blick zu.

»Es ist ein Lotus«, erklärte Cole.

»Mensch, hast du ganz vergessen, dass ich dir immer wieder gepredigt habe, du brauchtest einen Pickup, um es in der Country-Szene zu etwas zu bringen?«

Cole lachte. Er konnte nicht anders, sonst wäre er in Tränen ausgebrochen. »Ich wusste gar nicht, wie sehr du mir gefehlt hast, Buddy.«

»Er wäre nicht so schwer zu finden gewesen«, meinte Suzy trocken.

Das kleine Mädchen hatte mittlerweile entschieden, sich nicht vor Cole zu fürchten. Sie stellte sich auf die Spitzen ihrer Turnschuhe und legte die Ärmchen um Coles Beine. »Hab dich«, krähte sie.

Cole hatte keine Ahnung, was er mit ihr anfangen sollte. Mit Kleinkindern hatte er noch nie etwas zu tun gehabt.

Als sich Verwirrung auf seinem Gesicht abzeichnete, griff Buddy sofort nach seiner Tochter, warf sie in die Luft, küsste sie schmatzend in den Nacken und setzte sie wieder auf den Boden. »Ab mit dir«, befahl er. Das Mädchen lief zu seiner Mutter.

»Sie ist wunderhübsch«, sagte Cole. »Wie heißt sie?«

»Darla«, antwortete Suzy.

»Ich wusste gar nicht, dass ihr eine Tochter habt.«

Suzy stieß ein verächtliches Schnauben aus und ging zurück in die Küche.

»Dann weißt du vermutlich auch nichts von ihrem größeren Bruder«, bemerkte Buddy

»Und eins ist unterwegs«, rief Suzy aus den Tiefen der Küche.

Suzys eisiger Stimme war deutlich anzumerken, dass ihr Zorn tiefer und fester saß, als es bei Buddy der Fall war.

»Vielleicht ist es besser, wenn ich später wiederkomme«, murmelte Cole.

»Sie ist nur wütend auf dich, weil sie glaubt, mich vor dir beschützen zu müssen«, sagte Buddy leise. »Das wird sich schon geben.« Er legte den Arm um Coles Schultern und führte ihn zur Küche. »Dann schieß mal los. Wie kommt es, dass du dich hier alleine herumtreibst? Du hast bestimmt eine Menge zu erzählen.«

Erst in diesem Augenblick wurde Cole bewusst, wie sehr er Buddy vermisst hatte. Cole hatte eigentlich erwartet, zuerst nach dem Grund für sein verändertes Aussehen gefragt zu werden. Buddys Desinteresse war seine Art zu sagen, dass das neue Gesicht unwichtig war.

»Die Geschichte ist zwar lang, aber nicht besonders aufregend«, sagte Cole, »und außerdem ist sie auch nicht gerade schön.«

»Ich habe viel Zeit.« Er schob Cole vor sich durch die Küchentür. »Und es ist offensichtlich, weshalb du gekommen bist.«

Er hatte natürlich Recht, aber indem er es aussprach, wurden Coles Zweifel, ob er die richtige Entscheidung getroffen hatte, wieder wach. Er dachte immer noch darüber nach, wie es nun weitergehen sollte, als er aufblickte und sah, wie Suzy ihn aus weit aufgerissenen Augen anstarrte.

»Mein Gott, was ist mit dir passiert?«

»Lass ihn in Ruhe«, sagte Buddy. »Er wird uns alles erzählen, wenn er soweit ist.«

»Ist schon in Ordnung«, sagte Cole.

Suzy ging auf ihn zu. Als sie auf Armeslänge vor ihm stand, hob sie die Hand und berührte die Narbe über seinem Auge. »Ich hab dich vorhin nicht richtig angesehen ... ich dachte, du hättest nur dein Haar kurz geschnitten und dir einen Bart wachsen lassen.«

Ihre Berührung erschütterte Cole. Hier war die Fürsorge und Zärtlichkeit, auf die er nach seinem Unfall so lange gewartet hatte. Er nahm ihre Hand, drückte sie und rang sich ein Lächeln ab. »Das ist schon vor Monaten passiert. Die Ärzte meinen, ich sei wieder so gut wie neu.«

Suzys Zorn war tiefer Besorgnis gewichen. »Ach, wirklich? Und was machst du dann hier?«

»Um Himmels willen, Suzy«, protestierte Buddy, »gib dem Jungen doch ...«

»Lass sie«, sagte Cole leise. Er umarmte Suzy, die sich nicht dagegen sträubte. Er spürte ihren weich gerundeten Bauch. »Takt war noch nie Suzys besondere Stärke«, meinte er verschmitzt.

Suzy legte die Hände um seine Taille und betrachtete ihn genau. »Es ist gleichgültig, weshalb du hier bist«, sagte sie. »Hauptsache, du bist da.«

»Pass auf, du wirst noch deinen Ruf als Kneifzange verlieren.«

Suzy ließ ihren Kopf kurz auf Coles Brust sinken, dann ließ sie ihn los. »Magst du Pfannkuchen?«

Ihm war klar, dass bei Suzys Kochkünsten ihm die Pfannkuchen für den Rest des Tages wie Steine im Magen liegen würden, doch er wollte sich ihre Sympathie nicht verscherzen. »Lass mich dir helfen.«

Suzy zog zweifelnd eine Augenbraue hoch. »Das klingt mehr nach einer Bitte als nach einem Angebot.«

Ein kleiner Junge erschien in der gegenüberliegenden Tür. Er trug ein Hemd, das ihm vorne aus der Hose hing, dazu ein Batman-Unterhemd und knallrote Socken. »Ich finde meine Schuhe nicht«, klagte er. Obwohl die Worte an seine Mutter gerichtet waren, sah er dabei Cole an.

»Wo hast du sie gestern Abend ausgezogen?«, fragte Buddy.

»Hab' ich vergessen.« Der Junge starrte Cole immer noch an.

Cole ging durch die Küche und hockte sich vor dem Kleinen hin. »Hallo, ich bin Cole. Und wie heißt du?«

Der Junge blinzelte überrascht. »Ich heiße auch Cole.«

Cole fühlte einen Stich. Er wandte sich um zu Suzy und Buddy. Sein Verstand konnte nicht glauben, was sein Herz wünschte. Fragend blickte er sich um.

Suzy nickte bestätigend und Buddy lächelte. »Warum«, fragte Cole, da ihm nichts Besseres einfiel.

»Der Name hat mir schon immer gefallen, also dachte ich, wir könnten den Jungen so nennen«, sagte Buddy.

»Das ist Unsinn«, warf Suzy ein. »Er hat ihn so genannt, weil du der beste Freund warst, den er je hatte. Zumindest glaubte er das.«

»Warum habt ihr mich nie benachrichtigt?«, fragte Cole.

Suzy und Buddy tauschten erstaunte Blicke. »Das haben wir getan. Wir haben dich sogar gebeten, die Patenschaft zu übernehmen.«

Cole umklammerte den Türrahmen und stemmte sich hoch. Den Schmerz, der durch sein Bein in seine Hüfte schoss, ignorierte er. »Das hat man mir verschwiegen.«

Buddy wandte sich zu Suzy. »Hab ich's dir nicht gesagt?«

Suzy nahm eine Packung mit Pfannkuchenmischung aus dem Regal. »Ich habe sogar ein paarmal versucht, dich anzurufen, aber es hieß immer, du seist zu beschäftigt, um ans Telefon zu kommen.«

Und trotzdem hatte Buddy ihn heute so herzlich begrüßt. »Man hat mir nie etwas ausgerichtet.«

»Das ist schlimm«, sagte Suzy. »Aber es ist keine Entschuldigung dafür, dass du dir nicht die Mühe gemacht hast, selbst mal zum Hörer zu greifen und uns anzurufen.«

Diese absolute Offenheit war eine Eigenschaft an Suzy, die Cole ebenso bewunderte wie fürchtete. Es gab keine Entschuldigung für sein Verhalten. Sein Schweigen hatte jene Mauer, die Frank um ihn errichtet hatte, noch fester zementiert.

»Er hatte viel zu tun«, sprang Buddy für ihn ein.

Es war offensichtlich, dass er auch früher schon nach Entschuldigungen für Coles Schweigen gesucht hatte. Doch Suzy gab sich nicht damit zufrieden. »Niemand hat so viel zu tun, dass er nicht mal einen alten Freund anrufen kann.«

Von der Tür her klang ungeduldiges Geheule. »Jemand muss mir helfen, meine Schuhe zu suchen.«

»Du gehst«, sagte Suzy zu Buddy.

Er blickte sie scharf an. »Tu ihm ja nichts, während ich weg bin.«

Sie lachte. »Cole ist erwachsen. Er kann selbst auf sich aufpassen.«

Noch vor sechs Monaten hätte Cole ihr zugestimmt. Doch jetzt war er sich nicht mehr so sicher.

6

Buddy Chapman stemmte die Füße gegen das Terrassengeländer auf der Rückseite des Hauses. Er hatte sich noch immer nicht von der Überraschung erholt, die Cole ihm durch sein plötzliches Auftauchen bereitet hatte. Jahrelang hatte er auf einen Besuch von Cole gehofft, bis er es endlich aufgegeben hatte. Und dann hatte er die Tür geöffnet und Cole war davor gestanden; nicht mehr ganz der alte, aber immer noch ein erfreuliches Bild.

Nach einigen gemeinsam verbrachten Stunden erkannte Buddy, dass Cole nicht um der guten alten Zeiten willen gekommen war; er war auf der Suche nach etwas. Buddy hatte ihm Zeit gelassen, hatte direkte Fragen vermieden und vorsichtig versucht herauszufinden, warum Cole gekommen war. Doch es führte zu nichts. Er spürte eine Traurigkeit um Cole, die ihn ratlos machte. Und gleichzeitig wurde er zornig auf die Menschen, die dafür verantwortlich waren, dass Cole keine rechte Freude mehr am Leben empfand.

Obwohl Buddy nur ein Dutzend Jahre älter war als die Webster-Brüder, hatte es Zeiten gegeben, in denen er ihnen mehr Vater gewesen war als Frank. Es war Buddy, zu dem sie gekommen waren, wenn sie jemanden zum Reden oder Zuhören brauchten. Er verstaute die vielen Peinlichkeiten, die sie ihm anvertrauten, in seinem Gedächtnis ganz hinten und erinnerte sich am liebsten nur an das Gute.

Erst als die Umstände ihn von den beiden Brüdern trennten, bemerkte Buddy, wie sehr er ihnen wirklich zugetan war. Er wartete jahrelang auf ein Zeichen, dass seine Gefühle erwidert wurden, während Suzy immer ungeduldiger wurde über die scheinbare Zurückweisung des Mannes, den sie liebte. Dann hatte endlich Randy wieder Kontakt aufgenommen und nun war Cole da.

Die Fliegentür hinter Buddy öffnete sich und Cole kam heraus. Er reichte Buddy ein Bier, ging zum Geländer und lehnte sich dagegen. »Ich dachte immer, New Mexiko wäre eine Wüste«, sagte er. »Niemals hätte ich erwartet, dass du neben einem Berg wohnst mit einem Wald hinter dem Haus.«

»Willst du behaupten, du hättest auf deinen Tourneen niemals New Mexiko berührt?«

»Kaum zu glauben, wie?« Cole lächelte und schüttelte den Kopf.

»Manchmal überkommt es mich, dann möchte ich unbedingt wieder auf Tour gehen«, vertraute Buddy ihm an.

»Und?«

Buddy kicherte. »Dann packt Suzy mich ins Auto, fährt mit mir ein Stück die Straße hinunter und quartiert uns in einem baufälligen, verwanzten Motel ein. Nach spätestens zwei Tagen will ich wieder nach Hause.«

Cole schwieg einige Sekunden, dann fragte er leise: »Und wenn die Unterkunft besser wäre?«

Buddy nahm einen Schluck Bier. »Machst du nur Konversation oder hast du etwas Bestimmtes im Sinn?«

Cole starrte zum Wald hinüber. »Lass uns so tun, als wäre es Ernst.«

Eine innere Freude erwärmte Billy. Sein ganzes Leben hatte er mit Musik verbracht, hatte einem Traum hinterhergejagt wie jeder Südstaatenjunge, der jemals auf einer Gitarre geklimpert hatte. Sich sagen zu können, er habe ein Angebot ausgeschlagen, würde wesentlich angenehmer sein, als zugeben zu müssen, dass man ihn niemals gefragt hatte.

»Du brauchst mich nicht«, sagte er. »Mark Stewart ist besser auf der Mandoline, als ich es jemals war.« Er konnte es sich nicht verkneifen hinzuzufügen: »Aber es ist nett, dass du mich gefragt hast.«

Cole drehte sich um und hielt Buddys Blick stand. »Manchmal zählt es nicht, wer der Bessere ist.«

Buddy konnte Cole nicht länger in die Augen schauen. Er weigerte sich, weiterhin die Einsamkeit in Coles Blick zu sehen und sich noch tiefer in seine Probleme hineinziehen zu lassen. Wenn er das zuließe, würde er der Versuchung erliegen, das Suzy gegebene Versprechen zu brechen.

»Es steckt mehr dahinter, als ich dir zuvor erzählte. Suzy ist mir jahrelang überallhin gefolgt, ohne sich zu beschweren, weil es keinen Sinn hatte, sesshaft zu werden, ehe ich nicht wirklich dazu bereit war. Als es dann soweit war, versprach ich ihr, dass ich niemals zurückgehen würde – jedenfalls nicht so, wie du es vorschlägst. Ich ließ sie in dem Glauben, wir könnten Wurzeln schlagen und eine Familie gründen. Nun sind wir hier und sie ist so glücklich wie nie zuvor.«

»Als sie noch mit uns umherfuhr, hat sie nie erwähnt, wie gerne sie malt.« Cole hatte einige Bilder, die ihm sehr gut gefielen, in dem Haus näher betrachtet und Suzys Signatur darunter gefunden.

»Sie hat es für sich behalten, damit ich nicht glaubte, sie bringe mir ein großes Opfer. Sie sagte, sie habe mich gekannt, als wir geheiratet haben, und wollte nicht versuchen, mich zu ändern.« Buddy setzte sein Bier auf einen kleinen Glastisch. »Nun, da sie endlich die Möglichkeit hat zu tun, was ihr gefällt, ist ihre Malerei für sie genauso wichtig geworden wie für mich die Musik. Aber es steckt noch mehr dahinter. Es macht ihr beinahe ebenso viel Freude, die Galerie zu leiten und andere Künstler kennen zu lernen, wie ein Bild zu verkaufen.«

»Und was tust du inzwischen?«

»Ich bleibe am Ball. Ich betreue eine Amateurgruppe und spiele mit ein paar anderen Musikern in den Clubs in unserer Stadt. Außerdem gebe ich einigen Kindern Musikunterricht.«

»Und dann sind da noch deine eigenen Kinder«, sagte Cole.

Buddy lächelte. »Ich konnte mich früher nie als braven Hausvater sehen, aber jetzt gefällt es mir.«

»Falls du je deine Meinung ändern solltest ...«

»Das werde ich nicht, aber ich freue mich über dein Angebot.«

Ein angenehmes Schweigen breitete sich aus. Nach einer Weile fragte Cole: »Erinnerst du dich an den Sommer, als wir im Twin City Roadhouse in Memphis spielten?«

Buddy grinste. »Du warst siebzehn und schrecklich verliebt in ein Mädchen namens Pansy. Soweit ich mich erinnere, hat sie dir weisgemacht, sie sei eine uneheliche Tochter von Elvis Presley.«

»Vor ein paar Monaten stellte ich Frank dieselbe Frage. Weißt du, was ihm von jenem Sommer im Gedächtnis geblieben ist?«

Buddy konnte es sich vorstellen, aber er wollte Cole nicht enttäuschen. »Was denn?«, fragte er.

»Er wusste nur noch von meinen Schwierigkeiten, die richtigen Noten zu treffen. Wir hatten über fünfzehn Prozent Einnahmeverlust gegenüber unserem vorigen Auftritt im Roadhouse.« Cole rückte seine Brille auf der Nase zurecht. »Ich hatte für ihn immer nur die Bedeutung eines Barschecks.«

Es war weniger die Feststellung an sich als die Resignation in Coles Stimme, die Buddy betroffen machte. »Nicht jeder kann seine Gefühle zeigen«, meinte er.

»Du hast Frank immer verteidigt. Warum?«

Die Frage überraschte Buddy. »Da du und Randy sonst niemand hattet, glaubte ich, es sei wichtig, euch zu überzeugen, dass Frank … nun, dass er euch …«

»… liebte?«

»Natürlich liebt er euch.«

»Du tust es schon wieder, Buddy«, sagte Cole leise. »Ich bin fast zweiunddreißig Jahre alt, und noch immer versuchst du, mich vor ihm zu beschützen. Was glaubst du, würde ich wohl tun, wenn du endlich zugeben würdest, dass Frank lediglich daran interessiert ist, wie weit er mich nach oben treiben kann und wie lange ich mir das gefallen lasse?«

Nun hatte sie ernsthaft begonnen, die Suche nach den Antworten auf Coles Fragen. »Vielleicht wird es Zeit«, sagte Buddy, »dir einiges über meinen eigenen Vater und meine Beziehung zu ihm zu erzählen. Möglicherweise hilft dir das zu verstehen, was in deinem Kopf vor sich geht.«

Er beugte sich vor und stützte die Ellbogen auf die Knie. »Ich spreche selten über ihn.« Er rollte die Bierflaschen zwischen seinen Handflächen hin und her. »Nicht einmal Suzy weiß, was ich dir jetzt erzähle. Ich habe nie gerne über meinen Vater nachgedacht und über ihn zu sprechen fällt mir äußerst schwer. Aber ich glaube, meine Geschichte könnte dir von Nutzen sein.«

Er stellte die Flasche wieder auf den Tisch und hockte sich auf das Geländer. »Mein Vater war der schlimmste Säufer auf Gottes Erdboden. Meine Mutter und wir Kinder bezogen regelmäßig Schläge. Er hat selten gearbeitet, meine Mutter dafür umso mehr. Er hat ständig Weiber von der Straße aufgelesen und sie nach Hause gebracht. Dort hat er sie dann durchgezogen, egal, ob wir Kinder zu Hause waren oder nicht. Aber das war noch nicht das Schlimmste. Vor einigen Jahren habe ich herausgefunden, dass das älteste Kind meiner Schwester von meinem Vater ist. Und obwohl ich all das weiß, ist ein Teil von mir immer noch voller Hoffnung, dass mein Vater mich irgendwo tief drinnen in seinem zerrütteten Alkoholikerherzen doch geliebt hat.« Zum ersten Mal hatte Buddy jemandem von diesem beschämenden Geheimnis erzählt.

Cole stieß einen tiefen Seufzer aus. »Kann es sein, dass mit uns irgendwas nicht stimmt? Ich kenne Männer, die mit ihren Eltern gebrochen haben, weil diese dem einen Enkelkind ein teureres Geschenk gemacht haben als dem anderen. Und wir sitzen hier …«

»… und sehnen uns nach der Liebe von Vätern, die nicht wüssten, wie sie ihre Zuneigung zeigen sollten, selbst wenn sie dafür einen Volkshochschulkurs besucht hätten. Ich will Frank nicht in eine Reihe mit meinem Vater stellen. Im Vergleich zu ihm ist Frank ein Heiliger. Ich wollte dir nur zu verstehen geben, dass du und Randy nicht allein dasteht. Es gibt viele wie uns, die niemals Frieden mit ihren Erzeugern geschlossen haben.«

»Es ist wie ein schmutziges Geheimnis, das von Generation zu Generation weitergegeben wird«, meinte Cole.

»Weißt du«, sagte Buddy, »für mich war Frank immer einer der einsamsten Männer, die ich kenne. Meines Wissens hatte er nie einen wirklichen Freund.« Er wurde vom Klingeln des Telefons unterbrochen. Buddy wollte es zuerst ignorieren, doch dann fiel ihm ein, dass Suzy immer noch mit den Kindern im Auto unterwegs war und dass der alte Ford in letzter Zeit recht unzuverlässig geworden war. »Ich bin gleich wieder da«, sagte er zu Cole.

»Lass dir Zeit«, antwortete dieser. »Du hast mir einiges zum Nachdenken gegeben. Ich würde gerne einen kleinen Spaziergang machen, damit mein Bein nicht ganz steif wird.«

Buddy öffnete die Fliegentür und trat ins Haus. »Es gibt einen hübschen Weg am Bach entlang. Nach etwa einer halben Meile endet er an einem Wasserfall.«

»Gut. Du wirst mich dort finden, falls du mich suchst.«

Als Buddy das Telefon erreichte, hörte das Läuten auf. Er ging in die Küche, schälte einige Kartoffeln, schnitt etliche Karotten in Scheiben und steckte das Ganze zu dem Rostbraten, der bereits im Rohr brutzelte. Als das erledigt war, wollte er sich auf die Suche nach Cole begeben.

In diesem Moment bog Suzy in die Einfahrt, und er ging ihr entgegen, um ihr mit den Einkäufen zu helfen.

»Ich habe keine Vertretung für die Galerie gefunden«, teilte sie ihm mit. »Also habe ich die Kinder bei Helen abgesetzt.« Sie öffnete den Kofferraum und reichte Buddy eine große Papiertüte. »Du willst Cole heute Abend sicher mitnehmen.«

Buddy drückte ihr einen Kuss auf die Lippen. »Du bist doch die Beste.« Er streckte den anderen Arm aus, um eine weitere Tüte in Empfang zu nehmen. »Aber du kannst ziemlich nachtragend sein. Dagegen solltest du etwas unternehmen.«

Suzy lächelte unwillkürlich. »Was meinst du?«

»Nun, hast du nicht gesagt, du würdest es Cole Webster niemals verzeihen, dass er mich wie ein Paar durchgeschwitzte Socken behandelt hat?«

»Wenn du mich schon zitierst, dann wenigstens richtig. Ich hatte gesagt, er habe dich beiseite geworfen wie die schmutzige Wäsche vom vorigen Tag.«

»Meine Version gefällt mir besser.«

Suzy nahm die letzte Tasche auf und ging zum Haus. »Wo ist Cole überhaupt?«

»Er ist ein wenig spazieren gegangen, um sich die Beine zu vertreten.«

»Konntet ihr miteinander reden? Geht es ihm wirklich so schlecht, wie es den Anschein hat?«

»Er hat ein paar echte Probleme«, antwortete Buddy.

»Wer ihn nicht kennt, müsste glauben, er besitze alles, was man sich nur wünschen kann.« Sie trat zur Seite und ließ Buddy zuerst eintreten. »Er ist so verändert. Wie hast du ihn denn wiedererkannt?«

»Genauso wie ich Darla oder Klein-Cole erkannt hätte.« Buddy war überzeugt, dass er Cole unter allen Umständen immer und überall erkennen würde.

»Du bist viel zu jung, um Coles Vater zu sein«, scherzte Suzy.

»Manchmal ist Vaterschaft auch ein Geisteszustand«, erwiderte Buddy.

In diesem Moment kam Cole durch die Schiebetür herein.

»Jetzt verstehe ich, warum ihr dieses Haus gekauft habt. Es vereint das Beste zweier Welten in sich: die Zivilisation vor der Haustür und die Wildnis an der Hintertür.«

»Ich habe mich auf den ersten Blick in das Haus verliebt«, gestand Suzy.

Buddy packte Lebensmittel in den Kühlschrank. »Sie sagte, es erinnere sie an das Haus ihrer Großmutter in den Smoky Hills.«

»Nur an die Hügel und Bäume, nicht an das Haus selbst«, korrigierte ihn Suzy. »Großmutter lebte in einem Blockhaus. Sie hat erst fließendes Wasser bekommen, als ich bereits die Mittelschule besuchte.«

Cole verlagerte sein Gewicht von einem Bein auf das andere und lehnte sich an den Türrahmen. Der Spaziergang hatte ein wenig die Steifheit aus seinem Bein vertrieben, nicht jedoch die Schmerzen. »Ich erinnere mich an einen Sommer«, erzählte er, »in dem wir in einem Club in Gatlinburg spielten. Ich war ungefähr zehn oder elf Jahre alt und sah zum ersten Mal die Smoky Mountains.« Seit Jahren hatte er nicht mehr an diesen Sommer gedacht und nun war plötzlich die Erinnerung da und lockte mit den vergessenen Schätzen der Kindheit.

»Randy und ich gingen jeden Morgen auf Erkundung und kamen erst unmittelbar vor den Auftritten zurück.« Er lächelte. »Ich war immer Daniel Boone und Randy spielte Davy Crocket oder den Indianerhäuptling Tamtucket.« Er lachte leise. »Einmal sind wir besonders früh losgegangen, weil wir eine verlassene Hütte untersuchen wollten, die wir am Vortag entdeckt hatten. Randy sah einen Bären und ließ heimlich Käse- und Brotstücke fallen, die wir aus der Küche unserer Pension stiebitzt hatten.«

»Ich erinnere mich«, sagte Buddy. »Ihr beide wurdet zwei Tage lang in der Hütte von dem Bären belagert, während euch die ganze Stadt suchte.«

»Die Pension warf uns hinaus und wir hatten fast zwei

Monate keine Arbeit. Ich glaube, ich habe Frank nie zuvor so wütend gesehen.«

»Es muss hart gewesen sein für Frank, zwei Jungen alleine großzuziehen«, sagte Suzy.

»Besonders solche wie Randy und Cole«, stichelte Buddy. »Wenn dem einen kein Streich einfiel, dann dachte sich der andere einen aus.«

»Fahrt ihr manchmal nach Hause?«, fragte Cole.

Buddy hielt in seiner Tätigkeit inne. »Meinst du, nach Tennessee?«

Eigentlich meinte Cole die Südstaaten im Allgemeinen. Wenn man so viel herumzog, wie er und Randy es getan hatten, verloren die Grenzen der einzelnen Bundesstaaten ihre Bedeutung. Doch er wollte keine lange Erklärung abgeben. Stattdessen sagte er nur: »Ja, nach Tennessee.«

»Jedes Frühjahr«, erwiderte Suzy.

Buddy faltete die leere Papiertüte zusammen und steckte sie in eine Schublade. »Nachdem wir nun einmal hier wohnen, hat sie es sich in den Kopf gesetzt, den Kindern Tennessee wenigstens einmal im Jahr von seiner besten Seite zu zeigen.«

»Wir können immer nur für ein paar Wochen hinfahren. Aber ich möchte, dass es ihnen dort ebenso gut gefällt wie mir.«

Buddy schob sie mit einem liebevollen Klaps auf ihr Hinterteil beiseite. »Ich sage immer, Tennessee ist ebenso ein Geisteszustand, wie es ein Bundesstaat ist. Man muss dort leben, um es zu verstehen.«

Der Satz berührte etwas in Coles Innerem. »Ich habe einmal versucht, jemandem dieses Gefühl verständlich zu machen, aber ich glaube, es ist mir nicht gelungen.«

»Wenn ihr zwei nicht aus der Küche verschwindet und mich das Essen auf den Tisch bringen lasst, wird die Show wohl ohne euch beginnen müssen«, sagte Suzy.

»Welche Show?«, fragte Cole.

Suzy blickte Buddy an. »Hast du es ihm nicht gesagt?«

»Ich wollte es ihm schonend beibringen«, entschuldigte sich dieser.

»Dann sag es jetzt«, verlangte Cole.

»Ich bin in einer Gruppe, die jede zweite Woche in der Cafeteria der High School spielt. Das Geld, das wir einnehmen, kommt dem Musikunterricht zugute.«

Suzy blickte Cole bedeutungsvoll an. »Sei nicht überrascht, wenn er dich bittet, heute mitzumachen.«

Übelkeit breitete sich in Coles Magengrube aus bei dem Gedanken, vor einem Publikum, und sei es noch so klein, auftreten zu müssen. »Ich kann nicht«, sagte er. »Ich habe meine Gitarre nicht dabei.«

»Ich leih dir meine«, sagte Suzy. »Falls ich sie unter all dem Staub finden kann.«

»Ich habe seit Monaten nicht mehr gespielt«, stammelte Cole.

»Du kannst unterwegs üben«, ermutigte ihn Buddy.

»Ich glaube, das ist keine gute Idee.«

Suzy stemmte die Hände in die Hüften und blickte Cole direkt in die Augen. »Es ist eine sehr gute Idee«, meinte sie. »Ich glaube sogar, es würde dir äußerst gut tun, einen Abend mit einem Trupp von Gitarre zupfenden, grinsenden Möchtegern-Musikern zu verbringen.« Sie nickte Buddy zu. »Anwesende sind natürlich ausgenommen.«

»Die Jungs sind nicht so schlecht, wie Suzy sie darstellt«, protestierte Buddy.

Cole sah ein, dass Widerspruch zwecklos war. Suzy hegte den festen Glauben, dass es für jedes Problem eine Lösung gab. »Na gut, ich komme mit«, lenkte er ein. Aber ich weiß nicht, ob ich spielen werde.«

Suzy wandte sich an Buddy. »Ich wette um zehn Dollar mit dir, dass er auf der Bühne steht, bevor der Abend zu Ende ist.«

Cole war geneigt, die Wette anzunehmen, doch dann überlegte er es sich anders. Sollte Suzy doch ihren kindlichen Glauben behalten. Es gab schließlich nicht mehr viele Optimisten in dieser Welt – zumindest nicht in seiner Welt.

Als sie in der Schule ankamen, begab sich Buddy sofort zu der tragbaren Bühne, während Cole sich einen Platz in der hinteren Ecke der Cafeteria suchte. Er war überrascht, wie viele Menschen an einem Mittwochabend kamen, um sich eine Amateurband anzuhören, die etwas spielte, das man mit etwas gutem Willen für Bluegrass-Musik halten konnte. Die Musiker waren nicht schlecht, aber man merkte ihnen an, dass sie zu wenig miteinander übten.

Buddy hatte Cole während der Fahrt erzählt, was ihn erwarten würde. Es war weniger eine Entschuldigung als eine Erklärung gewesen. Der Banjospieler war Feuerwehrmann, der Gitarrist Mathematiklehrer und der Bassist ein pensionierter Pedell. Und dann war da noch Buddy, in seinem Können den anderen um Lichtjahre voraus und doch ebenso geduldig mit ihnen wie mit seinen eigenen Kindern. So geduldig wie mit Cole und Randy, als sie noch Kinder gewesen waren und er versucht hatte, ihnen neue Lieder beizubringen und ihnen in allen möglichen Krisen beizustehen.

Über den Enthusiasmus der Gruppe konnte man nicht klagen und das Publikum ließ sich von der Begeisterung anstecken. Sie alle waren da, um Spaß zu haben, und wollten sich dabei von einem verpassten Einsatz oder einem falschen Ton nicht stören lassen.

Obwohl er sich eingeredet hatte, er sei nur Buddy zuliebe mitgekommen, stellte Cole fest, dass es ihm gefiel. Er wippte im Takt mit dem Fuß, summte innerlich mit und korrigierte in Gedanken die Missgriffe. Während er lächelnd zuhörte, dachte er an die kleinen Städte in den Südstaaten, in denen sie gespielt hatten, wo Männer und Frauen sich an lauen Sommerabenden trafen und ihrer Musik lauschten. Es war gleichgültig, ob sie auf dem Rasen vor einem Gerichtsgebäude spielten, auf einem Zeltplatz oder vor einem Warenhaus an einer Straße ins Nirgendwo. Die Zuhörerschaft bestand größtenteils aus Einheimischen, aber auch Durchreisende gesellten sich oft dazu.

Lebhafte Erinnerungen an alte Männer in Overalls und Frauen in bedruckten Baumwollkleidern stiegen in Cole auf, an Menschen, deren Instrumente oft alte, von Generation zu Generation weitergegebene Stücke waren, deren Lächeln aber immer freundlich, einladend und oft zahnlückig war. Sie gehörten ebenso zu seiner Kindheit wie die grünen Bohnen, die den ganzen Tag mit einem Stück Speck im Topf schmorten, wie die Leuchtkäfer und wie die Jeans mit den durchlöcherten Knien.

Buddy kündigte an, dass die Band vor der Pause noch ein Lied spielen würde, und fragte nach besonderen Wünschen. »*Uncle Penn*«, rief Cole. Das war eines der ersten Lieder, die Buddy ihm beigebracht hatte, nachdem er zu der Band gestoßen war.

Mehrere Leute blickten sich nach Cole um. Sofort senkte er den Kopf und starrte auf seine Schuhspitzen. Als er wieder aufsah, stellte er fest, dass in den Gesichtern nur unschuldige Neugierde stand. So sehr er sich seiner neuen Anonymität freute, so ungewohnt war sie auch für ihn – und er traute ihr noch nicht. Irgendwo in seinem Unterbewusstsein nagte der Gedanke, die Tage seiner Freiheit seien gezählt.

Das Publikum applaudierte heftig, als die Gruppe Coles Wunsch erfüllt hatte und die Instrumente beiseite legte. Buddy nahm sich eine Tasse Kaffee und einen Teller Kekse und ging zu Cole.

»Na, wie findest du es?«

»Genauso sollte Musik gespielt werden. Bei meinen Konzerten hat das Publikum nicht halb so viel Spaß.« Cole betrachtete die Kekse und entschied sich für einen, der nach Hafermehl und Rosinen aussah.

Buddy freute sich über das Kompliment. »Du lügst, aber ich höre es gern.«

Cole blickte Buddy eindringlich an, denn was er ihm sagen wollte, meinte er ernst. »Ich weiß nicht, wie du auf den Gedanken kommst, du wärst nicht gut genug für meine Band. Du spielst die Mandoline genauso hervorragend wie Mark Stewart. Es ist mir peinlich, es zuzugeben, aber ich hatte ganz vergessen, wie talentiert du bist.«

»Du hast Musiker noch nie richtig beurteilen können. Ich erinnere mich …«

»He, Buddy, ich will dich nicht dazu bringen, dein Leben hier aufzugeben. Ich sage nur, dass du ein guter Musiker bist.«

»Dann bleibt mir wohl nichts anderes übrig, als danke zu sagen und das Thema zu beenden.«

Cole fragte sich, wie Buddy es bei all seinem Talent über sich bringen konnte, sich auf ein paar Auftritte mittwochabends mit ein paar Freizeitmusikern und gelegentliche Clubvorstellungen mit seiner anderen Gruppe zu beschränken.

Es hatte Zeiten gegeben, in denen er Aufnahmen und Tourneen mit den besten Country-Musikern gemacht hatte. Sie alle besaßen eine gemeinsame Sprache, die sich manchmal in Worten, manchmal auch nur in ihrer Musik ausdrückte.

»Hat Suzy dich in letzter Zeit mal spielen gehört?«, fragte Cole. Schließlich war offensichtlich, dass Buddy sein Talent vergeudete. So wenig sie auch an seiner Karriere Anteil genommen hatte, so hatte sie doch immer verstanden, wie wichtig die Musik für Buddy war.

»Wenn sie früher in der Galerie fertig wird, kommt sie manchmal kurz vorbei.« Buddy warf Cole einen wissenden Blick zu. »Sie sagt mir immer, wie gut ich bin. Über die anderen spricht sie kaum. Aber sie weiß, dass ich genau das mache, was mir gefällt.«

»Aua«, sagte Cole auf diese milde Zurechtweisung hin.

»Vielleicht ist es für dich schwer zu verstehen, aber ich bin hier glücklich. Du nimmst nur die Fehler wahr, aber ich höre, wie die Jungs immer besser werden.« Buddy kicherte. »Du kannst dir nicht vorstellen, wie schlecht diese Gruppe früher war. Ich habe das Hochgefühl entdeckt, das man als Lehrer haben kann. Besonders, wenn die Schüler so eifrig sind.«

»Aber möchtest du nicht wieder etwas lernen? Du hast mir immer gesagt, wie wichtig es sei, sich an Leuten zu messen, die besser sind als man selbst.«

»Erinnerst du dich denn an jedes verflixte Wort, das ich einmal von mir gegeben habe?«

»Du warst der Einzige, der sich je die Mühe gemacht hat, mir etwas zu sagen«, erwiderte Cole.

Nachdenklich tauchte Buddy einen Keks in seinen Kaffee.

»Ich hatte mir fest vorgenommen, mich nicht in dein Leben einzumischen, aber du lässt mir keine andere Wahl. Kennst du die alte Redensart, man solle den Duft der Rose nicht ununterbrochen einatmen? Als ich noch fest an Ruhm und Reichtum als die höchsten Werte des Lebens glaubte, meinte ich, die Rosen würden ebenso gut duften, wenn ich die Stufen im Laufschritt nähme. Damals habe ich zwar den Duft genossen, dafür aber so manchen schönen Ausblick verpasst.«

Buddy zuzuhören war für Cole, als schlüpfe er in ein altes, bequemes Kleidungsstück: Seine Sprache war tröstlich und schlicht und die Absicht aufrichtig.

»Du kannst natürlich nicht wissen, wie es ist, deine Kinder auf die Welt kommen zu sehen oder nur durch dein Erscheinen in einem Zimmer ein Lächeln auf ihr Gesicht zu zaubern. Aber glaub mir, in keinem Aufnahmestudio und auf keiner Bühne habe ich so viel Freude empfunden. Das soll nicht heißen, dass dies für alle Menschen gilt. Manche erleben diese Empfindungen nur bei einem Auftritt. Du gehörst wohl dazu und das ist auch in Ordnung. Du musst nur den richtigen Weg einschlagen, um zu deinem Platz im Leben zurückzufinden.«

»Ich bin nicht sicher, ob dieser Platz noch existiert«, sagte Cole.

»Oh, der ist sicher noch da. Du hast ihn vielleicht kurz aus den Augen verloren, aber solche Dinge verschwinden nicht für immer.«

Cole wünschte, er könnte Buddys Zuversicht teilen. »Und wo soll ich nach ihm suchen?«

»Er wird zu dir kommen.«

Nach und nach versammelten sich die Musiker wieder auf der provisorischen Bühne. »Deine Pause ist vorbei.«

»Wir unterhalten uns auf dem Heimweg weiter«, sagte Buddy.

Cole nickte.

»Bist du sicher, dass du nicht ein oder zwei Lieder mitsingen möchtest?«

Cole fühlte sich versucht und war überrascht darüber. »Vielleicht nächstes Mal«, antwortete er.

»Wenn es wegen der zehn Dollar ist ...«

»Die hatte ich ganz vergessen«, neckte Cole. »Aber da du mich daran erinnerst – vielleicht sollte ich Suzy gewinnen lassen.«

Buddy nahm seine Mandoline. »Du musst lernen, Dinge nicht anderen zuliebe, sondern für dich selbst zu tun.«

»Und dann?«

»Das ist natürlich nicht die Lösung all deiner Probleme, aber es wird den Leuten in deiner Umgebung etwas geben, worüber sie nachdenken können.«

Es gab auch Cole etwas, worüber er nachdenken konnte. Als sie später wieder vor dem Chapman-Haus ankamen, hatte er eine Entscheidung gefällt.

Er betrachtete Buddys Wagen. »Wie viel ist deine Karre wohl wert?«

»Möchtest du wissen, wie viel ich bezahlen müsste, damit jemand meinen Truck auf den Schrottplatz schleppt?«

»Was ist es, ein 72er oder 73er Chevy?«

»Es ist ein 73er GMC.«

»Scheint noch gut zu laufen.«

Buddy sah Cole von der Seite her an. »Wieso interessiert dich mein Truck?«

»Ich dachte, wir könnten einen Tausch machen. Dein Truck und tausend Dollar gegen meinen Lotus.«

»Du hast den Verstand verloren. Dein Auto ist mehr wert als mein ganzes Haus.«

»Hast du mir nicht immer gesagt, jeder Wert sei subjektiv?«

»Ja, aber ...«

»Keine Widerrede. Im Augenblick ist mir nichts wertvoller als dein Truck und genügend Geld, um dorthin zu kommen, wohin ich möchte.«

»Und wo soll das sein?«

»Weiß ich selbst noch nicht. Die Idee muss noch reifen.«

»Woher willst du wissen, dass dir ein Tausender reicht?«

»Instinkt.«

»Das ist Unfug.«

»Ich habe auch noch etwas von dem Geld übrig, das ich für meine Uhr bekommen habe. Also, bist du einverstanden?«

»Was soll ich mit einem Lotus anfangen?«

»Verkauf ihn. Gib der Bank den Tausender zurück, kauf dir einen neuen Truck und leg den Rest auf die Sparbücher deiner Kinder.«

»Also daher weht der Wind. Du denkst, ich habe nicht genug ...«

»Ich befolge nur den Rat eines Freundes und tue etwas für mich selbst«, unterbrach ihn Cole. »Ich möchte einige Orte aufsuchen, wo ich nicht mit dem Lotus gesehen werden möchte.«

Buddy dachte lange nach. Endlich sagte er: »Weil das Auto zu auffällig ist.«

»Genau, und weil man sich daran erinnern würde.«

»Fürchtest du, Frank könnte dich suchen lassen?«

»Vielleicht wird er einige Zeit abwarten, aber früher oder später wird er es bestimmt tun.«

»Wie lange wirst du wegbleiben?«

»Das weiß ich noch nicht. Ich will lediglich selbst bestimmen, wann es Zeit ist, nach Hause zurückzukehren.«

»Ich verstehe zwar, weshalb du meinen Truck haben möchtest, aber ich bin nicht damit einverstanden.«

»Warum fällt dir Nehmen ungleich schwerer als Geben?«, fragte Cole. »Es ist doch nur ein Auto, Buddy. Ich habe es nicht einmal selbst bezahlt. Meine Plattenfirma hat es mir geschenkt, als ich letztes Frühjahr den Vertrag unterzeichnete. Denk dir die ganzen Mätzchen an dem Lotus weg, und du siehst einen Wagen, der wie deiner aus vier Rädern und einer Karosserie besteht. In meinen Augen ist das ein fairer Tausch.«

»Und warum soll ich dir dann zu meinem Truck noch einen Tausender dazugeben?«

Cole fuhr sich lachend mit der Hand durch die Haare. »Weil ich dich immer zu allem überreden konnte.«

Buddy bog in die Zufahrtsstraße zu seinem Haus ein. »Ich wage es kaum zu fragen, aber hast du schon beschlossen, wann du deine Entdeckungsreise beginnen wirst?«

»Vermutlich bald.«

»Wann genau?«

»Morgen«, erwiderte Cole.

»Suzy wird es bedauern«, meinte Buddy.

»Wenn ich mein Leben wieder in den Griff bekommen habe, wird sie mich so oft sehen, dass sie bald genug davon haben wird.«

»Wenn du wieder zu Hause bist, wirst du so viel zu tun haben, dass ...«

»Es ist gleichgültig, wie viel ich zu tun haben werde, sobald ich nur die Prioritäten richtig gesetzt habe.«

»Das ist leichter gesagt als getan, Cole. Sei vorsichtig, damit du nichts verkehrt machst.«

Cole lehnte sich zurück und schloss die Augen. »Darüber will ich jetzt nicht nachdenken, denn wenn mir etwas zustoßen sollte, gibt es jemanden, der mir wieder auf die Beine hilft.«

Ehe Cole am nächsten Morgen Taos verließ, füllte er noch den Tank des Trucks auf. Als er aus der Tankstelle fuhr, erspähte er auf der gegenüberliegenden Straßenseite einen Musikladen. Kurz entschlossen parkte er davor und ging hinein. Zehn Minuten später war er um vierhundert Dollar ärmer, dafür jedoch stolzer Besitzer einer Martin-Gitarre, die zwar einige kleinere Reparaturen benötigte, ansonsten aber ganz in Ordnung war.

Da Cole auch Zahnpasta brauchte, ging er noch in die danebenliegende Drogerie. An der Kasse fiel ihm ein drehbarer Stand mit Ansichtskarten und glänzenden, bunten Abziehbildern, die das Wappen von New Mexiko zeigten, ins Auge.

Er nahm eines und zeigte es der Kassiererin. »Was macht man damit?«, fragte er.

»Die meisten Leute kleben sie an ihren Wohn- oder

Campingwagen.« Sie streckte die Hand aus. »Ich zeige es Ihnen.« Vorsichtig zog sie die Folie an einer Ecke hoch.

»Kleben Sie es mit dieser Seite an Ihr Fenster, dann weiß jeder, dass sie in New Mexiko waren. Sie haben solche Bilder sicher schon auf Wohnwägen gesehen.«

»Ja, stimmt«, erinnerte sich Cole, »sehr oft.« Da die Frau sich die Zeit für eine freundliche Erklärung genommen hatte, kaufte er den Aufkleber.

Als er bei dem Truck angekommen war, den er schon ganz als den seinen betrachtete, legte er die Gitarre ins Führerhaus und klebte dann sorgfältig den New-Mexiko-Aufkleber auf das Rückfenster. Das gefiel ihm, denn es war der Anfang von etwas Neuem.

Am späten Nachmittag hielt er wieder an einer Tankstelle. Als er zum Bezahlen hineinging, löste ein Telefon an der Wand in ihm den heftigen Wunsch aus, mit Randy zu sprechen.

Er bezahlte den Sprit und wechselte eine Zwanzig-Dollar-Note gegen eine Rolle von 25-Cent-Stücken ein. Wahrscheinlich würde sowieso Frank ans Telefon gehen, aber das war Cole gleichgültig. Ihm war, als benötigte er Randys Billigung für das, was er nun vorhatte.

Seit dem Tag, an dem Cole *Casa Blanca* verlassen hatte und nicht zu Hause angekommen war, fühlte Randy sich zum ersten Mal wieder besser. Er stand vor Belindas Zimmertür und klopfte leise an. Sie hatte nur eine Nacht bei ihrer Mutter verbracht. Länger hielt sie es dort nicht aus, hatte sie sich am nächsten Tag beschwert. Als er nichts hörte, klopfte er erneut. Doch noch immer rührte sich nichts. Er ging durch die Halle zurück ins Wohnzimmer, wo die Haushälterin abstaubte. »Haben Sie Belinda gesehen?«, fragte er.

»Vor ein paar Minuten war sie noch am Swimmingpool«, antwortete sie, ohne von ihrer Arbeit aufzublicken.

Randy blickte auf seine Uhr. Natürlich, dies war Belindas Zeit zum Sonnenbaden – jeden Nachmittag eine halbe Stunde. Er dankte der Haushälterin und ging hinaus.

Belinda sah ihn näher kommen. Sie hob das Magazin, in dem sie gelesen hatte, zum Schutz vor der Sonne an die Augen. »Hat Frank dich gefunden? Er hat dich überall gesucht.«

»Was wollte er von mir?«

»Ich bitte dich, seit wann sagt Frank mir irgendetwas?«

Als Randy neben sie trat, stellte er fest, dass Belinda das Oberteil ihres Bikinis aufgehakt und die Träger zur Seite geschoben hatte. Zwei winzige Stoffdreiecke bedeckten notdürftig ihre Brüste. Nur eine leichte Bö und …

Ihm schwindelte bei der Vorstellung und er wurde ärgerlich auf Belinda und sich selbst. Er musste sich im Zaum halten; schließlich war Belinda Coles Mädchen, auch wenn dieser das anscheinend nicht immer zu schätzen wusste. »Ich wollte dir nur sagen, dass Cole sich gemeldet hat.«

Belinda legte die Arme über die Brust und setzte sich auf. Die Träger des Bikinitops hingen auf ihre Oberarme herab. »Wo ist er denn?«, fragte sie.

»Bei einem Freund.« Randy trat in den Schatten einer großen Eiche. Um sich von Belindas Anblick abzulenken, hockte er sich nieder und begann einzelne Grashalme aus dem frisch gemähten Rasen auszuzupfen.

Belinda runzelte die Stirn. »Er ist noch hier in Los Angeles?«

»Wie kommst du darauf?«

Sie zuckte die Schultern, wobei der Druck ihrer Arme ihre Brüste aufreizend nach oben schob. »Er hat sonst nirgends Freunde.«

Randy zwang seinen Blick zum smogerfüllten Himmel über der Senke von Los Angeles. Belindas Bemerkung hätte ihn noch vor wenigen Tagen überrascht. Inzwischen hatte er jedoch herausgefunden, dass sie über Cole erstaunlich wenig wusste, wenn man in Betracht zog, dass sie ein gutes Jahr lang Bett und Leben mit Cole geteilt hatte. Er war sich nicht im Klaren darüber, ob Cole sie aus gewissen Bereichen ausschloss oder ob sie nicht genügend Interesse für Dinge aufbrachte, die sie nicht unmittelbar betrafen.

»Es handelt sich um jemanden, den Cole von früher kennt«, erklärte er ihr.

»Ehe er berühmt wurde?«

»Ja, noch lange davor.« Randy wollte Belinda von Buddy und Suzy erzählen, hielt dann aber doch den Mund. Womöglich hatte Cole die beiden absichtlich nie Belinda gegenüber erwähnt.

»Vermutlich hat er nicht gesagt, wann er nach Hause kommen möchte?«, fragte sie.

»Nein, und ich habe ihn nicht danach gefragt.«

»Es ist unglaublich, wie leichtsinnig Cole ist. Er muss doch wissen, dass Frank und Janet ihn nicht ewig decken können.«

»Ich vermute, es ist gleichgültig.«

Belinda schwang ihre Beine seitlich über den Rand des Liegestuhls. Randy konnte ihr jetzt direkt ins Gesicht sehen. »Ist dir jemals in den Sinn gekommen«, fragte sie, dass Frank Recht haben könnte?«

»Womit?«, fragte Randy vorsichtig zurück.

»Versteh mich bitte nicht falsch, aber Coles Benehmen seit dem Unfall lässt vermuten, dass er möglicherweise die Hilfe eines Psychiaters benötigt. Und vielleicht wäre es auch davor schon angebracht gewesen.«

Mit erschreckender Klarheit erkannte Randy, wie tiefgreifend Coles Einsamkeit war. Er wusste nicht, was er Belinda antworten sollte, daher murmelte er nur eine Entschuldigung über Arbeit, die auf ihn warte, und ging zum Haus zurück. Er kreuzte dabei den Weg, den Cole jeden Morgen entlanggejoggt war, und erinnerte sich an die vielen Male, da sein Bruder vorgeschlagen hatte, gemeinsam etwas zu unternehmen, und die vielen Male, da er schon etwas anderes vorgehabt hatte.

Nicht einmal Coles Unfall hatte Randy zu längerem Nachdenken gebracht. Nun bedauerte er es, dass er sich von Frank so leicht hatte abhalten lassen, Cole im Krankenhaus zu besuchen.

Zu schade, dass er nicht an Gott glaubte, denn hätte er es getan, hätte er um eine zweite Chance gebetet, alles wieder gutzumachen. Doch auch wenn es einen Gott gab, würde er sicher nicht auf die Bitten eines Randolph Terrance Webster hören. Zu dieser Überzeugung war Randy bereits als kleiner Junge gelangt. Denn wie oft hatte er Nacht um Nacht versucht, Gott davon zu überzeugen, dass es im Himmel genügend Mütter gebe und Gott Randys Mutter wieder auf die Erde schicken solle.

7

Nachdem Cole Taos hinter sich gelassen hatte, fuhr er auf einem Zickzackkurs in Richtung Osten. Er hielt sich auf Nebenstraßen, machte Rast, wenn es ihm gefiel, aß Kuchen, Brathühnchen und Schinken, der so salzig war, dass er noch tagelang hinterher brennenden Durst verspürte. Er führte Unterhaltungen mit Fremden, die ihm begegneten, nur um den Klang ihres Dialekts zu hören, und sonntags stand er zeitig auf und ging zur Frühmesse, um dem Gesang zu lauschen. Zwei Wochen nachdem er sich von Buddy verabschiedet hatte, klebten bereits sieben weitere Abziehbilder an seinem Rückfenster.

Als er nach Arkansas gelangte, rief er Randy wieder an, und auch, als er Georgia durchquerte. Nachdem er ihm mitgeteilt hatte, dass es ihm gut gehe und er noch immer nicht wisse, wann er zurückkäme, gab es nicht mehr viel zu sagen, sodass die Telefongespräche ziemlich unbefriedigend verliefen. Beide Male hatte Cole nach dem Auflegen das Gefühl gehabt, Randy habe ihm noch etwas mitteilen wollen, wüsste aber nicht wie. Nachdem er aber keine Bitten hören wollte, nach Hause zu kommen, drang er auch nicht weiter in ihn.

Mit Ausnahme eines Vorfalls in einem Geschäft in Oklahoma war er nirgends erkannt worden. Und auch die Sache in Oklahoma war mehr oder weniger seine eigene Schuld.

Er hatte nach einem besseren Sonnenschutz gesucht, als

Randys Mütze ihm bot, und hatte deshalb einen Laden für Reiterbedarf aufgesucht. Er hatte seine Brille abgenommen und mehrere Stetsonhüte aufgesetzt, um die richtige Größe herauszufinden, ohne sich dabei um das Aussehen zu kümmern.

Nach einer Weile bemerkte er, dass eine Frau ihn beobachtete. Die Eindringlichkeit ihres Blicks wurde ihm unangenehm. Er wandte ihr den Rücken zu und stand nun vor einem Spiegel. Sogar ohne die Brille sah er genug, um zu erschrecken.

Zum ersten Mal seit Monaten waren Spuren des alten Cole Webster in seinem Gesicht zu erkennen. Er wechselte die Stellung, sodass er auch die Frau im Spiegel sehen konnte.

Sie betrachtete fasziniert einen Punkt an der Wand über Coles Kopf. Auch er blickte nach oben. Was da hing, war ein Werbeplakat für Reitstiefel, und diese Reitstiefel befanden sich an den Beinen eines lebensgroßen Cole Webster in all seiner Glorie. Er erinnerte sich kaum noch an die Fotositzung, doch das Resultat konnte sich sehen lassen. Mit einem Weichzeichner ließen sich erstaunliche Ergebnisse erzielen.

Er war aus dem Geschäft gestürzt, ohne einen Hut gekauft zu haben.

Als er nun in Townsend, Tennessee, ankam, war es später Nachmittag. Townsend war ein Ferienort, der sich an einem trägen Fluss erstreckte. Da er nur noch einige Meilen vom Great Smoky Mountains Nationalpark entfernt war, den er unbedingt besichtigen wollte, beschloss Cole, hier zu übernachten und am nächsten Morgen weiterzufahren.

Er kehrte im ersten Motel ein, das einen Aushang ›Zimmer frei‹ aufwies. Es klebte an der Flanke eines Hügels inmitten eines Pinienwäldchens. Aus der Nähe betrachtet sah es wesentlich älter und ungepflegter aus, als es von der Straße her gewirkt hatte. Wenn seine Erfahrungen sich bestätigten, hatten die Zimmer Wände aus Sperrholz und im Nebenraum war gewiss ein Pärchen auf Hochzeitsreise einquartiert.

Er suchte nach einem Platz zum Wenden, als ein alter Mann aus der Tür trat und ihm lächelnd zuwinkte.

»Suchen Sie ein Plätzchen zum Übernachten?«, fragte er und kam näher.

Coles Zweifel verstärkten sich. Freundliche Begrüßung in einem Motel war etwas Ungewöhnliches. Was für ein Ort war das? Er überdachte die Frage und musste lachen. Es war genau so ein Ort, wie er sie in seiner Kindheit zu Dutzenden kennen gelernt hatte.

Cole lehnte sich aus seinem Fenster. »Auf Ihrem Schild steht, dass Sie freie Zimmer haben.«

Der alte Mann klemmte die Daumen unter die Träger seiner Latzhose. »Stimmt, drei Zimmer sind frei. Sie haben die Wahl.«

»Ich nehme das ruhigste«, sagte Cole.

»Das liegt auf der Rückseite. Dort hören Sie keinen Straßenlärm. Wenn Ihnen das nicht zusagt, können Sie auch das Zimmer hier vorne gleich neben dem Büro haben. Aber da hören Sie möglicherweise meinen Fernseher. Ich stelle ihn immer ziemlich laut, weil ich nicht mehr so gut höre, aber dafür bleibe ich auch nicht lange auf. Also würden Sie wohl kaum gestört werden. Es sei denn, Sie möchten sofort schlafen gehen, um morgen vor Sonnenaufgang aufzustehen.«

»Sie sprachen von drei Zimmern«, erinnerte ihn Cole.

»Das dritte ist unsere Hochzeitssuite und recht teuer. Sie hat ein Riesenbett und ein Sprudelbad. Meine Frau hat mich überredet, es einzubauen, als wir vor ein paar Jahren renoviert haben. Aber dann ist sie gestorben, ehe sie mir erklären konnte, wozu so ein Sprudelbad gut sein soll.«

»Ich glaube, das Hinterzimmer würde mir am besten zusagen«, sagte Cole und fiel unbewusst in den gleichen Sprechrhythmus wie der Alte.

»Holly hat gerade erst angefangen, dort zu putzen – sie ist heute zu spät gekommen, weil sie beim Doktor war –, aber sie arbeitet schnell. Warten Sie ein bisschen, dann ist das Zimmer blitzblank. Kommen Sie mit ins Büro, dann trinken wir eine Tasse Kaffee, und Sie können sich eintragen.«

»Ich parke vorher noch den Wagen vor dem Zimmer«, sagte Cole. »Welche Nummer?«

»Dreizehn.«

Wie gut, dass er nicht abergläubisch war. Cole umrundete das Gebäude. Auf dem Platz vor dem Haus waren nur zwei Autos geparkt. Der Platz hinter dem Haus war leer. Es schien, als hätten sich die Verschönerungsbemühungen auf die Vorderseite des Motels beschränkt, die von der Straße her einsehbar war. Die Rückseite sah ziemlich baufällig und reparaturbedürftig aus.

Die Tür zu Nr. 13 war offen, daneben stand ein Putzwägelchen. Er parkte so, dass ›Holly‹ damit bequem an seinem Truck vorbeimanövrieren konnte. Dann stieg er aus, um zum Büro zu gehen.

»Wollen Sie ihn nicht absperren?«, fragte eine Frauenstimme hinter ihm.

Cole wandte sich um und sah ein Mädchen, sicher noch keine zwanzig Jahre alt, unter der Zimmertür stehen. Da sonst niemand zu sehen war, musste sie ihn gemeint haben. In einer Hand hielt sie einen Putzlappen, in der anderen eine Flasche mit Reinigungsmittel. Ihr dunkles Haar trug sie in einer kurzen Windstoßfrisur. Ihre Augen waren blau und blitzten vor Ungeduld. Make-up schien sie nicht zu verwenden.

Cole war müde und fühlte sich vom Ton ihrer Frage gereizt. Er blickte sich langsam nach links und nach rechts um, ehe er sie wieder ansah. »Wollen Sie damit sagen, es sei ratsam, den Wagen abzusperren, weil es in dieser Gegend üblich ist, alles wegzuschließen? Oder gibt es andere Gründe?«

»Weil es üblich ist, würde ich sagen«, gab sie zurück. »Und weil hier viele zwielichtige Gestalten durchfahren.«

Cole hatte das deutliche Gefühl, dass sie mit diesen ›zwielichtigen Gestalten‹ ihn gemeint hatte. »Falls Sie das offizielle Begrüßungskomitee sind, werden Sie jedenfalls nicht allzu lange hier bleiben«, erwiderte er trocken.

Sie lächelte süß. »Lang genug, um an das ranzukommen, was nicht weggesperrt ist.«

Sie hatte das letzte Wort behalten. Er zog die Schlüssel aus der Hosentasche und sperrte die Wagentüren ab. »Zufrieden?«

»Das ist nicht meine Gitarre.« Sie schüttelte heftig den Putzlappen. »Ich will nur vermeiden, dass etwas verloren geht und Arnold dafür beschuldigt wird.«

»Arnold?«

»Der Besitzer.«

»Der alte Knabe, der mich angehalten hat?«

»Ja. Es ist schon vorgekommen, dass Gäste behauptet haben, eine Kamera oder etwas Ähnliches zu vermissen, nur um die Übernachtung nicht zahlen zu müssen. Der arme Arnold glaubt, dass solche Leute auch zu schlimmerem fähig sind, und lässt sie ziehen.«

»Was Sie nicht tun würden.«

»O nein … Die würden sich schneller im Gefängnis wiederfinden als …«

»Ich verstehe.«

Sie lächelte. »Dann ist es ja gut.«

Das Lächeln ließ ihre Augen aufleuchten. Cole war fasziniert von dem Wechsel. »Habe ich eine Sonderbehandlung bekommen oder sind Sie zu allen Gästen so nett?«, fragte er.

»Ich habe zu viele Musiker kennen gelernt, um einem zu vertrauen«, stellte sie fest, als sei dies der Schlüssel zum Verständnis ihrer Angriffslust.

»Sie halten mich für einen Musiker, nur weil ich eine Gitarre dabeihabe?«, fragte Cole.

»Ist es nicht so?«, fragte das Mädchen zurück.

»Darum geht es nicht.«

»Habe ich Recht oder nicht?«, beharrte sie.

»Na gut, Sie haben Unrecht.«

Ihr Lächeln wurde geradezu herausfordernd. »Sie sind ein Lügner.«

»Was macht Sie so sicher?«

»Sie sind nicht aus diesem Bundesstaat, was bedeutet, dass Sie entweder unterwegs nach Nashville sind, um einen Plattenvertrag zu ergattern, oder dass Sie schon dort waren und sich nun auf dem Rückweg befinden, weil nichts daraus geworden ist. Sie haben nicht viel Geld, sonst würden Sie einen besseren Wagen fahren. Sie sind mager und nicht gut in Form und Ihre Hände sind zu sauber für einen Arbeiter. Außerdem verbringen Sie nicht allzu viel Zeit an der frischen Luft.«

»Könnte ich nicht ein Bankangestellter auf Urlaubsreise sein?«, fragte Cole. Weshalb verschwendete er überhaupt so viel Zeit mit dieser jungen Frau? Es konnte ihm doch gleichgültig sein, was sie von ihm hielt.

»Die Gitarre«, bemerkte sie.

»Die könnte ein Geschenk für einen Bruder sein, der solche Dinge sammelt.«

»Das ist sie aber nicht, hm?«

»Nein«, gab er zu.

»Damit schließe ich mein Plädoyer.« Sie schwenkte wieder ihren Putzlappen und erzeugte ein knallendes Geräusch wie ein Siegessignal.

»Sie verurteilen mich aufgrund äußeren Anscheins.«

Das Mädchen betrachtete ihn aufmerksam. »Ich gebe zu, Sie wirken intelligenter als die meisten Musiker, die ich kenne.«

»Und Sie sind schlagfertiger als die meisten Zimmermädchen, die ich kenne«, gab er zurück.

Sie lächelte wieder. Ihr ganzer Ausdruck veränderte sich dabei. Statt des kampflustigen Mädchens stand ein spitzbübischer Lausejunge vor Cole, jemand, der aussah, als wüsste er, dass das Leben mehr Freude als Ärger bereitete.

»Ich muss wieder an die Arbeit.«

»Da Sie gerade mein Zimmer putzen, will ich Sie nicht davon abhalten.« Cole machte eine kleine Verbeugung, ehe er sich abwandte, doch sie bemerkte es nicht, da sie schon wieder mit ihrem Wägelchen beschäftigt war.

Als Cole zurückkam, war sie weg. Er fühlte Enttäuschung, was ihn zuerst verwunderte. Doch dann dachte er daran, dass er schon lange nicht mehr eine lebhafte Unterhaltung geführt hatte. Er vermisste die kleinen Sticheleien mit Randy und es tat ihm gut zu fühlen, dass ihm das fehlte.

Er legte die Gitarre und seine Reisetasche auf das Bett. Der Raum war alt und ein wenig muffig, aber peinlich sauber. Er enthielt keine der Annehmlichkeiten, die in modernen Motels geboten wurden: keinen gefüllten Eisschrank, keine Begrüßungstasse Kaffee, nicht einmal einen Eiswürfelbehälter. Das Wasserglas im Badezimmer hatte eine kleine Kerbe am Rand, und die Seife reichte gerade für einen Tag, was auch vernünftig war, denn es kam selten vor, dass jemand länger blieb.

Der Preis war nur halb so hoch, wie er erwartet hatte. Wenn er weiterhin sorgsam mit seinem Geld umging, würde es noch für zwei Wochen reichen. Danach müsste er entweder nach Hause fahren oder Randy um eine telegrafische Überweisung bitten.

Cole stellte den Fernsehapparat an, um die Nachrichten zu sehen, doch bevor das Bild scharf wurde, schaltete er ihn wieder aus. Es gab nichts auf dieser Welt, was er über diesen Apparat beeinflussen konnte, und er wollte auch nichts mehr über die Frau hören, von der seit Tagen unaufhörlich berichtet wurde, da sie ihr Haus, in dem sich ihre drei Kinder befanden, angezündet hatte.

Nachdem er den Vorhang aufgezogen hatte, um das weiche Licht des späten Nachmittags hereinzulassen, holte er die Kopfkissen unter der Überdecke hervor, lehnte sie gegen die Stirnseite des Bettes und öffnete den Gitarrenkasten. Er hatte auf der alten Gitarre wenig gespielt, dafür aber viele Reparaturen daran vorgenommen. Er hatte Schichten von Fingerabdrücken von dem lackierten Holz entfernt und neue Saiten und Stimmwirbel angebracht. Er hatte das Instrument mit äußerster Vorsicht behandelt, wie eine widerspenstige Geliebte.

Cole sehnte sich noch immer nach dem Gefühl tiefer Befriedigung, das die Musik ihm einst gewährt hatte, als er noch nicht gezwungen war, mit jedem neuen Lied einen Hit in die Charts zu bringen. Er wollte wieder den Adrenalinstoß fühlen, wenn er auf die Bühne trat und Tausende von Fremden vor sich sah, die er noch vor Ablauf des Abends zu seinen Freunden machte. Wenn jemand bei seinen Gassenhauern nicht mitsang, so zeigte Cole auf ihn, schüttelte den Kopf und hielt einen Textkarton hoch. Ihr seid hier, um eine Party zu feiern, pflegte er zu sagen. Sein Publikum sollte am Ende des Konzerts in der Überzeugung nach Hause gehen, einen angemessenen Gegenwert für sein Eintrittsgeld erhalten zu haben.

Liebevoll ließ er die Hand über den Hals der Martin-Gitarre gleiten, als er sie aus dem Kasten nahm. Für den Augenblick wollte er sich mit den Gefühlen zufrieden geben, die Gewicht und Form des Instruments in ihm erweckten.

Er lernte, geduldig zu sein.

Als er etwas später von einem Nickerchen erwachte, das er gar nicht beabsichtigt hatte, zeichnete die untergehende Sonne rosiges Licht auf die Wände seines Zimmers. Lautes Magenknurren erinnerte ihn daran, dass er seit dem Frühstück nichts mehr gegessen hatte.

Bald würde die Nacht hereinbrechen und noch einige Stunden später würde ein neuer Morgen kommen und ihn wieder auf der Straße finden. Er hatte auf seiner Reise bereits einige beunruhigende Wahrheiten über seine Kindheitserinnerungen herausgefunden. Die Städtchen, die seinen Kinderaugen als wahre Paradiese erschienen waren – mit vielen leeren Grundstücken, wie gemacht, um Baseball darauf zu spielen, und verfallenen Häusern, die scheinbar extra verlassen worden waren, damit neugierige Kinder sie durchforschen konnten –, starben in Wirklichkeit einen langsamen Tod der Armut. Ferienorte, in deren Straßen er und Randy ehrfurchtsvoll an magischen Lichtern, Musikautomaten und Zuckerwatteständen vorbeigewandert waren, erschienen ihm nun schäbig und kommerziell. Wenn er auch nur einen Moment lang geglaubt hätte, die Smoky Mountains hätten sich einer ähnlichen Verwandlung unterzogen, so wäre er nicht weitergefahren.

Er legte die Gitarre zurück an ihren Platz. Wenn er sie noch einmal herausnähme, würde er dem Drang, darauf zu spielen, nicht widerstehen können. Die Vorstellung erschien ihm nun freundlicher als zu Beginn seiner Reise.

Nachdem Cole sich die Restaurants auf der Hauptstraße von Townsend besehen hatte, entschied er sich dafür, die paar Kilometer nach Maryville weiterzufahren, um dort zu Abend zu essen. Während er aß, lauschte er einer Unterhaltung am Nebentisch über einen neuen Sänger, der in einem der Clubs im Nachbarort Alcoa auftrat. Er beschloss, den Mann anzuhören.

Der Sänger war nicht schlecht, ein wenig übereifrig vielleicht und nicht so in seine Arrangements eingeübt, wie es nötig gewesen wäre. Doch mit ein wenig Übung hätte Cole ihn durchaus als Vorakt zu einer seiner eigenen Shows angenommen. Falls er je wieder eine Show machen würde.

Die Straßen waren leer, als Cole zu seinem Motel zurückfuhr. Der Parkplatz vor dem Haus hatte sich wie durch Zauberhand gefüllt, doch hinter den Fenstern waren die Lichter bereits ausgegangen. Er parkte den Truck und wollte sein Zimmer aufschließen, als ihm einfiel, dass er den Wagen nicht abgesperrt hatte. Und bestimmt würde Holly am nächsten Morgen zur Arbeit eintreffen, ehe er abgefahren war, und den Verriegelungsknopf am Wagenschlag hochstehen sehen. Es war lächerlich, sich von einem Teenager einschüchtern zu lassen, den er nie wieder sehen würde. Trotzdem hatte Holly Recht. Wenn jemand sein Auto stahl, würden all seine Pläne zunichte werden.

Also ging er pflichtbewusst zurück und versperrte den Truck. Das Letzte, woran er sich später erinnern konnte, war, dass er danach den Schlüssel in die Tür seines Motelzimmers gesteckt hatte.

8

Holly lief ruhelos in dem kleinen, durch Vorhänge abgetrennten Abteil der Notaufnahme hin und her. Sie versuchte sich einzureden, dass es das Beste wäre, jetzt zu gehen. Schließlich hatte sie ihr Möglichstes getan. Mehr konnte man nicht von ihr erwarten. Sie hatte hier nichts mehr zu suchen; sie war weder eine Angehörige noch eine Freundin. Sie hatte der Schwester in der Aufnahme nicht eine einzige Frage beantworten können und hatte sogar Arnold anrufen müssen, um nach dem Namen des Fremden zu fragen – Neal Chapman. Irgendwie passte der Name nicht zu ihm. Er sah mehr nach einem Jared, Dwight oder Hank aus.

Sie brauchte nur vor den Vorhang zu treten, ohne sich noch einmal nach dem Mann im Bett umzublicken. Kaum hatte sie den Gedanken zu Ende gedacht, als sie sich wie von unsichtbarer Hand herumgedreht und gezwungen fühlte, die reglose Gestalt zu betrachten. Er sah so schrecklich aus mit seinem blutverschmierten Gesicht und verklebten Haar. Sie hatte sein Haar als hellbraun in Erinnerung, nun wirkte es beinahe schwarz. Die Krankenschwester hatte angemerkt, dass Kopfwunden oft schlimmer aussahen als sie waren, da sie immer mit großem Blutverlust einhergingen. Natürlich, so hatte sie zugeben müssen, könnten sich Komplikationen einstellen, da man nicht wusste, wie lange der Patient schon bewusstlos dagelegen hatte.

Es war ein glücklicher Zufall gewesen, dass Holly in der vergangenen Nacht nicht hatte schlafen können und daher beschloss, früher als sonst zur Arbeit zu gehen und sich um Arnolds Buchführung zu kümmern. Es war ein ebenso glücklicher Zufall gewesen, dass sie vor dem Haus keinen freien Parkplatz gefunden hatte und daher zur Rückseite weitergefahren war, wo sie Neal vor seiner Zimmertür gefunden hatte. Und zum Glück war Arnold da gewesen und hatte ihr geholfen, Neal ins Auto zu schaffen. Lauter glückliche Umstände für Neal, aber nicht für sie.

»Verdammt!«, grollte sie. Jedes Spatzenhirn sollte doch begreifen, dass man in Feriengebieten auf der Hut sein musste. Touristenansammlungen zogen Kriminelle an wie ein Dunghaufen die Fliegen.

Holly kreuzte die Arme vor der Brust und lehnte sich an den Instrumentenwagen. Sie hatte noch tausend Dinge zu tun, unter anderem zwanzig Motelzimmer zu putzen. Niemand würde ihr Vorwürfe machen, wenn sie sich einfach verdrückte und ihrer Arbeit nachging. Sie konnte jederzeit wieder vorbeischauen, und falls Mr. Chapman dann wach wäre, könnte sie ihn fragen, ob er etwas brauche.

Sie musste nur einen Fuß vor den anderen setzen, in ordentlich langen Schritten, und schon könnte sie aus dem Blount Memorial Krankenhaus hinaus in die Sonne treten.

Sie sah auf die Uhr und gab sich noch zwanzig Minuten.

Verdammt, wie sie Krankenhäuser hasste! In Krankenhäusern starben Menschen. Ihre Eltern waren in so einem Krankenhaus gestorben. Sie wusste es, denn sie war dabei gewesen.

Sie hatte sie sterben lassen.

Was für ein dummer Ausdruck – den Stecker rausziehen. Niemand hatte einen Stecker herausgezogen, man hatte einfach die Maschinen abgeschaltet, weil sie es für richtig gehalten hatte. Der Ausdruck war beinahe so dumm und sinnlos wie die Art, in der die beiden Menschen, die sie auf der Welt am liebsten hatte, dem Tod entgegengegangen waren: Sie hatten ihren Campingwagen, auf den sie mehr als fünf Jahre gespart hatten, mit einem Kerosinöfchen geheizt.

Noch immer hatte sie die Stimme des Arztes im Ohr, der ihr versicherte, welches Glück ihre Eltern hätten, dass Holly tags zuvor ihren einundzwanzigsten Geburtstag begangen hatte. Als einzigem Kind und nächster Verwandter lag die Entscheidung, das Leben ihrer Eltern zu beenden, in ihrer Hand. Wie gut, dass sie gerade volljährig geworden war.

Das war vor sechs Jahren gewesen. Sie hatte ihren Geburtstag nie wieder gefeiert.

Der Vorhang teilte sich und ein Mann mit gehetztem Gesichtsausdruck trat ein. Auf seiner Nasenspitze balancierte eine schmale Lesebrille. Er hielt ein Klemmbrett in der linken Hand, die rechte streckte er Holly hin. »Dr. Hardesty«, stellte er sich vor.

»Angenehm«, erwiderte Holly. Sie versuchte, um ihn herum hinauszugelangen, doch das war nicht so einfach, da die Kabine so winzig war.

»Sie sind Mrs. Chapman?«

»Ich?«, quiekte Holly mit unnatürlich hoher Stimme. »Nein, ich habe ihn nur gefunden.«

Der Arzt runzelte die Stirn. Dies war eine Wendung, die er nicht erwartet hatte. Er fuhr fort, als habe er Hollys Auskunft gar nicht gehört. »Die Verletzungen, die Mr. Chapman schon vor einigen Monaten erlitten hat, machen diesen Fall schwieriger, als er es unter normalen Umständen gewesen wäre. Die Röntgenaufnahmen zeigen deutlich, dass die Wunde, die ihm letzte Nacht zugefügt wurde, nicht schwerwiegend genug ist, eine so lange Bewusstlosigkeit hervorzurufen.«

»Was meinen Sie damit?«, fragte Holly. »Sie haben ihn doch nicht einmal genau angesehen.«

Der Arzt blickte sie über seine Brille hinweg an. »Machen Sie sich Sorgen wegen des vielen Blutes? Das ist normal.«

»Normal?«, fuhr sie auf. Dann räusperte sie sich und fuhr etwas leiser fort. »Es tut mir Leid, aber ich verstehe nicht, wie Sie das Wort ›normal‹ im Zusammenhang mit jemandem benutzen können, der aussieht wie dieser Mann – wie Neal.«

„Kopfwunden bluten immer sehr stark.«

»Und was meinten Sie mit den anderen Verletzungen?«

»Wie es aussieht, befindet sich Mr. Chapman in der Rekonvaleszenzphase nach einem schweren Schädeltrauma. Ich tippe auf einen Autounfall. Ich hatte einen ähnlichen Fall, als ich Assistent in …« Er hielt inne. »Zurück zu Mr. Chapman. Sie sollten auf ihn aufpassen, wenn er aus dem Koma erwacht und nach Hause kommt. Nicht, dass etwas Unvorhergesehenes passieren könnte, aber nichts geht über ein wenig Vorsicht. Außerdem sollte er für eine Weile keine Treppen steigen. Ist Ihr Haus entsprechend ausgerüstet?«

»Äh, er wird nicht zu mir nach Hause kommen. Wie ich schon sagte, ich bin nur diejenige, die ihn gefunden hat.«

Dr. Hardesty klemmte seine Notizen unter die Achsel und sah Holly leidend an. »Haben Sie wenigstens seine Familie informiert?«

Holly verschränkte die Arme vor ihrer Brust und erwiderte seinen Blick. »Da niemand weiß, wo seine Familie sich befindet, denke ich, dass sie nicht benachrichtigt wurde.« Ihre Geduld schwand zusehends. Sie fuhr fort: »Mr. Chapman kam gestern Nachmittag ins Sleepytime Inn. Er hat für eine Nacht bezahlt, aber da er einen unglücklichen Zusammenstoß mit einer Person hatte, die ihn niederschlug und ihn seiner Brieftasche beraubte, ist er nie in den Genuss dieser Übernachtung gekommen.«

Etwas streifte ihre Hüfte. Als sie sich umdrehte, sah sie, dass es Neal Chapman war, der sie angestrengt anblickte.

»Molly?«

»Nein, Holly«, verbesserte sie ihn mit einem erleichterten Lächeln. Sie kannte ihn zwar kaum, war aber sehr froh, dass er noch lebte. »Schön, dass Sie wieder wach sind.«

Der Arzt schob sie beiseite. »Wie fühlen Sie sich?«, fragte er den Patienten.

»Wer sind Sie?«

»Ich bin Dr. Hardesty. Sie wurden vor einigen Stunden mit einer Kopfverletzung in dieses Krankenhaus eingeliefert. Erinnern Sie sich, wie es passiert ist?« Er holte ein kleines Stablicht aus seiner Tasche und leuchtete damit in Neals Augen.

»Ich sperrte meinen Truck zu. Das ist alles, was ich weiß.«

Holly wand sich bei dieser Aussage und drückte sich an den Vorhang. »Nun«, sagte sie, »Sie brauchen mich wohl nicht mehr. Dann gehe ich jetzt.«

Neal hob die Hand. »Haben Sie meine Brille gesehen?«

Holly hatte gewusst, dass etwas fehlte, doch jedes Mal, wenn sie ihn ansah, hatte das viele Blut sie verwirrt. »Sie hatten sie nicht auf, als ich Sie fand.«

»Aber ohne Brille kann ich nicht fahren.«

»Wahrscheinlich ist sie heruntergefallen, als Sie niedergeschlagen wurden«, vermutete Holly.

Dr. Hardesty schob das Stablicht wieder in seine Brusttasche und wandte sich an Holly. »Könnten Sie für einige Minuten vor den Vorhang treten, damit ich Mr. Chapman untersuchen kann?«

Holly beugte sich zu Neal hinab. »Ich fahre jetzt zum Motel zurück. Wenn ich Ihre Brille finde, bringe ich sie Ihnen auf dem Heimweg vorbei.«

»Wann wird das sein?«, fragte er. Er klang verzweifelt.

»Nach dem Mittagessen«, antwortete Holly.

»Das klingt gut.«

Holly ging zum Vorhang und zog ihn beiseite. »Bis dann.«

Sie fühlte sich niedergeschlagen, als sie den Gang betrat. Mehrere Türen lagen vor ihrem Blick, doch keine zeigte das Wort ›Ausgang‹. Sie kämpfte gegen den steigenden inneren Druck an und atmete tief durch. Irgendwie, gleich auf welche Weise, musste sie dieses Gefühl loswerden – und zwar schnell.

Wenn das so weiterginge, würde sie bald selbst als Patientin hier landen.

Eine Krankenschwester mit einem Tablett voller Fläschchen kam auf sie zu. »Kann ich Ihnen helfen?«

»Wie komme ich hier raus?«

Die Frau deutete hinter sich. »Die Halle hinunter und dann links.«

Mühsam behielt Holly einen gleichmäßigen Schritt bei. Sie nickte den Menschen zu, die ihr begegneten, und schaffte es sogar, einer Frau mit einem rosa gekleideten Säugling im Arm zuzulächeln. Dann war sie draußen, in der klaren, frischen Luft, wo es keine Verletzten hinter Vorhängen gab, keine Stecker, die einer jungen Frau, die sich bis dahin höchstens um die Farbe einer neuen Bluse kümmern musste, eine Entscheidung über Leben oder Tod abverlangten.

Holly blickte nach Osten, während sie in ihren Wagen stieg. Die Morgendämmerung kündigte sich mit tiefem Purpurrot an. Wenn sie im Motel ankäme, würden die Gäste bereits ihre Autos mit Gepäck beladen. Die stets gleich bleibende Arbeit des Zimmerreinigens würde ihr erlauben, ihre Gedanken abzuschalten und so zu tun, als wäre alles wie immer.

Und mit ein wenig Glück würde womöglich Arnold etwas in der Stadt zu erledigen haben, sodass sie ihn bitten konnte, Neal Chapman die Brille ins Krankenhaus zu bringen. Doch gleichzeitig war sie beunruhigt, mit welcher Vehemenz sie diese kleine Aufgabe auf Arnold abwälzen wollte. Es war noch gar nicht lange her, dass Arnold täglich das Blount Memorial Krankenhaus besucht hatte, als hilfloser Zeuge des Hinsiechens seiner Frau, die nach fünfzig gemeinsam verlebten Jahren an Herzschwäche verstarb.

Seit wann war Holly so feige? Wann hatte sie begonnen, ihr Leben von den Schatten der Vergangenheit beeinflussen zu lassen, anstatt sich damit auseinanderzusetzen? Gerade jetzt durfte sie sich nicht von alten Gefühlen überwältigen lassen.

Die Nachmittagssonne hatte den Weg durch das Krankenhausfenster gefunden. Für Coles unbebrillte Augen boten die Streifen und Schatten, die sie auf Wand, Decke und Möbel malte, ein surrealistisches Bild von merkwürdiger Schönheit, das sich jedoch nicht lange ertragen ließ.

Dann schloss er wieder die Lider und rief sich vertraute Dinge ins Gedächtnis.

Nachdem das Schmerzmittel, das der Arzt ihm verabreicht hatte, seine Wirkung entfaltete, fühlte Cole sich unruhig und rastlos. Er wollte weg. Er versuchte, Holly wegen seiner Brille anzurufen, konnte sich dann aber nicht an den Namen des Motels erinnern. Als er der Frau an der Vermittlung das Motel beschreiben wollte, meinte sie, das würde nichts nützen. Sie sei aus Alcoa und käme nie nach Townsend.

Widerwillig gestand Cole sich ein, dass er noch einen weiteren Anruf erledigen musste. Vom Anfang seiner Reise an war er entschlossen gewesen, erst nach Hause zurückzukehren, wenn er auf einige Fragen die Antworten gefunden hatte. Sollte ihm dies nicht gelingen, konnte er sich wenigstens sagen, er habe es versucht.

Doch diese Gedanken befriedigten ihn nicht. Es ärgerte ihn, sein Vorhaben aufgeben zu müssen, nur weil ein Unbekannter ihn niedergeschlagen hatte.

Zögernd schwebte seine Hand über dem Telefon. Nach Meinung des Polizisten, der am Morgen an Coles Bett gekommen war und seine Aussage aufgenommen hatte, bestand für Cole nicht die geringste Aussicht, sein Geld wiederzubekommen. Ebensogut konnten einer Schlange Flügel wachsen. Der Dieb hatte vermutlich auf gut Glück zugeschlagen und war längst über alle Berge.

Doch ohne Geld blieb für Cole nur die Rückkehr. Vermutlich war dies die einfachste Lösung. Wie fast immer in seinem Leben, war ihm auch dieses Mal die Entscheidung aus der Hand genommen worden. Und vielleicht war das gar nicht so schlimm. Ohne die Last, sich ständig entscheiden zu müssen, blieb ihm mehr Zeit für andere Dinge.

Oh, verdammt, wen wollte er eigentlich belügen?

Seufzend griff er nach dem Telefon. Vielleicht war ihm die wichtigste Entscheidung abgenommen worden, doch es gab immer noch einige Dinge, die er selbst beeinflussen konnte. Er bat die Dame an der Vermittlung, das Telefonat auf seine Rechnung zu setzen, und wählte dann die Nummer.

Frank meldete sich am anderen Ende der Leitung. Seine Stimme klang unnatürlich fröhlich. »Hallo.«

»Hier ist Cole. Ist Randy da?«

»Ich habe mir schon Sorgen gemacht, dir könnte etwas zugestoßen sein«, sagte Frank munter. »Du hast dich seit Wochen nicht mehr gemeldet.«

»Es geht mir gut.«

»Wann kommst du heim?«

»Bald. Ist Randy da?«

»Ich kann dir nicht sagen, wie sehr mich das erleichtert. Janet ist von den Journalisten ganz schön in die Zange genommen worden wegen der großen Ankündigung, der dann nichts folgte. Aber sie lässt dir ausrichten, sie habe Verständnis dafür, dass du mal einige Zeit weg wolltest, und sie ist deswegen nicht böse.«

Ein sanfter, aber wirkungsvoller Hinweis. Cole wäre gar nicht auf den Gedanken gekommen, dass Janet aufgebracht sein könnte. Schließlich war es ihre Aufgabe, immer und unter allen Umständen mit der Presse fertig zu werden. »Sag ihr, ich weiß ihr Verständnis zu schätzen. Wo ist Randy?«

»Noch was. Mit der letzten Hemdenlieferung von Crowell war ich gar nicht zufrieden. Ich habe sie zurückgeschickt. Ist dir das recht?«

Was ging da vor sich? Es war Frank bisher immer egal gewesen, was Cole über die Hemden dachte, die er auf der Bühne trug. »Dad, dafür bin ich jetzt nicht in der richtigen Stimmung. Ich möchte mit Randy sprechen. Ist er da oder nicht?«

Widerstrebend sagte Frank: »Ich hole ihn.«

Cole wälzte sich auf den Rücken, wobei er sorgfältig darauf achtete, seinen Kopf genau in die Einbuchtung des Kissens zu platzieren. Er wusste noch sehr gut, wie es bei seinem letzten Krankenhausaufenthalt gewesen war, und erwartete, dass die heftigen Kopfschmerzen jederzeit wiederkehren konnten. Der Arzt hatte ihn über den früheren Unfall ausgefragt, doch Cole hatte ihm klargemacht, er wolle nicht darüber sprechen. Daraufhin hatte der Doktor erfolglos versucht, ihn bei seiner Eitelkeit zu packen, indem er den guten Heilungsprozess der Gesichtsknochen und die hervorragende Arbeit des unbekannten plastischen Chirurgen lobte, die ihn vor nachhaltiger Entstellung bewahrt hatte.

Randys Stimme, die höher und lauter klang als gewöhnlich, durchbrach die Stille. »He, großer Bruder, was gibt es?«

»Ich brauche deine Hilfe.«

Randy zögerte. »Erzähl mir nichts«, sagte er dann. »Nicht jetzt.«

Da stimmte etwas nicht. »Was ist los?« Wieder zögerte Randy. »Du kannst hier nicht mehr anrufen.«

»Warum?«

Im Hintergrund war Franks Stimme zu hören: »Gib mir das verdammte Telefon!«

»Dad nimmt alles auf, was du sagst«, rief Randy hastig in den Hörer. »Er hat eine Fangschaltung installieren lassen. Wenn du noch ein paarmal anrufst, kann er zurückverfolgen, wo du dich aufhältst. Im Moment bist du sicher, aber solange du dort bleibst, wo du jetzt bist, kannst du hier nicht mehr anrufen. Nach drei oder vier Minuten wissen sie, von wo aus du telefonierst.«

Franks Stimme übertönte Randy. »Cole, er lügt dich an.«

»Später, Mann«, sagte Randy.

»Cole?«, schrie Frank in den Apparat. »Bist du noch dran?«

Cole ließ Frank noch ein paarmal rufen, dann legte er sorgfältig den Hörer auf. Er stellte das Telefon zurück auf den Nachttisch, stand vom Bett auf und ging zum Fenster. Als er hinausblickte, stellte er fest, dass die Welt aussah wie immer.

Er blinzelte.

Nichts veränderte sich.

Alles blieb immer gleich.

Frank riss die Tür zu Randys Zimmer auf. Er hatte den Mund geöffnet, um etwas zu sagen, doch als er sah, womit sein jüngster Sohn beschäftigt war, schloss er ihn wieder. Als Randy keine Notiz von ihm nahm, fragte er endlich: »Was, zum Teufel, treibst du da?«

Randy blickte von dem Koffer auf, den er packte. »Interessiert dich das?«

»Nicht im Geringsten. Ich denke an Cole. Schließlich ist er es, der immer nach dir verlangt, wenn er anruft. Was mich angeht, so wäre mein Leben wesentlich einfacher, wenn du nicht hier herumhängen würdest.«

»Brutal, aber ehrlich.« Randy zog eine Schublade heraus und kippte ihren Inhalt in den ohnehin schon übervollen Koffer.

»Du hast versprochen, dass du uns helfen würdest, ihn zu finden.« Franks Stimme verlor plötzlich alles Kämpferische. Er wirkte ausgelaugt, wie ein General, der am Ende einer unter großen Verlusten geführten und doch verlorenen Schlacht bereit ist, sich in sein Schwert zu stürzen. »Weshalb hast du deine Meinung geändert?«

Randy wurde wachsam. Mit einem lauten, aggressiven Frank wusste er umzugehen; der Mann, der jetzt zu ihm sprach, wirkte fremd. Er durfte ihm nicht trauen. »Cole wird wiederkommen, wenn er dazu bereit ist.«

»Aber du weißt doch, was die Ärzte sagen.« Frank fuhr sich mit beiden Händen übers Gesicht, als wollte er mit dieser Bewegung die Erschöpfung wegwischen. »Cole ist nicht mehr er selbst. Er leidet immer noch an den Folgen dieses traumatischen Unfalls. Wir müssen ihn heimholen, um ihm zu helfen. Er schafft das nicht alleine.«

»Das ist ein Haufen Unsinn«, murrte Randy. »Cole ist nicht verrückter, als ich es bin.«

»Niemand behauptet, er sei verrückt. Er braucht nur Hilfe, um mit dieser Erfahrung fertig zu werden. Er muss mit Menschen sprechen, die sich mit solchen Sachen auskennen.«

Randy quetschte den Kofferdeckel zu. »Es geht ihm ganz gut da draußen.«

»Woher weißt du das?«, fragte Frank gespannt.

Randy hatte bereits zu viel gesagt.

»Weil ich Cole kenne. Er konnte immer ganz gut auf sich selbst aufpassen.« Sein Blick durchforschte den Schrank.

»Ich verstehe dich nicht«, sagte Frank.

Etwas zerriss in Randy. »Da hast du ganz Recht – du

verstehst mich nicht. Du hast keine Ahnung, wer ich bin.« Er versuchte, die Kofferschlösser zuzupressen. Es gelang ihm nicht, der Koffer war zu voll. »Welch ein Glück, dass nicht ich es war, der verschwunden ist. Du weißt nicht einmal genug über mich, um ein Vermisstenformular auszufüllen. Seit Cole zum ersten Mal Geld für ein Lied bekommen hat, habe ich für dich aufgehört zu existieren.«

»Das ist nicht wahr.«

Randy wandte Frank den Rücken zu. »Welche Farbe haben meine Augen?«

»Das sind doch Dummheiten. Was macht es schon, ob man jemandes Augenfarbe kennt oder nicht? Das beweist gar nichts.«

Franks ausweichende Antwort verschaffte Randy keinerlei Genugtuung. Diesen Streit hatte er nicht gewinnen wollen, doch jetzt konnte er nicht nachgeben. *»Welche Farbe?«*, wiederholte er beharrlich.

Zögernd sagte Frank: »Sie sind blau.«

Randy drehte sich um und blickte seinen Vater mit einem niederschmetternden Blick an.

»Na gut, dann sind sie eben braun«, sagte Frank. »Deine Mutter hatte blaue Augen ... du bist ihr so ähnlich ... darum dachte ich ...«

Dies war das erste Mal, dass Frank von Randys Mutter gesprochen hatte, seit sie gestorben war. Dass Frank sie nun im Zusammenhang mit ihm erwähnte, brachte Randy aus dem Konzept.

Er unternahm einen weiteren Versuch, seinen Koffer zu schließen, dann hob er ihn vom Bett und ließ ihn auf den Boden fallen. Der dramatische Augenblick, der Moment für große Gesten, war vorüber. Das Feuer in ihm war erloschen und ließ ihn unsicher und verwirrt zurück. Außerdem gab es keine Möglichkeit, das Haus zu verlassen, ohne eine Spur zu Cole zu legen. Er blickte auf die Uhr, die auf der Kommode stand.

»Wann soll ich im Studio sein?«

»Um drei Uhr.«

»Dann sollte ich langsam losgehen.«

»Du hast noch genügend Zeit.«

Randy verstand nicht, weshalb Frank ihn zurückhielt. Er hatte erwartet, sein Vater würde den Triumph darüber, sich durchgesetzt zu haben, weidlich auskosten. »Weshalb bist du überhaupt hergekommen?«, fragte er ihn.

»Ich weiß es nicht«, gestand Frank. »Ich bin mir nicht mehr sicher.«

Bei diesem Geständnis brachen Randys letzte Verteidigungswälle zusammen. Zwar warnte ihn eine leise, innere Stimme, sich vorzusehen, doch er wollte Frank noch eine Chance geben, sich zu rechtfertigen, zu zeigen, dass es in seinem Leben Platz gab für beide Söhne. »Erinnerst du dich«, fragte er seinen Vater, »an das Jahr, als die Band für eine Rodeo-Tournee in Ost-Texas engagiert wurde?«

»Ja, Cole war zehn ...« Frank bemerkte seinen Fehler zu spät. »Und du warst ...«

»Sieben«, ergänzte Randy.

»Ja, richtig.«

»Du hast mich auf einer Ranch bei einem alten Ehepaar zurückgelassen, während du mit Cole unterwegs warst.«

»Die Veranstalter wollten die Kosten für dich nicht übernehmen, also sah ich keinen Sinn darin, dich mitzuschleppen.«

Auch nach so langer Zeit schmerzte Randy die Beiläufigkeit, mit der Frank die Trennung akzeptierte. Randy schob die Demütigung beiseite, versteckte sie in einem Winkel seines Gedächtnisses, wo bereits viele Dutzende ähnlicher Verfehlungen und Nachlässigkeiten verstaut waren, die zu sehr wehtaten, um vergessen zu werden. In Wahrheit hatte der kleine Junge, der die Wärme herzlicher Zuneigung und mütterlicher Arme bitter entbehrte, es als Gottesgeschenk empfunden, nicht mit auf die anstrengende Reise gehen zu müssen.

»Der Mann, dem die Ranch gehörte« – der Name war Randy entfallen, wie hatte das geschehen können –, »ließ mich immer bei der Arbeit helfen.«

»Ich hatte dich nicht dort gelassen, damit du arbeiten solltest«, sagte Frank mit einer Empörung, die ein halbes

Leben zu spät kam. »Ich habe die Leute anständig bezahlt, damit sie sich um dich kümmern sollten.«

Randy überging seinen Einwand. »Wenn wir die Hühner fütterten, durfte ich die Küken in meiner Hand halten, aber sie zappelten immer wie wild, um sich zu befreien. Eines Tages sagte mir der Alte, dass diese Küken wie Menschen wären: Je fester man sie hielte, umso stärker sei ihr Drang loszukommen. Er konnte mir meine Ungläubigkeit vom Gesicht ablesen, also brachte er mich dazu, ganz still zu sitzen und meine Hand zu öffnen. Dann setzte er ein Küken darauf.«

Randys Blick ließ die Augen seines Vaters nicht los. »Der alte Mann hatte Recht, das Küken blieb einfach sitzen. Nach einer Weile schlief es ein.«

»Was willst du damit sagen?«

»Du hast Cole so fest umklammert, dass er kaum atmen kann. Wenn du deinen Griff nicht lockerst, wird er nicht mehr zurückkommen. Nie wieder.«

»Das ist nicht dasselbe. Cole ist ...«

Abwehrend schüttelte Randy den Kopf.

»Er ist krank«, beharrte Frank. »Er braucht unsere Hilfe.«

»Cole ist nicht kränker als wir beide.« Randy überdachte seine letzten Worte und lachte bitter. »Vielleicht sollte ich mich anders ausdrücken.«

»Die Ärzte haben gesagt ...«

»Warum reitest du ständig auf diesem Ärztekram herum? Die Ärzte kennen Cole nicht so gut wie wir, zwei von denen haben sogar noch nie mit ihm gesprochen. Woher wollen sie wissen, was in seinem Kopf vorgeht?«

»Angenommen, wir lassen Cole so viel Zeit, wie er deiner Meinung nach braucht. Was ist, wenn er nach ein paar Monaten dahinter kommt, dass sein bisheriges Leben gar nicht so schlecht war? Aber vielleicht ist es dann für eine Rückkehr schon zu spät und alles ist den Bach runtergegangen? Wir hatten mehr Glück, als wir verdient haben. Ich hätte nie geglaubt, dass wir es schaffen würden, Coles Verschwinden so lange geheim zu halten. Aber dass es uns bisher gelungen ist, heißt nicht, dass wir es auch weiterhin schaffen werden.«

»Und wenn schon. Was kann denn schlimmstenfalls passieren? Wir lassen einfach verlauten, Cole habe das Bedürfnis gehabt, wieder einmal zu seinen Ursprüngen zurückzukehren. Seine Fans würden ihn dafür anbeten.«

»Ach, dort ist er also?«, fragte Frank vorsichtig.

»Du brauchst keine Spielchen mit mir zu spielen, Frank. Ich habe dir nichts erzählt, was du nicht schon erraten hast.«

»Wenn du weißt, wo er ist und wie du ihn erreichen kannst, was sollte dann die großartige Szene heute am Telefon?«

»Er ruft mich an, nicht ich ihn. Ich weiß, wo er vor einer Woche war, aber inzwischen kann er Hunderte von Meilen in jeder beliebigen Richtung weitergezogen sein.«

»Du fragtest nach dem Studiotermin. Heißt das, du lässt die Aufnahmen trotzdem machen?«

Das Video für *A Walk on the Right Side of Town* war noch immer nicht komplett. Es sollte jedoch gleichzeitig mit dem Album erscheinen. Frank und Janet waren überzeugt, dass man für die letzten Lücken einige ältere Aufnahmen von Cole, einiges Material aus den letzten Konzerten sowie einige Szenen mit Randy aus größerer Entfernung verwenden könne. Randys Anteil war zwar klein, aber wesentlich, wollte man rechtzeitig fertig werden. »Ich hatte mit Cole darüber sprechen wollen, aber dazu habe ich jetzt keine Gelegenheit mehr«, sagte Randy.

»Heißt das ja oder nein?«, wollte Frank wissen.

»Ich mache es.«

»Vom gegenwärtigen Standpunkt aus sehe ich keine andere Möglichkeit«, murmelte Frank, als spräche er zu sich selbst. »Wir müssen alles so gut wie möglich im Ruder halten. Wenn wir Glück haben, wird Cole noch eine Existenz haben, zu der er zurückkehren kann. Wenn nicht …« Er zuckte die Schultern. »Nun, damit werden wir uns befassen, wenn es soweit ist.«

Randy betrachtete seinen Vater eingehend. Warum

nahm Frank etwas, das ihn noch vor einer halben Stunde zu einem Wutausbruch veranlasst hatte, nunmehr so ruhig hin? Dieser vernünftige und fürsorgliche Mann war Randy fremd.

»Nicht wahr, du glaubst mir nicht?«, fragte Frank, als habe er Randys Gedanken gelesen.

»Weshalb sollte ich? Wir sprechen nicht nur über Coles, sondern auch über dein Leben.«

»Und über deines«, erwiderte Frank. »Wir sind genauso eng miteinander verknüpft wie eh und je.«

»Aber ich habe noch viele Jahre vor mir. Ich könnte aufs College gehen, wenn ich wollte.«

»Du hast doch nicht einmal die High School abgeschlossen.«

»Und wessen Schuld war das?«, fragte Randy scharf.

»Es ist nutzlos, über verschüttete Milch zu jammern.«

Frank fuhr sich mit der Hand übers Kinn. »Du glaubst, ich möchte Cole um meinetwillen zurückhaben. Zum Teil stimmt das auch. Mein Leben ist seit langer Zeit so eng mit dem deines Bruders verwoben, dass ich manchmal kaum weiß, wo er endet und ich beginne. Aber du hast Unrecht, wenn du meinst, mit Coles Karriere sei auch meine Karriere zu Ende. Einen Nutzen hat mir seine Flucht doch gebracht. Ich habe nämlich erkannt, dass ich, wenn hier alles zusammenbricht, höchstens ein oder zwei Jahre brauchen werde, um wieder auf die Füße zu kommen. Ich mache meinen Job verdammt gut, Randy. Coles Erfolg ist nicht über Nacht vom Himmel gefallen. Es vergeht kein einziger Tag, an dem nicht eine Plattenfirma anruft und mich bittet, irgendeinen vielversprechenden Neuling unter meine Fittiche zu nehmen.«

Das war es nicht, was Randy hören wollte. Es gab Dinge, die er gerne im hintersten Winkel seines Gedächtnisses verstaute, Dinge, von denen er sich und seine kostbare Freiheit bedroht fühlte. Denn obwohl er gelegentlich darunter litt, im Schatten seines Bruders zu stehen, musste er doch zugeben, dass es auch etwas für sich hatte, sich nicht dem grellen Licht der Öffentlichkeit aussetzen zu müssen.

»Aber was wird Cole tun, wenn er eines Tages merkt, dass die Art von Leben, die er beiseite geschoben hat, doch genau das ist, was er möchte?«, fragte Frank. »Er sollte wissen, dass die Scheinwerfer sofort auf jemand anders gerichtet werden, wenn er aus ihrem Lichtkreis tritt.«

»Warum hast du mir das früher nie gesagt?«, fragte Randy.

»Ich hatte geglaubt, du wüsstest, dass dies nicht nur ein Spiel von dir und Cole ist, um mir eins auszuwischen. Du kennst deinen Bruder am besten. Wie konntest du glauben, er könne glücklich sein ohne das, was ihm auf dieser Welt am meisten bedeutet? Was sollte er ohne seine Musik anfangen? Wohin sollte er gehen? Sein ganzes Leben hat sich ums Singen gedreht; er hat nichts anderes gelernt. Er ist einunddreißig Jahre alt, Randy, viel zu jung, um die Welt vom Schaukelstuhl aus zu betrachten.«

»Daran habe ich nicht gedacht«, gestand Randy widerstrebend ein.

»Cole hat dir keinen Gefallen damit getan, dich immer in Watte zu packen.« Es war weniger eine Anklage als eine einfache Feststellung. »Als du fünfzehn warst, musstest du mehr Verantwortung tragen als jetzt. Doch dank Cole brauchtest du nie erwachsen zu werden.«

Randy wollte diese Auseinandersetzung mit Frank auf jeden Fall zu Ende führen, doch er besaß keine Argumente mehr. »Es ist ein starkes Stück, so etwas zu behaupten.«

»Ich hab's nicht so böse gemeint, tut mir Leid.« In Franks Blick lagen Schmerz, Verständnis und die Bitte um Entschuldigung. »Noch etwas ...«

Randy setzte sich auf die Bettkante und hob ergeben die Hände. »Nur zu. Lass alles raus. Schlimmer kann es wohl nicht mehr werden.«

Frank zögerte. »Das kann noch warten.«

»Nein, ich will es jetzt hören.«

»Was ich dir jetzt sage, stimmt vielleicht nicht, aber ich denke, du solltest es auf jeden Fall in Betracht ziehen, ehe ...« Frank hielt inne und holte tief Luft. Was er sagen wollte, schien ihm nicht leicht zu fallen.

Randys Anspannung wuchs. Noch nie hatte Frank gezögert, etwas zu sagen, gleichgültig, ob es sich dabei um eine Gemeinheit oder ein kriecherisches Kompliment handelte. »Was es auch ist, sag es einfach«, meinte Randy.

»Weshalb hast du Cole heute am Telefon gewarnt?«

»Ich wollte nicht zu denen gehören, die ihn anlügen. Er vertraut mir wahrscheinlich als Einzigem.«

»Das ist die leichte Antwort, Randy. Aber es gibt noch eine andere. Bist du sicher, dass nicht etwas anderes dahintersteckt, etwas, das du dir selbst nicht eingestehen möchtest?«

»Was sollte das sein?«

»Immer hat Cole im Rampenlicht gestanden, dem alle Aufmerksamkeit galt.«

»Und?«

Frank senkte den Blick auf die Spitzen seiner Eidechsenlederstiefel. »Wenn er nicht zurückkommt, ehe es zu spät ist …« Ganz langsam hob er den Blick wieder, bis er Randy direkt ins Gesicht sah. »Wenn alles über Cole zusammenbricht …«

In einer heftigen Bewegung sprang Randy vom Bett auf. »Wie kannst du so etwas sagen? Wie kannst du das nur denken?«

Doch Frank ließ sich nicht beirren. Mit einer Stimme voller Mitgefühl und Verständnis sagte er: »Das Ende von Coles Karriere wäre das einzige Ereignis, das dich deinem Bruder wieder gleichstellen könnte.«

Randy verharrte mit geballten Fäusten lange Zeit. Er hatte so manche Schlägerei in einer Bar mit weniger Blessuren überstanden. Wieder und wieder sagte er sich, dass Franks Worte bedeutungslos seien, dass sein Vater ihm mit diesen Worten einfach dort wehtun wollte, wo er am verletzlichsten war. Verzweifelt blickte er in die Augen seines Vaters, hoffend, dort einen Schimmer der Befriedigung über den gelungenen Schlag zu finden. Doch er sah nur Trauer.

Mit langsamen, schweren Schritten ging Frank durch das Zimmer. Vor Randy blieb er schweigend stehen. Schließlich streckte er die Hand aus und drückte sanft die Schulter seines jüngsten Sohnes.

Zu seiner eigenen Überraschung zuckte Randy nicht zurück. Es war das erste Mal, soweit er zurückdenken konnte, dass sein Vater ihn nicht im Zorn anfasste. Wenn er dieses Friedensangebot akzeptierte, bliebe von der Wut auf seinen Vater nichts mehr übrig.

Der Gedanke erschütterte Randy.

9

Holly manövrierte ihren Wagen in eine Lücke auf dem Parkplatz des Krankenhauses, stellte den Motor ab und stieg aus. Mit energischen Schritten durchquerte sie das Portal. Sie brachte sogar ein Lächeln zustande, als sie den Pförtner fragte, wo Neal Chapman zu finden sei. Doch sobald sich die Fahrstuhltüren hinter ihr schlossen, verschwand das Lächeln von ihren Lippen.

Sie blickte auf ihre Hände hinab. Kein Zittern zu bemerken.

Gut. Die Vorhaltungen, die sie sich gemacht hatte, dass sie ihre Ängste überwinden und sich dem Leben stellen müsse, schienen geholfen zu haben. Kein Wunder, wenn man bedachte, dass sie sich ununterbrochen selbst zugeredet hatte, während sie zwanzig Motelzimmer aufräumte und putzte.

Schon früh war sie dahinter gekommen, dass ihr die Arbeit schneller von der Hand ging, wenn sie über etwas Nützliches oder über ein Problem nachdachte, das ihre ungeteilte Aufmerksamkeit erforderte. Natürlich dauerte das Überziehen so vieler Betten und das Schrubben so vieler Toiletten trotzdem seine Zeit.

Durch Arnold hatte sie erfahren, dass es Bücher auf Tonband gab. Er besaß ein ganzes Regal davon in seinem Büro und hatte ihr erlaubt, sich jederzeit zu bedienen.

Seit Holly vor drei Monaten in das Haus ihres Großvaters in Maryville gezogen war, fand sie kaum noch Zeit zum Lesen. An den meisten Abenden war sie zu müde, um überhaupt ein Buch in die Hand zu nehmen. Bänder zu hören machte ihr zwar nicht so viel Spaß wie das Lesen, doch es war besser als nichts.

Die Fahrstuhltüren öffneten sich. Holly war so vertieft in ihre Gedanken, dass sie es beinahe zu spät bemerkte. Schnell hielt sie die Hand in die Lichtschranke, ehe die Türen sich wieder schlossen. Ein Bronzeschild zeigte an, in welcher Richtung die jeweiligen Zimmernummern lagen. Holly folgte dem Schild nach links.

Sie hatte sich vorgenommen, nicht durch die offenen Türen zu schauen, doch stets ertappte sie sich dabei, wie ihre Blicke von den Nummern an den Türen zu den Patienten glitten. Einige der Männer schienen schwer krank zu sein, andere wiederum machten einen so munteren Eindruck wie die Besucher, denen sie im Korridor begegnete.

Da war es, Zimmer 436. Die Tür war geschlossen. Holly klopfte leise und wartete. Als sich nichts rührte, klopfte sie lauter. Nachdem noch immer keine Antwort kam, schob sie die Tür auf und spähte hinein. Das Bett war leer. Verwirrt trat sie in das Zimmer.

Als sie Neal am Fenster stehen sah, mit dem hinten offenen Krankenhaushemd und seiner Kehrseite, die herauslugte, war es zu spät, sich unbemerkt wieder hinauszuschleichen.

»Nette Aussicht, wie?«

Schnell griff er hinter sich und raffte das Hemd zusammen, ehe er sich umdrehte.

»Holly?«

»Ja, ich bin's.« Sie wühlte in ihrer Handtasche nach seiner Brille. »Tut mir Leid, dass ich nicht früher kommen konnte.«

Cole nahm den Krankenhausbademantel vom Bett und warf ihn sich um. »Ich hatte vergessen, dass Sie kommen wollten.«

Holly gab ihm die Brille. »Stimmt was nicht?«

»Warum fragen Sie?«

»Ich weiß es nicht. Sie kommen mir irgendwie verändert vor.«

»Vielleicht wegen der Kleidung.« Er blickte an sich hinab und wackelte mit den nackten Zehen. »Oder wegen der fehlenden Kleidung.«

»Was hat die Polizei gesagt?«

»Nicht viel.«

»Ich habe Ihre Sachen aus dem Motelzimmer geholt, damit Sie nicht für eine weitere Nacht bezahlen müssen.«

Cole stieß ein bitteres Lachen aus. »Das würde auch nicht mehr viel ausmachen. Zwischen dem Ausstellen von Rechnungen und deren Bezahlung liegt ein weites Feld.«

»Ich habe dabei auch an Arnold gedacht. Er kann es sich nicht leisten, mitten im August ein Zimmer leerstehen zu lassen. Es ist die beste Zeit des Jahres.«

Cole setzte sich in einen Stuhl am Ende des Bettes. »Eine Krankenhausangestellte war vorhin bei mir und wollte wissen, ob das Motel versichert sei.«

Holly wand sich. »Wir waren es bis zum letzten Monat.« Sie hatte sich den Mund fusselig geredet, um Arnold zu überzeugen, dass er die Versicherung beibehalten müsse. Doch die Rechnung für den Grabstein seiner Frau war zur gleichen Zeit gekommen und er konnte nicht beides bezahlen.

»Das macht nichts«, versicherte Cole. Ich habe der Frau mitgeteilt, ich würde mich selbst um die Rechnung kümmern.«

»Hat sie gesagt, wie hoch sie sein wird?« Holly fragte nicht aus purer Neugierde. Sie hatte mit dem Arzt über die zu erwartenden Kosten sprechen wollen.

»Nein, und ich habe sie nicht gefragt«, antwortete Cole.

»Wer konnte sich wohl etwas so Scheußliches ausdenken?« Holly meinte seine Kleidung.

Cole legte den Kopf auf die Seite, als überlege er sich eine Antwort. Doch was er sagte, hatte nichts mit seinem Hemd zu tun. »Sie sind älter, als ich dachte.«

Holly strich sich mit einer abwehrenden Geste über das Haar. »Das klingt, als wäre ich uralt.«

»Das meinte ich nicht. Als ich Sie zum ersten Mal sah, dachte ich, Sie seien noch ein halbes Kind.«

»Das liegt vermutlich an meinem Gesicht.« Cindy Crawford brauchte jedenfalls die Konkurrenz von Holly Murdoch nicht zu fürchten.

Es war Zeit für sie zu gehen. Sie hatte zwar im Restaurant angerufen, um ihre Kollegin Linda Jean zu fragen, ob es ihr etwas ausmachte, wenn Holly ein wenig später käme; stattdessen hatte sie sich von Linda Jean überreden lassen, drei Stunden früher zu kommen, um für sie einzuspringen. Sie hatte es nicht fertig gebracht, Nein zu sagen, nachdem Linda Jean sich schon bereit erklärt hatte, im Winter einige Male für Holly einzuspringen.

»Sind Sie sicher«, fragte Holly, »dass ich niemanden für Sie anrufen kann? Freunde oder Verwandte?«

»Es gibt niemanden.«

War das möglich? Spontan sagte sie: »Es geht mich zwar nichts an – aber was werden Sie tun, wenn Sie ohne Geld hier herauskommen?« Oh, verflixt, genau das hatte sie vermeiden wollen. Als sie nach Maryville gezogen war, hatte sie sich geschworen, alle Streuner links liegen zu lassen.

»Ich weiß es noch nicht.«

»Soll ich versuchen, jemanden zu finden, der eine Gitarre kaufen möchte? Sie werden zwar nicht viel dafür kriegen, aber wenn Sie sparsam sind, kommen Sie damit vielleicht bis nach Hause.«

»Die Gitarre ist mein ganzer Besitz«, sagte Cole mit entschuldigendem Lächeln, »und mein Zuhause ist da, wo mein Truck steht.«

Na großartig. Da hatte sie wieder mal das Maul aufreißen müssen, anstatt still und leise zur Tür hinauszugehen. Würde sie nie dazulernen? Sie starrte ihn an. Er bot nicht gerade ein ansehnliches Bild mit den Haaren, die sich auf dem Hinterkopf zwischen den Bandagen hervordrängten, und mit dem Bademantel, der einige Nummern zu groß war. Doch es war etwas Vertrautes an ihm, das eine Art von Zutrauen in ihr weckte, als bestünde er aus einer Mixtur sämtlicher Freunde, Nachbarn und Jungen vom Land, die sie jemals kennen gelernt hatte.

Früher oder später würde sie ihn doch bei sich aufnehmen. Das war so unvermeidlich wie das Amen in der Kirche. »Ich habe ein Zimmer über meiner Garage. Dort können Sie bleiben, wenn Sie möchten. Es ist nichts Großartiges, aber sicher bequemer, als in einem Truck zu übernachten.«

»Weshalb tun Sie das?«

»Vermutlich, weil Gott mir weniger Verstand mitgegeben hat als einer Schnake. Wenn ich klug wäre, hätte ich Ihre Brille beim Pförtner abgegeben, ohne mich bei Ihnen blicken zu lassen. Aber nein, ich musste herauffahren, um nachzusehen, wie es Ihnen geht. Ich war so dumm zu glauben, dass Sie sich einsam fühlten und sich über Gesellschaft freuten.«

»Es tut mir Leid. Aber meistens wollen Leute, die mir etwas geben, auch etwas von mir haben.«

Falls er es auf Streicheleinheiten für sein Ego abgesehen hatte, so war er bei Holly an die Falsche geraten. Sie wollte ein für alle Mal klarstellen, dass er sich keine falschen Hoffnungen machen durfte. »Mir fällt beim besten Willen nichts ein, was ich von Ihnen haben wollte.«

»Wollen Sie damit sagen, dass man mit mir nicht viel Staat machen kann?«

»Ich möchte Ihre Gefühle nicht verletzen.«

»Schon gut. Sie brauchen nichts weiter zu sagen. Ich kann mir ganz gut vorstellen, wie ich aussehe.«

Nein, sie weigerte sich, in Mitleid mit ihm zu versinken. »Es ist am besten, wenn ich Ihnen gleich die wichtigsten Regeln für Ihren Aufenthalt bei mir nenne. Erstens, Sie haben eine Woche Zeit, sich zu erholen. Zweitens, wenn Sie länger bleiben wollen, müssen Sie bezahlen.«

»Und wie viel?«

»Zweihundertfünfzig Dollar pro Monat für Unterkunft und Verpflegung.« Sie hatte die erste Zahl genannt, die ihr in den Kopf gekommen war. »Oder den entsprechenden Gegenwert in Arbeitsleistung, zum Beispiel Wartungs-

und Reparaturarbeiten am Haus.« Zu ihrem eigenen Erstaunen begann sie, sich für die Idee zu erwärmen. Sie konnte zwar das Geld gut gebrauchen, doch die Reparaturen am Haus erledigt zu wissen, ehe der Winter kam, war auch nicht schlecht. »Ich werde Ihnen pro Arbeitsstunde fünf Dollar anrechnen.«

»Wird Ihr Großvater damit einverstanden sein?«

»Was hat denn mein Großvater damit zu tun?«

»Sie sagten doch, es sei sein Haus.«

»War es auch, bis er sich nach Arizona aufgemacht hat, um eine reiche Witwe zu finden und Golf zu spielen.

Cole lächelte. »Klingt, als habe er einen Ruf erhalten.«

»Nein, es war eher Torschlusspanik.«

»Was ist, wenn ich mehr als fünfzig Stunden im Monat arbeite? Zahlen Sie mir dann die Differenz aus?«

»Nein, das kann ich nicht. Ich bin auf jeden Cent angewiesen. Aber Arnold kann Sie vielleicht für ein paar Dollar im Motel beschäftigen. Sie könnten sich damit zumindest das Benzingeld für die Rückfahrt verdienen. Das ist es doch, was Sie wollen, nicht wahr?«

»Ich weiß kaum mehr, was ich will.«

Das war nicht die Antwort, die Holly erwartet hatte. Irgendetwas war los mit diesem Neal Chapman. Aber sie wollte gar nicht wissen, was es war. Sie hatte genug eigene Probleme. Um jedes Missverständnis auszuräumen, wiederholte sie: »Dies ist eine rein geschäftliche Angelegenheit. Ich suche einen Arbeiter, nichts weiter.«

»An mehr hatte ich auch nicht gedacht. Ehrlich gesagt, Holly, sind Sie nicht mein Typ.«

Holly musste beinahe über das beleidigte Gefühl lachen, das Coles Feststellung in ihr hervorrief. Sie hatte sichergehen wollen, dass er sich keine falschen Hoffnungen machte; stattdessen ärgerte sie sich nun über sein Desinteresse.

Zurückgewiesen zu werden schien etwas ganz anderes zu sein, als selbst zurückzuweisen. »Nun, dann werden wir ja bestens miteinander auskommen.«

»Würden Sie bitte ein paar Minuten draußen warten? Ich möchte mich umziehen.«

Holly meinte, sich verhört zu haben. »Wovon reden Sie?«

»Ich will hier raus.«

»Das können Sie nicht machen.« Es erschreckte sie, einen Mann mitzunehmen, der jederzeit wieder zusammenbrechen konnte. »Die Schwester sagte, der Arzt wolle Sie noch für mindestens vierundzwanzig Stunden hier behalten.«

»Es war doch nur ein Schlag auf den Kopf.« Cole ging zum Spind und holte eine Plastiktüte mit seinen Kleidern heraus. »Ich habe schon Schlimmeres überstanden.«

»Da«, sagte Holly und wies auf die Sachen, »die können Sie doch nicht anziehen, sie sind ganz blutverschmiert. Ich nehme sie mit nach Hause, wasche sie und bringe sie Ihnen morgen wieder.«

Cole blickte in die Tüte und machte sie widerstrebend wieder zu. »Haben Sie meine Sachen aus dem Motel mitgebracht? In meiner Reisetasche waren Kleider zum Wechseln.«

»Ich habe alles in Arnolds Büro verstaut.«

»Könnten Sie ...«

»Nein, heute nicht mehr. Ich bin sowieso schon zu spät dran.« Ihr wurde bewusst, dass er nicht wissen konnte, wovon sie sprach. »Ich arbeite abends als Kellnerin«, erklärte sie.

Er dachte kurz nach. »Na gut, ich kann das auch selbst erledigen. Wenn Sie mir Ihre Adresse geben, nehme ich ein Taxi zum Motel und fahre mit meinem Truck zu Ihrem Haus.«

»Ein Taxi?«

»Oh ... ich muss mir wohl ein paar Dollar von Ihnen ausleihen.«

»Ich sagte Ihnen ...«

»Holly«, unterbrach er sie, »ich verspreche, Sie werden das Geld zurückbekommen, wenn Sie wollen, auch das Doppelte. Bitte, lassen Sie mir meinen Willen.«

Also so lief das – ein flehentliches ›Bitte‹ von ihm und sie schmolz wie Butter in der Sonne. Sie nahm ihre Handtasche von der Schulter, wühlte nach ihrer Geldbörse und reichte Cole einige Scheine. Dann wandte sie sich zum Gehen.

»Die Adresse«, erinnerte er sie.

Da sie kein Papier in ihrer Tasche fand, reichte Cole ihr seinen Notizblock. »Lassen Sie sich von Arnold den Weg beschreiben«, sagte Holly, nachdem sie Straße und Hausnummer aufgeschrieben hatte. Sie warf sich die Tasche wieder über die Schulter. »Falls mir noch etwas einfällt, das Sie wissen müssen, lege ich Ihnen eine Notiz auf den Küchentisch.«

»Schön, aber wie komme ich hinein, um sie zu lesen?«

»Die Hintertür lässt sich nicht abschließen. Das wäre eines der Dinge, die repariert werden müssen.«

»Bevor Sie gehen …«

»Noch etwas?«, fragte Holly, nun schon ein wenig ungeduldig.

»Ich wollte mich nur bedanken.«

Holly wollte nicht lächeln. Sie fühlte sich hilflos und gehetzt und würde seinetwegen zu schnell fahren müssen, um nicht zu spät zur Arbeit zu kommen. Doch sie konnte sich der Aufrichtigkeit, mit der er sich bedankte, nicht verschließen. Ihre Lippen teilten sich zu einem Lächeln, und ihr blieb nichts zu sagen, als ein ebenso aufrichtig gemeintes ›Gern geschehen‹.

Cole behielt aufmerksam die Straße im Blick, während er am Hospital vorbei nach Maryville fuhr. Er war immer noch amüsiert darüber, wie verzweifelt die Angestellte an der Krankenhauskasse ihn hatte zum Bleiben bewegen wollen, nachdem ihr klar wurde, dass er seine Rechnung nicht auf der Stelle begleichen konnte. Niemals, so hatte sie gesagt, sei es vorgekommen, dass jemand gegen den Willen des Arztes das Krankenhaus verlassen habe. Sie erweckte den Eindruck, als habe Cole sie durch seinen Aufbruch persönlich beleidigt.

Als er durch die Halle gegangen war, um ein Taxi anzurufen, hatte er sein Spiegelbild in einer Glastür gesehen. Es war nicht gerade beeindruckend. Die Stunde im Kampf mit der Bürokratie hatte sein Gesicht ausgezehrt und dunkle Ringe unter seine Augen gezeichnet. Die blutverschmierten Kleider, der Verband auf seinem Hinterkopf und seine verwahrloste Erscheinung hatten nicht gerade vorteilhaft gewirkt. Doch gerade diesem armseligen Eindruck verdankte er es, dass der Ambulanzfahrer, den er in der Halle nach einem Telefon gefragt hatte, ihm angeboten hatte, ihn bei dem Motel abzusetzen, das ohnehin auf seinem Weg lag. So hatte Cole das Geld, das Holly ihm gegeben hatte, nicht ausgeben müssen.

Nach einer lang gestreckten Kurve sah er an der linken Straßenseite einige stattliche Ziegelgebäude. Das musste das College von Maryville sein, laut Arnold eine der renommiertesten Privatschulen der Südstaaten. Arnold war überrascht gewesen, dass Cole nie davon gehört hatte, und hatte eine Liste berühmter Absolventen aufzählen wollen, als Cole ihn mit einer Frage über Holly abgelenkt hatte.

Arnolds Antwort auf die Frage, wie lange Holly schon für ihn arbeite, war kurz und bündig gewesen: »Zwei Monate.« Cole hatte gewartet, doch der sonst so gesprächige alte Mann hatte nichts weiter hinzugefügt. Cole hatte es mit einer weiteren Frage versucht – wie war es dazu gekommen, dass Holly in seinem Motel arbeitete? Er könne sich nicht mehr genau erinnern, wie er Holly kennen gelernt habe, hatte Arnold gesagt.

Es war offensichtlich, dass Arnold sie beschützte. Doch ob Holly wirklich Schutz brauchte oder ob Arnold sie nur vor neugierigen Männern behüten wollte, konnte Cole nicht entscheiden. Wie auch immer, Arnold hatte unmissverständlich zu verstehen gegeben, dass Cole mit ihm rechnen musste, sollte er sich Holly gegenüber ungebührlich betragen.

Am Fuß des Hügels bog Cole links in die Zufahrtsstraße ein, wie Arnold es ihm beschrieben hatte. Er gelangte in ein Wohngebiet mit alten Bäumen, die über den Straßen und Häusern zu Baldachinen zusammenwuchsen. Kinder fuhren auf Rollern und Fahrrädern, ohne sich um den Verkehr zu kümmern, und Paare gingen Hand in Hand auf den Gehwegen. Auf den Veranden saßen Hunde und bellten Passanten halbherzig an. Hier und da gingen hinter geöffneten Fenstern, welche die kühle Abendbrise einließen, die Lichter an. Die Luft war schwer, vertraut und irgendwie ganz südlich. Es gab nichts Vergleichbares in den westlichen Bundesstaaten.

In Coles Gedanken jagten sich flüchtige Kindheitserinnerungen. Es war, als reiste er auf einer vielfach gewundenen Straße zurück in seine Kindertage. Er sah diesen Ort zum ersten Mal und doch war er ihm bekannt – die Häuser, die Menschen, ihre Erwartungen, Hoffnungen und Träume. Dies war ein Land, in dem das Schloss an der Hintertür jahrelang zerbrochen bleiben konnte, ohne dass den Bewohnern des Hauses ein Leid geschah. Es war ein Ort, an dem ein Kind zur ganzen Nachbarschaft gehörte, wo Alte und Junge sich um es kümmerten, wo ein zerschundenes Knie von einem Dutzend Müttern versorgt und ein hungriger Magen in vielen Küchen gefüllt wurde.

Obwohl Coles Kindheit nicht so verlaufen war, hatte er als kleiner Junge doch das Leben in Hunderten von Südstaaten-Städtchen beobachtet. Lücken in diesen Beobachtungen hatte er mit seiner Fantasie ausgefüllt und des Nachts hatte er sich mit der Vorstellung in den Schlaf gelullt, dass er und Randy das gleiche wundervolle Leben führten.

Oben am Hügel endete die Straße in einer Sackgasse. Dort wandte er sich nach rechts. Hier waren die Häuser weiter von der Straße entfernt und standen auf Grundstücken, die groß genug waren, um geräumigen Einzelgaragen und einigen Obstbäumen Platz zu bieten. Arnold hatte ihm gesagt, das Haus stünde an der linken Straßenseite und sei aus weißen Brettern mit grüner Umrandung gezimmert.

Was er ihm nicht gesagt hatte, war, dass jedes Haus in der Straße entweder cremefarben, beige oder weiß war. Mehrere wiesen grüne Umrandungen auf, von apfelgrün bis avocadofarben, und alle waren von Hecken und Büschen umgeben, die Zeugnis von der Kraft industriell gefertigten Düngers ablegten. Diese Gewächse verdeckten gleichermaßen Veranden, Fenster und Hausnummern.

Die Sonne berührte bereits den Horizont.

Nachdem er zweimal die Straße auf und ab gefahren war, entschied Cole sich für einen Garten mit einer Wäscheleine, auf der nur Frauenkleidung hing. Er bog in die gekieste Einfahrt und hielt vor der Garage.

Gewohnheitsmäßig klopfte er zuerst an die Hintertür, ehe er sie öffnete. Als niemand antwortete, ging er ins Haus. Er durchquerte einen Raum, der einmal eine Hinterveranda gewesen sein musste, dann aber ummauert worden war und jetzt als Waschraum diente. Er ging durch eine weitere unverschlossene Tür und stand in der Küche. Obwohl sich ein großes Fenster über dem Spülbecken befand, war es bereits zu dunkel, um mehr als Umrisse zu erkennen. Er ließ seine Hand über die Wand gleiten, bis er den Lichtschalter fand. Ein Messingleuchter mit drei nackten Glühbirnen beleuchtete den makellos sauberen Raum.

Cole fand Hollys Notiz auf dem verchromten Küchentisch, eingeklemmt zwischen Pfeffer- und Salzstreuer aus Milchglas.

Neal,
es gibt ein kleines Problem. Ich hatte vergessen, dass man in das Zimmer über der Garage nur über eine steile Treppe gelangt und dass kein Bett darin steht. Es gibt zwar ein Sofa, aber das ist zu kurz für Sie. Sie müssten beim Schlafen entweder Ihren Kopf oder Ihre Füße über das Sofa hinaushängen lassen. Also, wenn Sie peinlichst auf Ihrer Privatsphäre bestehen und sich weigern, auf die Anweisungen Ihres Arztes zu hören, können Sie natürlich oben schlafen (im Dielenschrank finden Sie Laken, Decken und ein Kissen). Besser wäre es aber, wenn Sie gleich im vorderen Schlafzimmer blieben. Sie können sich eigentlich in jedem beliebigen Schlafzimmer niederlassen, außer in meinem.

Ich komme etwa eine halbe Stunde nach Mitternacht nach

Hause. Schlafen Sie sich aus, und wenn ich morgen aus dem Motel zurückkomme, können wir alles Weitere besprechen.

Sie können essen, was Sie finden (was nicht viel ist, wie ich befürchte). Wie mit allem anderen, so hinke ich auch mit dem Einkaufen hinterher.

Holly

Cole schüttelte ungläubig den Kopf. Entweder lebte Holly in einem längst vergangenen Zeitalter oder sie war unglaublich naiv. Welche Frau lud einen ihr unbekannten Mann ein, im Schlafzimmer neben ihrem eigenen zu nächtigen? Er konnte doch genauso gut ein Sittenstrolch sein.

Die Erwähnung von Essen erinnerte ihn an seinen leeren Magen. Er hatte auf das Abendessen im Krankenhaus verzichtet, um noch bei Tageslicht Hollys Haus zu finden. Er ließ seinen Blick durch die Küche wandern und überlegte, welcher Schrank wohl etwas Essbares enthalten könne. Er entschied sich, es zuerst bei dem Hängeschrank über dem Herd zu versuchen. Als er ihn öffnen wollte, fiel der Griff ab. Er legte ihn auf das Fensterbrett und versuchte dann vergeblich, die Tür mit den Fingern aufzuzwängen.

Cole ging zum nächsten Schrank. Darin befand sich nur ein Regalbrett, auf dem Teller und Schüsseln standen. Er blickte genauer hin und stellte fest, dass sich die Schrauben für die anderen Bretter gelockert hatten.

Er schlenderte kreuz und quer durch die Küche und sah in sämtliche Schränke und Schubladen. Wohin er auch blickte, überall fehlte etwas oder war zerbrochen. In der Mitte der Küche blieb er stehen, schob die Hände in die Hosentaschen und blickte sich um. Der Raum war eine Katastrophe. Von der Decke blätterte die Farbe ab und das Linoleum vor der Spüle war zu einem Loch ausgetreten.

Allein in dieser Küche gab es genug für ihn zu tun, um eine ganze Monatsmiete abzuarbeiten.

10

Der Duft von gebratenem Schinken drang in Coles Zimmer und stieg ihm in die Nase. Da er noch nicht aufwachen wollte, entschloss er sich, ihn als Teil seines Traums hinzunehmen. Doch der Duft ließ sich nicht abschütteln, er folgte ihm von einem Konzert in New Mexiko bis in das Schlafzimmer in einem heruntergekommenen, weißen Holzhaus mit grüner Umrandung.

Als ihm bewusst wurde, wo er sich befand, öffnete er die Augen. Er gähnte, streckte sich und griff nach seiner Brille. Als er sich am vergangenen Abend ins Bett gelegt hatte, war er überzeugt gewesen, eine schlimme Nacht vor sich zu haben. Das eiserne Bettgestell war uralt. Als er sich darauf gesetzt hatte, hatte es herzerweichend geächzt. Außerdem wies es in der Mitte eine deutliche Mulde auf. Doch das weiche Federkissen war genau die richtige Unterlage für seinen wunden Kopf und die Bettdecke hatte ihn umschmeichelt wie eine sanfte Geliebte. Zum ersten Mal seit langem war ihm der Schlaf nicht wie ein lästiger Gegner, sondern wie ein Freund vorgekommen.

Cole fühlte sich ausgeruht wie seit Wochen nicht mehr.

Er rollte sich auf den Rücken. Die Verletzung an seinem Hinterkopf erinnerte ihn daran, weshalb er bei Holly Murdoch zu Gast war. Stöhnend setzte er sich auf und betastete vorsichtig den Verband. Seltsamerweise hatte er keine Migräne. Während er dasaß, drang ein weiterer Duftschwall in das Zimmer. Cole roch nun auch Kaffee und Toast.

Er stand auf, zog die Spitzenvorhänge vom Fenster und blickte hinaus. Die Sonne stand schon hoch am Himmel. Holly hätte schon seit Stunden in der Arbeit sein müssen. Behutsam steckte er den Kopf durch die Halsöffnung seines T-Shirts, als er es anzog. Danach schlüpfte er in seine Jeans und ging zur Tür.

Als Cole sich am Abend zuvor im Haus umsah, hatte er keinen Hinweis darauf gefunden, dass außer Holly noch jemand dort wohnte. Allerdings hatte er nicht in die

Schränke und Kommoden der anderen Schlafzimmer geschaut.

Er wollte eben die Tür öffnen, als ihm ein Gedanke kam.

Hatte Holly in der Nacht jemanden mit nach Hause gebracht? Holly war zwar nicht sein Typ, das musste aber nicht heißen, dass sie niemandes Typ war. Er kannte viele Männer, die auf diese rustikalen, stämmigen Frauen flogen.

Was tun? Er konnte entweder in seinem Zimmer bleiben, bis sie zur Arbeit gegangen war, oder ihr und sich selbst eine peinliche Situation bereiten, indem er sich ihr aufdrängte. Weder das eine noch das andere gefiel ihm.

Seine letzte Mahlzeit hatte aus einer Dose Ravioli und einer Diätlimonade bestanden. Die Düfte, die durch seine Tür drangen, waren einfach zu einladend, um ihnen zu widerstehen.

Falls Holly seine Gesellschaft nicht wollte, war er gerne bereit, auf seinem Zimmer zu essen.

Gerade als er den Türgriff drehte, klopfte es.

Holly stand draußen und trat einen Schritt zurück. »Sie haben mich überrascht.«

Cole zog seine Hose in der Taille hoch. »Ich wollte eben ins Badezimmer gehen.«

»Gut, beeilen Sie sich. Das Frühstück ist fertig.«

»Ich dachte, Sie müssten frühmorgens zu Arnold.«

Holly wischte ihre Hände an dem Küchentuch ab, das über ihrem Arm hing. »Dort bin ich bereits seit einer Stunde fertig.«

»Wie spät ist es?«

»Dreiviertel zwölf.«

»Sie scherzen.«

»Nun, ich habe mir schon Sorgen gemacht«, gestand Holly. »Ich dachte zwar, Sie seien müde, aber schließlich haben Sie diese Kopfverletzung. Ich war nicht verwundert, als ich von der Arbeit kam und Sie noch schliefen; aber als ich vom Einkaufen zurückkam und Sie sich noch immer nicht rührten, befürchtete ich, Sie wären mir sozusagen über Nacht weggestorben.«

Cole lachte. »Also dachten Sie, wenn der Geruch von gebratenem Speck mich nicht weckt …«

»… dann würde Sie nichts mehr wecken«, beendete Holly den Satz für ihn.

»Es tut mir Leid, ich wollte Sie nicht erschrecken.«

Cole fuhr sich mit den Fingern durchs Haar. Er brauchte dringend eine Dusche. »Ich komme, sobald ich mich gewaschen habe.«

»Sie haben zwei Minuten Zeit, dann fange ich ohne Sie an«, warnte ihn Holly. »Ich hasse kalte Eier.«

Cole zweifelte nicht daran, dass sie es ernst meinte. »Haben Sie auch Grütze gekocht?«

»Mögen Sie Grütze?«

»Ich finde sie widerlich.«

Er erntete ein Lächeln. »An Ihrer Stelle würde ich das nicht so laut sagen. Es sind schon Leute für weniger aus der Stadt geworfen worden.«

Ihr Lächeln erreichte nicht nur den Mund, sondern erfasste ihr ganzes Gesicht. Das gefiel Cole. »Danke für die Warnung«, meinte er. »Ich werde mich künftig in Acht nehmen.«

Holly ging wieder zur Küche. »Damit Sie es wissen«, rief sie über die Schulter zurück, »Sie haben bereits eine halbe Minute der Zeit aufgebraucht.«

Cole war noch dabei, sein Hemd in die Hose zu stopfen, als er an den Küchentisch kam. Er hatte keine Ahnung, ob er die Zeitvorgabe überschritten hatte, jedenfalls hatte Holly auf ihn gewartet. Auf dem Tisch standen Teller und Schüsseln mit Rührei, Speck, Bratkartoffeln und Toast. Die Menge war ausreichend für ein halbes Dutzend ausgehungerter Männer. Vor jedem Platz standen ein Glas Orangensaft und Milch. Außerdem hatte Holly ihm noch eine große Tasse dampfenden Kaffees eingegossen.

»Greifen Sie zu«, sagte sie und reichte ihm den Teller mit den Eiern.

Es bedurfte keiner zweiten Einladung. Sie sprachen wenig, während sie aßen. Cole konnte sich nicht erinnern, jemals so hungrig gewesen zu sein oder etwas so Köstliches gegessen zu haben. Der Speck war genau richtig zubereitet, knusprig, doch nicht verbrannt. Die Kartoffeln waren mit dünnen Zwiebelscheiben gebraten und leicht gepfeffert. Die Rühreier waren luftig, heiß und durchgegart. Zum Toast gab es richtige Butter und Marmelade, die hausgemacht schien.

Der Kaffee jedoch schmeckte scheußlich.

Holly bot Cole das letzte Stück Speck an.

Er machte eine abwehrende Handbewegung. »Ich stehe kurz vor dem Platzen, wie der Kerl in Alien.«

»Ich habe den Film nicht gesehen. Ich mag keine unheimlichen Filme.«

»Da war dieses Ding, das in seinem Bauch heranwuchs …«

»Ich will nichts davon hören.« Holly stand auf, um den Tisch abzuräumen.

Cole half ihr. »Sie haben gekocht, ich mache sauber.«

»Klingt gut.« Sie sammelte die Gewürze ein und verstaute sie im Küchenschrank neben dem Herd. Schließlich wandte sie sich wieder zu Cole. »Ich weiß, es ist nicht fair, aber ich kann nicht auseinander halten, wer Sie sind und was Sie sind. Ich hab's versucht, aber immer, wenn ich denke, Sie seien anders, fallen mir wieder die Männer ein, die ich kannte und die genauso waren wie Sie. Und jedes Mal bin ich wieder hereingefallen.«

»Männer wie ich? Was soll das heißen?«

Sie wollte etwas sagen, fand aber nicht die richtigen Worte. Sie machte einen neuen Anlauf. »Ich bin mal mit einem gewissen Troy Martin gegangen, einem Möchtegern-Sänger, der davon überzeugt war, er würde eines Tages ein großer Star werden. Als er auf Tour ging, überredete er mich dazu, mitzukommen. In jeder Stadt hingen diesselben Typen rum, die auf den gleichen Jahrmärkten und in den gleichen Kneipen spielten. Sie klangen verschieden, aber unter der Oberfläche waren sie alle gleich. Jeder von ihnen war sicher, dass er mit ein wenig Glück der nächste Cole Webster werden würde. Ich habe ihnen zugehört. Sie gaben offen zu, dass sie bereit wären, alles auf sich zu nehmen und jeden niederzutrampeln, der ihnen im Weg stünde, um nach oben zu kommen. Ihre Gier hat sie nicht bloß angetrieben, sondern ihr ganzes Leben überwuchert.«

Cole wollte ihr sagen, dass sie Unrecht habe, wollte ihr von Buddy und seinen anderen Freunden erzählen, um die er sich in Zukunft stärker bemühen wollte. Doch um sie zu überzeugen, hätte er ihr offenbaren müssen, dass er Cole Webster sei. Er ließ heißes Wasser ins Becken laufen und gab einige Spritzer Spülmittel dazu. »Man kann nicht weiterkommen, ohne Opfer zu bringen«, sagte er.

»Das ist verständlich und auch in Ordnung, solange man sich nicht selbst opfert. Glauben Sie mir, ich spreche aus Erfahrung. Ich habe es miterlebt.«

»Was macht Sie so sicher, dass dieser Troy nicht von Haus aus eine Niete war? Mit einem Mechaniker oder Verkäufer hätten Sie auch reinfallen können.«

»Ich dachte mir, dass Sie das sagen würden«, bemerkte Holly, ohne dabei anklagend zu klingen. »Schließlich …«

Sie hielt inne. Ein seltsamer Ausdruck glitt über ihr Gesicht. »Verflucht«, flüsterte sie, und dann, zu Cole gewandt: »Ich bin gleich wieder da.«

Verwirrt fuhr Cole in seiner Arbeit fort. Er wischte eben den Tisch ab, als ein Geräusch aus dem Badezimmer ihn aufhorchen ließ. Holly hatte nichts davon gesagt, dass ihr schlecht sei, doch die Laute aus dem Bad waren eindeutig.

Was immer ihr Übelkeit verursachte, es war in kürzester Zeit über sie gekommen. Beim Frühstück hatte sie noch kräftig zugelangt.

Plötzlich wurde ihm klar, was los war. Er hatte es schon zu oft gesehen, um die Anzeichen zu missdeuten.

Enttäuschung und eine seltsame Trauer überfielen ihn.

Der Morgen war nicht mehr so strahlend. Er ging wieder zum Becken, ließ klares Wasser über das abgespülte Geschirr laufen und stellte es dann auf das Trockengestell.

Als Holly zurückkam, war sie blass und roch nach Mundwasser und Zahnpasta. Wortlos nahm sie das Küchentuch und begann ein Glas abzutrocknen. Um das Glas ins Regal zu stellen, musste sie sich strecken. Dabei rutschte ihre Bluse nach oben. Ihre Hose war nicht zugeknöpft und der Reißverschluss stand einige Zentimeter offen. Der Anblick bestätigte seinen Verdacht. Er überlegte, ob er etwas sagen solle. Schließlich ging ihr Gewicht ihn nichts an. Andererseits hatte sie sich ihm gegenüber sehr hilfsbereit gezeigt.

»Holly, ich weiß, dass ich nicht das Recht habe, mich einzumischen, aber ...«

»Oh, ich liebe Ansprachen, die mit diesem Satz beginnen.«

»Ich wollte nur sagen, dass ich Sie hübsch finde, so wie Sie sind. Nicht jede Frau muss einen Meter siebzig groß sein und fünfzig Kilo wiegen. Ich kenne viele Jungs, die es mögen, wenn eine Frau ein wenig Fleisch auf den Rippen hat. Dass Sie mit jemandem zusammen waren, der anderer Meinung war, heißt nicht, dass alle Männer empfinden wie er.«

Holly sah ihn kühl an. »Wovon reden Sie eigentlich?«

»Von dem, was Sie eben im Badezimmer machten.«

»Tut mir Leid. Ich habe versucht, leise zu sein.«

Cole war schockiert, wie schnell sie es zugab. Vermutlich war ihr gar nicht klar, wie gefährlich das war, was sie da trieb. »Was Sie da machen ist dumm, ja, sogar gefährlich. Kein Mann ist das wert.«

Holly stemmte die Hände in die Hüften und funkelte ihn wütend an. »Sie sind verrückt, wenn Sie glauben, ich täte das wegen eines Mannes. Das war ganz allein meine Entscheidung. Er weiß nichts davon, und ich habe auch nicht die Absicht, es ihm zu sagen.«

»Warum tun Sie es dann?«

»Glauben Sie, ich hätte mich nur für das Baby entschieden, um damit einen Mann an mich zu binden?«

»Baby?« Cole trat vor Überraschung einen Schritt zurück. »Sie sind schwanger? Haben Sie sich deshalb übergeben?«

Holly runzelte die Stirn. »Weshalb sonst würde ich ein Frühstück von mir geben, für das ich eine halbe Stunde am

Herd gestanden habe? Ganz zu schweigen von dem Geld, das es mich gekostet hat.«

Cole kam sich schrecklich ungeschickt vor. »Ich dachte, Sie wollten abnehmen«, murmelte er verlegen.

»Ich weiß nicht, wie es dort ist, wo Sie herkommen, Neal, aber bei uns deuten breite Hüften und häufige Ausflüge ins Badezimmer auf eine Schwangerschaft hin.«

»Sie sind wirklich schwanger?«, fragte Cole dümmlich und trat noch einen Schritt zurück.

»Es ist nicht ansteckend«, meinte Holly ein wenig beleidigt.

»Müssten Sie sich denn nicht hinlegen und die Füße hochlagern?«

Holly schüttelte den Kopf. »Sie scheinen hinter dem Mond zu leben.«

»Ich habe in meiner Umgebung noch keine Schwangerschaft miterlebt.«

»Aber es ist doch immer irgendwo eine Frau schwanger. Wie ist es möglich, dass Sie nie einer begegnet sind?« Ein Gedanke kam ihr und ihre ganze Gestalt spannte sich. »Ich hätte es bemerken müssen. Es gab so viele Hinweise und ich habe sie nicht beachtet. Sie sind gerade aus dem Gefängnis gekommen, nicht wahr?«

Cole lachte. »Nein, jedenfalls nicht aus einem gewöhnlichen.«

»Gibt es denn mehrere Arten?«

»Es gibt auch jene, in die wir uns selbst einsperren.«

»Das klingt ja ganz nett und würde sich bestimmt gut in einem Lied machen. Aber Sie müssen mir schon eine bessere Geschichte erzählen. Schließlich muss ich auch an mein Baby denken, das in fünfeinhalb Monaten zur Welt kommen wird.«

Früher oder später wird sie doch herausfinden, wer ich bin, dachte Cole. Also könnte ich es gleich hinter mich bringen. Er wollte schon den Mund öffnen, als ihm bewusst wurde, was er dadurch verlieren würde. Sobald Holly wusste, wer er wirklich war, würde ihre Beziehung sich verändern. Sie würde ihn sofort anders behandeln, nicht mehr so offen sein. »Seltsam«, sagte er stattdessen, »erst gestern Abend kam mir der Gedanke, wie unüberlegt es von Ihnen ist, mich bei sich wohnen zu lassen, ohne mich richtig zu kennen.«

»Dann erzählen Sie mir etwas über sich.«

Cole durfte nicht länger über seine Person schweigen. Es wäre leicht, Holly etwas vorzulügen, doch soweit wollte er nicht gehen. Er entschied sich für einen Mittelweg. »Ich bin immer viel allein gewesen. Als ich heranwuchs, sind mein Vater, mein Bruder und ich viel unterwegs gewesen. Da hat man keine Zeit, einen großen Freundeskreis aufzubauen.«

»Wovon leben Sie?«

»Ich habe meine Gitarre. Sie haben da ganz richtig geraten. Und ich habe gelernt, mit wenig auszukommen«, fügte er mit bescheidenem Lächeln hinzu.

»Ist das alles, was Sie können?«

»Es ist das, was ich am besten kann, aber ich beherrsche noch ein paar andere Kleinigkeiten, mit denen ich mich durchs Leben schlage.«

»Zum Beispiel Klempner- und Zimmermannsarbeiten?«

»Ein wenig. Ich glaube aber, dass es bei Ihnen nichts gibt, womit ich nicht fertig würde«, sagte er ein wenig zweideutig.

»Nun, Sie schienen keine Angst zu haben, als die Polizei Sie zu dem Raub befragte. Also sind Sie wohl kein entsprungener Sträfling.«

Cole beschäftigte sich wieder mit dem Geschirr. Eigentlich sollte er froh sein, dass Holly sich mit seinen Halbwahrheiten zufrieden gegeben hatte, doch was er fühlte, war Schuld. »Ich dachte, schwangere Frauen müssten diese T-Shirts mit aufgedruckten Pfeilen tragen, die auf ihren Bauch weisen.«

Holly nahm ein weiteres Glas und trocknete es ab. »Weshalb soll ich mir neue Kleider kaufen, solange ich noch in die alten passe?«

»Sie können sich doch nicht wohlfühlen, wenn Sie in halb offenen Hosen herumlaufen.«

Holly befühlte ihren Bauch. »Ich hatte keine Ahnung, dass man es sieht.«

»Das wäre nicht der Fall, wenn Sie längere Hemden trügen.«

»Können wir über etwas anderes reden?«

»Klar.« Cole fischte die letzte Gabel aus dem Spülwasser und zog den Stöpsel heraus. »Wer ist der Vater?«

»Das geht Sie nichts an.«

»Etwa der Möchtegern-Countrystar?«

»Ich sagte, das …«

»Wollte er es loswerden?« Cole war von seiner eigenen Hartnäckigkeit überrascht. Das war sonst nicht seine Art.

Holly warf die Gabel in die Schublade und schaute ihn finster an. »Ich sagte doch, dass ich nicht darüber reden will.«

»Er sollte Ihnen zumindest finanziell unter die Arme greifen, finden Sie nicht?«

Betont langsam faltete Holly das Küchentuch in der Mitte und hängte es sorgfältig neben den Herd. Ohne Cole einen weiteren Blick zu schenken, ging sie wortlos hinaus und verschwand in ihrem Schlafzimmer.

Ratlos rieb sich Cole den Nacken und bekam dabei die Kopfbandage in die Finger. Er zog daran, bis sie sich löste.

Hätte Frank sehen können, dass der Hinterkopf seines Sohnes schon wieder kurz geschoren war, so hätte er gewiss einen Anfall bekommen. Auf diese Art würde es noch lange dauern, bis Coles schulterlange Mähne – nach Meinung eines bissigen Kritikers das Einzige, wofür er Ruhm verdiente – wieder nachwuchs.

Er betrat den Korridor und blickte auf Hollys Tür. Sollte er sich dafür entschuldigen, dass er so hartnäckig nach Dingen gefragt hatte, die ihn nichts angingen? Er war bisher noch nie so aufdringlich gewesen und konnte selbst nicht verstehen, was in ihn gefahren war.

Er rief sich zur Ordnung. Es war nicht nötig, für etwas so Einfaches nach einer komplizierten Erklärung zu suchen. Sein Interesse an Holly beruhte schließlich nur darauf, dass er endlich jemanden kennen gelernt hatte, dessen Leben genauso verkorkst war wie seines.

Holly wälzte sich im Bett herum. Sie sah auf die Uhr und stöhnte laut. Schon fast zwei Uhr. Der Tag war schon halb vorüber, und sie hatte noch nicht einmal ihre Kellnerinnen-Uniform gewaschen, die sie heute Abend brauchte.

Wenn sie tagsüber ein Nickerchen machte, erwachte sie immer unausgeschlafen, gleichgültig wie lange es gedauert hatte. Sie hatte sich nur ein paar Minuten hinlegen wollen, um Neal Zeit zu geben, aus der Küche zu verschwinden, doch dann war sie auf der Stelle eingeschlafen. Das passierte ihr in letzter Zeit immer häufiger.

Der Klang einer Gitarre drang herein, und für einen Augenblick überließ sie sich der Fantasie, Troy habe sie irgendwie gefunden. Doch ihr Verstand verscheuchte sofort den schönen Traum und ließ sie wütend und enttäuscht zurück. Wann würde sie sich endlich von Troy befreien können?

Sie zwang sich, genau hinzuhören. Neal spielte Liedfetzen, stimmte Saiten, variierte Melodien. Einige kannte sie, andere hatte sie noch nie gehört. Die unbekannten hatte er wahrscheinlich selbst geschrieben. Sie hatte noch keinen Sänger kennen gelernt, der sich nicht für einen großen Komponisten und Texter hielt.

Der Gedanke an ihre schmutzige Uniform schob sich in den Vordergrund. Holly stand auf und ging zur Waschküche. Ein klickendes Geräusch erregte ihre Aufmerksamkeit. Es war der Wäschetrockner. Neugierig hielt Holly ihn an und schaute hinein. Darin lag ihre Uniform, das Namensschild aus Plastik war noch daran befestigt und hatte das Klicken verursacht. Sie nahm das Schild ab und stellte das Gerät wieder an. Dann machte sie sich auf die Suche nach Neal.

Sie fand ihn im Garten, an den dicken Stamm einer Buche gelehnt, vom Haus abgewandt. Er spielte auf seiner Gitarre und schien nichts wahrzunehmen außer seiner Musik. Holly nutzte die Gelegenheit, um ihn sich genauer anzusehen. Er war zwar nicht der attraktivste Mann, den sie je gesehen hatte, trotzdem hätte sie sich an ihn erinnert, wenn sie ihm schon einmal in einer Kneipe oder Tanzbar begegnet wäre. Einige ihrer Freundinnen hatten eine Schwäche für stille Typen, wobei sie Schweigsamkeit mit Intelligenz und Feingefühl verwechselten. Bobbie Jeane Andrews zum Beispiel würde ohne zu zögern ihren Freund ins Badezimmer sperren, wenn sie dadurch die Aufmerksamkeit eines Mannes wie Neal würde erregen können.

Vielleicht war es der Bart, der Holly störte. Obwohl sie damit einem Vorurteil folgte, fragte sie sich, ob der Vollbart etwas verstecken sollte. Dennoch musste sie zugeben, dass der Bart Neal gut stand. Er passte zu seinen melancholischen, bebrillten Augen und seinem asketisch schmalen Körper. Was nicht ins Bild paßte, war die alberne Baseball-Mütze, die er getragen hatte, als er im Motel aufgetaucht war. Warum trug jemand aus New-Mexiko eine Mütze der Los Angeles Dodgers?

Langsam ging sie auf ihn zu und wartete, bis er sie bemerkte. »Nicht schlecht«, meinte sie dann.

Cole verzog die Mundwinkel zu einem leichten Lächeln und ließ die Gitarre sinken. »Danke. War das ein Kompliment?«

»Sie sind viel besser, als ich dachte.«

Er ließ seine Finger mit schnellen, graziösen Bewegungen über den Steg gleiten, ehe er die Gitarre behutsam neben sich ins Gras legte. »Sagen Sie nur nicht, ich spiele wie ein Anfänger.«

»Sie müssen zugeben, dass Sie nicht gerade wie der erfolgreichste Musiker der Gegend daherkommen.« Holly freute sich, denn Neal war offensichtlich nicht nachtragend.

»Soll ich Ihnen mit dem Abendessen helfen?«

»Sie können auch kochen?«

»Wieso ›auch‹?«

»Sie haben meine Uniform gewaschen. Danke.«

»Ich dachte, Sie würden sie für die Arbeit brauchen«, sagte er ausweichend.

»Woher können Sie alle diese Dinge?«, erkundigte sich Holly und wollte eigentlich noch viel mehr fragen. Ihre Erfahrung hatte sie gelehrt, dass Männer wie Neal nie etwas selbst machen mussten, da es immer genügend Frauen gab, die sich mit Vergnügen für sie aufopferten.

»Ist es wieder Zeit für ein Verhör?«

»Sie müssen nicht antworten, wenn Sie nicht wollen.«

»Es macht mir nichts aus, und wenn mir die Fragen nicht gefallen, beantworte ich sie einfach nicht.«

»Einverstanden.« Holly ließ sich neben ihm ins Gras nieder. Wieder hatte sie das ungewisse Gefühl, dass etwas Vertrautes an diesem Neal Chapman war. Es fiel ihr leicht, ihn sich als ihren großen Bruder vorzustellen, den sie nie besessen hatte.

»Meine Mutter starb, als ich sieben war«, erzählte Cole, »und mein Vater hat nicht wieder geheiratet. Jemand musste lernen, ihre Arbeit zu tun.« Er rupfte einen Grashalm aus, biss das zarte, weiße Ende ab und steckte ihn dann in den Mund. »Und da mein Bruder erst vier war, war ich derjenige.«

»Sieben Jahre? Das ist so jung. Ich war einundzwanzig, als meine Eltern starben. Danach fühlte ich mich so alleine. Ich kann mir nicht vorstellen, wie es gewesen wäre, Vater oder Mutter mit sieben verlieren zu müssen. Es muss schrecklich für Sie gewesen sein.«

Cole sah sie eingehend an. »Einundzwanzig … das kann noch nicht lange her sein.«

»Erinnern Sie sich? Ich bin älter, als ich aussehe.«

»Soll ich raten?«

Holly lachte. »Ich bin siebenundzwanzig.«

»Ich versuche immer noch, Sie in irgendeine Schublade einzuordnen«, gab Cole zu. »Aber es gelingt mir nicht. Sie sind anders als alle Frauen, die ich kenne.«

Holly hatte sich immer für schlicht und unauffällig gehalten. »Wieso bin ich anders?«

»Sie misstrauen mir, weil ich Musiker bin, und doch nehmen Sie mich bei sich auf.«

»Das macht mich nicht anders, sondern nur dümmer.«

»Warum haben Sie es getan?«

Er würde nicht lockerlassen, ehe sie ihm eine zufrieden stellende Antwort gegeben hatte. Sie entschied sich für die einfachste, nahe liegende Erklärung.

»Ich musste einen Weg finden, um dieses Haus in Ordnung zu bringen, wenn ich nicht hilflos zusehen wollte, wie es um mich herum verfällt. Sie kamen genau zur rechten Zeit.«

Cole grinste. »Passen Sie auf, was Sie sagen. Sonst müsste ich glauben, Sie hätten mir vor dem Motelzimmer aufgelauert.«

Holly erschrak bei der Vorstellung, Neal könnte so etwas von ihr denken. Doch dann musste sie lachen. »Großartige Idee, eröffnet ungeahnte Möglichkeiten. Falls einmal mein Auto streiken sollte, werde ich Arnold bitten, mir Bescheid zu geben, wenn ein Mechaniker bei ihm übernachtet.«

»Sie sollten lieber nach einem Dachdecker Ausschau halten. Da oben gibt es einige Stellen, die sehr wacklig aussehen und wahrscheinlich keinen weiteren Winter mehr dichthalten. Wen Sie auch brauchen könnten, wäre ein …«

Im Nebenhaus fiel eine Verandatür zu. »Pst«, machte Holly. »Ich will nicht, dass Mrs. Stilton uns so reden hört.«

Jetzt war es Neal, der lachte. »Glauben Sie wirklich, Sie könnten sie noch mit etwas überraschen?«

»Was soll das nun heißen?«

»Ich stelle mir vor, dass Sie jemand sind, der im Regen spazieren geht, nur um festzustellen, wie sich das anfühlt. Und Sie würden keinen Gedanken daran verschwenden, dass sie mit Ihrem nassen T-Shirt die ganze Nachbarschaft in Aufruhr versetzen.«

»Sie sind nicht der Erste, der mich auf solche kleinen Eigenheiten aufmerksam macht«, gab Holly zu. Troy hatte ständig über ihre Unachtsamkeit gestichelt. »Ich sollte mich ändern.«

»Warum?« Aus Coles Stimme klang weder Kritik noch Sarkasmus, nur reine Neugierde.

»Weil ich in einigen Monaten Mutter werde. Kinder brauchen normale Mütter, nicht solche, über die Nachbarn ständig den Kopf schütteln.«

»Vielleicht.«

Das war nicht die Antwort, die sie erwartet hatte. »Sie scheinen anders zu denken.«

»Es sind nicht die alltäglichen Dinge, die mir einfallen, wenn ich an meine Mutter denke. Am liebsten erinnere ich mich daran, wie sie mich manchmal an den Strand mitnahm, wenn ein Sturm aufzog, damit ich den Wind fühlen und sehen konnte, wie er auf den Wellen spielte. In Sommernächten haben wir auf dem Rasen vor den Motels geschlafen, um Flugzeuge und Sternschnuppen zu beobachten.« Er lächelte. »Alle hielten sie für verrückt, auch mein Vater. Er verstand nicht, wie man auf dem Boden schlafen konnte, wenn man für ein Bett bezahlt hatte. Wenn ich je ein Kind haben sollte ...« Er schwieg.

»Wie hieß Ihre Mutter?«

»Rose.«

»Das ist ein hübscher Name.«

»Sie mochte ihn nicht, aber für mich war er immer etwas Besonderes.«

»Wir wurden auch beide nach Pflanzen benannt«, sagte Holly.*

Cole lächelte. »Ja, nach Pflanzen mit Dornen.«

»Vielleicht haben meine Mutter und Ihre Großmutter gefühlt, dass ihre Kinder einen besonderen Schutz brauchten.« Sie schwieg einige Minuten, dann platzte sie heraus: »Er weiß nichts von dem Baby.« Das hatte Holly noch niemandem gesagt, und sie wusste nicht, warum sie es gerade Neal beichtete.

Neal wandte sich ihr zu. »Sie sind einfach auf und davon gegangen, ohne ihm etwas zu sagen? War das die richtige Entscheidung?«

»Sie hatten Recht«, sagte Holly, »mit mir und dem Regen und dem T-Shirt, aber Sie wissen nicht alles. Ich habe

* Holly = Stechpalme

absolut kein Zeitgefühl. Wenn ich im Regen spazieren gehe, habe ich garantiert vergessen, dass ich mit jemandem wegen einer Hypothek auf das Haus verabredet bin. Dieser Jemand würde vor meiner Haustür auf mich warten, und ich würde nicht daran denken, dass mein T-Shirt nass ist.«

Sie hielt inne. Es würde gar nicht so einfach sein, Neal zu erklären, was zwischen ihr und Troy vorgefallen war. Es wäre, als öffnete sie ihm eine Tür zu ihrem innersten Wesen. Eine solche Freundschaft zu beginnen barg Belastungen und Fallstricke.

Andererseits, in einigen Wochen würde Neal sowieso wieder aus ihrem Leben verschwunden sein. Also war doch gerade er geeignet, um ihm etwas über Troy zu erzählen.

Sie fuhr fort. »An dem Tag, als ich es Troy sagen wollte, hatte ich mich gepudert, parfümiert und meinen kürzesten Minirock angezogen. Ich hatte ein romantisches Abendessen mit Wein, Kerzenlicht und anschließender Verführung geplant, um danach eine kühne Rede über die Freuden der Vaterschaft zu halten. Ich hatte keine Ahnung, dass er seine eigene Ansprache vorbereitet hatte. Sein Manager hatte entschieden, Troy solle seiner Karriere einen Schubs geben, indem er wieder den ländlichen Weiberhelden spielte. Ich war über Nacht zu einer Belastung geworden. Er schwor, dass es ihm das Herz bräche, sich von mir zu trennen, doch er sei schließlich den Menschen verpflichtet, die so hart gearbeitet hatten, um ihn dahin zu bringen, wo er nun stünde.«

»Das ist Unsinn«, sagte Neal. »Jeder zweite, der es in die Charts geschafft hat, ist Ehemann oder Vater.«

»Das waren nicht die Vorbilder von Troy und seinem Manager. Sie wollten es so weit bringen wie Cole Webster.« In der Ferne erklang das schnelle, rhythmische Pochen eines Spechts. Holly drehte sich nach dem Geräusch um und bemerkte dabei Neals erschrockenes Gesicht. Doch der Ausdruck verschwand so schnell, dass sie meinte, sich getäuscht zu haben. »Troy redete so oft von Cole

Webster, wie erstklassig dieser gemanagt worden war und wie viel die Country-Musik ihm verdanke, dass ich jedes Wort auswendig kannte.« Sie zog die Knie an und legte die Arme darum. Doch ihr vorstehender Bauch ließ diese Position nicht lange zu.

»Sie haben seine Gefühle wohl nicht geteilt?«, fragte Cole vorsichtig.

»Na ja, vermutlich ist Webster kein besserer oder schlechterer Mensch als die anderen. Ich konnte es nur nicht mehr ertragen, ständig seine Geschichte vorgebetet zu bekommen.«

»Der Fluch des Ruhms.«

»Sagen Sie bloß nicht, dass Sie auch berühmt werden möchten.«

»Ich habe nie verstanden, weshalb man jemand anderen nachahmen sollte«, sagte Neal. »Weshalb sollte der Kunde zu einer Kopie greifen, wenn er das Original haben kann?«

Holly streckte die Beine wieder aus und stützte sich auf ihre Hände. Verstehen Sie mich bitte nicht falsch«, meinte sie, »aber nun, da Sie mir nicht mehr so fremd sind, glaube ich zu wissen, warum Sie es nie nach oben geschafft haben.«

Ein amüsiertes Lächeln glitt über Coles Gesicht. »Ach ja? Und was ist der Grund?«

»Sie sind nicht egoistisch genug. Anfangs dachte ich, Troys Egozentrik sei nur Pose. Aber je mehr dieser Möchtegern-Stars ich kennen gelernt habe, umso mehr bin ich zu der Überzeugung gelangt, dass dieses aufgeblasene Ego genauso zu ihnen gehört wie ihre Gitarren.«

»Waren Sie während Ihrer ganzen Zeit mit Troy« – Cole wählte seine Worte sorgfältig – »so negativ eingestellt?«

»Nein«, antwortete Holly. »Anfangs war ich genauso auf seine Karriere bedacht wie er selbst.« An die guten Zeiten zu denken war ebenso schmerzhaft, wie sich an die schlechten Zeiten zu erinnern. Wenn alles klappt, ereignet sich etwas Magisches«, sagte sie nachdenklich. »Sogar für die Leute, die hinter der Bühne warten. Aber damit erzähle ich Ihnen nichts Neues.«

»Es ist lange her, seit ich auf einer Bühne stand.«

»Wegen des Unfalls?«

Cole machte plötzlich den Eindruck eines aufgeschreckten Tieres, das in Abwehrhaltung geht. »Woher wissen Sie davon?«

Seine Reaktion verwirrte Holly. »Der Arzt sagte mir, Sie hätten einige gebrochene Knochen in ihrem Gesicht. Er sagte auch, die Narbe über Ihrem Auge sei nicht alt.« Ihre Erklärung schien ihn zu beruhigen. »Die Krankenschwester tippte auf einen Autounfall, bei dem Sie gegen die Windschutzscheibe geprallt sind«, fuhr sie fort. »Hat sie richtig geraten?«

»Es war ein Motorrad. Ich flog gegen einen Baum, sonst wäre ich in den Canyon gestürzt.«

»Glück im Unglück«, sagte Holly.

»Könnte man so sagen.«

»Wie gut, dass der Kerl, der Sie überfallen hat, Sie nur am Hinterkopf traf.«

»Noch mal Glück im Unglück.«

Holly lächelte. »Sicher reicht es Ihnen erst mal. Wie fühlen Sie sich heute?«

»Besser.«

Holly stemmte sich hoch. »Sind Ihnen Suppe und Maisbrot zum Abendessen recht?«

Auch Cole erhob sich und nahm seine Gitarre vom Boden auf. »Ich helfe Ihnen.«

»Nehmen Sie es nicht persönlich«, bat Holly, »was ich über Countrysänger gesagt habe. Ich kann nur aus meiner Sicht der Dinge sprechen.«

»Ich bin sicher, Sie haben jedes Recht dazu, so zu fühlen.«

»Aber nicht über Sie. Ich war nicht fair. Sie sind anders, das sehe ich.« Ein Kolibri schwirrte an ihnen vorüber und kreiste um den Begonienkorb auf der Hinterveranda. Holly liebte diese winzigen Vögel. Als Kind hatte sie geglaubt, es bringe besonderes Glück, einen Kolibri zu sehen. Inzwischen war sie vernünftig genug, sich einfach an der Schönheit dieser zierlichen Geschöpfe zu erfreuen.

11

Belinda lenkte ihre Corvette in die Einfahrt zu dem Haus ihrer Mutter. Sie wollte Rhonda so schnell wie möglich absetzen, hütete sich aber, es zu zeigen.

»Denke daran, dass du nur zweimal mit ihm telefoniert hast, seit er verschwunden ist. Und beim zweiten Mal war es auch nur ein Zufall: Er wollte eigentlich mit Randy sprechen.« Rhonda tat einen Zug aus ihrer Zigarette. »Das muss etwas bedeuten.«

»Danke für den Hinweis, Mutter.« Als hätte es dieses Hinweises noch bedurft. »Aber ich mache mir nicht so viele Sorgen. Sobald Cole nach Hause kommt und ich ihn wieder für mich habe, wird alles wieder so sein wie früher.«

»Vier Wochen sind eine lange Zeit.«

»Ach, ist es wirklich schon so lang?«, gab Belinda gereizt zurück.

»Nun werde doch nicht ärgerlich«, meinte Rhonda. »Ich versuche nur ...«

»Mutter, ich weiß, was du versuchst. Aber du musst mir einfach vertrauen. Ich habe jedes Mal mit Randy gesprochen, wenn Cole angerufen hat, und ich bin überzeugt davon, dass Coles Verschwinden nichts mit mir zu tun hat.«

»Sei nicht so sicher, Herzchen. Nach allem, was du mir erzählt hast, wird Cole einen Besen mitbringen, wenn er wiederkommt. Pass gut auf dich auf, wenn er dann zu fegen anfängt, sonst fegt er dich mit einigen anderen vor die Tür.«

»Letzte Woche hätte ich dir möglicherweise noch Recht gegeben«, widersprach Belinda. »Aber inzwischen ist etwas geschehen. Cole wird überrascht sein, wenn er nach Hause kommt.«

»Weshalb?«

»Es ist richtig ungewohnt. Frank und Randy sprechen miteinander.«

»Haben sie das früher nicht getan?«

»Früher haben sie nur gestritten. Aber jetzt führen sie richtige Unterhaltungen.«

Rhonda dachte nach. »Kennst du den Grund dafür?«

»Nein.«

»Versuche ihn herauszufinden.«

»Warum?«

»Denk nach, Belinda. An wem wird Frank in Zukunft sein Mütchen kühlen, wenn nicht mehr an Randy?«

»Das würde Randy nie zulassen. Er hat vor Frank immer Partei für mich ergriffen.«

»Das war, ehe die Regeln sich geändert haben. Wenn du weißt, was gut für dich ist, dann solltest du alles daran setzen, den früheren Zustand wieder herzustellen.«

»Auch wenn ich es könnte, würde ich das nicht tun. Es ist so angenehm, wenn die beiden sich nicht ständig in den Haaren liegen.«

»Ich werde dich an diese Unterhaltung erinnern, wenn du wieder in Burbank in einem Einzimmer-Apartment wohnst«, sagte Rhonda bissig.

»Du machst dir zu viele Sorgen.« Unruhig rutschte Belinda auf ihrem Sitz hin und her. Sie hoffte, ihre Mutter würde endlich aussteigen.

Doch diese nahm nur einen weiteren Zug aus ihrer Zigarette. »Ich werde erst aufhören, mir Sorgen zu machen, wenn du Cole zu einer vernünftigen Übereinkunft gebracht hast.«

»Bitte, Mutter, du weißt, dass ich es nicht mag, wenn in meinem Wagen geraucht wird.«

»Hab' ich vergessen«, sagte Rhonda nachlässig. Sie öffnete das Seitenfenster und warf die Kippe auf den Rasen.

»Sobald Cole zurück ist, werde ich ihm vorschlagen ...«

»Dräng ihn nicht zu sehr«, riet Rhonda. »Warte den richtigen Zeitpunkt ab.«

Wann würde ihre Mutter aufhören, sie zu bevormunden, dachte Belinda. »Ich muss los, Mom. Wenn ich nicht gleich fahre, komme ich zu spät zum Abendessen.«

»Lass es mich wissen, wenn es Neuigkeiten gibt.«

»Ja.«

»Ich liebe dich.« Rhonda beugte sich vor und küsste ihre Tochter auf die Wange.

»Ich liebe dich auch«, sagte Belinda und küsste geschickt einen Punkt neben dem Gesicht ihrer Mutter.

Eineinhalb Stunden später hatte sie ihre Dusche beendet und schloss gerade den Haken ihres Büstenhalters, als es an Tür klopfte.

»Ich bin's, Randy, kann ich hereinkommen?«

»Einen Augenblick.« Belinda schlüpfte in ihren Bademantel, ohne den Gürtel zu binden, und öffnete. »Ich bin schon spät dran«, sagte sie.

»Ich kann nachher wiederkommen«, meinte Randy.

»Was ist los?« Belinda bemerkte, dass ihr Anblick ihn verwirrte. Das verwunderte sie, denn Randy hatte sie schon oft beim Sonnenbaden gesehen, wobei sie nichts weiter als einen knappen Bikini trug. Um keinen falschen Eindruck zu erwecken, zog sie ihren Bademantel enger um sich und hielt ihn mit der Hand zusammen.

»Buddy hat angerufen«, teilte Randy ihr mit. »Cole hat sich bei ihm gemeldet.«

In der vergangenen Woche hatte Randy kapituliert und Frank und Belinda gegenüber zugegeben, dass er durch Buddy Chapman mit Cole in Kontakt stand. Belinda hatte sich zwar ausgeschlossen gefühlt, hatte sich aber nicht bei Randy beschwert. Nun setzte sie ihr freundlichstes Lächeln auf – was sie selten tat, da es die Entstehung von Krähenfüßen begünstigte – und fragte: »Wann können wir mit ihm rechnen?«

»Gerade darüber wollte ich mit dir sprechen.«

Ihr Lächeln verschwand beim Ernst seiner Stimme. »Es ist ihm doch hoffentlich nichts zugestoßen?«

»Nein, es geht ihm gut, soweit ich weiß. Es wird nur noch etwas länger dauern, bis er nach Hause kommt.«

»Das wird langsam langweilig«, erwiderte sie und machte keinen Versuch, ihren Ärger zu verbergen. »Er sollte sich mal etwas Neues einfallen lassen.«

»Ich weiß, dass du enttäuscht bist. Ich bin es auch, aber wir können nichts tun.«

»Ich sagte dir schon einmal: Frank hat möglicherweise Recht mit seiner Ansicht, dass Cole einen Arzt braucht.

Jetzt bin ich ganz sicher. Er benimmt sich nicht wie jemand, der seine fünf Sinne beieinander hat.« Belinda war ebenso verschreckt wie verärgert und das machte sie bissig. »Hat er eigentlich eine Ahnung davon, wie viel Mühe es dich und Frank und Janet kostet, seine Haut zu retten?«

»Ich habe es nie erwähnt, aber ich bin überzeugt, dass er es weiß.«

»Seine ganze Karriere wird den Bach runtergehen.«

»Offensichtlich nimmt er das in Kauf.«

»Und was ist mit uns – ich meine, mit euch?«, verbesserte sie sich rasch. »Du und Frank habt Coles Karriere ebenso viel Zeit und Kraft geopfert, wie er selbst. Wie kann er so verantwortungslos handeln? Wie könnt ihr das zulassen?«

Randy fasste Belinda am Arm und führte sie behutsam in ihr Schlafzimmer. Dann schloss er die Tür. »Ist schon gut«, sagte er. »Ich versteh deine Ängste. Mir geht es genauso. Wenn es dir hilft zu schreien, dann schrei. Aber nicht hier. Die Wände könnten Ohren haben.«

Er hatte Recht. Wie hatte sie sich so gehen lassen können? Frank ließ zwar das Personal sorgfältig durchleuchten, ehe er es einstellte, und alle, die hier arbeiteten, mussten sich vertraglich verpflichten, der Presse keine Informationen zu geben. Doch wie lange jeder Einzelne dicht hielt, wenn genügend Geld heraussprang, ließ sich nicht sagen. Das Risiko war zu groß, als dass Cole weiterhin so gleichgültig sein konnte. »Er fehlt mir einfach so sehr«, sagte Belinda. »Manchmal fürchte ich, vor Sorge um den Verstand zu kommen. Mir würde das Herz brechen, wenn Cole das verlöre, was ihm am meisten bedeutet, nur weil wir nicht hartnäckig genug waren, ihn umzustimmen.«

»Das wird nicht geschehen. Frank, Janet und ich haben uns etwas ausgedacht, das uns aus der Patsche helfen wird. Es ist so einfach, dass es schon wieder genial ist.«

»Wirst du mich einweihen, oder ist es so geheim, dass man mir nicht zutraut zu schweigen?« Belinda hatte nicht gewollt, dass ihre Stimme so bitter klang. Es wäre ein Fehler, Randy gegen sich aufzubringen. Sie legte ihre Hand auf seinen Arm, fest entschlossen, keine Entfremdung in ihrer Beziehung eintreten zu lassen. »Entschuldige. Du bist der Letzte, an dem ich meine Launen auslassen sollte. Verzeihst du mir?«

Randy legte seine Hand auf ihre. »Da gibt es nichts zu verzeihen«, sagte er galant.

An diesem Punkt, wo ihr Verhältnis in Gefahr war, von freundschaftlich zu vertraulich zu wechseln, zog Belinda sich zurück, setzte sich aufs Bett und klopfte auf den Platz neben sich. »Erzähl mir von eurem Plan.«

Anstatt sich neben sie zu setzen, ließ Randy sich auf dem Schemel des Queen-Anne-Stuhls nieder, der in der Zimmerecke stand. »Janet wird eine Pressekonferenz einberufen.«

»Noch eine?«

»Diesmal werden wir mit der Wahrheit herausrücken, zumindest teilweise. Wir werden der Presse mitteilen, Cole sei, nachdem er bereits seit siebenundzwanzig Jahren im Geschäft ist, um die Frische seiner Musik besorgt und wolle sich ein wenig in den Hintergrund zurückziehen. Daher wird er zwar weiterhin an seinem nächsten Album arbeiten, jedoch vorläufig keine Tourneen, Radio- und Fernsehshows machen und auch keine Interviews geben. Um den Kontakt zur Presse jedoch aufrechtzuerhalten, habe er mich gebeten, ihn zu vertreten.«

Randy hielt inne und wartete auf Belindas Antwort. Als sie nichts sagte, fügte er hinzu: »Zum Glück ist er nicht der erste Showstar, der sich wegen Überarbeitung für eine Weile zurückzieht.«

»Weshalb du und nicht Frank?«, fragte Belinda.

»Dad scheint zu glauben, dass man mich eher akzeptieren würde als ihn.«

»*Dad?* Ihr müsst besser miteinander auskommen, als ich dachte.«

»Ab und zu verfallen wir wieder in unseren alten Umgangston«, gab Randy zu, »doch nicht so oft, wie ich angesichts unseres früheren Verhältnisses befürchtet hatte.«

»Wie nett – für euch beide.«

»Ich hätte es vor einem Monat selbst nicht für möglich gehalten.«

»Nun, da hat Coles Verschwinden doch etwas Gutes bewirkt«, sagte Belinda, während ihr die Worte beinahe im Halse stecken blieben. »Wenn er hört, was ihr für ihn tut, damit er von der Presse unbehelligt bleibt, erleichtert ihm das möglicherweise den Entschluss zur Heimkehr.«

»Er fehlt dir wirklich sehr, nicht wahr?«, fragte Randy.

»Ich brauche ihn wie die Luft zum Atmen«, sagte Belinda und legte alle Leidenschaft, deren sie fähig war, in ihre Worte.

Randy stand auf und legte die Hand auf ihre Schulter.

»Cole sollte erfahren, wie du dich fühlst, dann wird er sicher nicht mehr lange wegbleiben.«

»Ich weiß nicht, was ich anfangen soll, wenn er es trotzdem tut.«

»Vielleicht solltest du dich beschäftigen, dann vergeht die Zeit schneller.«

»Das ist es nicht.« Belinda senkte den Blick auf ihre Oberschenkel, die dort hervorlugten, wo der Bademantel auseinander fiel. »Ich wollte nichts davon sagen, aber mir ist das Geld ausgegangen, und wenn Cole nicht da ist, schäme ich mich, ins Büro zu gehen und mir einen Scheck ausstellen zu lassen.« In Wahrheit war Rhonda es gewesen, die ihre Tochter davor gewarnt hatte. Sie hatte gemeint, Belinda müsse in jeder Hinsicht makellos dastehen, gleichgültig, wie aufmerksam sie von Frank überwacht wurde. Doch vier Wochen ohne Taschengeld zu sein grenzte ans Lächerliche. Belinda hatte jede Ausgabe mit ihrer Kreditkarte bestreiten müssen, sogar das Trinkgeld für die Frisörin.

»Soll ich für dich nachfragen?«, bot Randy an.

Belinda war nahe daran, Ja zu sagen, doch dann fiel ihr ein, dass Randy dann erfahren würde, wie viel Geld sie bekam.

Für jemanden wie ihn, der Levis-Jeans als das modische Non plus ultra und die Unterhaltungskosten für einen alten Truck als Quelle ständiger Sorge ansah, würden die fünftausend Dollar, die Belinda monatlich für Nichtigkeiten ausgab, eine Schwindel erregende Summe darstellen.

»Nein, danke, du hast schon so viel für mich getan. Wenn du denkst, das ist in Ordnung, kann ich es auch selbst erledigen.«

»Wie du möchtest, Belinda. Aber ich helfe dir gerne. Ich weiß, wie schwer es fällt, andere Leute um Geld zu bitten. Wie viel brauchst du?«

Mist. Er hatte sie in eine Ecke manövriert. Es wäre verkehrt, weiter darauf zu bestehen, selbst zur Buchhaltung zu gehen, nachdem sie gerade gesagt hatte, wie peinlich ihr das sei.

»Fünfhundert Dollar«, meinte sie zaghaft und beobachtete sein Gesicht. Randy schien überrascht zu sein und machte keinen Versuch, es zu verbergen.

»Morgen gehe ich in die Stadt«, sagte er. »Dann kümmere ich mich darum.«

»Ich hätte nicht gefragt, wenn du nicht ...«

»Du musst nichts erklären«, erwiderte er.

Belinda stand auf, um ihn zur Tür zu begleiten. »Ich komme runter, sobald ich angezogen bin.« Randy öffnete die Tür, um hinauszugehen, doch Belinda hielt ihn am Arm zurück. »Ich wünschte, du wärst mein Bruder.«

Er berührte ihre Wange mit dem Finger. »Das wäre nie gut gegangen.«

Belinda fühlte einen vertrauten Schauer ihr Rückenmark entlanglaufen. Bei allem, was vor sich ging, war es beruhigend zu wissen, dass sie sich auf Randy immer verlassen konnte. Es war nicht fair, dachte sie, aber für irgendjemand musste sie ihre Verführungskünste spielen lassen, um nicht aus der Übung zu kommen. Randy hatte sie gern, viel zu gern, aber er würde nie zu weit gehen. Seine Anhänglichkeit an Cole grenzte an Fanatismus.

Randy ging über die Hintertreppe und durch die Küche, da er seinem Vater nicht begegnen wollte, ehe er über sein Gespräch mit Belinda nachgedacht hatte. Der Umgang mit ihr war ihm in letzter Zeit schwer gefallen, besonders, da sie ihm immer so geschickt schmeichelte. Sie war nicht dumm, und sie wusste, dass er ihr mehr Gefühle entgegenbrachte, als er durfte. Also warum spielte sie ihm etwas vor?

Ganz offensichtlich benutzte Belinda ihn. Doch zu welchem Zweck? Gönnte sie sich nur ein wenig Spaß auf seine Kosten, oder dachte sie, Cole würde schneller heimkommen, wenn die Gefahr bestünde, dass das Verhältnis zwischen Belinda und Randy außer Kontrolle geriet? Beide Möglichkeiten waren nicht sehr überzeugend.

Und dann die Sache mit dem Geld. Sie musste ihn schon für ziemlich beschränkt halten, wenn sie dachte, er wüsste nicht, wie viel sie monatlich ausgab. Hielt sie ihn für ein Landei, das nicht wissen konnte, dass allein die Stoffeckchen, die sie Badeanzug nannte, Hunderte von Dollar kosteten? Oder dass die Schuhe und Handtaschen in ihrem Schrank so viel wert waren, wie eine normale Familie im Jahr zum Leben zur Verfügung hatte? Er selbst kaufte zwar nie in Beverly Hills ein, doch er kannte genug Leute, die das taten, und wusste über die Preise Bescheid.

Bisher war er geneigt gewesen, sich im Zweifelsfall auf Belindas Seite zu schlagen und Cole die Schuld für ihre Extravaganzen zuzuschieben. Cole war weiß Gott großzügig Menschen gegenüber, die ihm etwas bedeuteten; auch Randy selbst hatte oft davon profitiert. Warum also tat Belinda so schüchtern und bat um fünfhundert Dollar, von denen sie nicht einmal einen Ausflug in die Stadt bestreiten konnte, geschweige denn die Ausgaben für einen ganzen Monat?

Was Randy gerade jetzt nicht brauchen konnte, waren noch mehr Fragen, auf die er keine Antwort wusste. Auf keinen Fall! Er war nicht einmal sicher, ob er die Aufgaben behalten wollte, die er in letzter Zeit übernommen hatte. Die Probleme anderer Leute zu lösen oder Entscheidungen für sie zu treffen kostete wesentlich mehr Zeit und Nerven, als er sich je vorgestellt hatte. Er wollte es sich zwar nicht eingestehen, doch entwickelte er nach und nach einen neidvollen Respekt für seinen Vater.

Wenn er Zeit für sich hatte – was immer seltener vorkam –, dachte Randy stets an seinen Bruder und an die Schattenseiten des Ruhms: harte Arbeit; Erwartungen und Wünsche, die zu erfüllen waren; Verrückte, die regelmäßig in seinem Umfeld auftauchten; Erpresser, die ihr Glück versuchten; Wohltätigkeitsveranstaltungen, die besucht werden und für die gespendet werden musste; Beutelschneider, die ihm Geld aus der Tasche ziehen wollten; Probleme, die auftauchten, wenn sich herausstellte, dass hunderttausend im letzten Jahr verkaufte Kaffeetassen zu bleihaltig waren; Schuldgefühle, wenn man es ablehnte, todkranke Krebspatienten zu besuchen – die Liste ließ sich endlos fortsetzen.

Randy wunderte sich nicht mehr darüber, dass Cole dem entfliehen wollte. Er fragte sich lediglich, warum er es nicht schon früher getan hatte.

12

»Was für ein Gefühl ist es, schwanger zu sein?« Cole warf Holly einen schnellen Blick zu, ehe er seine Aufmerksamkeit wieder der Haarnadelkurve zuwandte.

Holly streckte ihre Hand aus dem Fenster, dem Wind entgegen. »Es ist ein seltsames Gefühl.«

»Inwiefern?«, fragte er weiter. Kurz nachdem sie Townsend verlassen hatten, war Holly eingeschlafen und hatte den größten Teil der Fahrt durch die Smoky Mountains verpasst.

Sie waren auf dem Weg nach Ashville, wo sie einen Lagerraum ausräumen wollten, den Holly vor drei Jahren gemietet hatte und den sie sich jetzt nicht mehr leisten konnte. Cole hatte gestaunt, wie tief sie geschlafen hatte, zusammengerollt auf ihrem Sitz, den Kopf auf sein Bein gebettet. Hin und wieder hatte sie ihre Lage gewechselt und leise im Schlaf gestöhnt.

Doch schien sie so gut zu schlafen, als läge sie zwischen

Daunenkissen. Cole hatte währenddessen über das Lied auf der Casette nachgedacht, das er in Randys Truck gefunden hatte. Im Geiste arbeitete er einige Arrangements aus, die ihn jedoch nicht befriedigten. Trotzdem tat es ihm gut, sich wieder mit Musik zu befassen.

Holly fuhr sich durch das zerzauste Haar und sah Cole an. »Möchtest du Einzelheiten wissen oder interessierst du dich nur für die Kurzfassung?«

»Es dauert noch eine Stunde bis Ashville. Du kannst dir also Zeit lassen.«

»Es ist aber ziemlich langweilig.«

»Das glaube ich dir nicht.«

»Das ist doch wieder eine typisch männliche Antwort. Bestimmt denkst du, ich sei erfüllt von einem inneren Glühen, das aus lauter guten und mütterlichen Gefühlen besteht.«

»Vergiss nicht, seit einer Woche wohne ich bei dir. Falls du glühst, dann wahrscheinlich nur hinter der Theke.«

Holly kicherte. »Eigentlich geht es mir in der Arbeit noch schlechter. Nicht so sehr im Motel, aber im Restaurant. Manchmal wird mir von dem Essensgeruch so übel, dass ich mich so grün fühle wie die Streifen meiner Uniform.«

»Wie lange hält das an?« Cole verlangsamte das Tempo, als er oben auf der Kuppe ankam, und ließ seinen Blick über den Horizont schweifen. Die Berge schienen wie endlose Wellen auf ihn zuzurollen, eingehüllt in blaugrauen Dunst. Ihre Schönheit war überwältigend.

»Das ist bei jeder Frau anders.« Holly deutete auf eine grasbewachsene Haltebucht neben der Straße. »Lass uns kurz anhalten, damit ich mich ein wenig strecken kann.«

Cole gehorchte und stellte den Motor ab. Da der Griff an der Innenseite der Beifahrertür fehlte, stieg er aus, um Holly die Tür von außen zu öffnen. »Ist es nicht stumpfsinnig, sich dem jede Nacht auszusetzen?«, fragte er weiter. »Könntest du nicht pausieren, bis du über diese Phase hinweg bist, und dann wieder im Lokal arbeiten?«

»Ich brauche das Geld«, sagte sie geduldig, als würde

sie mit einem zurückgebliebenen Schüler sprechen. Sie ergriff seine stützende Hand, ließ sie jedoch sofort los, als sie auf festem Boden stand. »Wahrscheinlich hast du noch nichts davon gehört, aber Babys sind teuer.«

»Du meinst Bettchen, Kleidung und solche Sachen.«

»Ich spreche von Ärzten, Krankenhäusern und Nahrung. Der Rest ist nett, aber nicht notwendig.« Sie presste die Hand ins Kreuz und ging zu einer niedrigen Brüstung hinüber.

»Was ist mit deiner Versicherung?«

Holly drehte sich mit ungläubigem Gesicht zu ihm um. »Weißt du, manchmal erstaunst du mich.«

»Warum?«

»Wo könnte jemand wie ich sich versichern?«

Wenn man Hollys Lebensumstände betrachtete, so war Coles Frage ziemlich einfältig gewesen. Als er und Randy noch Kinder waren, hatte man sie immer wieder ermahnt, vorsichtig zu sein, wenn sie alleine spielten. Und im selben Atemzug wurden sie erinnert: »Denkt daran, wir sind nicht versichert. Wenn ihr euch verletzt, können wir zu keinem Arzt gehen.« Cole folgte Holly über den Rasen. »Was ist mit dem Staat?«, wollte er wissen.

»Meinst du die Sozialfürsorge?«

»Ja, ist die nicht dafür da?«

»Ich will nur das in Anspruch nehmen, wofür ich auch selbst bezahlen kann.«

Für jemanden in ihrer Lage schien diese Aussage inkonsequent, doch Cole wollte sie nicht darauf hinweisen, dass sie sich schon durch ihre Entscheidung für das Baby darauf festgelegt hatte, etwas in Anspruch zu nehmen.

»Was willst du anfangen, wenn das Baby auf der Welt ist? Ich habe zwar bemerkt, dass du stur und zäh bist, aber du wirst für die Entbindung im Krankenhaus bezahlen müssen und hast dazu den Verdienstausfall.«

»Ich möchte bis dahin so viel Geld sparen, dass ich einige Wochen zu Hause bleiben kann. Danach kann ich das Baby mit ins Motel nehmen. Die Saison wird dann vorüber sein, das heißt, die Arbeit wird leichter. Ich habe noch nicht mit Arnold darüber gesprochen, aber sicher hat er nichts dagegen.«

Sie hatte offensichtlich an alles gedacht, außer an das Unerwartete, wie zum Beispiel an eine Grippewelle, an ein krankes Baby, das besondere Pflege benötigte, an Kleidung für sie und das Kind oder an neue Reifen für ihr Auto.

»Du hast geglaubt, ich hätte dich aus reiner Nettigkeit bei mir aufgenommen, nicht wahr?«, fuhr Holly fort. »Aber im Grunde war ich nicht hinter deiner handwerklichen Geschicklichkeit her, sondern hinter deinem Wagen. Seit ich in das Haus meines Großvaters gezogen bin, habe ich nach einer Möglichkeit gesucht, meine Sachen aus diesem Lagerhaus zu holen; und dann kamst du. Hast du eine Ahnung, wie viel es kostet, einen Kleinlaster zu mieten, gar nicht zu sprechen von einem kräftigen Packer, der alles ein- und auslädt?«

»Ich weise dich nur ungern darauf hin, aber der kräftige Packer ist nirgends in Sicht.«

»Zur Not gehst du auch. Wir beide werden das Lager im Handumdrehen leer geräumt haben.« Holly hatte sich fest vorgenommen, ihm zu zeigen, wie tatkräftig sie war, oder besser gesagt, für wie tatkräftig er sie halten sollte.

»Wie soll ich meinen Lebensunterhalt bei dir verdienen, wenn du selbst die Hälfte der Arbeit machst?«, fragte Cole neckend.

»Dazu wirst du noch genügend Gelegenheit haben. Schließlich ist dies noch deine freie Woche.«

»Hast du mit Troy in Ashville gelebt?«, fragte Cole. Ashville war nicht gerade eine Brutstätte der Countrymusik, doch ein Anfänger nahm jedes Engagement an, das er kriegen konnte.

»Wir haben uns dort kennen gelernt. Ich arbeitete für den Agenten, der Troy betreute. Wir waren einige Monate miteinander gegangen, als der Agent ihm einen Job für eine Show mit Mandy Lewis besorgte, deren Partner erkrankt war. Mandy hörte ihn sich an und war bereit, ihn mit auf Tournee zu nehmen. Troy fragte mich, ob ich mitkommen wolle; also verpackte ich all mein Hab und Gut und verstaute es in dem Lagerraum. Danach nahm er immer neue Engagements an, jedes Mal mit größeren Berühmtheiten. Als wir uns trennten, spielte er mit Emily Thomas.«

»Ist er gut?«

»Da fragst du die falsche Person.« Sie zögerte. »Ich hatte die Arbeit bei dem Agenten nicht angenommen, weil ich etwas von Musik verstand. Es war nur ein Aushilfsjob gewesen, der dann zu einem festen wurde.«

»Wo ist Troy jetzt?«

»Zuletzt hörte ich, er wolle nach Nashville.«

Nachdem er sich so weit durchgefragt hatte, dachte Cole, könne er auch bis zum Schluss gehen. »Hast du ihn geliebt?«

»Das ist eine ziemlich peinlich Frage.«

»Das wäre es nur, wenn du ihn nicht geliebt hättest. Dann müsste man sich fragen, warum du dich entschieden hast, das Baby von ihm zu bekommen.«

»So einfach war das nicht.«

»Das ist es wohl nie.«

»Außerdem ist es genauso mein Baby«, meinte Holly.

»Schon, aber es hätte sich eine passendere Zeit aussuchen können. Mir scheint, du bewegst dich auf Messers Schneide: Entweder du schaffst es, oder du landest auf der Straße.

»Was geht dich das überhaupt an«, sagte Holly gereizt. »Wieso kümmert dich das?«

Nun war es Cole, der um eine Antwort verlegen war. Wie sollte er etwas erklären, das er selbst nicht verstand? »Ich bin einfach neugierig, weshalb Menschen bestimmte Dinge tun«, redete er sich heraus.

»Mein Gott, ihr Musiker seid doch alle gleich. Du interessierst dich doch nur für mich, weil diese Geschichte möglicherweise Stoff für eine neue Ballade bietet.«

Ihre Anschuldigung enthielt etwas Wahres, gestand Cole sich ein. »Wenn du dich je in einem meiner Lieder zu erkennen glaubst, darfst du mich auf Schmerzensgeld verklagen.«

Holly saß auf der Brüstung und blickte zu ihm auf. Ein Lächeln umspielte ihre Lippen. Sie konnte zwar jähzornig sein, doch war sie niemals nachtragend. »Du könntest doch nichts bezahlen. Alles, was du hast, ist dein Truck. Wenn ich dir den wegnähme, würde ich dich nie los.«

»Ich hatte mehr an mein zweites T-Shirt als Entschädigung gedacht.«

»Ich bin viel mehr wert als ein T-Shirt«, protestierte Holly.

Es gefiel Cole, dass sie sich nicht unterkriegen ließ. »Du hast Recht. Jeder, der gerade dabei ist, sich zu vermehren, muss doppelt soviel wert sein wie ein gewöhnlicher Mensch.«

»Das gefällt mir«, meinte Holly.

»Du kannst den Ausspruch benutzen, wann immer du willst«, bot Cole an.

»Und was möchtest du dafür haben?«

Cole grinste. »Ich möchte ein Lied über dich schreiben.«

»Bekommst du immer, was du willst?«

Cole dachte nach. »Einige Leute glauben das.«

»Aber du nicht?«

Er versuchte sich herauszuwinden. »Doch, ich denke schon.«

»Du denkst?« Sie rutschte auf der Brüstung hin und her.

Cole zögerte. »Ich versuche seit einiger Zeit herauszufinden, was ich eigentlich will.«

»Diesen Luxus kann ich mir nicht mehr leisten.«

Ihre Worte machten Cole bewusst, wie sehr er immer mit sich selbst beschäftigt war. Hollys Probleme wogen viel schwerer als seine eigenen. »Tut mir Leid.«

»Mir nicht. Nicht mehr.« Sie kletterte von der Brüstung herab. »Wir sollten weiterfahren, so gut es mir hier auch gefällt. Sonst müssen wir den Rückweg in der Dunkelheit antreten.«

Cole hielt Holly die Beifahrertür auf und setzte sich dann hinter das Lenkrad. Er sah, wie sie die Papiertüte musterte, in der sie ihr Essen mitgebracht hatten. »Hungrig?«, fragte er.

»Ja, in letzter Zeit immer.«

»Willst du etwa jetzt essen, obwohl wir gerade auf dieser kurvenreichen Straße fahren?«

»Ich nehme mir nur eine Banane.«

Cole drehte den Zündschlüssel um und wartete, bis der Wagen stotternd ansprang. »Wie weit kann ich fahren, bis ich wieder anhalten muss?«

»Es geht mir schon viel besser«, versicherte Holly.

»Besser als was?«, brummte Cole, während er in den Rückspiegel blickte und den Truck auf die Straße lenkte.

»Ich habe dich gehört«, sagte Holly streng.

Zehn Minuten später hielten sie wieder an. Holly beugte sich über einen Lorbeerbusch und hielt sich den Magen, während Cole ihre Schultern umfasste. Unter Coles Arm steckte eine Rolle Papiertücher. Ein Buntspecht, den Kopf neugierig vorgereckt, beobachtete das Geschehen aus sicherer Entfernung.

Für Cole war es weder neu noch abschreckend danebenzustehen, während jemand sich erbrach. Die Jahre, in denen Randy Erfahrungen mit Alkohol sammelte, hatten seinen älteren Bruder gegen solche Vorkommnisse abgestumpft.

Langsam richtete Holly sich wieder auf. »Ich will nichts hören«, sagte sie abwehrend.

Cole riss einige Blätter von der Rolle und reichte sie ihr. »Du hast nie zu Ende erzählt, wie es ist, schwanger zu sein.«

Holly warf ihm einen stechenden Blick zu. »Du bist wirklich charmant. Vielleicht kannst du es mir erzählen.«

Cole lächelte, legte den Arm um sie und drückte sie an sich. »Heben wir uns das für später auf.«

Als sie auf ihrem Rückweg wieder an dem Lorbeergebüsch vorbeikamen, stand die Sonne bereits tief im Westen. Aufgrund des Gewichts, das der Truck jetzt transportierte, fuhr Cole ziemlich langsam.

Holly war an das Einpacken herangegangen, als habe

sie eine Mathematikaufgabe zu lösen: Penibel hatte sie Schachtel für Schachtel gepackt, und kleinere in größere gesteckt. Was nicht mehr in den Wagen passte, wurde beiseite gestellt und einem örtlichen Wohltätigkeitsverein zur Abholung überlassen.

»Hast du dir überlegt, wo du all dieses Zeug zu Hause unterbringen willst?«, fragte Cole.

Holly gähnte. »Ich werde es in der Garage verstauen, bis ich Zeit habe, alles mit Preisen für den Verkauf zu versehen.«

»Wie viel wirst du wohl dafür bekommen?«, sinnierte Cole. Die meisten Möbel stammten aus zweiter Hand, erstanden auf Flohmärkten und bei Garagenverkäufen, der Rest kam aus Billigläden. Die Schachteln waren mit Krimskrams für Küche und Bad angefüllt.

»Ich hoffe auf fünfhundert, aber mit der Hälfte wäre ich auch schon zufrieden.«

Das war weniger als Randys Taschengeld; weniger, als Frank für seine Hemden ausgab. Und Belinda ... »Das ist eine Monatsmiete für mich«, sagte er. Mehr konnte er zu dem Thema nicht beitragen.

»Nicht in diesem Monat. Du hast heute mindestens eine Wochenmiete erarbeitet.«

Cole rechnete schnell nach. Um fünf Uhr morgens waren sie aus Maryville weggefahren. Die Anzeige auf dem Armaturenbrett stand auf kurz vor neun. Mit etwas Glück würden sie gegen Mitternacht nach Hause kommen. Dann noch eine Stunde für das Abladen, das machte rund zwanzig Stunden. Bei fünf Dollar pro Stunde hatte er weit mehr als eine Wochenmiete abgearbeitet. Cole hätte Holly gerne mit ihrer fehlerhaften Rechnung aufgezogen, doch er wollte keine Missstimmung aufkommen lassen.

Als hätte sie seine Gedanken gelesen, korrigierte sich Holly: »Vielleicht sollte ich zwei Wochen ansetzen.«

»Wie du möchtest.«

»Ich tue das nicht aus Großzügigkeit«, meinte Holly. Es klang wie ein Geständnis. »Aber ich habe dich lieber um mich, als ich gedacht habe.«

Cole lächelte sie an. »Und du denkst, solange meine Unterkunft und Verpflegung im Voraus bezahlt sind, werde ich bleiben?«

»So ungefähr.«

Cole fasste ihre Hand und drückte sie. »Ich mag dich auch.«

Holly schwieg längere Zeit, dann sah sie ihn an und sagte schüchtern: »Wahrscheinlich brauchte ich einen Freund. Nur wusste ich es nicht, ehe du kamst.«

Es war eine große Versuchung für Cole gewesen, sich von Randy das Geld schicken zu lassen, das Holly so nötig brauchte. Sie könnte aufhören zu arbeiten und müsste sich nicht ständig sorgen, ob sie ihre Rechnungen bezahlen konnte. Sie könnte kaufen, was sie für sich und das Baby brauchte, und wäre in der Lage, den Rest ihrer Schwangerschaft zu genießen.

Doch hatte er Holly inzwischen gut genug kennen gelernt, um zu wissen, dass sie niemals Geld annehmen würde, das sie nicht selbst verdient hatte. Ebensogut hätte er von ihr verlangen können, das Baby zur Adoption freizugeben. Sie wollte unabhängig bleiben und ihr Kind auf jeden Fall behalten. Ihre junge Freundschaft würde grundlegend erschüttert, wenn er solche Vorschläge auch nur ausspräche.

Eines Tages würde er ihr sagen müssen, wer er war. Und er fürchtete, dass dies früher eintreten könne, als ihre frische Beziehung es verkraften würde. Frank und Janet konnten die Presse nicht ewig hinhalten. Und waren die Nachrichten erst an die Öffentlichkeit gedrungen, blieb ihm nichts anderes übrig als heimzufahren und zu versuchen, die Scherben zu kitten, so gut es eben ging, wenn er nicht seiner Karriere ein für alle Mal Lebewohl sagen wollte.

Cole fuhr in eine Kurve und hielt vor Überraschung den Atem an. Er verlangsamte die Fahrt und lenkte auf den Seitenstreifen. »Hast du je etwas so Schönes gesehen?«, fragte er Holly.

Die Bäume an dieser Stelle umrahmten die Sonne, die blutrot unterging. Der rauchige Dunst, der über den Tälern zwischen den Hügelketten stand, glich der Glut einer riesigen Feuerstelle. Die Hügelkette unmittelbar vor ihnen gloste in leuchtendem Orange, die nächste in Kupfer, und die wiederum nächste in Gold. Ringsum war der Wald grün und üppig, belebt vom Gesang der Vögel und dem Summen der Insekten.

»Es ist schon lange her, seit ich zuletzt einem Sonnenuntergang zugesehen habe«, meinte Holly.

»Weshalb?«, fragte Cole aufrichtig interessiert.

»Ich hatte immer so viel zu tun …«

»Es muss mehr dahinterstecken«, sagte Cole. »Wie lange braucht man, um einen Sonnenuntergang zu verfolgen?«

Holly war offensichtlich bemüht, eine Antwort zu finden. »Ich weiß es nicht. Vielleicht wollte ich keinen sehen.«

»Warum nicht?«

»Weil es zu den Dingen gehört, die man zu zweit tun sollte«, antwortete Holly leise.

Cole schämte sich für seine Taktlosigkeit. Schweigend stieg er aus und holte die Decke, die sie um den Couchtisch gewickelt hatten.

Neugierig streckte Holly den Kopf aus dem Fenster.

»Es wird Zeit, dass du wieder anfängst, Sonnenuntergänge zu betrachten«, erklärte Cole und öffnete ihr die Tür. »Dein Kind wird eine Mutter brauchen, der solche Dinge wichtig sind.« Er klemmte die Decke unter den Arm und hielt Holly die Hand hin. Als sie die Straße überquert und das Rasenstück erreicht hatten, brummte Cole missbilligend. »Ich sehe, es gibt genug zu tun für mich.«

»Was meinst du?«

»Du hast dich nicht nach beiden Seiten umgesehen, bevor wir über die Straße gingen.«

Holly lachte. »Hast du nicht gesagt, du hättest keine eigenen Kinder?«

Cole breitete die Decke auf dem Gras aus. »Als meine Mutter starb, trug ich die Verantwortung für meinen kleinen Bruder.«

»Wo war euer Vater?«

»Körperlich oder geistig?« Die Worte hingen in der Luft, bis Cole hinzufügte: »Wenigstens hat er sich nicht aus dem Staub gemacht. Das muss ich ihm zubilligen.«

»Manche Männer wissen nicht, was es heißt, Vater zu sein.« Holly setzte sich und deutete auf den Platz neben sich.

Cole kauerte sich nieder und betrachtete die untergehende Sonne. »Männer wie Troy?«

»Es hat keinen Sinn, sich über ihn aufzuregen. Ebensogut könnte man von einem Bullen verlangen, Milch zu geben.«

»Vielleicht wäre er für eine Überraschung gut gewesen«, meinte Cole.

Holly lehnte sich zurück. »Das wird für immer eines der ungelösten Rätsel in meinem Leben bleiben.«

»Das muss es nicht. Es ist nicht so weit nach Nashville.«

»Für ihn bin ich Geschichte, Vergangenheit, ein Buch, das er zugeklappt hat.«

»Weshalb bist du nur so starrköpfig, wenn die Rede auf ihn kommt?«

»Und warum drängst du mich so zu ihm hin?«

»Wenn es um mein Baby ginge, würde ich es auch gerne wissen wollen.«

»Selbst wenn du eine neue Beziehung hättest?«

»Wie kommst du darauf …«

»Die Sonntagsbeilage in *The Tennessean.* Ihren ›gut unterrichteten Quellen‹ zufolge sind Troy Martin und Emily Thomas ein Paar.«

Ein stechender Schmerz schoss durch Coles Bein. Er suchte eine bequemere Position. »Das hat aber nicht lange gedauert.«

»Mein erster Fehler war, mich mit Troy einzulassen. Ich werde keinen zweiten begehen, indem ich ihm mitteile, dass ich ein Kind erwarte. Was ist, wenn er eines Tages ans große Geld kommt und sich plötzlich einbildet, er müsse den liebevollen Papi spielen? Kannst du dir die Sorgerechtskämpfe vorstellen? Auf der einen Seite ich mit einem billigen Winkeladvokaten, auf der anderen Seite er mit einem Staranwalt. Nein, danke. Ich habe nichts zu gewinnen, aber alles zu verlieren.«

»Wie kommst du darauf, dass Troy eines Tages ein Star wird?«

»Er mag kein besonders guter Sänger sein, aber er hat ein Gefühl dafür, sich die richtigen Lieder auszusuchen. Er kann eine nagelneue CD kaufen und dir auf der Stelle sagen, welcher Song als Single ausgekoppelt werden sollte, welcher Song tatsächlich ausgekoppelt wird und welcher es bis an die Spitze schafft.«

»Das erfordert Geschick.«

»Aber das ist nicht alles. Er lechzt nach Ruhm wie ein Verdurstender in der Wüste nach Wasser. Er würde auf seinem Weg nach oben alles und jeden niedertrampeln, ohne es überhaupt wahrzunehmen.«

»Und doch bist du bei ihm geblieben«, stellte Cole fest. Nach dem Grund fragte er nicht. Er wollte es ihr überlassen, ob sie es ihm erzählte.

»Was soll ich sagen? Wenn man verliebt ist, erfindet man tausend Ausreden.«

Cole hatte im Verlauf seiner Karriere viele Musiker wie Troy kennen gelernt. Sie verwechselten die Notwendigkeit, sich eine dicke Haut und Durchhaltevermögen zuzulegen, mit Rücksichtslosigkeit und Egoismus. »Troy könnte in Nashville auf einige Widerstände stoßen. Die Leute dort verstehen es, ihre Interessen zu wahren.«

»Es ist ein hässliches Geschäft mit gemeinen Menschen, und weder ich noch mein Baby wollen etwas damit zu tun haben.«

» Du scherst alles über einen Kamm.«

»Tut mir Leid, wahrscheinlich trete ich deine Träume in den Staub, aber jemand wie du hat nicht die kleinste Chance unter diesen Haifischen. Die Countrymusik hat dieses blitzsaubere Image, doch das ist eine Lüge. Ich habe Musiker gesehen, die alles ausprobiert haben, vom Alkohol bis zu verunreinigtem Kokain. Und obwohl man heute schon so viel über Aids weiß, schlafen sie mit jedem Weiberrock, der es bis hinter die Bühne geschafft hat. Für jeden Musiker, der einen Plattenvertrag ergattern konnte, gibt es Tausende, die ebenso talentiert sind ...«

»Warum sollten die Leute in der Countrymusik anders sein als der Rest der Bevölkerung? Es gibt auch in anderen Bereichen Menschen, die abstürzen«, sagte Cole.

Holly drehte sich zu ihm herum. »Aber die sind dir gleichgültig, nicht wahr?«

»Schau dir den Sonnenuntergang an, Holly.«

»Und wenn mir mein Kind je eine Gitarre ins Haus bringen sollte, bekommt es ein Jahr lang Stubenarrest!«

»Das ist genau das, was seinen Wunsch wecken würde, so zu werden wie sein Vater.«

Holly ließ sich auf den Rücken fallen und stöhnte. »Ein Kind großzuziehen ist etwas so Schwieriges.«

»Und vermutlich noch schwieriger, wenn du es allein tust.«

»Jedenfalls werde ich mich darum kümmern, dass es jede Menge Sonnenuntergänge sieht.«

Cole legte sich neben sie. Ihre Arme und Hände berührten sich. Holly ergriff seine Finger. Sie waren zwei Menschen, die freundschaftlich einen stillen Augenblick genossen. »Schenke ihm einfach viel Liebe und Aufmerksamkeit«, riet Cole. »Das ist wichtiger, als immer alles richtig zu machen.«

»Hat deine Mutter es auch so gemacht?«

»Soweit ich mich erinnern kann, ja.«

»Ich weiß, dass meine Eltern mich liebten, aber sie konnten es nicht zeigen.« Holly rückte noch ein wenig näher und legte ihren Kopf auf Coles Schulter. »Mir ist es gleichgültig, ob ich mein Baby verziehe – ich werde es immer auf den Arm nehmen, wenn es weint.«

»Und wenn du eines bekommst, das überhaupt nicht schreit?«

»Dann werde ich es wohl ab und zu kneifen müssen.«

»Hm, das klingt wirklich nach guter Erziehung.«

Plötzlich verkrampften sich Hollys Finger und ihre Nägel gruben sich in Coles Hand.

»Was ist?«, fragte er.

»Irgendwas krabbelt auf meinem Fuß. Bitte, mach's weg! Und sag mir nicht, was es ist.« Sie schauderte.

Cole richtete sich auf und sah nach. Über Hollys Knöchel kroch ein daumennagelgroßer Käfer. Cole zupfte ihn herab und warf ihn über die Böschung. »Es war ein Schmetterling auf der Suche nach einem Schlafplätzchen.«

Auch Holly setzte sich auf. »Danke«, meinte sie, »aber ich merke es immer, wenn man mich anlügt. Ich habe einen sechsten Sinn dafür.«

Cole fühlte einen leichten Anfall von Schuldbewusstsein. Er stand auf und hielt ihr die Hand hin. »Danke für die Warnung.«

Holly nahm die Decke mit nach vorne, als sie wieder einstiegen. Keine fünf Meilen später war sie fest eingeschlafen.

Cole schaltete das Radio an, um die Langeweile zu verscheuchen. Zu seiner Überraschung hörte er ein Lied aus *Silver Linings.* Wie viel Arbeit und Überredungskunst musste es Frank und Janet gekostet haben, die Plattenfirma zur Veröffentlichung von *Silver Linings* zu bewegen, obwohl Cole nicht die vereinbarten Werbeauftritte absolviert hatte. Wieder fühlte er sich schuldig.

Während der nächsten Viertelstunde versuchte er sich einzureden, dass Frank die Herausgabe nur aus Eigennutz durchgesetzt habe. Doch wie er es auch drehte und wendete, er gelangte immer zu demselben Ergebnis: Es war seine Karriere, nicht Franks, die sein Vater zu retten versuchte. Auch wenn Webster Enterprises morgen zusammenbräche, Frank müsste nicht um Beschäftigung bangen. Im Gegenteil, die Anwärter würden Schlange stehen vor der Tür eines solchen Spitzenmanagers.

Unwirsch klopfte Cole mit dem Handballen auf das Lenkrad. Er wollte nicht über sein unverantwortliches Handeln nachdenken oder über die Sorgen, die seine Angehörigen sich machten, und auch nicht darüber, dass die Arbeit Dutzender von Angestellten von ihm abhing.

Was er wollte, war noch ein wenig Zeit, ein paar Tage,

vielleicht eine Woche, hier draußen in der Freiheit. Vielleicht würde ihm bis dahin auch etwas einfallen, wie er Holly helfen konnte, ohne ihren Stolz zu verletzen.

13

Aufgrund der Zeitverschiebung zwischen Tennessee und Kalifornien musste Cole warten, bis Holly am nächsten Tag zu ihrer Arbeit im Restaurant ging, ehe er Randy anrufen konnte. Er hatte in der vergangenen Woche zweimal kurz mit Buddy telefoniert, jedes Mal aus einer Telefonzelle, doch nun wollte er zum ersten Mal seit dem Telefonat im Krankenhaus mit Randy sprechen. Wie der Zufall es wollte, war Frank am Apparat.

»Hallo«, sagte Frank mit ungewohnt freundlicher Stimme.

»Besteht die Fangschaltung immer noch?«, fragte Cole, der verärgert an das letzte Gespräch dachte.

»Ich hatte so ein Gefühl, dass du anrufst.«

»Ist die Fangschaltung noch da?«, wiederholte Cole.

»Nein, ich habe sie nach deinem letzten Anruf entfernen lassen.«

Frank hatte zwar keinerlei Skrupel, etwas hinter dem Rücken seiner Söhne zu tun, doch auf eine direkte Frage würde er nie lügen. »Gibt es noch mehr, das ich wissen sollte?«

»Ich nehme an, du willst wissen, ob ich immer noch versuche, dich zu finden.«

»Und?«

»Nein.«

Cole war darüber nicht so erfreut, wie er es eigentlich hätte sein sollen. »Ist Randy da?«

»Ich hole ihn.«

»Warte.« Cole sah keinen Grund, Frank zu verschweigen, was er vorhatte. »Ich habe die Single im Radio gehört.«

»Tut mir Leid. Ich wollte die Veröffentlichung eigentlich mit dir besprechen, aber wir konnten sie nicht länger hinausschieben.«

»Ja, das dachte ich mir.«

»Das Video kommt nächste Woche heraus.«

Ihre Unterhaltung bewegte sich auf einer unwirklichen Ebene, so als wäre zwischen ihnen alles in bester Ordnung. Nichts in ihren Stimmen deutete auf Feindseligkeit oder Zorn hin, keine Spur war von dem enormen inneren Druck zu bemerken, unter dem sie beide standen. Ich bin zu einer Entscheidung gelangt«, sagte Cole.

»Hast du deswegen angerufen?«, fragte Frank nach längerem Schweigen.

»Ich möchte, dass du bekannt gibst, dass ich an Erschöpfungszuständen leide und mich deshalb für einige Zeit zurückziehe.«

Die Spannung zwischen ihnen ließ sich nahezu mit Händen greifen. »Wie lange?«

»Sechs Monate.«

Frank schnappte nach Luft, doch er sagte nichts. Was Cole betraf, so war er von seinen eigenen Worten beinahe ebenso überrascht wie sein Vater. Er hatte keine Ahnung, wie diese Zahl über seine Lippen gekommen war. Als er anrief, hatte er eigentlich von zwei Wochen sprechen wollen.

»Schließt das die Zeit, die du nun schon weg bist, mit ein? Oder sprichst du von weiteren sechs Monaten?«, erkundigte sich Frank.

»Von weiteren sechs.«

»Na gut«, sagte Frank nach einer Weile. »Wenn du dir das in den Kopf gesetzt hast, so werde ich schauen, was ich tun kann. Es passt zu einem Plan, mit dem wir uns hier schon eine Weile beschäftigen. Aber denk daran, du bist dann fast ein Jahr von deiner Musik weg, Cole. Vielleicht klappt es, vielleicht nicht.«

Das war nicht die Reaktion, mit der Cole gerechnet hatte. Ein leichter Schauer lief über seinen Rücken. »Geht es dir gut?«, fragte er Frank.

»Mir? Klar. Weshalb sollte es mir nicht gut gehen?«

»Weil du eigentlich mit mir darüber streiten solltest.«

»Kommst du deswegen nicht nach Hause?«, fragte Frank. »Wegen mir?«

»Du weisst, dass es komplizierter ist.«

»Nun, würde es mir nützen, mit dir zu streiten? Würdest du dann eher heimkommen?«

»Nein.«

»Ich bin es einfach müde, mit dir zu kämpfen, Cole. Wenn du nicht selbst erkennst, was du anrichtest, und wenn du nicht das Risiko fürchtest, das du eingehst, so gibt es nichts, was ich dir noch sagen könnte, um deine Meinung zu ändern.«

Cole nahm seine Brille ab und legte sie auf den Tisch. Er rieb sich die Augen und den Nasenrücken und fuhr sich mit der Hand über die Stirn. Er war es leid, ständig müde zu sein. »Ich weiß, worauf ich mich einlasse, Frank. Ich denke die ganze Zeit darüber nach. Das Problem ist, dass es mich nicht mehr kümmert, ob alles zerbricht.«

»Ich möchte nur vermeiden, dass du eines Tages aufwachst und feststellst, dass du genau das haben möchtest, was du jetzt wegwirfst«, sagte Frank.

Obwohl es ein bewegendes Eingeständnis war, klang Franks Stimme so flach, als habe er den Kampf wirklich aufgegeben. Cole kannte diesen resignierten Mann nicht, der sich als sein Vater ausgab. Er traute ihm nicht. Obwohl es eine hübsche Vorstellung war, den Löwen neben dem Lamm liegen zu sehen, gab es solche Abbildungen doch nur auf Weihnachtskarten. In der wirklichen Welt diente das Lamm dem Löwen als Frühstück.

»Ich hole jetzt Randy«, sagte Frank.

Ehe Cole etwas erwidern konnte, war sein Vater weg. Einige Minuten später hörte er Randys Stimme.

»Dad hat mir die Neuigkeit mitgeteilt«, sagte dieser ohne einleitende Begrüßung. »Guter Gott, Cole, warum sechs Monate?«

»Ich weiß es nicht. Es scheint eine schöne, runde Zahl zu sein.«

»Belinda bekommt einen Anfall, wenn sie das hört. Oder möchtest du, dass sie zu dir kommt?«

Cole fühlte sich plötzlich wie von einem Gewicht niedergedrückt. Er hatte Belinda völlig vergessen. Wie konnte das geschehen? »Es würde ihr hier nicht gefallen.«

»Bist du noch in Tennessee?«

»Ja.«

»In Nashville?«

»Nein. Ich halte mich von Orten fern, an denen man mich erkennen könnte. Ich wurde nur einmal fast erkannt, in einem Stiefelgeschäft, an dem mein Poster lebensgroß über der Kasse hing.«

»Trägst du dein Haar immer noch kurz?«, fragte Randy.

Cole berührte seinen Hinterkopf. »Ja, erst vor einer Woche wurde es wieder abgeschnitten.«

»Cole, weißt du, was du da tust? Ist es hier wirklich so schlimm, dass du nicht mehr zurückkommen möchtest?«

»Klingt, als hättest du dich mit Dad unterhalten.«

»Ja, ein wenig.«

»Seit wann?« Cole meinte die Frage als Witz.

»Ich glaube, dein Verschwinden hat etwas bei ihm bewirkt. Er hat sich verändert.«

»Komm, Randy. Menschen ändern sich nicht, besonders Menschen wie Frank. Er hat es auf die alte Art nicht geschafft, seinen Willen zu bekommen, also versucht er es auf eine neue.«

»Ich weiß es nicht. Vielleicht hast du Recht. Aber deswegen rufst du sicher nicht an. Was soll ich für dich tun? Geld schicken? Du brauchst mir nicht zu sagen, wo du bist. Ich könnte es an Buddy schicken und er leitet es an dich weiter.«

Die Idee gefiel Cole. »Vielleicht ist es am besten, wenn Buddy der Mittelsmann bleibt. Dann könnte Dad dich nicht bedrängen zu verraten, wo ich bin.«

»Das tut er nicht. Nicht mehr. Aber wahrscheinlich ist es besser, wenn ich nicht weiß, wo du dich aufhältst. Das macht es mir auch leichter mit Belinda.«

Es kam Cole so vor, als bildeten er und Randy keine geschlossene Front mehr, wenn es gegen Frank ging. Zwar glaubte er nicht, dass Randy sich auf die Seite seines Vaters geschlagen hatte; es war eher so, als stünden Frank und seine Söhne an den jeweiligen Eckpunkten eines Dreiecks. »Ich wollte mit dir über das Demo-Band in deinem Truck sprechen. Hast du mit dem Komponisten Kontakt aufgenommen?«

»Ja, er war ganz aus dem Häuschen, als er hörte, dass das Lied dir gefällt.«

»Es ist nicht recht von mir, ihn zu bitten, das Lied nicht zu vergeben, solange ich hier herumhänge, aber ich möchte es unbedingt haben.«

»Sei unbesorgt«, meinte Randy, »es gibt keinen Songschreiber, der nicht gerne sechs Monate warten würde, damit du eines seiner Lieder aufnimmst.«

»Falls ich bis dahin noch im Rennen bin.«

»Das wirst du. Es liegt dir im Blut. Außerdem hast du nichts anderes gelernt.«

»Jetzt klingst du wieder wie Frank.«

»Du solltest nicht alles ablehnen, was er sagt, nur weil er es sagt.«

»Ich traue meinen Ohren kaum«, sagte Cole. »Hat er dich einer Gehirnwäsche unterzogen?«

Randys Lachen war nicht ohne Ironie. »Und du fängst an, wie ich zu klingen.«

»Ich meine es ernst mit dem Lied, Randy. Es bedeutet mir viel.«

»Hör auf, dich zu sorgen. Der Mann will genauso gerne mit dir arbeiten wie du mit ihm. Erst kürzlich hat er ein neues Demo-Band geschickt.«

»Gut.« Das Thema, das Cole noch anschneiden wollte, war ihm äußerst unangenehm. »Ich weiß nicht, was ich wegen Belinda tun soll.«

»Am besten sagst du ihr, was du vorhast, und lehnst dich dann zurück. Sie wird nicht begeistert sein, aber sie wird schon damit fertig werden. Sie weiß, wie unglücklich du gewesen bist.«

Randy hatte Coles Besorgnis missverstanden. Er glaubte, Cole fürchte, Belinda zu verlieren. In Wahrheit hatte er kein Recht, von Belinda zu verlangen, dass sie weitere sechs Monate auf ihn wartete. Sie darum zu bitten würde ihrer Beziehung ein Gewicht verleihen, das er ihr zur Zeit nicht zugestehen wollte. Cole beschloss, es vorerst auf sich beruhen zu lassen. »Ist sie da?«

»Nein, sie ist mit Rhonda zum Essen gegangen und will anschließend noch einen Einkaufsbummel machen. Sie sagte irgendwas von der neuen Herbstmode, die schon vor Wochen herausgekommen sei und der sie hinterherhinke.«

Zum ersten Mal hörte Cole so etwas wie Missbilligung aus einer Bemerkung Randys über Belinda. »Sag ihr, ich rufe in ein paar Tagen wieder an.«

»Wie viel Geld soll ich dir durch Buddy schicken?«

»Fünf- oder sechshundert Dollar.«

»Warum so wenig?«

»Weil es schwierig wird, mich herauszureden, wenn ich mit mehr erwischt werde.«

»Was, zum Teufel, soll das denn heißen?«, fragte Randy. »Bist du in Schwierigkeiten?«

»Nur in selbst gemachten. Die Leute hier glauben, ich sei ein Streuner, der sich in einer Pechsträhne befindet.«

»Es wäre interessant, ihre Reaktion zu beobachten, wenn sie herausfänden, wer du wirklich bist.«

Darüber wollte Cole lieber nicht nachdenken. »Lass mich nicht fallen, Randy«, sagte er rasch.

»Wie kommst du denn darauf?«

»Ich weiß es nicht. Ich möchte einfach nicht, dass sich zwischen uns etwas ändert. Diese Reise hat in mir viele Erinnerungen an die Zeit geweckt, als wir Kinder waren. Sie hat mir bewusst gemacht, wie wichtig du mir bist.«

Randy gab ein gurgelndes Geräusch von sich, sodass Cole lachen musste.

»Schon besser«, sagte Randy. »Ich fing schon an, mir Sorgen um dich zu machen.« Dann fuhr er ernster fort: »Veränderungen tun manchmal gut, Cole.«

»Warum sagst du das nicht Frank?«

Sie hatten sich schon verabschiedet, als Cole noch etwas einfiel, das Randy für ihn tun sollte. »Wenn du das Geld schickst …«

»Ja?«

»Schick das Band mit den neuen Liedern auch mit.« Er konnte Randy beinahe durch das Telefon lächeln sehen.

»Päckchen kann man nicht überweisen, Cole.«

»Dann schick es Buddy mit der Post.«

»Junge, Junge, die Sachen von diesem Knaben scheinen dir wirklich zu gefallen.«

Cole wurde nachdenklich. »Ich habe das Gefühl, als wären sie wichtig für mich.«

Sie wünschten sich alles Gute und legten auf. Cole hatte den Hörer noch nicht losgelassen, als das Telefon klingelte. »Hallo?«

»Neal, hier ist Holly. Ich versuche seit einer halben Stunde durchzukommen.«

»Ein Freund hat mich erwartet. Ich habe ihm Bescheid gesagt, dass ich nun doch nicht bei ihm vorbeikomme.« Cole hatte gehofft, genug Geld zu verdienen, um das Gespräch zu bezahlen, ehe er Holly davon erzählen musste. »Was wolltest du mir sagen? Ist etwas passiert?«

Sie überging seine Frage. »Was machst du gerade?«, wollte sie wissen.

»Ich habe …«

»Egal. Komm her, so schnell du kannst. Und bring deine Gitarre mit.«

»Warum?«, fragte Cole vorsichtig.

»Weil Leroy seinen letzten Sänger gefeuert hat. Und er hatte Recht. Ich hätte den Kerl schon lange hinausgeworfen. Jedenfalls sagte ich ihm, ich hätte einen Freund, der ganz toll Gitarre spielt, singen kann und verzweifelt nach einem Job sucht. Kannst du singen?«

»Ein wenig«, druckste er herum. »Holly, ich glaube nicht, dass das eine gute Idee war.«

»Um Himmels willen, das könnte der Durchbruch sein, auf den du gewartet hast.«

»Meinst du, jemand aus der Musikbranche ist ausgerechnet in diesem Restaurant auf Talentsuche?« Es war schwer vorstellbar, doch andererseits lag Maryville auf dem Weg zu einem der größten Erholungsgebiete von Tennessee.

»Nein, das Publikum ist größtenteils einheimisch«, gestand Holly. »Aber das heißt nicht, dass es nicht geschehen könnte. Erfolg bedeutet, vorbereitet zu sein, wenn die Chance da ist.«

Cole musste lachen. »Wo hast du das denn her?«

»Troys Manager sagte es immer. Er gehörte zu den Menschen, die für jede Gelegenheit das passende Sprichwort parat haben. Doch nur, weil er es gesagt hat, muss das nicht heißen, dass es nicht stimmt.«

»Ich bin schon lange nicht mehr vor Publikum aufgetreten, Holly. Ich bin nicht sicher …«

»Lass das. Ich habe dich spielen gehört und du spielst gut. Außerdem musst du keine komplette Show abliefern.«

Cole wollte es mit der Bescheidenheit nicht übertreiben, um nicht Hollys Verdacht zu erregen. »Ich komme, so schnell ich kann.«

»Nur zur Information: Du hast freies Essen und brauchst Trinkgelder nicht in den gemeinsamen Topf zu werfen.«

»Klingt gut«, sagte Cole.

»Siehst du, ich habe dir doch gesagt, alles wird gut.«

»Es ist noch ein wenig zu früh, um Erfolge zu feiern. Noch habe ich den Job nicht.« Und wenn es an ihm lag, würde er ihn auch nicht bekommen.

Das Restaurant, *Leroys Barbecue*, lag gegenüber der Geschäftszeile des Städtchens. Cole stellte seinen Wagen auf dem Parkplatz ab. Sein Magen zog sich auf seltsame Weise zusammen. Die Vorstellung, Lampenfieber zu haben, war so absurd, dass er sie weit von sich wies.

Holly hatte wohl nach ihm Ausschau gehalten, denn sie erwartete ihn an der Tür, nahm seinen Arm und lotste ihn durch das Lokal. Schließlich blieb sie stehen und deutete auf eine kleine Plattform, die sich etwa zwei Hand breit über dem Fußboden erhob. Ein hoher Hocker, eine Plastikpflanze, ein Becher für das Trinkgeld und ein Mikrofon standen darauf. Das Ganze wurde von oben her indirekt beleuchtet.

»Wo ist Leroy?«, fragte Cole.

»In seinem Büro.«

»Soll ich ihm dort vorspielen?«

Holly grinste. »Das ist nicht nötig. Du hast den Job. Leroy sagte, wenn du gut genug bist für mich, dann bist du auch gut genug für ihn.«

Was jetzt? Er konnte sich entweder umdrehen und gehen und es Holly überlassen, Leroy sein seltsames Verhalten zu erklären, oder er konnte sich auf die Bühne stellen und riskieren, von jemandem erkannt zu werden.

»Was ist denn?«, fragte Holly. »Ich dachte, du freust dich darüber, dass du dir ein wenig Geld verdienen kannst.«

In Coles Magen breitete sich dumpfe Leere aus. »Es ist schon so lange her«, versuchte er zu erklären.

»Spiel doch einfach die Lieder, die du kürzlich im Garten gespielt hast, die sind doch prima. Und das Publikum ist wirklich nachsichtig.«

Cole sah sich in dem Raum um. Lediglich zwei Tische waren mit Familien besetzt, ansonsten waren nur Pärchen zu sehen, die meisten davon jünger als fünfunddreißig – Männer und Frauen, die neue Country-Musik mochten und nicht nur wegen des Essens zu Leroy kamen. Die Dumpfheit in seinem Magen wuchs, sein Herz schlug schneller.

Holly legte die Hand auf seinen Arm. »Neal?«

Da wusste er, was los war. »Unglaublich«, meinte er leise zu sich selbst.

»Was denn?«, fragte Holly, die ihn gehört hatte.

»Es ist wahrhaftig so. Ich habe Lampenfieber.«

»Ist das alles?«

»Es ist schon so lange her, dass ich fast vergessen hatte, wie es sich anfühlt.«

Holly blickte besorgt zur Küche und versetzte Cole einen unsanften Schubs in Richtung Bühne. »Das legt sich, wenn zu spielen anfängst.«

Doch Cole wollte nicht, dass es sich legte. Die aufgeregte Erwartung versetzte ihn in lebhafte Stimmung. Er befühlte seine Handfläche. Sie war feucht. Er blickte Holly an und lächelte. Es gab keine Möglichkeit, ihr zu erklären, wie groß das Geschenk war, das sie ihm gemacht hatte. Die Möglichkeit, erkannt zu werden, erschien ihm nun unwichtig. »Danke«, sagte er schlicht.

Holly gab ihm einen weiteren Stoß. »Dank mir später, Neal. Ich muss an die Arbeit.«

Impulsiv beugte er sich vor und küsste sie auf die Wange.

Sie hob die Hand und berührte die Stelle, auf der seine Lippen gelegen hatten. Unsicher, was sie nun tun sollte, errötete sie. »Ich habe dir nur einen Job besorgt«, sagte sie, »und nicht das große Los in der Wochenziehung.«

»Und ich habe mich nur bedankt.« Seine Freundschaft zu Holly durch Sentimentalitäten zu komplizieren war das Letzte, was er wollte.

»Hals- und Beinbruch«, wünschte sie ihm.

»Zweifellos«, lachte er.

Während Holly sich abwandte und in die Küche ging, holte Cole seine Gitarre aus dem Kasten, stimmte sie und rückte das Mikrofon und den Hocker zurecht. Zuletzt holte er Randys Kappe aus der Hosentasche und setzte sie so auf, dass der Schirm einen tiefen Schatten über sein Gesicht warf. Was sein Äußeres betraf, so verließ er sich darauf, dass die Narben, die veränderte Nasenform, der kurze Haarschnitt, nach dem sein Haar nicht mehr von der Sonne gebleicht, sondern dunkelbraun war, seine Brille und ein mehrere Tage alter Stoppelbart ihn genügend verändert hatten. Doch seine Stimme konnte er nicht verstellen.

Sollte dies das Ende seiner Anonymität bedeuten, so konnte er zumindest mit der Erkenntnis nach Los Angeles zurückkehren, dass er immer noch in der Lage war, die Aufregung eines Liveauftritts zu verspüren. Das war zwar nicht das, was er hatte erreichen wollen, doch es war wenigstens etwas.

Er setzte sich auf den Hocker, räusperte sich und begann zu spielen – *When I think of Yesterday*, ein Lied, das er für sein drittes Album geschrieben hatte, das Frank und die Plattenfirma dann aber zugunsten eines Rodeo-Songs beiseite gelassen hatten. Die Aufnahme hatte seither darauf gewartet, in eines der folgenden Alben integriert zu werden, war aber zugunsten kommerziellerer Lieder immer wieder zurückgestellt worden.

Cole hatte seit seinem Unfall zweimal auf der Gitarre gespielt; sein Gesang hatte sich auf ein gelegentliches Mitsummen der Musik aus dem Autoradio beschränkt. Vor Aufregung bekam er Gänsehaut. Dann öffnete er den Mund und begann.

Nicht schlecht. Er war nicht in Spitzenform, aber er erinnerte sich an manchen Kneipenauftritt am Beginn seiner Laufbahn, bei dem er schon schlechter gesungen hatte – zum Beispiel, wenn er zwischen den einzelnen Stücken zum Zeitvertreib mit Randy um die Wette getrunken hatte und sich danach nur noch mit Hilfe des Standmikrofons aufrecht halten konnte.

Kurz vor dem Ende des ersten Lieds wollte Cole einen Blick auf das Publikum werfen, um zu sehen, wie es reagierte. Doch dann überlegte er es sich anders. Je länger er sich gedanklich davon abschottete, umso länger würde er unbefangen bleiben. Er beendete das Stück mit einem kurzen Riff auf der Gitarre und riskierte dann doch einen Blick. Was er sah, warf ihn fast vom Hocker.

Niemand sah zu ihm her. Die Gäste schnitten ihr Fleisch, aßen ihre Kartoffeln und tranken ihren Kaffee. Niemandem fiel es ein zu klatschen und niemand schenkte ihm die geringste Beachtung. Er hätte ebenso gut unsichtbar sein können. Er war nicht wichtiger als die Musikbox, die in der Ecke stand. Er klopfte an das Mikrofon, um sich zu vergewissern, dass es funktionierte. Es war in Ordnung. Er ließ den Blick durch den Raum schweifen und sah Holly, die mit gezücktem Block und

Bleistift neben einem Tisch stand. Auch sie beachtete ihn nicht im Geringsten.

Endlich blickte sie in seine Richtung, lächelte und streckte den Daumen nach oben. Wenn sie ihn gehört hatte, mussten ihn auch die anderen gehört haben. Was, zum Teufel, war los mit diesen Leuten? Lebten sie hinter dem Mond, dass sie einen Cole Webster nicht erkannten, wenn sie ihn hörten?

Der Gedanke war so erfrischend wie eine eiskalte Dusche. Cole lächelte, dann fing er an zu kichern und platzte schließlich laut heraus. Jetzt endlich besaß er die Aufmerksamkeit seines Publikums. Alle starrten zu ihm hin, doch er konnte nicht aufhören zu lachen.

Holly kam mit schnellen Schritten an den Tischen vorbei auf ihn zu. Sie bedeckte das Mikrofon mit der Hand. »Geht es dir gut?«

Cole nickte und versuchte, ein ernstes Gesicht zu machen, doch es war zwecklos. Ein neuer Lachanfall schüttelte ihn.

»Ist etwas mit deinem Kopf … da wo der Kerl dich getroffen hat?«

Der ängstliche Ausdruck in Hollys Augen ernüchterte Cole. »Ich musste nur an etwas Komisches denken.«

»Vielleicht war es doch zu früh für dich, wieder aufzutreten. Möchtest du eine Pause machen?«

»Nein, ich bin in Ordnung, wirklich.«

»Sicher?«

»Was ist los?« Cole sah sie schelmisch an. »Hast du noch nie jemand lachen gehört?«

Holly trat einen Schritt zurück. »Ich bleibe in der Nähe.«

Es gefiel Cole, dass Holly um ihn besorgt war. Er stimmte seine Gitarre neu und zupfte einen weichen Akkord. »Ich rufe, wenn ich dich brauche.«

Ihr Lächeln war kurz und unsicher und erreichte nicht ihre Augen.

Cole betrachtete die Gäste, die ihn schon wieder vergessen hatten. Er würde sie schon dazu bringen, ihn zu beachten.

Zehn Minuten nach Mitternacht packte Cole die Gitarre wieder in den Koffer. Er hatte jedes Lied gespielt, das er je aufgenommen hatte, dazu mehrere Songs von Garth Brooks, zehn Ohrwürmer von Vince Gill, drei Stücke von Kathy Mattea und vier von Mary Chapin-Carpenter. Der gelegentliche Applaus war trotzdem schütter geblieben. Er hatte sich noch nie so anstrengen müssen wie in *Leroys Barbecue* und doch konnte er sich nicht erinnern, wann ihm das Spielen zuletzt so viel Spaß gemacht hatte.

Leroy Higgins winkte Cole vom anderen Ende des Raumes zu, wo er sich mit einer Kellnerin unterhielt. »Warten Sie eine Minute«, rief er.

Cole kletterte wieder auf den Hocker und faltete die Arme über dem Gitarrenkasten. Soweit er an diesem Abend Gelegenheit gehabt hatte, Leroy zu beobachten, schien es dessen fester Vorsatz zu sein, die Legende zu zerstören, dass alle fetten Männer fröhlich seien. Es war, als fiele Leroy das Lächeln nicht nur schwer, sondern als sei es eine Beleidigung all seiner persönlichen Gefühle.

Die Unterhaltung mit der Kellnerin war beendet. Leroy brachte sie zum Ausgang, wobei er seinen Arm leicht über ihre Schultern legte. Er öffnete ihr die Tür und wartete, bis sie in ihren Wagen gestiegen war, dann ging er auf Cole zu. »Haben Sie Zeit für ein Gespräch?«, fragte er.

»Sicher«, meinte Cole.

Leroy zog sich einen Stuhl heran und setzte sich. »Sie sind ein verteufelt guter Gitarrenspieler.«

»Danke.«

»Aber – vielleicht nehmen Sie trotzdem einen Rat von mir an.«

»Nur zu«, meinte Cole und unterdrückte ein Lächeln. Er tat, als wolle er seinen struppigen Bart kratzen, und bedeckte seinen Mund mit der Hand.

»Es ist eine große Versuchung«, begann Leroy, »dem Publikum zu geben, was es Ihrer Meinung nach hören möchte. Aber es hilft Ihnen nicht, die Lieder zu spielen, die einen anderen berühmt gemacht haben. Sie müssen sich um einen eigenen Stil bemühen, anstatt so hartnäckig zu versuchen, wie Cole Webster zu klingen. Sie sehen nicht so gut aus und singen nicht so gut wie er, aber die Gitarre spielen Sie weitaus besser. Darauf sollten Sie aufbauen. Vielleicht klingt das nicht fair, besonders, da Sie ihm ein wenig ähnlich sehen; aber Cole Webster wird sicher nicht von der Spitze abtreten, um Ihnen Platz zu machen. Sie müssen etwas ganz Eigenes entwickeln, wenn Sie es in diesem Geschäft zu etwas bringen wollen.«

Wie seltsam diese Worte in Coles Ohren klangen. »Heißt das, ich bin gefeuert?«

Leroy wischte einen Fussel von seiner dunkelblauen Hose. »Nein, zum Teufel. Wie ich sagte, Sie sind talentiert. Sie müssen nur lernen, Ihr Talent richtig einzusetzen.« Er zeigte auf den Becher zu Coles Füßen. »Wie viel haben Sie bekommen?«

Cole antwortete nicht und Leroy deutete sein Schweigen richtig. »Es ist mir nicht entgangen, dass es nicht viel war.«

»Es waren drei Dollar und siebenundfünzig Cents«, sagte Cole widerstrebend.

»Wer war der Knicker, der Ihnen Cents hineinwarf?«, fragte Leroy.

»Ich weiß es nicht.«

»Nun, zerbrechen Sie sich nicht den Kopf darüber.« Er fasste in seine Hosentasche und holte ein Bündel Geldnoten hervor. Einige der Scheine reichte er Cole.

»Das ist aber nicht nötig«, protestierte dieser.

»Wollen Sie sagen, dass Sie umsonst arbeiten?«, grollte Leroy. »Da hält Holly sie aber für klüger.«

»Wer spricht von mir?«, wollte Holly wissen, die zu ihnen trat.

Cole blickte sie an und fand, dass sie müde aussah.

»Solltest du nicht schon auf dem Heimweg sein?«, neckte er sie.

»Ich bin noch nicht fertig.«

»Den Rest kann ich ebenso gut selbst erledigen«, sagte Leroy. Hör auf Cole und geh heim.«

Holly stemmte die Hände in die Hüften und versuchte

finster dreinzusehen. Doch es gelang ihr nicht – der Schalk zwinkerte aus ihren Augen. »Damit das klar ist, ihr zwei: Niemand sagt Holly Marie Murdoch, was sie zu tun hat.«

»Ich würde es nie wagen«, meinte Cole.

Holly löste die Schleife ihrer Schürze. »Nachdem das geklärt ist, mache ich jetzt Feierabend.«

»Das ist eine gute Idee«, stimmte Cole zu. »Gut, dass du darauf gekommen bist.« Holly schenkte ihm ein warmes Lächeln, das ihm das Gefühl gab, als hätte er teil an etwas ganz Besonderem.

»Gute Nacht, Leroy«, sagte sie.

»Fahr vorsichtig, Holly«, antwortete er und streckte auch Cole die Hand hin. »Also, bis morgen Abend?«

»Ich werde da sein«, erwiderte Cole.

14

Cole trat einen Schritt zurück, um das Geschirrschränkchen besser betrachten zu können. Die Tür war noch immer nicht gerade. Und was noch schlimmer war, der Dübel, den er verwendet hatte, um das Holz zu verstärken, machte den Eindruck, als würde er das Gewicht nicht lange tragen. Er würde wohl doch das Scharnier ausbauen müssen. Und das hieß, dass das Schränkchen auf der anderen Seite des Spülbeckens nicht mehr passte, wenn er nicht auch dort die Scharniere versetzte. Er würde auch den Lack abbeizen und abschleifen und die Türen neu grundieren und lackieren müssen. Was als Kleinarbeit begonnen hatte, um die Tür ordentlich schließen zu können, wuchs sich nun zu einem echten Renovierungsprojekt aus.

Holly öffnete die Hintertür und streckte den Kopf herein. Sie wischte sich den Schweiß mit dem Handrücken von der Stirn. »Könntest du mal eben eine Pause machen?«

»Was brauchst du?«

»Du musst mir ein paar Minuten lang helfen. Ich kann die Kommode nicht allein auf den Truck laden.«

»Welche Kommode? Welchen Truck?«

»Na, was glaubst du wohl, wessen Truck?«, gab Holly zurück. Noch ehe Cole etwas erwidern konnte, fuhr sie fort: »Vor ein paar Tagen kam ein Mann in das Restaurant, dem in Alcoa ein Gebrauchtwarenladen gehört. Er sagte, er interessiere sich für meine Möbel. Ich dachte, nachdem wir heute beide frei haben, könnten wir einige davon zu ihm hinüber fahren und sehen, was er dafür bezahlt. Ich würde vermutlich mehr dafür bekommen, wenn ich die Sachen selbst verkaufe, aber dann fiel mir ein, dass ich das auch mit meiner CD-Sammlung versucht habe. Und hinterher habe ich mich furchtbar geärgert, als ich herausfand, dass ich in einem Musikgeschäft, das auch gebrauchte CD's verkauft, doppelt so viel dafür erhalten hätte.«

Cole wollte sie darauf hinweisen, wie sehr der Handel mit gebrauchten CD's der Musikindustrie schade, unterließ es dann aber. »Es wäre schön, wenn du alles auf einmal loswerden könntest.«

»Vielleicht reicht es sogar, um das Krankenhaus zu bezahlen.«

Cole steckte den Schraubenzieher in die Gesäßtasche und folgte ihr hinaus. Die Luft draußen war feucht und heiß und erweckte in ihm die Vorstellung von Kannibalen und brodelnden Kochtöpfen. Es war schlimmer als in einer Sauna.

Holly schob die Garagentür hoch, noch ehe er ihr helfen konnte. Er hatte ihr schon oft erklärt, dass es ihr schaden könne, wenn sie ständig schwere Dinge hob, doch natürlich hörte sie nicht auf ihn.

Cole hatte zwar die Sachen, die sie aus dem Lagerhaus in Ashville geholt hatten, in die Garage geräumt und auch schon die Werkbank benutzt, sich ansonsten aber nicht weiter darin umgesehen. Als er jetzt um sich blickte, stellte er fest, dass zwischen viel Gerümpel einige Kostbarkeiten lagen.

Hinter rostigen Gartengeräten stand ein schmiedeeisernes Bettgestell, ein altes Pferdegeschirr hing an der Wand, und in einem Winkel waren blecherne Reklameschilder gestapelt. Da gab es Einrichtungsgegenstände, die Hollys Großeltern als überholt angesehen hatten, die ihnen jedoch zum Wegwerfen zu schade gewesen waren. Alles war von einer dicken Staubschicht bedeckt.

»Dein Großvater scheint hier nicht viel Zeit verbracht zu haben«, meinte Cole. Es sieht hier aus wie in einer Rumpelkammer.«

»Als meine Großmutter noch lebte, steckte er ständig hier draußen und bastelte nützliche Dinge für sie.« Holly zwängte sich an einem Stapel Zaunpfosten vorbei und sah zu den Tragebalken hoch. »Nachdem sie starb, erklärte Großvater mir, dass es ihm leichter fiele, ihre Sachen in die Garage zu schaffen. Dann könne er sie später aussortieren, wenn der Schmerz nicht mehr so stark wäre. Aber er hat es nie getan.«

Cole steckte die Hände in die Hosentaschen und drehte sich langsam um. »Und was will er jetzt damit anfangen?«

Holly lachte bitter. »Er hat sich schon entschieden. Er hat sie mir geschenkt.«

»Alles?«

»Er sagte, wenn er sich ein neues Leben aufbauen wolle, müsse er die schmerzlichen Erinnerungen hinter sich lassen und ganz neu anfangen.«

»Deine Großmutter hat wohl eine riesige Lücke in seinem Leben hinterlassen.«

»Großvater sagte immer, sie sei sein Lebensinhalt. Vielleicht wäre er mit der Zeit darüber hinweggekommen, wenn meine Eltern nicht so kurz danach verunglückt wären. Bei ihrem Begräbnis sagte er zu mir, mit Großmutters Tod habe er sich allmählich abfinden können, doch dass sein Sohn vor seinem Vater stürbe, sei gegen die Natur und er könne es nie verwinden. Er wollte nicht vom Grab weggehen, ehe ich ihm versprach, alles zu tun, damit die natürliche Ordnung nicht ein weiteres Mal durchbrochen würde.«

»Weiß er von dem Baby?«

»Noch nicht.« Holly beugte sich vor und wischte den Staub von einer Schachtel. »Ich wollte warten, bis die Schwangerschaft weiter fortgeschritten ist.«

»Wie wird er wohl reagieren?«

Holly zupfte an dem Band, mit dem der Deckel befestigt war. »Vor einem Jahr wäre er vor Freude ganz aus dem Häuschen und gleichzeitig mit den Nerven fertig gewesen. Er hätte darauf bestanden, dass ich zu ihm ziehe, und hätte mich mit seiner Fürsorglichkeit in den Wahnsinn getrieben.«

»Und jetzt?«

»Er baut sich in Arizona ein neues Leben auf. Ich weiß nicht, wie ich da hineinpassen würde.«

Der Ton ihrer Stimme verriet Cole, dass sie noch nicht so viel Abstand gewonnen hatte, wie sie ihn glauben machen wollte. »Also gehört das ganze Gerümpel jetzt dir«, sagte er und blickte sich noch einmal um.

»Ja. Es ist, als hätte man mich in einem Dschungel ausgesetzt. Ich habe keine Ahnung, an welchen Sachen alte Erinnerungen hängen und welche nur aus Garagenverkäufen anderer Leute stammen.«

»Du könntest deinem Großvater schreiben und ihn fragen.«

Holly schüttelte den Kopf. »Das würde ich nie tun.«

»Na gut. Gibt es noch andere Verwandte?«

»Mein Dad war sein einziges Kind.«

»Das macht es einfach. Du behältst, was dir gefällt, und verkaufst den Rest.« Er machte eine ausholende Armbewegung. »Mit dem, was hier herumliegt, kannst du dir zwei Babys leisten.«

Hollys Augen leuchteten auf. »Meinst du wirklich?«

»Ich habe so etwas noch nie gemacht«, gab er zu, »aber mir scheint ...«

»Ich kann nicht«, sagte Holly. Ihre Begeisterung war geschwunden. »Wenn Großvater nun seine Meinung ändert?«

»Dann sagst du ihm, warum du alles verkauft hast und

wofür du das Geld brauchst. Ich wette, in dieser Garage steht nichts herum, das ihm wichtiger sein kann als du.«

»Trotzdem, ich bin noch nicht am Verhungern.«

Hilflos hob Cole die Arme. »Ich werde euch Frauen nie verstehen.«

Holly blickte ihn scharf an. »Mach nur so weiter. Du bringst es noch so weit, dass ich mich frage, weshalb ich dich je sympathisch fand.«

»Du würdest bedrohlicher wirken, wenn du dir den Staub von der Nase wischen würdest.«

Sie fuhr sich mit dem Arm übers Gesicht, ganz langsam, denn sie versuchte ein Grinsen zu verbergen. »Ich glaube, diese alte, verchromte Küchengarnitur können wir mitnehmen. Es können nicht viele Erinnerungen daran hängen, denn meine Großmutter pflegte zu sagen, es sei das Hässlichste, was sie auf dieser Welt gesehen habe.« Sie zuckte die Schultern. »Wahrscheinlich finden wir noch ein, zwei Sachen, wenn wir suchen.«

»Dann lass uns anfangen, ehe es noch heißer wird.«

Die Schachteln waren nicht beschriftet, sodass die Suche zu einem aufregenden Abenteuer wurde. Sie entdeckten alte Bettlaken, benagt vom Zahn der Zeit und von fleißigen Mäusen, und geschmacklose Vorhänge aus gelb, orange, braun und türkis gemustert, die den Lauf der Jahre unbeschadet überstanden hatten.

Es gab Koffer voller muffiger, aber unbeschädigter Kleidung. Größtenteils handelte es sich um Damenbekleidung aus den dreißiger und vierziger Jahren; offensichtlich für jemanden geschneidert, der größer und schlanker war als Hollys Großmutter. Holly wusste nicht, wem sie gehört hatten, doch sie wollte sie behalten, weil sie schön waren.

Als Nächstes öffneten sie eine Truhe und fanden darin all die kleinen Schätze, mit denen Millie Murdoch sich während ihres Lebens umgeben hatte. Holly betrachtete ehrfürchtig jedes einzelne Stück. Einige Gegenstände waren ihr bekannt, an andere konnte sie sich nicht erinnern. Es war eine ausgesuchte Sammlung: protzige Strassnadeln, eine handgearbeitete Ledertasche aus Mexiko, ein liebevoll von kindlicher Hand geschnitzter Bleistiftständer. Ein Packen Grußkarten wurde von einem lavendelfarbenen Band zusammengehalten und eine herzförmige Bonbonschachtel war angefüllt mit Fotografien.

Holly begann die Bilder durchzusehen. Eines reichte sie Cole. »Das wurde an meinem ersten Tag in der High School aufgenommen. Ich hatte damals so viel Angst.«

»Du siehst zu jung aus für die High School«, sagte Cole.

»Das ist der Fluch, der auf mir lastet. Manchmal träume ich, dass ich, wenn ich sechzig bin, eines Nachts mit dem Aussehen eines Kindes schlafen gehe und am nächsten Morgen als alte Frau aufwache.« Sie hielt ihm ein anderes Foto hin. »Das war bei meinem Schulabschluss.«

»Da siehst du auch nicht älter aus.«

»Danke für den Hinweis.«

»Ich kenne eine Menge Frauen, die alles dafür geben würden …«

»Ich will nichts davon hören.« Holly steckte die Bilder wieder in die Schachtel. »Du warst bestimmt einer von den Strebern, die sich in den Schülerrat wählen ließen.«

»Da liegst du falsch. Ich war nie lange genug auf einer Schule, um für einen Posten zu kandidieren. Frank ließ mich einen Abschlusstest machen, als ich sechzehn war. Das war das Ende meiner Schulzeit.«

»Wer ist Frank?«

Cole bemerkte seine Fahrlässigkeit. »Mein Vater«, antwortete er kurz.

»Du nennst deinen Vater ›Frank‹?«

»Es war einfacher so.«

»Wollte er die Leute nicht merken lassen, dass du sein Sohn bist?«

»Nein, die Angelegenheit war komplizierter.« Er musste sie von diesem Thema ablenken. »Wo bist du zur High School gegangen?«

»In Memphis«, sagte Holly. »Außer einem gelegentlichen Besuch bei einer Freundin meiner Mutter in Arkansas bin ich erst aus Tennessee herausgekommen, als ich zum College ging.« Sie wandte ihre Aufmerksamkeit wieder der Truhe zu. Ziemlich weit unten fand sie ein Rezeptheft ihrer Großmutter, das sie mit einem Freudenschrei herauszog. »Danach wollte ich Großvater schon seit Jahren fragen, aber ich habe mich nicht getraut.« Sie strahlte Cole an. »Heute Abend bekommst du die besten Nusswaffeln, die du je gegessen hast.«

»Nusswaffeln habe ich seit einer Ewigkeit nicht mehr gegessen«, meinte Cole und dachte, das ist kein Wunder; ich habe sie noch nie gemocht. Doch das würde er Holly keinesfalls sagen. Er war bereit, sich eine Woche lang von Nusswaffeln zu ernähren, nur um ihr eine Freude zu machen.

Als die Truhe leer war und ihr Inhalt verstreut auf dem Boden lag, ließ Holly ihren Blick darüber hinweggleiten. »Ich hatte so viel Glück«, sagte sie. »Ich war in meiner Kindheit von Menschen umgeben, die mich bedingungslos liebten. Sie glaubten aufrichtig, ich sei das klügste, hübscheste und talentierteste Mädchen auf der Welt.« Sie verfolgte mit dem Finger die Stickerei auf einer karierten Schürze. »Das will ich für mein Baby behalten.«

Nach allem, was sie erzählt hatte, war Cole überzeugt, dass Holly es nicht leicht haben würde. Sie hatte nur ihren Großvater, der ihr Liebe geben konnte, und der war zweitausend Meilen weit weg. Cole wusste nicht, was er sagen sollte.

Nach einer Weile begann Holly, die Truhe wieder einzuräumen. »Die behalten wir«, bestimmte sie, als sie den Deckel zuklappte.

»Wir müssen nicht alles auf einmal wegbringen«, schlug Cole vor. »Wahrscheinlich bekommen wir sogar einen besseren Preis, wenn wir nicht alles sofort hergeben. Warum beginnen wir nicht mit den Sachen, die wir aus Ashville mitgebracht haben, und sehen, wie es uns damit ergeht?«

Holly lächelte dankbar. »Ich mag dich, Neal Chapman.«

Eine Woge angenehmer Gefühle schwappte über Cole hinweg. »Ich mag dich auch.«

»Du könntest anfangen, den Truck zu beladen, während ich ins Haus gehe und uns etwas zu trinken hole.«

»Bevor du gehst ...« Cole war nicht bereit, sich unterbrechen zu lassen. »Also, was ich dir jetzt sage, duldet keinen Widerspruch.«

»Gut, ich höre.«

»Ich habe in den letzten Tagen einige wirklich fette Trinkgelder bekommen und von diesem Geld werde ich dich heute zum Mittagessen einladen. Ich habe ein interessantes Lokal gesehen, als ich kürzlich in Alcoa war.«

»In Ordnung.«

Cole war überrascht von so viel Fügsamkeit. »Was heißt das nun?«

Holly grinste. »Welches meiner Worte hast du nicht verstanden?«

»Dein Entgegenkommen.«

»Entgegenkommen?«, ahmte sie ihn nach. »Welche Art Countrysänger bist du denn?«

Cole sah sie streng an. »War das eine persönliche Beleidigung, oder bohrst du nur wieder einmal nach, wovon ich lebe?«

Hollys Gesicht nahm sofort einen reuevollen Ausdruck an. »Ich wollte dir nicht zu nahe treten. Es tut mir Leid«, fügte sie hinzu, als er nicht anwortete.

Cole wollte ihr klarmachen, dass sie schnippisch wurde, wenn sie sich in seiner Gesellschaft zu wohl fühlte. »Wie lange wird es dauern«, fragte er, »bis du nicht mehr Troys Bild vor dir erblickst, wenn du mich ansiehst?«

»Du irrst dich«, widersprach sie.

»Nein, ich irre mich nicht. Du bist in Gedanken noch ebenso sehr bei ihm wie an dem Tag, als er dich verlassen hat.«

»Und warum bin ich dann froh, dass er nicht mehr da ist?«

»Bist du das?«

»Ich gebe zu, es gibt etwas, das mir jedes Mal, wenn ich an ihn denke, zu schaffen macht. Ich bin mit Troy zusammen geblieben, als ich schon lange aufgehört hatte, ihn zu lieben. Doch ich wollte es nicht wahrhaben, bis es aus war. Es macht mich fast verrückt, mir vorzustellen, dass ich ihn beinahe geheiratet hätte.« Sie wischte ihre staubigen Hände an ihren Jeans ab. »Wie kann ich jemals wieder meinen Gefühlen trauen?«

»Du musstest an das Baby denken.«

»Das ist eine schöne Ausrede, aber wenn ich wirklich an das Baby gedacht hätte, wäre ich in dem Augenblick verschwunden, als ich den Schwangerschaftstest machte.«

Seltsamerweise schob sich Belindas Bild in Coles Gedanken. »Manchmal muss man an Dinge glauben, die nicht wahr sind.« Er sprach ebenso zu sich wie zu Holly. »Und wenn du Glück hast, kommst du aus der Sache raus, bevor du einen größeren Schaden angerichtet hast.«

»Du glaubst also nicht, dass ich nur an mich denke?«, fragte Holly.

Cole zog ein betont überraschtes Gesicht. »Was für eine Art Kellnerin bist du?«

Sie lachte. »Das gefällt mir an dir, Neal. Du kannst ebenso gut austeilen wie einstecken.«

»Wegen dem Essen …«

»Bevor du weitersprichst, möchte ich dir einen Vorschlag machen.«

»Verdammt, Holly, du hast versprochen, nicht darüber zu diskutieren.«

»Das war vorher. Außerdem tut es dir doch nicht weh, mir zuzuhören.«

»Habe ich eine Wahl?«

»Nein.« Ihre Augen begannen zu leuchten. »Wenn wir in ein hübsches Restaurant gehen wollen, müssen wir mindestens zwanzig Dollar ausgeben. Wenn du dieses Geld aber mir gibst, könnte ich dir das herrlichste Essen vorsetzen, das du je gegessen hast.«

Sie hatte etwas Bestimmtes im Sinn. »Dir ist gerade eines der Rezepte deiner Großmutter eingefallen, nicht wahr?«, riet Cole.

»Bin ich so leicht zu durchschauen?«

»Ich bin Gedankenleser.«

»Also abgemacht?«

»Es kommt darauf an.« Cole wollte nicht so schnell aufgeben. »Sag mir erst, was du kochen willst.«

»Etwas, worauf ich schon seit Wochen Appetit habe.«

Sie spielte das Spiel besser als er. Wie konnte er jetzt noch ablehnen?

»Ich möchte Schweinekoteletts in Äpfeln und Sauerkraut schmoren«, sagte Holly sehnsüchtig.

Cole würgte. »Das hast du dir eben ausgedacht«, ächzte er.

»Nein, wirklich nicht. Es schmeckt wundervoll, du wirst schon sehen.«

Den größten Teil des Nachmittags verbrachten sie bei dem Händler. Sie fanden schnell zu einer Routine: Cole lud jeweils ein Stück aus, der Händler machte einen Preis dafür, und Holly versuchte, diesen Preis in die Höhe zu treiben. Cole hörte beinahe die Rechenmaschine in ihrem Kopf, wie sie Stück für Stück zusammenzählte und überschlug, wie viel noch zu den Krankenhauskosten fehlte.

Als sie gingen, sagte Holly so laut, dass auch der Händler es hörte, sie habe bei weitem nicht so viel erzielt, wie sie sich erhofft hatte. Sobald sie jedoch außer Hörweite waren, stieß sie einen Freudenschrei aus. »Mensch, ich hätte nie damit gerechnet, dass ich so viel für den Krempel bekommen würde!«

»Aber du sagtest doch eben ...«

»Ich wollte ihm nicht das Gefühl geben, er habe zu viel bezahlt.«

Cole sah das Aushängeschild des Lokals, in das er Holly hatte einladen wollen. Er warf einen sehnsüchtigen Blick darauf, als sie daran vorbeifuhren.

»Hör auf zu schmollen«, ermunterte ihn Holly, »du wirst von meinem Essen begeistert sein.«

Als sie später am Tisch saßen, musste er feststellen, dass das Gericht wirklich so gut schmeckte, wie Holly es versprochen hatte.

Während sie danach den Tisch abräumten, wandte Holly sich zu Cole um. Was sie sagte, fiel ihr offensichtlich nicht leicht. »Ich habe es mir anders überlegt. Du kannst die Wiege kaufen, wenn du das immer noch möchtest. Falls nicht«, fügte sie schnell hinzu, »ist das auch in Ordnung. Schließlich hast du mit dem Baby nichts weiter zu tun.«

Sie sprach von einer Wiege, die Cole in dem Gebrauchtwarenladen entdeckt hatte. »Nein, ich habe meine Meinung nicht geändert«, sagte Cole. »Sobald ich das Geld zusammenhabe, fahre ich hin und kaufe sie.«

»Ich werde es dir so schnell wie möglich zurückzahlen.«

Es war sinnlos, mit Holly über Geld zu diskutieren. »Du könntest es mir für die Miete gutschreiben.«

»Ich schulde dir ohnehin schon zwei Monate«, meinte sie bedrückt.

»Du hast wohl Angst, mich nicht mehr loszuwerden?« Indem er die Worte aussprach, wurde ihm klar, wie viel ihm an ihrer Antwort lag.

Sie dachte eine Weile nach. »Ich wusste gar nicht, wie sehr mir jemand zum Reden fehlte, bis du gekommen bist.«

Nach dem Geschirrspülen steckte Holly das Video, das Cole ausgeliehen hatte, in das alte Abspielgerät ihres Großvaters. Einige Minuten lang versuchte sie, die Farben einzustellen, dann lächelte sie entschuldigend. »Tut mir Leid, besser wird's nicht.«

Cole klopfte einladend auf das Kissen neben sich und machte ihr auf dem Sofa Platz. »Sieht doch gut aus.«

Sie setzte sich neben ihn. »Du bist also auch farbenblind.«

»Wieso auch?«, fragte er.

Holly lachte. »Das war nur so dahingesagt.«

Eine Viertelstunde später war sie, obwohl sie noch kurz zuvor behauptet hatte, sie habe seit drei Jahren darauf gewartet, diesen Film zu sehen, fest eingeschlafen. Bei jedem ihrer Atemzüge sank ihr Kopf ein wenig tiefer auf Coles Schulter. Schließlich legte Cole eines der Sofakissen auf seinen Schoß und bettete ihren Kopf darauf. Er strich ihr das Haar aus der Stirn, und während seine Hand auf ihrer Taille ruhte, konzentrierte er sich weiter auf den Film.

Er hätte sie vermutlich überreden sollen, schlafen zu gehen, anstatt den Film anzusehen, doch er hatte sie gerne um sich. Noch nie hatte er sich bei einer Frau so wohl gefühlt, die nur wenige Jahre jünger war als er selbst. Andererseits war er auch noch nie mit einer Frau befreundet gewesen. Jedenfalls hatte er noch nie eine Frau so nahe an sein Inneres herangelassen. Holly kannte ihn bereits jetzt besser, als Belinda ihn nach einem Jahr kannte. Lediglich eine ständig an ihm nagende Angst hielt ihn davon ab, ihr alles zu erzählen.

15

An diesem Freitag, während Holly im Motel arbeitete, fuhr Cole zum Western Union Büro nach Alcoa, um das Geld abzuholen, das Randy ihm durch Buddy geschickt hatte. Zusammen mit dem, was ihm nach dem Kauf der Wiege geblieben war, besaß er jetzt die stolze Summe von 540 Dollar. In seiner Tasche klimperten außerdem noch einige Münzen. Als er wieder nach draußen auf den Gehsteig trat, blieb er einige Minuten stehen und sah zum Himmel auf, wo sich dicke Wolkenberge türmten. Er sehnte sich nach einer Wetteränderung, doch der kommende Regen würde die Luftfeuchtigkeit nur noch erhöhen, ohne eine Abkühlung zu bringen.

Er fühlte eine unbändige Lust zu feiern. Auch wenn seine erste Woche bei Leroy kein überwältigender Erfolg gewesen war, so war es doch großartig zu wissen, dass er einen Teil des Geldes in seiner Tasche selbst verdient hatte. Es war ein erhebendes Gefühl, wie er es schon lange nicht mehr erlebt hatte.

Er setzte sich in seinen Kleinlaster und steuerte den nächsten Baumarkt an, um Farbe für die Wiege zu kaufen. Als Grundfarbe wählte er Weiß und dazu die fünf leuchtendsten Farben, die er finden konnte. Hollys Baby sollte bei jedem Erwachen Luftballons auf Wolken schweben sehen und das Gefühl von Freiheit kennen lernen.

Vor drei Tagen hatte Holly ihm gesagt, dass er die Wiege kaufen dürfe. Sie hatte danach das Thema nicht wieder angeschnitten, und auch er hatte nichts gesagt, um sie glauben zu machen, er habe es vergessen. Er wollte ihr ein Geschenk überreichen, das neu aussah, als sei es eigens für ihr Baby gemacht worden.

Nach zwei Stunden und einigen weiteren Einkäufen bog er in die Zufahrt zu Hollys Haus ein. Erleichtert und gleichzeitig enttäuscht stellte er fest, dass sie noch nicht zu Hause war. Er hätte sie gerne auf der Stelle gesehen, doch machte es ihm andererseits auch Vergnügen, sich vorzustellen, wie es wäre, wenn sie in die Küche käme und er alle Einkäufe für sie aufgebaut hätte.

Die Päckchen, die er besorgt hatte, waren in einer großen Tüte verstaut. Zuoberst hatte er den Strauß Gänseblümchen hineingesteckt, den er im Gemüseladen erstanden hatte. Seine erste Wahl war auf einen bunten Rosenstrauß gefallen, doch ihm fiel nichts ein, wie er ihr die große Ausgabe hätte erklären sollen. Holly wusste über alle Preise Bescheid. Cole war zweimal mit ihr einkaufen gewesen, und beide Male hatte sie bis auf den letzten Cent ausgerechnet, wie viel sie für den Inhalt ihres Einkaufswagens würde bezahlen müssen.

Die Farbe des Himmels vertiefte sich von Taubengrau zu bleiern und tauchte die Küche in dunkle Schatten. Cole machte das Licht an und füllte ein Glas mit Wasser. Er stellte die Gänseblümchen hinein und rückte das Glas mitten auf den Tisch. Danach begann er, das Frühstück zuzubereiten. Er rührte eine Teigmischung für Blaubeermuffins an, fand jedoch keine Förmchen dafür. Also buk er sie in einer Pastetenform. Anschließend machte er sich an einen Fruchtsalat. Als er damit fertig war, faltete er die Tüten um die einzelnen Päckchen und wand um jedes ein Stück Schnur mit einer schlichten Schleife, in deren Mitte je ein Gänseblümchen steckte.

Vor seinem inneren Auge schwebte ein Bild der elegant verpackten Geschenke, die Belinda ihm häufig von ihren Einkaufsbummeln mitgebracht hatte. Im Vergleich dazu sahen seine Bemühungen Mitleid erregend aus. Mit Schnur und Blume erweckten seine Geschenke den Eindruck als versuche er, Hollys Aufmerksamkeit auf die Päckchen zu lenken. Vielleicht wäre es besser, ihr die Sachen ohne großes Aufhebens auszuhändigen. Cole wollte eben die Schleifen entfernen, als er Hollys Wagen hörte. Er blickte aus dem Fenster und sah, wie sie ausstieg und ihre Hände ins Kreuz drückte. Vorsichtig streckte sie sich.

Cole öffnete ihr die Tür. »Schweren Morgen gehabt?«

Als Holly ihn anlächelte, verflog die Müdigkeit von seinem Gesicht. »Ich glaube, letzte Nacht hatte jeder von Arnolds Gästen mindestens ein halbes Dutzend Kinder dabei. Die Teppichböden waren mit Keks- und Schokoladenkrümeln förmlich übersät.«

»Ein kleiner Vorgeschmack, was auf dich zukommt.«

»O nein. Ich habe nie verstanden, warum ein Zweijähriger herumlaufen muss während er einen Keks isst, oder warum ein Mann sich nicht hinsetzen kann, wenn er die Toilette benutzt.«

Zu diesem Thema äußerte Cole sich lieber nicht. »Das Frühstück ist fast fertig. Danach kannst du dich ein wenig hinlegen.«

»Ich habe keinen großen Hunger«, sagte Holly entschuldigend.

»Schon gut«, antwortete Cole und verbarg seine Enttäuschung. »Es wird auf dich warten.«

Plötzlich wurde Holly aufmerksam. »Wonach riecht es hier?«

»Blaubeermuffins. Na ja, nicht direkt Muffins, eher Blaubeerkuchen.«

Holly machte große Augen. »Du hast gebacken?«

»Ich sagte dir doch, ich kann kochen.«

»Kochen, nicht backen. Das ist etwas anderes.«

»War keine große Sache. Ich habe die Schachtel geöffnet und mich an die Anweisungen gehalten.«

»Wann ist das Frühstück fertig?«

Cole schob sie sachte durch die Tür. »Ich dachte, du wärst nicht hungrig.«

»Ich habe es mir anders überlegt.«

»Im Kühlschrank steht Obstsalat. Den kannst du schon essen.«

»Ich warte auf das Blaubeerdings.«

»Nein, zuerst musst du etwas Obstsalat essen.«

»Ich muss was?«

»In dem Babybuch, das du letzte Nacht auf dem Sofa hast liegen lassen, steht, dass du dich nicht richtig ernährst. Die Tabelle zeigt, du solltest viel mehr Obst und Gemüse, dafür aber weniger Fleisch essen.«

»Ich kann es nicht glauben. Was hat ...«

Cole legte ihr die Hände auf die Schultern und führte sie zum Küchentisch. »Spar deine Kräfte. Ich bin viel zu gut aufgelegt, um mit dir zu streiten.«

»Neal, wir müssen darüber sprechen. Ich habe dir von Anfang an gesagt ...« Sie erblickte die Päckchen auf dem Tisch. »Was ist das?«

»Ach, nichts Besonderes«, meinte Cole beiläufig. »Nur ein paar Kleinigkeiten, die ich heute Morgen mitgenommen habe.«

»Bevor ich mich zum Narren mache – sollen die für mich sein?«

»Für wen sonst?«

»Aber warum?«

Ihre Frage verwirrte ihn. »Es steckt nichts weiter dahinter, Holly. Du hast so viel für mich getan, hast mich aufgenommen, kümmerst dich um mich; nun wollte ich einmal etwas für dich tun.«

Sie schien sich ein wenig zu entspannen. »Ist das alles?«

»Was sollte es sonst für einen Grund geben?«

Als müsse sie etwas beschützen, legte Holly die Hände auf ihren Bauch. »Keinen, vermutlich. Ich fühle mich wie eine Idiotin. Kommt wohl daher, dass ich es manchmal vergesse.«

»Dass du was vergisst?«

Holly errötete. »Dass ich schwanger bin.«

Cole zog eine Bratpfanne aus dem Küchenschrank. »Unvorstellbar, wie man so etwas vergessen kann.«

»Ich hatte in letzter Zeit so viel um die Ohren.«

»Kann ich dir irgendwie helfen?«, fragte Cole, während er Eier aus dem Kühlschrank holte.

Holly runzelte die Stirn. »Du solltest damit aufhören, Neal. Du bist ein netter Kerl, und ich möchte deine Gefühle nicht verletzen, aber du bist nicht für mich verantwortlich, und das ist auch gut so. Du solltest dich mit deinen eigenen Problemen beschäftigen, an denen du weiß Gott keinen Mangel hast.«

Cole legte die Eier auf die Anrichte und setzte sich Holly gegenüber. »Wir sind Freunde, erinnerst du dich?«

»Bitte, versuch doch, mich zu verstehen«, antwortete Holly. »Ich muss zuerst an mich und an das Kind denken. Ich darf keine engere Bindung zwischen dir und mir zulassen. Die Art der Freundschaft, von der du sprichst, kostet Kraft, die ich nicht habe. Ich will nicht, dass du mir fehlst, wenn du gehst.«

Cole lehnte sich auf dem Stuhl zurück und betrachtete Holly. Sie wollte ihn glauben machen, er sei nichts weiter als ein nützlicher Mitbewohner auf Zeit. Das machte ihm nichts aus. Doch was bedeutete sie ihm?

»Ich glaube, ich weiß, was los ist«, sagte Holly. »Ich habe schon so lange nicht mehr jemanden wie dich getroffen, dass ich zuerst nichts gemerkt habe. Meine Großmutter pflegte die Menschen in Geber und Nehmer einzuteilen. Und um glücklich zu werden, muss man einen Menschen finden, der das Gegenteil von einem selbst ist; oder in einem Paar müssen beide etwas vom Geber und Nehmer in sich tragen.«

Cole rutschte noch etwas tiefer auf seinem Stuhl, verschränkte die Arme vor der Brust und streckte die Beine weit von sich.

»Es ist schwierig«, fuhr Holly fort, »mit jemandem zu leben, der viel von der einen oder der anderen Eigenschaft besitzt. Aber wenn zwei Menschen von derselben Art sich zusammentun, treiben sie sich gegenseitig in den Wahnsinn.«

Cole wartete darauf, dass sie fortfuhr. Doch als sie nichts mehr sagte, meinte er: »Falls du etwas beweisen wolltest, konnte ich deiner Argumentation nicht folgen.«

»Mir ist jetzt klar, dass du nicht aus verborgenen Motiven Geld für mich ausgibst, sondern weil es in deiner Natur liegt – du bist ein Geber. Es ist dir ein Bedürfnis, nett zu Menschen zu sein und dich um sie zu sorgen.«

Cole steckte die Hände in die Hosentaschen. »Lass mich sehen, ob ich dich verstanden habe. Wenn ich ein Geber bin, wie du glaubst, so kann ich nur mit einem Nehmer glücklich werden?«

Sie nickte. »Genau.«

»Nun, wie ich es sehe, wäre es an dir, überrascht und glücklich über die Geschenke zu sein. Ein schlichtes Dankeschön hätte ausgereicht.«

Holly langte über den Tisch und versuchte, Coles Arm zu berühren. »Jetzt bist du böse auf mich.«

Cole wich der Berührung aus. Er konnte in diesem Moment die Vertraulichkeit nicht ertragen. Vom Herd ertönte der Summer. Er schob den Stuhl zurück und erhob sich. »Ich bin nicht böse auf dich.«

Mit einem Küchentuch holte er die Pastetenform aus dem Backrohr. »Du hast mir noch immer nicht erklärt, warum du dachtest, ich wollte mich dir aufdrängen.«

»Es tut mir Leid, wirklich. Es war einfach unüberlegt. Ich hatte eine Minute lang meine Schwangerschaft vergessen. Kein vernünftiger Mann würde sich mit mir einlassen.«

»Soll ich die Geschenke zurücknehmen?«

Holly lächelte verlegen. »Nein.«

»Dann mach sie jetzt auf oder nimm sie vom Tisch, damit wir essen können.« Coles Worte klangen härter als seine Stimme.

»Und sind die Blumen auch für mich?«

»Nein«, gab Cole zurück, »die sind für mich. Ich hatte immer schon eine Vorliebe für Gänseblümchen.«

»Lügner.« Holly entfernte die Schnur vom ersten Päckchen und schaute hinein. »Was ist das?«

»Hab ich vergessen.« Er wollte sie nicht sehen lassen, wie viel ihm daran lag, dass seine Geschenke ihr gefielen.

Holly holte einen von weichem Papier umhüllten Gegenstand aus der Tüte und legte ihn auf ihren Schoß. Als sie sah, was es war, stockte ihr der Atem. »Oh, wie wunderschön«, sagte sie leise und hielt den Strampelanzug an ihre Wange.

»Die Verkäuferin meinte, weiß sei unpraktisch, aber mir hat er am besten gefallen. Du kannst ihn zurückbringen und gegen eine andere Farbe eintauschen, wenn du willst.«

»Nein. Diesen Strampler werde ich ihm anziehen, wenn ich mit ihm aus dem Krankenhaus komme.«

»Du hast mir nicht gesagt, dass es ein Junge wird.«

»Ich weiß es nicht sicher. Aber es ist mir lieber als immer zu sagen ›es‹ oder ›das Baby‹.«

»Wann wirst du es wissen?«

»Sobald er geboren ist. Ich lasse keine Ultraschall-Untersuchung machen.«

»Deinem Buch zufolge gehört das heute zu den Standard-Untersuchungen.«

»Das ist nicht nötig. Der Arzt sagte, alles sei bestens.« Sie faltete den Strampler zusammen und steckte ihn wieder in die Tüte. »Außerdem brauche ich das Geld für andere Dinge.«

»Und wenn ich die Untersuchung bezahlen würde?« Gleichgültig, welcher Art ihre Beziehung war, Cole wollte nicht zulassen, dass sie etwas versäumte, wenn es um die Gesundheit des Kindes ging. »Und verdächtige mich nicht, ich wolle mir einen Weg in dein Leben erkaufen.«

»Darüber mache ich mir keine Sorgen. Sogar wenn du mich jetzt anziehend fändest – in einem Monat wirst du anders darüber denken.«

»Was für einen Unterschied sollte ein Monat ausmachen?«

»Ich werde dann wesentlich umfangreicher sein. Das

würde dich so abschrecken, dass du dich gar nicht schnell genug auf und davon machen könntest.« Sie nahm das zweite Päckchen. »Danke für dein Angebot, die Untersuchung zu bezahlen. Falls der Arzt sie für notwendig halten sollte, solange du noch hier bist, werde ich darauf zurückkommen.«

Cole versuchte, sich Holly mit deutlich gerundetem Bauch vorzustellen. Doch wie sehr ihr Leib sich auch in seiner Vorstellung aufblähte, sie war immer noch Holly und nicht die Missgestalt, die sie ihm vor Augen führen wollte.

Holly zog die Blume aus der Schleife und steckte sie zu den anderen ins Glas. »Ich weiß, du willst mir helfen, aber du denkst unpraktisch. In einem Monat wird die Hauptsaison vorüber sein und viele Lokale werden schließen. Du wirst jeden Dollar brauchen können, den du verdient hast, wenn du dich wieder auf den Weg machen willst.«

»Mach dein Geschenk auf«, sagte er, da er keine Lust hatte, mit ihr über die Zukunft zu diskutieren.

»Ich wünschte, du hättest nicht so viel Geld ausgegeben.«

»Ich dachte, das hätten wir hinter uns, Holly.«

Sie band die Schnur auf und legte sie beiseite. »Ich fürchte, ich benehme mich nicht so, wie du es erwartest«, seufzte sie.

»Du musst nichts weiter machen, als in die Tüte zu schauen, überrascht zu tun und zu sagen, dass es dir gefällt.«

Als sie das knallrosa T-Shirt sah, beschriftet mit großen Lettern, die besagten ›Baby an Bord‹, musste sie lachen.

»Wenn du das anziehst, wird niemand mehr glauben, du würdest zu viel essen«, sagte Cole.

Noch immer lächelnd lehnte Holly sich zurück und blickte zur Decke hinauf. »Das war eine nette Idee von dir, Neal. Aber nachdem ich alles darangesetzt habe, meine Schwangerschaft geheim zu halten, hast du bestimmt Verständnis dafür, wenn ich das Hemd vorläufig noch nicht anziehe.«

»Du hast es niemand gesagt? Nicht einmal Arthur oder Leroy?«

»Gerade sie sollen es so spät wie möglich erfahren. Ich kenne beide gut genug, um zu wissen, wie altmodisch ihre Ansichten über schwangere Frauen sind. Ich werde Glück haben, wenn sie mir nicht die Arbeitszeit halbieren, damit ich mich nicht überanstrenge.«

»Gibt es denn keine entsprechenden Gesetze?«

»Denk nach. Was soll ich tun? Klagen? Das würde mir viel nutzen, gerade jetzt, da ich das Geld brauche.«

»Dann war das also nicht das beste Geschenk, das ich dir machen konnte.«

»Nein, vielleicht nicht, jedenfalls nicht zu diesem Zeitpunkt. Aber ich werde mich nicht immer hinter übergroßen Hemden verstecken können.«

»Lass uns essen«, sagte Cole, der plötzlich das Frühstück schnell hinter sich bringen wollte.

»Ich habe dir die Überraschung verdorben, nicht wahr, Neal?«, fragte Holly leise. »Ich weiß, wie du dich fühlst. Es tut mir Leid.«

»Schon gut.«

»Ich bin es nicht gewohnt, dass jemand so nett zu mir ist. Es ist eine schwache Entschuldigung, aber eine andere habe ich nicht.«

»Dann werden wir üben müssen, bis du es besser kannst.« Cole wollte sich eigentlich nicht weiter auf Hollys Leben einlassen, aber er konnte es einfach nicht verhindern.

»Sei vorsichtig«, warnte ihn Holly. »Ich könnte mich an deine Behandlung gewöhnen, und das Ergebnis wäre, dass du ein verwöhntes, selbstsüchtiges Monstrum am Hals hast.«

»Ich glaube, damit würde ich fertig.« Er schnitt ein Stück aus dem Blaubeerkuchen und legte es auf ihren Teller.

»Heißt das, ich muss nicht zuerst den Obstsalat essen?«

»Ich versuche nur, dir den Mund zu stopfen, damit ich in Ruhe essen kann.«

Holly öffnete den Mund, um ihm zu antworten, doch es kam kein Wort heraus. Stattdessen legte sie die Hände an die Seiten und saß ganz still.

»Stimmt was nicht?«, fragte Cole.

»Ich bin nicht sicher.«

»Hast du Schmerzen?«

»Nein. Es war nur so ein seltsames Flattern, als wäre ein Schmetterling in mir eingesperrt.« Sie blinzelte verwirrt. »Mein Gott, glaubst du, es könnte das Baby gewesen sein?«

»Hast du das noch nie zuvor gefühlt?«

Holly schüttelte den Kopf und ließ ihre Hand über den Bauch kreisen. Ihre Augen leuchteten vor Entzücken. »Da ist es wieder.«

»Wieder die gleiche Bewegung?« Cole fühlte sich ausgeschlossen. Es war wie damals – er war gerade zwölf gewesen, als er am Ende eines Sommers nach einer Rodeo-Tournee zurückkam und feststellen musste, dass Randy einen neuen ›besten‹ Freund hatte.

»Komm her«, forderte Holly ihn auf, »du kannst es fühlen.«

Cole zögerte, ohne zu wissen warum. »Nach dem Buch ist das genau die richtige Zeit dafür. Etwa im vierten Monat ist das Baby groß genug, um seine Bewegungen zu fühlen.«

»Er hat aufgehört«, stellte Holly fest.

»Nach dem Buch wirst du anfangen zu …« Cole beendete seinen Satz nicht.

»Was denn?«, fragte Holly nach.

»Ich wollte nichts vorwegnehmen.«

»Sehr schlau, Mr. Chapman.«

»Wie bekomme ich dich sonst dazu, das Zeug selbst zu lesen?« Cole spießte eine Erdbeere auf die Gabel und hielt sie Holly hin.

»Ich bin wirklich nicht scharf auf …«

»Ist mir gleich. Das ist gesund.«

Holly beugte sich vor und ließ sich die Erdbeere in den Mund stecken. »Eines Tages«, meinte sie kauend, »werde ich deinen kleinen Bruder treffen, und dann werde ich ihn fragen, ob du ihn genauso behandelt hast.« Sie zog ihren Stuhl näher an den Tisch heran und nahm ihre eigene Gabel. »Vermutlich hast du den Armen an den Rand des Wahnsinns getrieben.«

»Er hat es ganz gut überstanden«, antwortete Cole. Holly hatte einen wunden Punkt getroffen, in dem Randy während seiner Jugendzeit mit Vorliebe herumgebohrt hatte. Es tat immer noch weh.

Draußen blitzte es und ein krachendes Donnern folgte. Eine Bö ließ Zweige gegen das Haus klopfen und über den Hof fegte eine Staubwolke.

»Sieht aus, als käme der Sturm näher«, sagte Holly.

Cole war froh, dass sie nicht mehr über Randy sprach. »Wie lange wird er andauern?«

»Einige Tage, hieß es im Radio.«

»Ich hatte mir vorgenommen, den Zaun zu streichen, aber das wird jetzt wohl warten müssen.«

»Falls du dazu die Farbe aus der Garage benutzen wolltest, solltest du lieber nachsehen, ob sie nicht eingetrocknet ist. Sie steht dort schon ziemlich lange herum.«

»Hat dein Großvater dir einfach Haus und Hof überlassen?«

»Praktisch ja, aber nicht vor dem Gesetz. Für einen Notar hatten wir nicht genug Geld.«

»Aber du kannst hier bleiben, so lange du willst?«

»So lange, bis alles um mich herum zusammenfällt.«

Cole stocherte nachdenklich in seinem Obstsalat. Wie verschieden er und Holly doch waren und trotzdem hatten sie so viel gemeinsam. »Wie lange wirst du noch arbeiten müssen, bis du genug Geld für das Baby zusammen hast?«

»Bis Weihnachten.«

»Und wann soll es kommen?«

»Um den ersten Januar.«

»Glaubst du wirklich, du könntest es so lange geheim halten?«

»Das ist es nicht, was du wissen willst.«

»Na gut. Wie viel Geld brauchst du?«

Holly stapelte die Teller aufeinander und stand auf. »Wieso interessierst du dich so sehr für meine Finanzen?«

»Ich bin bloß neugierig.«

»Nun, vergiss es. Das Geld ist mein Problem und ich werde mich darum kümmern.«

»Warum bist du so verdammt stur?« Cole hatte kein Recht, sich einzumischen, doch er wollte jetzt nicht aufgeben.

»Was geht es dich an?«, fauchte Holly. »Es ist mein Baby und mein Leben, und beide haben nichts mit dir zu tun.«

Cole warf hilflos die Hände in die Luft. Noch vor wenigen Minuten hatten sie in bestem Einvernehmen gemeinsam ein angenehmes Mahl verzehrt. Was war nur geschehen? »Verzeih mir. Ich wusste nicht, dass meine Anteilnahme dich beleidigt.«

Holly stellte die Teller in die Spüle und drehte sich zu ihm um. »Es war ein Fehler, dich hier bleiben zu lassen.«

Das war Wasser auf seine Mühle. »Seit wann ›lässt du mich hier bleiben‹? Mir scheint, ich bezahle für dieses Vergnügen.«

Holly schwieg längere Zeit, endlich sagte sie: »Es geht mir gegen den Strich, mir von anderen Leuten helfen zu lassen. Ich möchte niemandem verpflichtet sein.«

»*Leute?* Seit wann bin ich wieder ›Leute‹? Ich dachte, wir wären weiter.«

»Weshalb sollten für dich andere Regeln gelten?«

»Das herauszufinden liegt bei dir.«

»Du kannst einen wirklich zur Verzweiflung bringen, Neal.«

»Ach, sieh an.« Was war los? Worüber stritten sie sich eigentlich? Und weshalb? »Ich verschwinde für eine Weile.«

»Vermutlich triffst du dich mit einer heißen Braut«, schnappte Holly.

»Das wäre dir sowieso egal.«

»Richtig.« Holly steckte das Geschirrtuch in ihren

Bund. »Ich hätte dich dort liegen lassen sollen, wo ich dich gefunden habe.«

»Das wünsche ich mir langsam auch. Es wäre besser gewesen für uns beide.«

Holly schaute ihn wütend an, dann wandte sie sich abrupt ab und drehte den Wasserhahn am Spülbecken auf.

Cole stürmte aus der Küche, hinaus zur Vordertür, die er krachend hinter sich zuwarf.

Auf der Veranda blieb er stehen und starrte blicklos in die Ferne. Er tat einen tiefen Atemzug und stieß die Luft langsam wieder aus.

Er hatte kein Recht, sich über Holly zu ärgern, aber die Vernunft hatte ihre Macht über ihn verloren. Holly hatte ihm vor Augen geführt, was für einen Narren er aus sich gemacht hatte, und das war peinlich. Er hatte geglaubt, das gluckenhafte Benehmen aus seiner Jugendzeit abgelegt zu haben, aber er hatte sich wohl getäuscht.

Hatte er Frank wirklich gesagt, er käme erst in sechs Monaten zurück? Vielleicht war sein Vater doch zu Recht der Ansicht, er solle bei Gelegenheit einen Psychiater aufsuchen.

Nun, es war vorbei. Sobald Holly am Nachmittag zur Arbeit ging, wollte er sein Büro anrufen und Denise – falls sie noch die Sekretärin seines Vaters war – bitten, ihm ein Flugzeug nach Knoxville zu schicken. Und wenn er danach wieder auf die Straße gehen würde, so würde er das in einem sagenhaft teuren Luxusbus tun anstatt in einem reparaturbedürftigen, alten Kleinlaster.

Je länger er darüber nachdachte, umso besser gefiel ihm die Vorstellung.

16

Als Holly ihre Küchenarbeit beendet hatte, waren ihre Schuldgefühle über den dummen Streit mit Neal immens angewachsen. Sie war verwirrt und wusste kaum, worum es eigentlich gegangen war. Es war, als hätte sie ihn dafür strafen wollen, dass er nett zu ihr war; als würde ein Teil von ihr versuchen, ihn zu vertreiben. Die Vorstellung, dass er nicht mehr da wäre, verursachte ihr ein Gefühl des Verlusts. Indem sie ihn aufnahm, hatte sie genau das getan, was sie unbedingt vermeiden wollte, so lange sie sich emotional so schwach fühlte. Am meisten beunruhigte sie, dass Neal es in weniger als drei Wochen geschafft hatte, sich unentbehrlich zu machen.

Sie faltete das Küchentuch und hängte es auf den Halter. Sie konnte Cole nicht ihre innersten Gefühle darlegen, aber sie konnte sich zumindest bei ihm entschuldigen. Und eine Entschuldigung hatte er verdient.

Holly fand Cole auf der vorderen Veranda, wo er auf der Schaukel saß, gebeugt und den Kopf zwischen den Händen vergraben. »Ist es dir recht, wenn ich zu dir herauskomme?«, fragte sie.

Er blickte auf. »Tu, was du willst, es ist dein Haus.«

»Ich möchte mich nur entschuldigen und dich dann in Ruhe lassen.«

»Das ist nicht nötig.«

»Was – dass ich mich entschuldige oder dass ich dich allein lasse?«

»Beides.«

Holly setzte sich vor ihn auf das Geländer und umfasste ihren Oberkörper mit den Armen. Hinter ihr begann das Wasser aus den Wolken zu strömen. Der Regen fiel in rhythmischen, geräuschvollen Schauern herab, klatschte auf das Pflaster, spritzte wieder hoch und bildete endlich kleine Pfützen und Rinnsale. Das Vordach schützte sie vor der Nässe, nur gelegentlich traf sie ein verirrter Tropfen. »Stand in diesem Buch auch etwas über die Launen schwangerer Frauen? Es wäre schön, wenn ich eine passende Ausrede für mein schlechtes Benehmen hätte.«

»Falls etwas darin stand, habe ich es übersehen.«

Holly sagte nichts mehr. Das Schweigen zwischen ihnen wurde drückend. Der Graben, den der Streit zwischen ihnen aufgerissen hatte, würde nicht so leicht zu schließen sein. Ein schlichtes ›tut mir Leid‹ reichte dazu nicht aus.

Sie war so in ihre eigenen Gefühle vertieft gewesen, dass sie nicht wahrgenommen hatte, wie verletzlich Neal in dem Augenblick geworden war, als er ihr die Hand entgegengestreckt hatte. Während der zweieinhalb Monate, die sie allein gewesen war, hatte sie sich überwiegend mit den Problemen und Fehlern ihres Lebens beschäftigt, anstatt auf die guten Seiten zu blicken. Es war ihr nahezu frevelhaft erschienen, sich auf ein Lächeln oder einen fröhlichen Augenblick mit einem neuen Freund einzulassen. Sie vermeinte in ihrem Innern stets die Stimme des Wanderpredigers zu hören, der jeden Sommer in die Stadt kam und über den Preis räsonnierte, den Gott von jedem Sünder forderte. Vielleicht hatte sie Angst, nach der Geburt ihres Babys umso schwerer bezahlen zu müssen, wenn sie es nicht jetzt schon tat. Und am meisten fürchtete sie, dass ihr Baby den Preis bezahlen musste. Diese Furcht war oft so stark in ihr, dass sie sich nachts schlaflos hin und her wälzte.

Neal bewegte sich auf der Schaukel und wollte sich erheben. »Geh nicht«, sagte Holly.

Er setzte sich wieder. »Entschuldige. Ich dachte, du wärst fertig.«

»Ich hätte es gerne auf irgendwelche Hormone geschoben, die verrückt spielen, aber deswegen habe ich den Streit nicht angefangen.« Das Geständnis fiel Holly schwer, doch sie war es Neal schuldig. »Ich war furchtbar böse auf dich.«

»Warum? Was habe ich getan?«

Es musste sofort heraus. Wenn sie es nicht auf der Stelle sagte, würde sie es nie tun. »Mir ging es gut, ehe du kamst«, stieß sie hervor. »Ich hatte mir eingeredet, ich bräuchte niemanden, auch keinen Freund. Dann bist du gekommen und ich konnte mir nichts mehr vormachen. Du bist noch keinen Monat hier und schon muss ich dauernd daran denken, wie es ohne dich sein wird.« Sie warf ihm einen schnellen Blick zu. »Ziemlich dumm, wie?«

Eine innere Stimme riet Holly, nichts weiter zu sagen,

doch sie konnte sich nicht mehr bremsen. »Aber das ist nicht das Schlimmste. Die ganze Zeit habe ich mir vorgemacht, ich sei tapfer. Aber das bin ich nicht. Ich habe schreckliche Angst. Ich weiß nicht, wie man mit einem Baby umgeht. Plötzlich habe ich seltsame Gedanken. Zum Beispiel, dass ich es zur Adoption freigeben sollte, wenn ich es wirklich lieb habe. Aber ich kann es nicht, Neal; bei der Vorstellung bricht mir das Herz.« Sie hatte erwartet, er würde sich von ihren Gefühlen überwältigen lassen, doch sein Gesicht blieb ausdruckslos.

»Gibt es niemanden, an den du dich wenden kannst? Oder einen Kurs für Säuglingspflege, den du belegen könntest?«

»Ich hätte dich nicht damit belasten sollen.« Holly stand auf und staubte ihre Jeans ab. Tief atmete sie die Luft ein, die nun frisch und klar war. »Das war selbstsüchtig von mir. Entschuldige, es kommt nicht wieder vor.« *Nur verlass mich bitte nicht!* Sie sollte schnell verschwinden, ehe sie sich noch größere Blößen gab und die Worte sogar laut aussprach.

Neal nahm ihre Hand und hielt sie fest. »Holly, ich weiß, wie es ist, einsam zu sein.«

»Ich habe dir das alles nicht erzählt, um mich von dir bemitleiden zu lassen.« Um nichts in der Welt sollte er sie für ein weinerliches Püppchen halten, das beim ersten Windstoß umfiel.

»Niemals würde ich das tun.« Cole zog sie sanft in seine Arme und hielt sie fest, so wie ein Vater seine erwachsene Tochter umarmt.

Holly fühlte den Drang davonzulaufen; stattdessen hielt sie still und wehrte sich nicht, ohne jedoch seine Umarmung zu erwidern. »Ich gehe jetzt hinein«, sagte sie, »ich bin ein bisschen müde. Ich sollte ein Nickerchen machen.«

Neal umfasste ihr Gesicht mit den Händen. Lange Zeit blickte er ihr in die Augen, und ohne zu sprechen drückte er sein Verständnis aus. Plötzlich küsste er sie leicht auf die Stirn.

Als er Holly losließ, war sie zu bewegt, um zu gehen.

Sie stand einfach da, den Kopf in den Nacken gelegt, während ihre Augen seinen Blick erwiderten. Sie war wie festgewachsen. Ihr Bedürfnis, zu jemand zu gehören, für wie kurz auch immer, war stärker als alle Vernunft. Sie wünschte, er würde sie nochmals küssen.

Ein Aufblitzen in Coles Augen verriet, dass er sie verstand. Langsam neigte er den Kopf. Zuerst fühlte Holly seinen Atem, der heiß, sinnlich und betörend vertraut war. Danach kam eine leichte Berührung ihres Kinns mit seinem Bart. Und dann fanden sich ihre Lippen. Der Kuss war zögernd und zu schnell vorbei, wie das kurze Flattern eines Schmetterlingsflügels. Cole stand unbewegt und wartete, während Holly den Atem anhielt und sich nicht rührte, um den Zauber nicht zu brechen.

Als habe er eine Bestätigung für sein Vorhaben erhalten, küsste Cole sie ein zweites Mal, diesmal mit geöffneten Lippen, um sowohl zu geben als auch zu nehmen. Holly schmeckte Blaubeeren, Melonen und Kaffee. Wie traulich und tröstend war es, gemeinsam mit ihm zu frühstücken – wie alleine würde sie sich in ihrer Küche fühlen, wenn er ging.

Der Kuss wurde fester. Neal legte die Hände um Hollys Taille und zog sie näher an sich. Ihre Brüste, angeschwollen von der Schwangerschaft, brannten, als sie sich gegen seinen Körper drückten. Eine neue Art Hunger erwachte in ihr, ein Verlangen, das sie keinesfalls fühlen durfte.

Lieber Gott, was tat sie da? Wie hatte sie es so weit kommen lassen? Sie riss sich von seinen Lippen los und versteckte ihr Gesicht an seinem Hemd. »Das ist Wahnsinn. Es tut mir Leid, Neal, es ist meine Schuld. Ich hätte nicht …«

»Ich dachte – ach, egal. Es ist nicht wichtig.« Er sprach nicht weiter.

Holly konnte sich vorstellen, was er dachte.

»Du solltest hineingehen, Holly. Es wird spät.«

»Ich bin nicht mehr müde.«

»Dann gehe ich hinein. Ich brauche Zeit, um nachzudenken.«

Er hatte nicht gesagt, er wolle allein sein, aber sie hatte

verstanden. Ihr Herz klopfte wild. Sie hatte es wieder einmal geschafft, ihn zu vertreiben. Sie konnte ihm keinen Vorwurf machen. Welcher Mann, der seine fünf Sinne beisammen hatte, würde sich mit einer schwangeren Frau einlassen? Sie hob den Kopf und rang sich ein Lächeln ab. »Schon wieder diese dummen Hormone. Sie lassen mich einfach nicht in Ruhe.«

»Gib ihnen noch ein paar Monate Zeit.«

»Du kannst hier draußen bleiben«, sagte sie, »ich werde hineingehen.« Holly beglückwünschte sich zu dem normalen Klang ihrer Stimme. »Ich werde mich ein wenig hinlegen.«

»Soll ich dich aufwecken?«

Wenn Neal sie weckte, brauchte sie den Wecker nicht einzustellen, aber sie wollte nicht, dass er ihretwegen in der Nähe blieb. »Nein, ist nicht nötig.«

Schweigend ging sie ins Haus. Als Neal sie nicht mehr sehen konnte, gab sie ihrer Schwäche nach. Sie lehnte sich schwer an die glatte Eichentür, die sie von ihm trennte. Warum hatte sie ihn nicht vor sechs Monaten kennen gelernt oder erst nach der Geburt des Kindes?

Ihre Zeiteinteilung war wieder einmal fürchterlich. Irgendwie ging ihre innere Uhr falsch, was solche Dinge betraf.

Als sie vor dem High School-Abschluss stand, hatte sie gerade einem alten Freund zugesagt, mit ihm zum Abschlussball zu gehen, als fünf Minuten später ihr großer Schwarm anrief, den sie während der ganzen Schulzeit erfolglos angehimmelt hatte. Oder fünf Jahre danach – da hatte sie ausnahmsweise vor dem Schlafengehen geduscht anstatt, wie sonst, morgens. Als sie aus der Dusche kam, verriet ihr der Anrufbeantworter, dass sie soeben einen Anruf der örtlichen Radiostation verpasst hatte, bei dem sie siebentausend Dollar hätte gewinnen können.

Und wenn sie ihre Anti-Baby-Pillen gezählt hätte, ehe sie und Troy sich zum letzten Mal liebten, wäre ihr aufgefallen, dass es zu viele waren und dass sie schwanger werden könnte.

Dann wäre sie auch nicht nach Maryville zurückgezogen.

Und sie hätte Neal Chapman nicht kennen gelernt.

An diesem Abend kam Cole eine Stunde früher in das Restaurant. Als Holly zur Arbeit ging, war er noch in seinem Zimmer gewesen. Sie hatte sich nicht verabschiedet und auch keine Notiz hinterlassen, was Cole nicht überraschte, da er so darauf gedrungen hatte, allein zu sein. Immer wieder dachte er daran, was zwischen ihnen geschehen war und wie es geendet hatte. Er wollte ihr erklären, dass es, wenn er Zeit zum Nachdenken haben wollte, nicht bedeutete, er wolle sie loswerden.

Er suchte im Gastraum nach Holly, fand sie aber nicht. Kurz darauf kam sie aus der Küche, beide Arme voller dampfender Teller. Cole setzte sich etwas abseits an einen Tisch und wartete auf einen ruhigen Moment, aber Holly war entweder ungewöhnlich beansprucht oder bemüht, ihm aus dem Weg zu gehen.

Um sich die Zeit zu vertreiben, schlug er eine Zeitung auf und blätterte bis zum Unterhaltungsteil. Als er las, *Silver Linings* habe es auf Anhieb sowohl in den Country- als auch in den Pop-Charts auf Nummer eins geschafft, durchrieselte ihn ein wohliges Gefühl. Alte Gewohnheiten waren eben schwer abzulegen. Ein Artikel über das Album füllte eine halbe Seite. Cole überflog die erste Spalte. Immer wieder tauchte Randys Name auf. Üblicherweise waren es Frank oder Janet oder ›eine gut informierte Quelle in den Webster Enterprises‹, die zitiert wurden. Der Artikel schloss mit einer Bemerkung zu Coles sechsmonatigem Rückzug aus der Öffentlichkeit und einem Zitat von Randy:

»Nach den Spekulationen einiger Kritiker befragt, die meinten, sein Bruder habe sich zurückgezogen, um Meinungsverschiedenheiten über sein letztes Album aus dem Weg zu gehen, sagte Webster: ›Die einzige Meinung, die Cole wichtig ist, ist die seiner Fans. Und die haben alles gesagt, was es darüber zu sagen gibt, indem sie *Silver Linings* landesweit seit zwei Wochen an der Verkaufsspitze halten.‹«

Es war ungewohnt für Cole, dass sein Bruder für ihn in die Bresche sprang. Sein ganzes Leben lang hatte Randy immer im Hintergrund gestanden, während die Scheinwerfer auf Cole gerichtet waren. Auch bei den wenigen Interviews war es immer um Cole gegangen. Das war auch jetzt der Fall, aber man schien Randys Worten Gewicht beizumessen. Cole war stolz auf ihn, aber er war auch verwirrt. Diesen Randy kannte er nicht.

Er wollte schon weiterblättern, als ihm etwas ins Auge fiel. Mitten im Vermischten, zwischen Klatschgeschichten über prominente Persönlichkeiten, stand in fetten Buchstaben der Name Troy Martin. Es handelte sich lediglich um die Ankündigung, Martin werde bei einem Wohltätigkeitskonzert auftreten, und war eigentlich unwichtig. Und doch deutete es darauf hin, dass Troy Martin jemand war, den man im Auge behalten musste. Auf der Ebene, auf der Troy Martin sich befand, war es leichter zu straucheln und von der Bildfläche zu verschwinden, als sich weiter nach oben zu arbeiten. Es war eine Versuchung für Cole, die er sich selbst nicht gerne eingestand, Troy ein Bein zu stellen, aber vermutlich wäre es überflüssig. Troy würde sich schon selber zu Fall bringen.

Cole legte die Zeitung zurück und sah auf die Uhr über der Kasse. Noch zehn Minuten bis zu seinem Auftritt. Er hielt Holly auf ihrem Gang zur Küche an.

»Ich muss eine Bestellung aufgeben«, sagte sie.

»Das kann warten.«

Sie versuchte, sich an ihm vorbeizudrücken. »Nein, kann es nicht. Die Leute warten schon lange.«

»Ich brauche nur eine Minute.« Cole zog sie in den Vorraum. »Hier.« Er langte in die Brusttasche seines Hemdes und holte eine zerknitterte gelbe Nelke heraus.

Holly sah zuerst die Blume, dann Cole an. »Was soll das?«

»Du sollst dich daran gewöhnen, etwas von mir geschenkt zu bekommen.«

Nach kurzem angespanntem Schweigen fragte Holly: »Heißt das, du bleibst?«

»Jawohl, und zwar bis du mich hinauswirfst.«

»Ich dachte, ich hätte dich vielleicht …«

»Was? Mich verscheucht?«

Holly nahm ihm die Nelke aus der Hand und steckte sie in ein Knopfloch ihrer Uniform. »So ähnlich.«

»Holly, ich weiß nicht, was heute mit uns geschehen ist oder was es zu bedeuten hat.« Er hob die Hand, um Hollys Arm zu berühren, doch diese schreckte unwillkürlich zurück. »Aber ich würde gerne noch eine Weile bleiben, um es herauszufinden«, fuhr Cole fort.

Holly vergrößerte noch den Abstand zu Cole, ehe sie antwortete. »Eine Weile?«, fauchte sie, plötzlich zornig geworden. »Willst du bei mir traute Häuslichkeit ausprobieren? Was bin ich denn für dich? Ein Plätzchen, wo du dich gut untergebracht und geborgen fühlst; wo du so tun kannst, als erlebtest du etwas, das dir fehlt, wenn du unterwegs bist? Und dann, wenn es dir langweilig wird, packst du deinen Koffer und verschwindest wieder?«

Sie hatte es wieder getan, hatte ihn genau in dem Augenblick angegriffen, da er geglaubt hatte, alles stünde wieder bestens zwischen ihnen. »Glaubst du wirklich, ich würde das tun?«

»Und warum nicht? Schließlich bist du ein wandernder Musikant.« Sie hielt inne, und da ihr klar wurde, wie anklagend ihre Worte geklungen hatten, fügte sie etwas ruhiger hinzu:

»Du gehst dahin, wo du ein Engagement findest, und in der Zwischenzeit träumst du davon, entdeckt zu werden und deinen eigenen Tourneebus zu besitzen, um noch mehr unterwegs zu sein. Ich will nicht sagen, du hättest nicht das Recht dazu. Ich glaube an Träume und an Träumer, aber was du suchst, hat nichts mit mir zu tun. Ich würde wieder einmal zurückbleiben. Das will ich mir nicht mehr antun lassen.«

»Was muss ich tun, damit du aufhörst, Troy in mir zu sehen?«

»Wenn es mir heute nicht so schlecht gegangen wäre, würden wir dieses Gespräch überhaupt nicht führen«, erklärte Holly in aufreizend ruhigem Ton, so als versuchte sie, einem einfältigen Schüler etwas zu erklären. »Es war nett, dass du mir zugehört hast, aber ich hatte kein Recht, dich derart mit meinen Sorgen zu belasten. Ich verspreche, es kommt nicht wieder vor.«

»Also so ist das? Ich stehe irgendwo außen vor und habe kein Recht, an deinem Leben teilzuhaben?«

»Verdammt, du tust, als hätte ich eine Wahl.« Hollys Stimme wurde rau. Sie räusperte sich. »Ich kann es mir nicht leisten, Neal, mich auf dich zu verlassen. Wenn es nur um mich ginge, würde ich das Risiko möglicherweise eingehen.« Sie wischte sich mit der Hand über Gesicht und Augen und warf einen nervösen Blick zum Eingang. Flüsternd setzte sie hinzu: »Aber es geht nicht nur um mich.«

»Das heißt also, ich kann bleiben, Haus und Garten in Ordnung bringen, ein wenig Miete bezahlen, und wenn dir gerade danach zumute ist, ab und zu dein Freund sein?« Wie in einem bizarren Tanz bewegten sie sich schrittweise vor und zurück. »Nun, das reicht mir nicht, Holly. Ich lasse nicht zu, dass du mich so weit auf Abstand hältst. Was heute Nachmittag passiert ist, geschah nicht, weil du gerade in Selbstmitleid versunken warst oder weil es regnete. Es geschah, weil wir etwas füreinander empfinden. Ich weiß nicht genau, was es ist, aber es existiert.«

Holly schob energisch das Kinn vor. »Wage nicht, etwas zu behaupten, was du nicht ernst meinst, bloß weil du denkst, du könntest mich auf diese Weise rumkriegen.«

»Ist es dir mit Troy so ergangen?« Cole musste vorsichtig sein mit seinen Worten, damit sie sich nicht später gegen ihn richteten. »Wir müssen miteinander reden, Holly … über viele Dinge. Und wir müssen uns viel Zeit nehmen dafür – einschließlich weiterer Gewitter und vieler Sonnenuntergänge.«

»Meine Mutter hat mich vor Poeten gewarnt.«

Cole lächelte erleichtert, da Holly nicht mehr auf dem Kriegspfad zu sein schien. »Was hat sie denn gesagt?«

»Dass ein Poet einer Frau entweder das Herz bricht oder ihm Flügel verleiht.«

»Klingt, als hätte deine Mutter selbst eine poetische Ader besessen.«

»Jedenfalls wusste sie, wovon sie sprach.«

»Ich kann dir nicht versprechen, dass ich dir nie wehtun werde«, sagte Cole. »Es gibt zu viel in meinem Leben, das sich meiner Kontrolle entzieht.«

Holly bat nicht um eine Erklärung. Stattdessen sagte sie: »Ich sollte das nicht leichtfertig zugeben, aber der Obstsalat, den du mir heute Morgen aufgezwungen hast, ist mir nicht wieder hochgekommen.«

Zuerst war Cole verwirrt, doch dann verstand er, dass sie ihm auf ihre konfuse Art gestattete, wieder an ihrem Leben teilzunehmen. »Wahrscheinlich«, meinte er, »hat das damit zu tun, dass die ersten Schwangerschaftsmonate vorüber sind. Aber ich rechne mir trotzdem gerne das Verdienst zu.«

»Du hast wieder mal gelesen«, neckte sie ihn.

»Ich habe mich durch die erste Hälfte des Buchs hindurchgearbeitet. Es stehen einige interessante Sachen darin. Ich würde dir davon erzählen, aber vielleicht würde ich etwas Wichtiges übersehen.«

»Wieso glaubst du, dass ich nicht selbst darüber gelesen habe?«

»Du hast bestimmt eine Menge übersprungen. Es gab viele Seiten in dem Buch, die am Rand noch zusammenhafteten.«

»Na gut, ich habe es noch nicht ganz durchgelesen«, gab Holly zu. Sie stellte sich auf die Zehenspitzen und küsste Cole auf die Wange. »Freunde?«

Er blickte ihr lange in die Augen, ehe er sich zu ihr herabbeugte und sie wieder küsste, jedoch auf den Mund. »Freunde«, bestätigte er.

Als er sie losließ, drückte sie die Fingerspitzen auf die

Lippen und schwankte zurück. »Du hast keine Ahnung, was du da tust.«

»Weshalb nicht?«

In diesem Augenblick erschien eine große Blondine in Kellnerinnentracht im Gang. »Soll ich Tisch sechs für dich übernehmen?«

»Ich komme sofort«, sagte Holly. Und zu Cole: »Wir reden später weiter.« Sie war schon fast durch die Tür, als sie sich umwandte. Ein Lächeln, das ihre Augen leuchten ließ, erhellte ihr Gesicht. »Fast hätte ich es vergessen – danke für die Blumen!«

17

Randy ging durch die Glastür zum Empfangsbereich der Webster Enterprises. Es hatte sich viel im Betrieb verändert, seit Cole weg war. Einiges war gut, aber alles war überraschend. Denise war immer noch die Sekretärin seines Vaters, am Empfang jedoch sah er ein neues Gesicht. Janet war in ein größeres Zimmer umgezogen, dessen Fenster nicht mehr nördlich nach Hollywood Hills, sondern westlich zum Pazifik ausgerichtet waren, während in ihre bisherige Suite die Buchhaltung eingezogen war. Die junge, engagierte Mannschaft, die sich um Coles Fanpost und die Herausgabe des vierteljährlich erscheinenden Magazins kümmerte, das an mehr als eine halbe Million Fans verschickt wurde, hatte sich vergrößert und war nun ganz hinten am Gang einquartiert, was dem vorderen Hauptbüro am heutigen Montagmorgen die Stille einer Kirche verlieh.

Randy war nicht sicher, was er von den Veränderungen halten sollte. Es war einer dieser Fälle, bei denen einem erst etwas auffiel, wenn es nicht mehr da war.

Randy brachte zuerst einen Packen Quittungen zur Buchhaltung, dann wandte er sich zu Franks Büro, um ihm zu erzählen, dass Buddy an diesem Morgen angerufen hatte. Frank war nicht da und Denise saß nicht an ihrem Schreibtisch. Randy wollte zuerst eine Notiz hinterlassen, doch dann entschloss er sich, auf Frank zu warten.

Der überquellende Schreibtisch seines Vaters gab Randy Stoff zum Nachdenken. Unordnung war für Frank ebenso untypisch wie Spontaneität. Überall stapelten sich Berge von Papier, als sei Frank seit Monaten nicht mehr in diesem Raum gewesen. Aber das ergab keinen Sinn. Frank vergaß Geburtstage, aber niemals seine Arbeit. Wenn er ausnahmsweise einen Tag zu Hause blieb, um auf Coles Anruf zu warten, so verbrachte er dafür die Nacht an seinem Arbeitsplatz.

Janet erschien in der Türöffnung. »Tolle Unordnung, wie?«

Randy wandte sich zu ihr um. »Was hat das zu bedeuten?«

»Durch die vielen Ereignisse in letzter Zeit ist Frank ein wenig ins Hintertreffen geraten.«

»Das ist mehr als ›ein wenig im Hintertreffen‹.« Randy ging zum Schreibtisch, nahm eine Akte und öffnete sie.

Janet näherte sich von hinten und blickte ihm über die Schulter. »Das ist von einer Adoptionsinitiative, die Cole für eine Anzeigenkampagne gewinnen möchte. Sie sind überzeugt, dass alle ihre finanziellen Probleme sich von selbst lösen, wenn Cole für ihre Zwecke von einer Reklametafel lächelt.«

Randy überflog den Brief, der eine Woche alt war. »Sie stellen es dar, als hinge das Leben Hunderter Kinder von Coles Erlaubnis ab, sein Bild benutzen zu dürfen.« Er drehte den Kopf und zwinkerte Janet zu. »Die machen ihre Sache gut. Wenn er ablehnt, steht er als gewissenloser Hundesohn da.«

»Es ist ihr Geschäft zu wissen, welche Knöpfe man drücken muss«, antwortete Janet. »Und es ist Franks Job, eine Ablehnung so zu formulieren, dass Cole nicht in der Boulevardpresse als herzloser Prominenter ausgeschlachtet wird.«

Cole war im Geschäft als weichherzig bekannt. Er

stiftete routinemäßig einen Anteil seiner Konzerteinnahmen für wohltätige Zwecke. »Nach welchen Gesichtspunkten entscheidet Cole, für wen er spenden will?«, fragte Randy.

»Cole bekommt nur Briefe zu Gesicht, die Frank ausgewählt hat. Wenn er alle selbst lesen würde, hätte er keine Zeit, das Geld zu verdienen, das von ihm erbettelt wird.«

»Und wie wählt Dad die Briefe aus, die er Cole zeigt?«, fragte Randy weiter und klopfte auf die Akte. »Warum nicht die Waisen?«

Janet runzelte nachdenklich die Stirn. »Soweit ich mich erinnere, ist das die Organisation, bei der die Direktorengehälter und Verwaltungskosten mehr als neunzig Prozent des Betrages ausmachten, den sie im vergangenen Jahr eingenommen hat.«

»Du machst Scherze.«

Janet lächelte. »Willkommen in der Wirklichkeit, Randy.«

»Wie sind sie darauf gekommen, dass Cole ihnen helfen würde? Er war doch nie Waise.«

»Na und?«

»Na ja, ich stelle mir vor, dass man jemanden am besten aussaugen kann, wenn man mit einer Masche kommt, die ihn persönlich betrifft.«

Janet klopfte ihm auf den Arm. »Aber das tun sie, Süßer. Man nennt es Schuldgefühl. Wie kann Cole guten Gewissens all sein Geld behalten, wenn es so viele Menschen auf der Welt gibt, die keines haben?«

»Mir scheint, die sollten sich mal an die eigene Nase fassen.«

»Genau das hat dein Vater ihnen gesagt.«

Randy blickte auf die Berge von Korrespondenz, die sich im ganzen Büro auftürmten. Das Bild war beeindruckend. Doch auch wenn es vernünftig und verständlich erschien, dass Frank Cole von all dem fern hielt, so stellte es doch eine Art Zensur dar, und das gefiel Randy nicht. »Ich verstehe, warum Frank meint, er müsse Cole vor all dem beschützen; doch wer beschützt ihn vor dem Beschützer?«

»Hier liegt nichts herum, was geheim wäre«, meinte Janet etwas irritiert.

»Wieso bist du so schnell zur Hand, um Frank in Schutz zu nehmen? Du weißt so gut wie ich, dass er sich sehr wohl selbst verteidigen kann.«

»Seit ich hier zu arbeiten anfing, habe ich mir deine und Coles Beschwerden über euren Vater angehört.« Janet ging zur anderen Seite des Schreibtischs und setzte sich. »Ich habe dazu geschwiegen und mir eingeredet, das sei allein eure Sache. Aber ich glaube, ich hätte schon vor langer Zeit etwas dazu sagen sollen.« Sie deutete auf einen Stuhl in der anderen Ecke des Zimmers. »Bring den herüber. Es wird Zeit für dich zu erfahren, was dein Vater für das Geschäft tut.«

Randy brachte den Stuhl und setzte sich neben Janet. »Bist du sicher, dass Dad damit einverstanden ist?«

»Womit?«

»Dass wir seine Post durchgehen.«

»Hast du nicht eben betont, es sei gar nicht seine?«

Trotzdem zögerte Randy.

»Vertrau mir, Randy. Dein Vater wird das nicht als Eindringen in seine Privatsphäre betrachten. Wenn er nicht die fixe Idee hätte, sich um jedes Detail in Coles Karriere zu kümmern, hätte er den ganzen Krempel ohne weiteres an den Nächstbesten übergeben, der ihn haben wollte. Glaubst du wirklich, er hat es nötig, sich um den Stoff für die T-Shirts, die auf den Konzerten verkauft werden, zu sorgen, während er gleichzeitig versucht, Coles Karriere vor dem Zusammenbruch zu bewahren?«

»Frank macht alles selbst, weil er alles unter Kontrolle haben möchte.«

Janet nahm einen Bleistift und drehte ihn zwischen den Fingern. Ohne aufzublicken sagte sie: »Ich bin jetzt seit vier Jahren bei euch, aber ich verstehe euch Jungs noch immer nicht.« Jetzt sah sie Randy an. »Wie könnt ihr euer ganzes Leben mit jemandem verbringen, ohne ihn jemals zu verstehen?«

»Was willst du damit sagen, Janet?«

»Du hast dir in den Kopf gesetzt, dass Frank sich in alles einmischt, was dich oder deinen Bruder betrifft, weil er nach Kontrolle strebt, aber ...«

Randy hob protestierend die Hand. »Ich mag dich, Janet, und ich weiß, du verstehst von vielen Dingen eine Menge, aber wenn es um Frank geht, habe ich dir Jahre an Erfahrung voraus. Die Sucht nach Kontrolle gehört zu meinem Vater wie seine lockigen Haare und sein aufbrausendes Temperament.«

Janet beugte sich zu ihm vor. »Frank hat eine Todesangst, dass alles, was er in den letzten Jahren geschaffen hat, zusammenbricht, wenn er nachlässig wird oder ihm die Kontrolle entgleitet. Er ist wie ein Mann, der in einem Laufrad gefangen ist: Er weiß nicht, ist es das Wasser oder sein Laufen im Rad, was den Mühlstein zum Drehen bringt. Aber er weiß, falls er jetzt zu treten aufhört und es war seine Kraft und nicht die des Wassers, so wird der Mühlstein aufhören sich zu drehen und er wird ihn nie wieder bewegen können.«

»Das ist verrückt.« Randy schob seinen Stuhl zurück und stand auf. Er mochte nicht hören, dass Frank ebenso verletzlich war wie Cole. Es war, als würden die Ängste und Zweifel, die die beiden gemeinsam hatten, sie zusammenschweißen und ihn ausschließen. »Es ist kein Geheimnis, warum Cole so vieles erreicht hat – harte Arbeit und Talent.«

»Jeder halbwegs ehrliche Mensch, der etwas von diesem Geschäft versteht, wird dir sagen, dass er nicht die geringste Ahnung hat, weshalb ausgerechnet jemand wie Cole, Elvis Presley, Garth Brooks oder die Beatles Superstars wurden.« Sie zupfte ihn an der Hand. »Setz dich wieder und tu nicht so, als würde ich gemeine Lügen verbreiten. Du brauchst Cole nicht zu verteidigen; sein Erfolg spricht für sich selbst.«

Randy ließ sich zurück auf den Stuhl fallen. »Ich bin müde«, gestand er. »Und überanstrengter, als ich es mir je vorstellen konnte.«

»Es ist in Ordnung, müde zu sein. Hier hat seit einiger Zeit eine ziemlich schnelle Gangart geherrscht.«

»Weshalb ist Cole davongelaufen?«, fragte Randy. Die Frage verfolgte ihn seit Wochen.

»Weil er weder trinkt noch Drogen nimmt, noch einen großen Frauenverschleiß hat. Also war Flucht die einzige Möglichkeit, die ihm offen stand.« Janet hielt inne. »Du und Frank wart zu sehr mit euren eigenen Problemen beschäftigt, um zu sehen, was mit ihm los war. Und Cole wusste nicht, wie er es euch sagen sollte. Ich wünschte, ich hätte es kommen sehen. Ich habe es früher mindestens ein Dutzend Mal miterlebt. Aber Cole hat auch mich überrascht.«

»Cole kann seine Gefühle gut verstecken. Das hat er in der langen Zeit gelernt, als er auf der Bühne stand und sein Publikum glauben machte, es gefiele ihm«, sagte Randy.

»Wie kannst du wissen, dass es ihm nicht gefallen hat?«

»Weil es mir nicht gefallen hat«, gestand Randy.

»Und daraus folgt, dass Cole ebenso fühlt?«

Ihre Frage klang nicht herausfordernd, nur wissbegierig. »Wir haben immer gleich gefühlt.« In Randys Magen bildete sich ein Klumpen, während seine Gedanken an einen Ort wanderten, den sie bisher immer gemieden hatten. »Du glaubst doch nicht, Coles Unfall sei ein …«

»Ein Selbstmordversuch gewesen?«, beendete Janet den Satz für ihn. »Ich habe mich das selbst schon gefragt, aber es passt irgendwie nicht. Wenn er sich umbringen wollte, warum hat er dann einen Platz ausgesucht, an dem so viele Bäume seinen Fall in die Tiefe hinderten?«

»Das muss Dad sich auch gefragt haben.«

»Es ging weit über eine Frage hinaus. Es hat ihn fast verrückt gemacht. Alles, was ich tun konnte, war … Ach, vergiss es. Ich hätte nicht davon anfangen sollen.«

In Janets Stimme lag ein besonderer Ton. Es schien, als gingen ihre Gefühle für Frank tiefer, als sie in der Vergangenheit gezeigt hatte. Für Randy war es unvorstellbar, eine so sensible und gebildete Frau wie Janet könnte Gefühle für seinen Vater entwickeln.

»Ist dir klar, worauf du dich einlässt?«, fragte er sie.

»Ach, Randy, ich wollte nie, dass jemand bemerkt, was ich für Frank empfinde. Und es ist nichts, was jemals konkret würde; daher wäre es gut, wenn du vergisst, was du eben gehört hast.«

»Aber …«

»Bitte, Randy, lass es sein.«

Darauf wusste er nichts mehr zu sagen, also wechselte er das Thema. »Hat Frank dir gesagt, dass Cole bei jemandem wohnt?«

»Nein, aber es überrascht mich nicht. Und vermutlich wohnt er bei einer Frau, denn sonst hättest du mich nicht danach gefragt.«

Janet hatte eine schnelle Auffassungsgabe. Bei Randy hatte es etwas länger gedauert, bis er zu demselben Schluss gekommen war. »Cole sagte, es sei ihre Art, Streuner aufzunehmen.«

»Also weiß sie nicht, wer er ist.«

»Er will es ihr nach und nach beibringen, aber erst muss er noch einige Dinge regeln.«

»Meint er Belinda?«, fragte Janet.

»Vermutlich.«

»Wie geht es dir bei dem Gedanken, die beiden könnten sich trennen?«

Randy rutschte auf dem Stuhl hin und her. »Wenn du mir diese Frage vor zwei Monaten gestellt hättest, dann hätte ich geantwortet, es wäre der größte Fehler seines Lebens. Inzwischen bin ich da nicht mehr so sicher.«

»Es überrascht mich, das zu hören.«

»Warum? Weil ich mir ein Jahr lang eingebildet habe, ich sei in sie verliebt?«

»Nanu. Wann bist du zu dieser sagenhaften Selbsteinschätzung gelangt?«

»Ich habe versucht, mir einzureden, dass ich Belinda mochte, weil wir so viel gemeinsam haben. Ich war der romantischen Vorstellung erlegen, wir seien beide Außenseiter. Ich war das Anhängsel eines berühmten Bruders und sie war das Mädchen, das auf einer Glitzerstraße dahin gelangt war, seinen Ruhm zu reflektieren.« Randy grinste peinlich berührt. »Es war wie der Text zu einer Schnulze, die mächtig auf die Tränendrüse drückt.«

»Es muss hart für dich gewesen sein, als du bemerktest, was du wirklich empfindest.«

Randy versetzte den Drehstuhl in eine langsame Rundumbewegung. »Es wäre noch viel härter gewesen, wenn mir nicht die Augen über ihr Verhältnis zu Cole aufgegangen wären. Ich dachte immer, sie hätten eine tiefe Romanze miteinander.« Er stoppte die Drehbewegung. »Ich kann es nicht so gut ausdrücken.«

»Du machst das prima«, versicherte Janet. »Belinda glaubt, Sex entsteht im Körper, während Cole meint, er müsse aus dem Inneren kommen. Wenn man beide Ansichten zusammenbringt, kann eine interessante, aber niemals eine dauerhafte Beziehung entstehen.« Weise fügte sie hinzu: »Ein dunkles Schlafzimmer ist ein großer Gleichmacher.«

»Aber es gibt viele helle Tagstunden«, versetzte Randy.

Janet tätschelte mütterlich sein Knie. »Wir unterhalten uns weiter, wenn du ein wenig älter bist und das Verhältnis zwischen deinem Testosteron und deinen Gehirnzellen ausgewogener ist.«

»Was ist mit dem Testosteron?«, fragte Frank, der in der Tür aufgetaucht war.

»Keine Sorge, Dad«, antwortete Randy, »diesmal haben wir nicht von dir gesprochen.« Er stand auf. »Janet versuchte mich zu überzeugen, dass es ein Leben außerhalb des Schlafzimmers gibt.«

Frank schaute Janet fragend an. »Ich dachte, du hättest heute eine Konferenz.«

»Sie wurde abgesagt.«

Randy blickte von Janet zu seinem Vater und wieder zu Janet. Was sah sie in Frank, das er und die anderen nicht sahen? Das war etwas, worüber er noch lange würde nachdenken müssen.

»Ich verschwinde«, sagte Randy und ging zur Tür. »Falls ihr mich braucht, findet ihr mich bei Bob Matthews. Ich habe Cole gesagt, dass ich ihm die Verkaufszahlen von *Silver Linings* nennen könnte, wenn er wieder anruft.«

»Hat er danach gefragt?«, wollte Frank wissen.

»Nicht direkt.« Er hätte wissen müssen, wie sehr Frank sich über jede geschäftliche Frage von Cole freuen würde.

»Wonach hat er denn genau gefragt?«

»Nach gar nichts«, gestand Randy. »Ich habe davon angefangen, weil ich dachte, es würde nicht schaden, wenn er auf dem Laufenden bliebe.«

Frank nickte. »Du hast Recht. Das war eine gute Idee.«

Zuerst verstand Randy gar nicht, dass sein Vater ihn lobte; er war es nicht gewohnt. Er konnte sich kaum erinnern, wann sein Vater ihm zuletzt bestätigt hatte, er habe etwas gut gemacht. Randy war unsicher, wie er nun reagieren sollte. »Wie ich sagte, ich habe zu tun.« Er nickte Janet zu. »Wir sehen uns.«

»Pass auf dich auf, Randy«, sagte Janet und erhob sich von dem Stuhl.

Als Randy gegangen war, meinte Frank: »Ich weiß einfach nicht, wie ich zu dem Jungen durchdringen kann.«

Dieses Geständnis überraschte Janet, denn sie hatte den Eindruck gehabt, als seien Frank und Randy in der letzten Zeit besser miteinander zurechtgekommen als früher. Sie setzte sich wieder und wartete ab.

»Ich habe alles versucht«, fuhr Frank fort, »aber Randy lässt mich nicht an sich heran.«

»Vielleicht merkt er nicht, wie du dich um ihn bemühst.« Janet war mit zwei Brüdern aufgewachsen, war mit einem Dutzend oder mehr Jungen befreundet gewesen, hatte sechs Ehejahre hinter sich und hatte während ihres ganzen Berufslebens mit Männern zusammengearbeitet, aber sie verstand sie noch immer nicht. Eine Frau hätte das Problem wesentlich direkter angepackt. Da hätte es kein Versteckspiel gegeben, kein Auf-den-Busch-Klopfen und vor allem nicht die Vorstellung, ein oder zwei Unterhaltungen könnten eine lebenslange Gegnerschaft abbauen. Frank und Randy mussten miteinander sprechen, wie Frauen es taten, wenn etwas sie bedrückte. Doch wie konnte sie Frank davon überzeugen?

»Ich weiß nicht, was ich noch tun kann«, klagte er.

Ungeduld kochte in Janet hoch. »Warum erzählst du mir, was du fühlst, und nicht ihm?«

»Er würde nicht zuhören.«

»Woher weißt du das?«

»Ich weiß es eben.«

Ihre Unterhaltung hatte etwas Gekünsteltes, Gespreiztes. Wenn Frank und Randy sich unterhielten, wäre es wohl ebenso. »Vielleicht solltest du es ihm zeigen.«

Frank sah sie vorsichtig an. »Was meinst du?«

Janet musste beinahe lachen. »Mach dir keine Sorgen. Ich will dir nicht vorschlagen, ihn jedes Mal zu umarmen, wenn er dir über den Weg läuft.«

Frank entspannte sich ein wenig. »Also, was stellst du dir vor?«

»Gib ihm Verantwortung.« Das klang so klischeehaft, dass sie zögerte, es auszusprechen. Aber genau das war es, was geschehen musste. »Zeig Randy, dass du seinem Urteil vertraust und dass du Zutrauen in seine Fähigkeiten hast.«

»Und wie soll ich das anstellen?«

Janet zögerte ein wenig. »Genauso, wie du es mit Cole tun würdest.« Sie wollte ihm keine ausführliche Anweisung geben und sich dadurch unentbehrlich machen. Das war nicht die Art von Beziehung zu Frank, die sie anstrebte.

Frank lehnte sich gegen den Türrahmen und fuhr sich mit der Hand über das Kinn. »Glaubst du, Cole kommt jemals wieder zurück?«

Für einen Augenblick sah Janet den Vater in ihm, nicht den Manager. »Ich weiß es nicht«, antwortete sie aufrichtig.

»Er fehlt mir«, sagte Frank leise, »aber wenn er nicht gegangen wäre ...«

»Was dann?«, hakte Janet nach.

Die Antwort fiel ihm sichtlich schwer. »Dann hätte ich mich wahrscheinlich nie eingehender mit Randy beschäftigt.«

Janet war zu verblüfft über das Geständnis, um zu antworten. Doch seine nächsten Worte überraschten sie noch mehr.

»Hast du schon gegessen?«, fragte er und bemühte sich, möglichst beiläufig zu klingen.

»Nein.« Es war noch nicht einmal elf Uhr vormittags. Wie konnte sie bereits gegessen haben?

»Hast du schon was vor?«

»Zum Mittagessen, meinst du?«

»Ja.« Frank richtete sich gerade auf und steckte die Hände in die Taschen.

Sie hatte eine Verabredung mit dem Vertriebsleiter der Hemdenfirma – aber das konnte warten. »Du hast tatsächlich meinen einzigen freien Tag in der Woche erwischt«, schwindelte sie vergnügt.

Frank sah aus, als wüsste er nicht, wie es weitergehen sollte, doch Janet half ihm gerne aus der Verlegenheit. »Ich kenne ein großartiges chinesisches Restaurant nicht weit von hier«, schlug sie vor.

»Gut. Ich mag chinesisches Essen.«

Janet lächelte. »Ich weiß.«

18

Die Reifen der Corvette gaben ein empörtes Quietschen von sich, als Belinda in die Zufahrt zum Haus ihrer Mutter einbog. Sie stieg aus und lief zur Tür, die sie mit ihrem Schlüssel öffnete, ohne zuvor zu läuten. »Mutter«, rief sie laut, während sie die Tür hinter sich zuwarf, »Mutter, wo bist du?«

Rhonda, die sich die Hände an einem Küchentuch abtrocknete, trat in den Flur. »Hier bin ich«, sagte sie missbilligend. »Du solltest wirklich nicht so herumschreien, Belinda. Das klingt so gewöhnlich.«

»Pfeif drauf«, sagte Belinda etwas leiser.

Rhonda zuckte bei dieser Ausdrucksweise zusammen. Doch dann kam ihr der Gedanke, Belindas Ärger müsse eine tiefere Ursache haben. »Was ist los? Ist etwas passiert?«

Belindas Hals war vor Zorn wie zugeschnürt. Das Sprechen fiel ihr schwer. »Es wird dich freuen zu hören, dass Cole mich endlich angerufen hat.« Sie ballte die Hände zu Fäusten. »Er sagte« – sie schnappte nach Luft – »er sagte, ich solle …«

Wieder hielt sie inne. Sie wollte den Blick in den Augen ihrer Mutter nicht sehen, wenn sie ihr erzählte, was Cole gesagt hatte. Also fixierte sie einen Haarriss an der Decke, den das letzte Erdbeben hinterlassen hatte. »Cole hat eingesehen, dass es nicht recht von ihm war, einfach so zu verschwinden.«

»Es wird auch Zeit, dass er bemerkt, was er dir zugemutet hat. Ich hoffe, du hast ihm nicht zu schnell verziehen. Du bist oft zu nachgiebig.«

Das sah ihrer Mutter ähnlich, sich eine eigene Wahrheit zu schaffen, indem sie die Worte nach Belieben deutete. »Er hat nicht angerufen, um sich zu entschuldigen, Mutter. Er hat beschlossen, mich freizugeben, damit ich mein eigenes Leben führen könne, anstatt herumzusitzen und zu warten, wie es mit seinem Leben weitergeht.«

Rhonda schritt schwerfällig zum Sofa und ließ sich in die Kissen fallen. »Wie konnte er dir das antun? Wie konntest du das zulassen? Was hast du zu ihm gesagt?«

»Was konnte ich denn antworten? Ich sagte, dass es nur einen Platz für mich gebe, und der sei an seiner Seite. Ich sagte, dass es ohne ihn kein Leben für mich gebe – was der Wahrheit näher kommt, als er ahnt.« Sie stieß ein kurzes, bitteres Lachen aus. »Ich besitze Schränke voller Kleider aus den teuersten Geschäften, einen Safe voller Juwelen und ein Auto, das mehr gekostet hat, als ich mit meiner ganzen Schauspielerei verdient habe. Wenn ich Cole gehen lasse, werde ich nicht nur keine Gelegenheit mehr haben, meine Kleider und Juwelen zu tragen – ich werde dann nicht einmal genug Geld haben, um meinen Wagen aufzutanken. Gestern habe ich mein letztes Taschengeld für diesen Monat ausgegeben, um ein Geschenk für Randy zu kaufen. Ich bin erledigt, Mom.« Endlich sah sie Rhonda an. Doch in den Augen ihrer Mutter stand nicht Verachtung, sondern nackte Angst.

»Cole kann dich nicht einfach beiseite schieben. Du bist seit mehr als einem Jahr mit ihm zusammen. Wir werden uns einen Anwalt nehmen, der auf solche Fälle spezialisiert ist.«

Belinda wollte nicht zugeben, dass sie erst vor zwei Wochen die Möglichkeit einer Unterhaltsklage geprüft hatte – für alle Fälle. Sie hatte natürlich nicht ihren richtigen Namen genannt, aber die Situation, die sie beschrieben hatte, war ihre eigene. Beide Anwälte hatten vorgeschlagen, ihren ›Freund‹ zur Beratung weiterer Details hinzuzuziehen, doch keiner hatte wirklich ermutigend geklungen. Es war besser, Rhonda in dem Glauben zu lassen, Coles Entschluss hätte sie völlig überrascht. Denn sonst hätte Belinda ihrer Mutter erklären müssen, warum sie nicht früher etwas unternommen hatte, um sich finanziell abzusichern.

»Du darfst dir das nicht gefallen lassen, Belinda.« Rhonda fuhr sich mit den Fingern durch das Haar, wodurch die gebleichten Strähnen struppig vom Kopf abstanden. »Du bist zu lange weg vom Fenster, und du bist zu alt, um von vorne anzufangen.« Ihre Stimme wurde brüchig. »Wo willst du hin? Was willst du tun?« Sie sah ihre Tochter ratlos an. »Was soll ich tun? Ich brauche das Geld, das du mir jeden Monat gibst.« Sie blickte um sich. »Sonst verliere ich das Haus.«

Diese Seite von Rhonda hatte Belinda noch nicht kennen gelernt. Es war beunruhigend, ihre Mutter so schwach zu sehen, aber gleichzeitig gab es ihr ein Gefühl von Überlegenheit. Nach vielen Jahren war endlich die Gelegenheit da, sich der Bevormundung durch Rhonda zu entwinden. Es ging plötzlich um einen doppelten Einsatz. »Ich habe nicht die Absicht, kampflos aufzugeben«, sagte sie mit neuem Selbstbewusstsein.

Rhonda fuhr hoch. »Natürlich nicht! Mein Mädchen lässt sich nicht herumschubsen.« Sie streckte die Hand aus. »Jetzt komm her und sag mir, was du unternehmen willst und wie ich dir dabei helfen kann.«

Belinda ließ sich neben ihrer Mutter auf dem avocadofarbenen Sofa nieder. »Ich habe noch keinen festen Plan.«

»Dann werden wir gemeinsam einen ausarbeiten. Zwei Köpfe sind besser als einer, besonders, wenn es unsere Köpfe sind.«

»Denk nach, was du da sagst, Mutter.« Das Leben der beiden Frauen war auf den Kopf gestellt worden. Es war, als würde nun Belinda den Platz der Mutter einnehmen, der Beschützerin und Trostspenderin.

»Du weißt, wie ich es meine. Bisher ist uns noch immer etwas eingefallen, wenn wir uns zusammengesetzt haben.« Rhonda lächelte und nahm Belindas Hand. »Es ist wie in alten Zeiten.«

Nur waren dies nicht die guten alten Zeiten. Rhonda hatte Recht; Belinda war schon zu lange aus dem Geschäft. Die Hochglanzfotos, die ihr einmal den Weg zu den Partys der Prominenz geebnet hatten, waren veraltet. Es gab Hunderte von jüngeren Mädchen, die sich an ihr vorbeigeschoben hatten, während sie sich ganz auf Cole konzentrierte.

Rhonda drückte aufmunternd Belindas Hand. »Wo sind deine Gedanken, Kindchen? Wir müssen uns einen Plan zurechtlegen. Also was genau hat Cole gesagt, als er anrief?«

»Er sagte, er habe viel nachgedacht, während er unterwegs war, und er sei zu dem Schluss gekommen, dass es nicht recht von ihm sei, mich warten zu lassen, während er nach einer Antwort suche, wie es mit ihm weitergehen solle. Er sagte, ich brauchte jemanden, der für mich da sei; jemanden, der einen klaren Weg vor sich sehe und der zu schätzen wisse, was ich zu geben habe.«

»Und was hast du geantwortet?«

»Zuerst war ich wie vom Donner gerührt und konnte gar nichts sagen. Natürlich dachte er, ich weinte.«

»Natürlich«, echote Rhonda.

»Ich schniefte ein paar Mal und erklärte, dass ich gerne

solange warten würde, bis er zu einer Entscheidung gekommen sei. Ich sagte, sein Fortgang habe mir erst richtig bewusst gemacht, wie sehr ich ihn liebte.«

»Perfekt«, meinte Rhonda, »außer …«

»Außer was?«, fragte Belinda herausfordernd. Keinesfalls wollte sie ihr neu gefundenes Selbstvertrauen durch kleinliche Einwürfe ihrer Mutter erschüttern lassen.

»Außer, es gibt eine andere Frau.«

Belindas Hals wurde trocken. »Das ist unmöglich. Dazu ist er nicht lange genug weg.«

»Ach, wie lange braucht man, um eine Frau aufzugabeln?«

»Es ist einfach nicht möglich. Ich habe Cole alles gegeben, was er sich von einer Frau nur wünschen kann.« Doch sie war sich da nicht so sicher, wie sie vorgab.

»Ich behaupte ja nicht, er *habe* eine andere. Aber wir sollten die Möglichkeit in Betracht ziehen.«

Belinda wurde immer unsicherer. »Ich muss einen Weg finden, ihn zurückzuholen.«

»Soweit ich weiß, gibt es nur ein Wort, das in einer solchen Lage Klarheit schaffen kann: Geld. Und zwar viel Geld. Er hat nicht erwähnt, wie viel er dir geben würde, oder?«

»Cole würde mir niemals Geld anbieten, damit ich ihn verlasse. Er würde das für uns beide als erniedrigend empfinden. Er sagte lediglich, er würde sich darum kümmern, dass es mir an nichts fehlt, bis ich einen Job gefunden habe und für mich selbst sorgen kann.« Sie schüttelte den Kopf. »Er wollte sogar Frank bitten, ein gutes Wort für mich bei einigen Besetzungsdirektoren einzulegen, damit ich meine Karriere fortführen könne. Kannst du dir das vorstellen?«

»Hat er zufällig auch erwähnt, was du anfangen sollst, bis er zurückkommt?«

»Er sagte, ich könne weiterhin im Haus wohnen, bis ich eine andere Bleibe gefunden habe. Er hatte sogar den Nerv, mir von einigen Apartments zu erzählen, die er sich in Laguna angesehen habe. Kannst du dir das vorstellen?« Für Belinda stand fest, dass sie lieber in ihrem Auto übernachten würde, als zu ihrer Mutter zurückzukehren. Nach der einen Nacht, die sie nach Coles Verschwinden gemeinsam verbracht hatten, hatten sie beim Frühstück nur noch gestritten. »Ich denke, so lange niemand weiß, worüber Cole mit mir gesprochen hat, kann ich weiter mein Taschengeld beziehen. Es ist nicht viel, aber ich werde beiseite legen, so viel ich kann.«

»Cole muss doch gesagt haben, wie viel Geld er dir zukommen lassen will, damit du über die Runden kommst.«

»Nicht genug.« Belinda wollte ihrer Mutter keine Munition für künftige Streitereien liefern.

»Als du sein Geld abgelehnt hast, was genau hast du gesagt?«

»Ich sagte, ich wolle nicht sein Geld, sondern ihn.«

»Kluges Mädchen«, meinte Rhonda. »Ich vermute, er hat sein Angebot daraufhin erhöht?«

»Ich sagte doch, Cole würde so etwas nie tun. Sein Verstand arbeitet anders. Und glaube mir, ich werde ihm auch nichts dergleichen vorschlagen. Sobald ich das tue, gibt es kein Zurück mehr. Außerdem bin ich nicht hinter einer Abfindung her, zumindest nicht im Augenblick.« Sie brauchte einen Plan, eine Richtschnur, an die sie sich halten konnte. Im Moment kam sie sich vor wie ein Goldfisch, der in einem runden Glas schwimmt und nie an ein Ziel gelangt. Doch endlich schien sich eine Idee zu formen. Belinda lächelte.

Rhonda beugte sich wissend zu ihr vor. »Du glaubst nicht, wie glücklich du mich machst.« Sie grinste erregt. »Eben dachte ich noch, du lässt den Bastard ungeschoren davonkommen.«

»Langsam, Mutter – dieser Bastard wird bald dein Schwiegersohn sein.«

Rhonda schlug die Hände zusammen und quietschte entzückt. »Das ist mein Mädchen!«

»Als Erstes müssen wir uns etwas ausdenken, das ihn wieder zurückbringt, und zwar so schnell wie möglich – für den Fall, dass eine andere Frau im Spiel ist.«

Beide schwiegen nachdenklich. Nach einigen Minuten

meinte Rhonda vorsichtig: »Er käme zurück wie ein Blitz, wenn er glauben würde, du seist schwanger. Wir könnten uns etwas ausdenken, warum wir es bisher geheim gehalten haben. Dann, durch die Aufregungen, denen du durch seine lange Abwesenheit ausgesetzt warst, und durch seine Ankündigung, er wolle sich von dir trennen … nun, es wäre nicht das erste Mal, dass eine Frau aufgrund solcher Aufregungen ihr Baby verliert.«

»Das könnte ich Cole nicht antun«, sagte Belinda fest. Lieber sollte ihre Mutter sie für tugendhaft halten als die Wahrheit erfahren. Rhonda war der festen Überzeugung, bei Beziehungsproblemen könnten Kinder einer Frau ein moralisches Übergewicht verschaffen. Rhonda wäre nicht begeistert zu erfahren, dass ihre Tochter ihren Rat in den Wind geschlagen hatte und dass sie niemals die Großmutter werden würde, als die sie sich in ihren Träumen sah. Rhonda erzählte jedem, der bereit war, ihr zuzuhören, dass sie nur auf den Tag wartete, da sie mit einem Enkelkind wieder die Schönheitswettbewerbe besuchen konnte.

»Na gut«, meinte Rhonda, »ich verstehe. Mach dir keine Sorgen, Herzchen, wir werden uns etwas anderes ausdenken. Niemand kann uns schlagen, wenn wir zusammenhalten.«

»Ich liebe dich, Mom«, sagte Belinda. Es war herrlich, mit jemandem zusammen zu sein, bei dem man sich nicht allzu sehr verstellen musste. Es wäre noch schöner, wenn man völlig ehrlich sein durfte, aber schließlich konnte man nicht alles haben.

19

Irgendetwas hatte Cole aus seinem tiefen Schlaf geweckt. Er wälzte sich herum und horchte in die Dunkelheit, doch er hörte nichts Außergewöhnliches. Er versuchte sich zu erinnern, ob er geträumt hatte, doch wenn das der Fall gewesen sein sollte, so hatten die Traumbilder sich verflüchtigt. Aus der Erfahrung des gewohnheitsmäßig Schlaflosen wusste Cole, dass er nicht wieder einschlafen würde. Er blickte zur Uhr. Es war halb fünf. Er wollte nicht aufstehen, da Holly einen sehr leichten Schlaf hatte und aufwachen würde, wenn er im Haus herumginge.

Holly – natürlich, das war es. Das Geräusch, das ihn aus dem Schlaf gerissen hatte, war aus dem Badezimmer gekommen.

Cole erhob sich und schlüpfte in seine Hose. Die kühle Luft machte ihn zittern. Um sich ein wenig zu erwärmen, rieb er seine nackten Arme. Unmerklich war es Herbst geworden; die Hitze des Sommers hatte gradweise abgenommen, bis Cole eines Morgens erwacht war und überrascht feststellte, wie kalt das glatte Eichenparkett sich unter seinen nackten Füßen anfühlte.

Er griff nach dem Hemd, das er am Abend zuvor über den Bettpfosten geworfen hatte; es war nicht bloß kalt, sondern klamm. Das Haus musste dringend wetterfest gemacht werden, und zwar nicht nur mit dem Flickwerk, mit dem er sich am vergangenen Wochenende beschäftigt hatte. Aber es fiel Cole kein Weg ein, wie er vor Wintereinbruch auf eigene Kosten Material besorgen konnte, ohne dass Holly dahinter kam. Er suchte immer noch nach einer passenden Gelegenheit, ihr beizubringen, wer er war, doch wenn er die falsche Zeit aussuchte, würde er ihr Haus auf der Stelle verlassen müssen. Je besser sie sich kennen lernten, umso komplizierter wurde ihre Beziehung.

Holly besaß eine tief verwurzelte Sehnsucht nach Beständigkeit und einer normalen, sicheren Umgebung. Doch sie hatte sich eingeredet, dass sie alle Schwierigkeiten allein meistern müsse, um sich und ihr Baby zu schützen. Kein Mann würde sie und ihr Kind rückhaltlos lieben können und mit weniger als rückhaltloser Liebe wollte sie sich nicht zufrieden geben. Cole war zu der Einsicht gelangt, dass sie ›Cole Webster‹ aus den gleichen Gründen zurückweisen würde, aus denen er selbst versucht hatte, diesem Namen zu entfliehen.

Cole tastete sich durch das Zimmer, das ihm in den

letzten zwei Monaten vertraut geworden war. Während er die Tür öffnete, beglückwünschte er sich zu seiner gestrigen Arbeit, mit der er das Quietschen beseitigt hatte. Mit den Dielenbrettern war das allerdings anders. Es gab keine Möglichkeit, sie daran zu hindern, sein Kommen durch kräftiges Knarzen anzuzeigen. Also versuchte er gar nicht erst, vorsichtig aufzutreten.

Als er sich Hollys Tür näherte, sah er, dass sie das Licht angelassen hatte. Er warf einen Blick hinein, um nach ihr zu sehen. Sie war nicht da und ihr Bett war nicht benutzt. »Verflucht, Holly«, sagte er zu dem leeren Zimmer.

Er ging durch die Küche zur Hintertür. Wie er befürchtet hatte, war ihr Auto nicht da. Cole ließ seinem Zorn freien Lauf. Er musste wütend werden, denn sonst blieb ihm nur die Möglichkeit einzugestehen, wie sehr es ihn erschreckte, dass sie in diesen frühen Morgenstunden allein da draußen war. Er fühlte sich hintergangen. Holly hatte versprochen, die Buchhaltung für Arnold aufzugeben, wenn Cole einen Weg zur entsprechenden Einsparung bei den Haushaltskosten fände. Er hatte lange auf sie einreden müssen, bis sie sich zu diesem Kompromiss bereit erklärt hatte. Ihm wäre am liebsten gewesen, sie hätte aufgehört, die Motelzimmer zu putzen. Den letzten Samstag hatte er damit verbracht, die Fenster und Türen des Hauses abzudichten, um die Heizkosten zu verringern. In dem zugigen alten Gebäude würde das nicht viel nützen, doch es war ihm wichtig, Holly davon zu überzeugen, dass sie damit einiges an Geld sparte.

Er hatte seinen Teil der Abmachung eingehalten, auch wenn er eine kleine Lüge hatte benutzen müssen. Und er würde dafür sorgen, dass auch sie ihren Teil einhielt.

Coles Ärger flammte erneut auf, als er in die Moteleinfahrt bog und Licht hinter dem Bürofenster sah. Er lenkte seinen Truck zur Rückseite und parkte ihn neben Hollys Auto. Als habe sie völlig vergessen, was ihm zugestoßen war und genauso gut ihr selbst zustoßen konnte, hatte sie sich nicht einmal die Mühe gemacht, auf der Vorderseite zu parken.

Cole versuchte nicht, seine Tritte zu dämpfen, als er zum Büro stürmte und die Tür aufriss. Der Anblick, der sich ihm bot, ließ fast seinen Herzschlag stocken. Am Schreibtisch saß Holly, zusammengesunken, mit tiefen Ringen unter den Augen, so dunkel, als wären sie hingemalt. »Holly?«, fragte er und kniete sich neben sie. Sie gab ein leises Geräusch von sich und bewegte den Kopf zur Seite. »Holly?«, fragte Cole noch einmal. Sie drehte wieder den Kopf, sodass er ihr ins Gesicht sehen konnte.

Cole ließ sich auf die Fersen zurückfallen. Erleichterung und Zorn durchfluteten ihn gleichzeitig. Man hatte sie nicht niedergeschlagen – sie schlief. Er wusste nicht, ob er lachen oder vor Wut den nächstbesten Gegenstand auf den Boden werfen sollte. Einige Sekunden lang starrte er in ihr erschöpftes Gesicht. Sie war nicht nur bis an ihre Grenzen gegangen; sie hatte sie überschritten. Wenn sie so weitermachte, würde sie sich und dem Baby schaden. Doch wie sollte er sie davon überzeugen?

Und woher nahm er das Recht, sich einzumischen? Wie sie ständig betonte, waren sie nur Freunde; jeder lebte sein eigenes Leben, hatte seine eigenen Sorgen.

In den vergangenen Monaten hatte Cole wohl hundertmal über den Zufall nachgedacht, der sie zusammengeführt hatte. Er hätte in einem anderen Motel übernachten oder überhaupt nicht nach Tennessee kommen können. Er hätte in jener Nacht nicht zurückgehen müssen, um seinen Truck abzusperren. Eine winzige Kleinigkeit und er hätte nie von Hollys Existenz erfahren. Ohne ihn hätte sie ihre drei Jobs weitergemacht, bis sie genug Geld für die Entbindung und die ersten Wochen danach zusammengespart hatte. Sie hätte weiterhin in ihrem baufälligen Haus gewohnt, hätte sich Kleider aus alten Vorhängen geschneidert und ihr Baby würde statt in einer Wiege in einer Schublade schlafen, die sie liebevoll mit Stücken ihrer eigenen Schlafdecke ausgepolstert hätte.

So sehr er sich auch das Gegenteil wünschte, sie würde auch ohne ihn zurechtkommen.

Sie brauchte ihn nicht.

Aber er brauchte sie. Er brauchte sie so sehr, dass es ihm manchmal Angst machte.

Er strich ihr das Haar von den Schläfen und berührte ihre Stirn leicht mit seinen Lippen. Es lag etwas Besitzergreifendes in dieser Geste. Das gefiel ihm, aber es verwirrte ihn auch. Er konnte nicht einordnen, was sich in ihm abspielte. Bis jetzt, in der Stille und Einsamkeit dieses Augenblicks, hatte er sich eingeredet, seine Gefühle für Holly rührten aus seiner lebenslangen Vorliebe für die vom Leben Benachteiligten. Aber es war mehr als das.

Er konnte sie nicht so am Schreibtisch sitzen lassen, aber er wollte sie auch nicht aufwecken, da sie den Schlaf so dringend brauchte. Es blieb ihm nichts übrig als zu versuchen, sie auf das Sofa zu legen, das Arnold für sein Mittagsschläfchen zu benutzen pflegte.

Holly blieb ganz still, als er sie aufhob, doch sie schlang ihre Arme um Coles Nacken, als habe er sie schon viele Male so getragen. Wenn man ihren sich rundenden Körper und ihren guten Appetit in Betracht zog, so war sie leichter, als Cole erwartet hatte – und wärmer. Ihr Haar roch süß und sauber und verführerisch. Cole schloss die Augen, während er tief einatmete und sich vorstellte, wie es wäre, sein Gesicht in diesen Haaren zu vergraben, wenn sie wach und willig in seinen Armen lag.

Es tat ihm beinahe Leid, sie auf das Sofa legen zu müssen, und er blieb lange Zeit neben ihr hocken, um ungestört jede Einzelheit ihres Gesichts aufzunehmen. Ihre Wimpern waren lang, dicht und an den Spitzen blond. Hinter dem Ohr saß ein kleines Muttermal. Er sah die Halsschlagader sich heben und senken, und er sah, wie rau und rot ihre Hände waren, mit gesprungenen Fingernägeln und gerissener Nagelhaut. Auf ihre Nase waren einige Sommersprossen getupft, ihre Lippen waren voll und leicht geöffnet.

Die Erinnerung daran, wie diese Lippen sich im Kuss angefühlt hatten, überwältigte ihn und sandte eine Hitzewelle in seine Lenden. Er hielt den Atem an vor der Stärke seines Verlangens.

Er musste weg von hier, um keine Dummheit zu begehen. Mit einer einzigen Bewegung stand er auf und sah sich in dem Raum nach etwas um, mit dem er Holly zudecken konnte. Als er nichts fand, zog er seine Jacke aus und breitete sie über ihre Schultern.

Ein Blick zum Fenster zeigte ihm, dass die Sonne bald aufgehen würde. Draußen war Motorengeräusch zu hören. Ein Gast, der abfuhr, ein Zimmer, das zu putzen war. Er konnte das übernehmen. Es würde ihm die Zeit vertreiben, bis Holly aufwachte. Cole ging hinaus und fand Arnold am Swimmingpool, aus dem er rote und braune Blätter herausfischte.

Hollys Arm, auf dem sie gelegen hatte, war taub. Sie wollte sich herumdrehen und stellte fest, dass etwas mit ihrem Bett nicht stimmte. Sie öffnete die Augen, sah sich um und runzelte die Stirn. Als ihr klar wurde, wo sie sich befand, fiel ihr ein, dass sie hergekommen war, um zu arbeiten. Doch wie sie vom Schreibtisch zur Couch gelangt war, konnte sie sich nicht erklären.

Ihr Arm war eingeschlafen. Sie setzte sich auf und versuchte, das Kribbeln darin loszuwerden. Dabei rutschte etwas von ihren Schultern. Es war Neals Jacke.

Was war geschehen? O nein! Er musste sie gehört haben und ihr nachgefahren sein. Sie stemmte sich hoch, wobei sie mechanisch die Hand auf den Bauch legte – eine Art Erkennungssignal unter werdenden Müttern, dachte sie. Doch schnell ließ sie die Hand fallen. Ihre Schwangerschaft würde bald genug sichtbar werden. Sie durfte nicht zu früh darauf aufmerksam machen, indem sie ständig ihren Bauch tätschelte.

Frierend ging sie zum Fenster. Entweder war es ungewöhnlich kalt für Oktober oder sie brütete eine Krankheit aus. Sie schlüpfte in die Jackenärmel und redete sich ein, es sei das Wetter. Sie hatte keine Zeit, krank zu werden.

Holly fragte sich, wie lange sie wohl geschlafen habe und wohin Neal verschwunden sei. Vorsichtig vergrößerte sie den Abstand zwischen zwei Lamellen der Jalousie und blickte hinaus. Neal und Arnold saßen nebeneinander auf der gemauerten Blumeneinfassung und unterhielten sich. Holly konnte sich sehr gut vorstellen, worüber sie redeten.

Sie ging hinaus und trat auf sie zu. »Guten Morgen«, sagte sie, nur um festzustellen, wie weit der Morgen schon fortgeschritten war.

»Wir dachten schon, du verschläfst den ganzen Vormittag«, meinte Arnold.

Neal sagte nichts und blickte Holly mit einem unergründlichen Ausdruck an.

»Jetzt fühle ich mich wieder großartig«, sagte Holly. »Ich werde im Handumdrehen mit den Zimmern fertig sein.«

»Nicht nötig«, meinte Arnold.

Es war zu spät. Arnold wusste alles und wollte sie entlassen. Anklagend blickte Holly Neal an. »Du musstest es ihm ja unbedingt sagen, wie?«

»Schäm dich, Holly«, unterbrach Arnold sie. »So redet man nicht mit einem Mann, der seinen Vormittag damit verbracht hat, deine Arbeit zu tun.«

»Du hast die Zimmer geputzt?«, fragte sie ungläubig.

»Es waren nur zehn«, antwortete Cole.

»Wie spät ist es?«

Cole zuckte die Schultern. »Du weißt doch, dass ich keine Uhr besitze.«

Arnold blinzelte in die Sonne. »Ich würde sagen, es geht auf zwölf zu.« Er kicherte. »Das sagt mir mein Magen und nicht meine Erfahrung als Waldläufer.«

Bei diesen Worten legte Holly unbewusst die Hand auf ihren eigenen Magen.

»Hungrig?«, fragte Neal.

Erst da bemerkte sie, was sie getan hatte. Sie nahm die Hand von ihrem Bauch. »Um die Wahrheit zu sagen, ja.«

»Das hatte ich erwartet. Deshalb habe ich ein paar Sachen aus dem Lebensmittelgeschäft besorgt. Ich dachte, wenn du dich gut fühlst, könnten wir ein Picknick veranstalten.«

»Wieso sollte ich mich nicht gut fühlen?«, gab Holly ein wenig zu schnell zurück.

»Bist du sicher, dass du nichts ausbrütest?«, fragte Arnold. »Du siehst heute ziemlich mitgenommen aus.«

»Das liegt wohl daran, dass es mir peinlich ist, jemand anders meine Arbeit tun zu lassen.« In Wahrheit hätte sie am liebsten jedes einzelne Zimmer überprüft, um zu sehen, ob Neal auch ordentlich geputzt hatte. Reinlichkeit war so ziemlich das Einzige, mit dem das Motel prahlen konnte.

Als habe er ihre Gedanken gelesen, meinte Neal: »Willst du noch etwas erledigen, ehe wir fahren?«

»Nein. Außer ...«

»Ja?«

»Ach, nichts.« Seine Arbeit in Frage zu stellen wäre der Gipfel der Undankbarkeit. Falls er etwas vergessen hatte, konnte sie es morgen erledigen.

Neal wandte sich an Arnold. »Ich kümmere mich darum, dass Sie Ihre Decken wiederbekommen.«

»Das eilt nicht«, winkte Arnold ab, »die Decken sind fast so alt wie ich.«

»Ich hole den Truck«, sagte Neal zu Holly.

»Es tut mir Leid, Arnold«, seufzte Holly, als Neal außer Sicht war. »Ich habe mir wohl zu viel zugemutet, als ich mich bereit erklärte, deine Bücher zu führen. Ich gebe den Job nicht gerne auf, aber mir bleibt nichts anderes übrig. Ich mache es natürlich noch so lange, bis du jemand anders dafür findest; aber es wäre mir lieb, wenn du bald zu suchen anfingst.«

Arnold wirkte verwirrt. »Aber Neal hat mir eben erklärt, dass du nicht mehr putzen würdest, damit du weiterhin die Buchführung machen kannst.«

»Er hat was?«

»Ich gebe zu, ich war überrascht, als er sagte, dass er in Zukunft putzen würde, aber ich dachte, nach dem, was dir ins Haus steht, wäre es nur eine Frage der Zeit, bis du ...«

»Er hat es dir gesagt?« Holly fühlte sich verraten.

Arnold runzelte die buschigen Augenbrauen. »Mir was gesagt?«

»Dass ich ein Baby erwarte.«

»Guter Gott, Holly, du dachtest doch nicht, dass ich es

nicht wüsste!« Er kratzte sich am Kopf. »Aber möglich wär's schon. Ich habe Männer gekannt, die es bis zuletzt nicht gemerkt haben. Das Traurige daran ist, dass solche Männer sich besonders schwer tun, sich an die Vorstellung zu gewöhnen. An deiner Stelle, Holly, würde ich es Neal so bald wie möglich sagen, dass er ein Papi wird.«

Holly war sprachlos. Arnold hatte die ganze Zeit Bescheid gewusst. Und ihr selbst war nie der Gedanke gekommen, die Leute könnten annehmen, Neal sei der Vater ihres Babys. Es war offensichtlich. Neal war der einzige Mann, mit dem Arnold sie gesehen hatte, der einzige, von dem sie gelegentlich sprach. Was lag näher für ihn, als diese Schlussfolgerung zu ziehen?

»Wenn Neal nichts von dem Baby gesagt hat, woher wusstest du es dann?«

»June und ich hatten sechs Kinder.« Er schob die Hände unter die Träger seines Overalls. »Ich meine es ernst damit, dass du Neal so schnell wie möglich Bescheid sagen solltest. Vielleicht ist ihm nicht aufgefallen, wie sehr du zugenommen hast, weil er so blind in dich verliebt ist.«

»Wir sind nur Freunde«, protestierte Holly.

»Also so nennt man das heutzutage«, kicherte Arnold.

Ehe sie etwas erwidern konnte, bremste Neal seinen Truck neben ihr. Er lächelte. Holly warf ihm einen finsteren Blick zu und sein Lächeln verschwand.

Arnold half ihr beim Einsteigen. »Vergiss nicht, was ich dir gesagt habe.«

»Ich denke daran«, versprach Holly.

Neal setzte den Wagen wieder in Bewegung. »Worum ging es?«, wollte er wissen.

»Ach, nichts Besonderes. Arnold hat mir nur erzählt, wie ich eine Arbeit verloren habe.«

»Ich wollte es dir sagen …«

»Sei still. Ich will es nicht hören …« Obwohl ihr zumute war, als müsse sie an ihren eigenen Worten ersticken, sagte sie: »Das funktioniert nicht, Neal. Es wird Zeit, dass du gehst.«

20

Cole fuhr schweigend bis zum Ende der Zufahrtsstraße, dann hielt er den Truck an, legte den Arm um Hollys Sitzlehne und sah ihr in die Augen. »Muss ich raten, was dich zu diesem Entschluss gebracht hat, oder willst du es mir erzählen?«

»Du hattest kein Recht, Arnold zu sagen, dass du meinen Job übernehmen willst. Was soll ich tun, wenn dir die Sache langweilig wird und du alles hinwirfst, wenn ich so dick wie ein Walfisch bin? Glaubst du, Arnold würde mir in diesem Zustand meinen Job wiedergeben? Dank dir glaubt er jetzt, ich sei nicht in der Lage, meine Arbeit zu tun.« Holly stützte den Ellbogen an das Seitenfenster und lehnte das Gesicht an die Hand. »Ich weiß, du hast es gut gemeint, aber jetzt hänge ich von dir ab. Das kann ich mir nicht leisten.«

»Du weißt doch, dass alles dir gehört, was ich dabei verdiene. Ich schulde dir sowieso noch Miete.«

»Tu nicht so edel. Gemäß unserer Abmachung solltest du zahlen oder arbeiten. Du hast schon genug Stunden für die zwei nächsten Monatsmieten zusammen.«

Cole bedeckte seinen Mund mit der Hand, damit Holly sein Grinsen nicht bemerkte. Sie glauben zu lassen, er nehme sie nicht ernst, wäre im Augenblick das Verkehrteste. »Hast du meine Stunden genau gezählt?«

»Natürlich. Das ist nur fair.«

»Habe ich wirklich so viel gearbeitet?«

Holly betrachtete ihn misstrauisch. »Was willst du?«

»Nun, es wäre doch dumm von mir, nicht hier zu bleiben und meine Stunden abzuwohnen. Es sei denn, du möchtest mich bar bezahlen.«

»Das kann ich nicht.«

»Dann muss ich wohl bleiben.« Er dachte kurz nach. »Lass mich nachrechnen; zwei Monate von jetzt an – du würdest mich doch nicht ein paar Wochen vor Weihnachten auf die Straße setzen?«

Holly musste lächeln. »Verlass dich nicht darauf. Anscheinend habe ich vergessen, dir zu erzählen, dass der alte Scrooge ein naher Verwandter von mir war.«

Cole berührte ihre Schulter. Es hatte lediglich eine schlichte, beruhigende Geste sein sollen, doch jetzt schien ihm, als sei er nicht mehr in der Lage, Holly nur freundschaftlich zu behandeln. Seine Hand wollte sich nicht von ihrer Schulter lösen, sondern sie liebkosen und streicheln. Er wollte ihren Halsansatz küssen und fühlen, wie ihr Herz schlug. Cole war selbst überrascht von seinem Wunsch, Holly möge ihn ebenso sehr begehren, wie er sie begehrte. Seine Brust verengte sich und er holte tief Luft.

Cole wollte vermeiden, dass Holly ihn ansah und seine Gedanken in seinen Augen las, daher zog er seine Hand zurück und konzentrierte sich darauf, den Truck wieder in den Verkehr einzuordnen. »Du kennst dich hier besser aus als ich«, sagte er, »weißt du einen hübschen Platz für ein Picknick?«

»Du meinst, nachdem wir unser Gespräch über meinen Job beendet haben.«

»Keine Diskussion mehr, Holly. Ich hätte dich schon vor Wochen dazu überreden sollen.«

»Da, schon wieder! Du führst dich auf wie ein Neandertaler.« Empört warf sie die Hände in die Luft. »Wie bringe ich dich dazu einzusehen, dass du kein Recht hast, mir vorzuschreiben, was ich tun oder lassen soll?«

»Ein Neandertaler?«

»Es ist mir Ernst, Neal. Wenn du unserer Freundschaft noch eine Chance geben willst, musst du aufhören, dich in mein Leben einzumischen.«

Es schmerzte Cole, dass seine Fürsorge in Hollys Augen nur Einmischung war. »Ich kann einfach nicht anders«, gab er zu. »Wenn ich jemanden mag, will ich immer das Beste für ihn.«

»Das ist in Ordnung«, erwiderte Holly, »so lange dir klar ist, dass es für mich das Beste ist, wenn du mich meine Entscheidungen selbst treffen lässt.«

»Wie kannst du in deinem Zustand vernünftige Entscheidungen treffen?«

Holly verschränkte die Arme. »Ich bin schwanger«, sagte sie verärgert, »aber nicht unzurechnungsfähig.«

»Ich dachte an deine finanzielle Lage. Und da wir gerade davon sprechen, könntest du mir erklären, was so schlimm daran ist, wenn ich für dich einspringe? Du sagst doch immer, wir sind Freunde. Helfen Freunde sich nicht gegenseitig?«

Holly schwieg eine Weile, dann sagte sie: »Dreh um.«

Cole sah sie fragend an.

»Ich sollte dir einen hübschen Platz für ein Picknick zeigen. Ich kenne einen, aber er liegt in der anderen Richtung.«

Entweder wusste sie auf seine letzte Frage keine Antwort, oder die Antwort, die auf der Hand lag, gefiel ihr nicht. Das Scharmützel hatte nichts zwischen ihnen geklärt. Cole blickte in den Rückspiegel, verlangsamte das Tempo und machte eine Wende. »Wollen wir einen Kompromiss schließen?«

»Erst will ich die Bedingungen hören.«

»Ich werde aufhören, dein Leben zu organisieren.«

»Und die Gegenleistung?«

»Du sollst zugeben, dass ich für dich mehr als ein Freund bin.« Cole blickte angestrengt geradeaus, um den Ausdruck auf Hollys Gesicht nicht sehen zu müssen.

»Du verlangst viel«, sagte sie.

»Sag es nur einmal, dann wirst du sehen, dass es beim zweiten Mal schon leichter geht.« Er fühlte einen Kloß im Hals.

»Kann ich darüber nachdenken?«

»Wovor hast du Angst, Holly?«

»Vor mir. Vor dir. Vor hundert Dingen.« Sie wandte sich von ihm ab. »Zum Teufel, Neal, nimm deine rosarote Brille ab!« Sie griff nach seiner Hand und legte sie auf ihren Bauch. Fühlst du das? Ich bin nicht bloß dick, *ich bin schwanger*. Hast du einen Begriff davon, wie ich in ein, zwei Monaten aussehen werde?«

»Als hättest du einen Fußball geschluckt. Na und?«

»Es gibt Ehemänner, die sich …« Sie verhaspelte sich.

»Ehemänner, die sich vom Anblick ihrer eigenen Frauen während der letzten Schwangerschaftswochen abgestoßen fühlen, obwohl es doch ihr Baby ist. Hast du das Foto von Demi Moore auf dem Titelblatt dieses Magazins gesehen?«

»Ja.«

»Und es hat dich abgestoßen, nicht wahr?«

Cole lächelte nur.

Holly stöhnte. »Oh, bitte, sag nicht, dass du so ein Perverser bist, der herumläuft und nach Schwangeren Ausschau hält, um ...«

»Holly, du redest dir ein, du seist nicht liebenswert, und nichts, was ich sage, kann deine Meinung ändern. Also werde ich es gar nicht erst versuchen.«

»Was soll das nun heißen?«

»Du lässt mir keine Wahl. Wenn Worte bei dir nicht zählen, werde ich einfach dableiben und dich durch Taten überzeugen.« Mehr konnte er nicht sagen, ehe ihre Beziehung nicht weiter gediehen war. Bis dahin mussten einige Dinge unausgesprochen bleiben. »Wie weit ist es noch bis zu diesem Picknickplatz?«

Holly stieß einen leisen Seufzer der Erleichterung aus. Sie war froh, dass Cole bereit war, ihr Zeit zu lassen. »Eine halbe, vielleicht eine dreiviertel Stunde.«

»Du findest Äpfel in der Tasche, falls du sehr hungrig bist.«

»Irgendwie habe ich das Gefühl, dass dieses Picknick nicht aus kaltem Hähnchen und Tomatensalat bestehen wird.«

Cole lachte. »Hähnchen und Tomatensalat kannst du haben, nachdem das Baby auf der Welt ist.« Er hatte die Worte kaum ausgesprochen, als ihm ihre Bedeutung bewusst wurde. Hoffte er, sie könnte ihn dann immer noch als Teil ihres Lebens betrachten? »Natürlich ist es deine eigene Angelegenheit, was du wann isst.«

Diesmal war es an Holly zu lachen. »Ich mag dich, Neal, und zwar sehr.«

»Ich mag dich auch, Holly.« Er hatte auf mehr gehofft, aber immerhin war es ein Anfang.

Auf Hollys Anweisung parkte er in dem weiten Wendekreis der Sackgasse von Cades Cove. »Warum hier?«, fragte er.

»In dem Haus da drüben« – sie deutete mit dem Zeigefinger auf eine Blockhütte mit einer breiten Veranda vor einer fensterlosen Vorderfront – »wurden mein Großvater und mein Urgroßvater geboren. Das Land, auf dem es steht, gehörte über hundert Jahre lang meiner Familie.«

Das war etwas Neues für Cole. Falls es in der Geschichte seiner Familie etwas gab, auf das man stolz sein konnte, so hatte ihm nie jemand davon erzählt. »Was ist geschehen? Warum habt ihr es verkauft?«, fragte er.

»Alle hier haben verkauft. Sie hatten keine Wahl. Das ganze Gelände gehört jetzt dem Freizeitpark. Aber obwohl das Haus seit langem nicht mehr uns gehört, habe ich trotzdem jedes Mal ein heimatliches Gefühl, wenn ich hierher komme.«

Ein Windstoß riss bunte Blätter von den Bäumen und verstreute sie auf dem Weg. »Draußen sieht es kalt aus. Möchtest du lieber im Wagen essen?«

»Du überlässt mir die Entscheidung?«

Cole grinste. »Ich halte mich nur an unsere Abmachung.«

»Dann essen wir draußen.«

Einige Zeit später, als Holly das Einwickelpapier ihres belegten Brotes in die große Papiertüte stopfte, meinte sie: »Schade, dass du deine Gitarre nicht dabei hast.«

»Als ich heute früh aus dem Haus ging, war mir nicht danach, dir ein Ständchen zu bringen.« Cole knüllte die Tüte zusammen und stopfte sie als Kissen unter seinen Kopf. Es war nicht so kalt draußen, wie er befürchtet hatte. Der warme Wind versprach einen langen, milden Spätherbst.

Holly richtete sich auf der Decke auf und lehnte sich an einen Baum. »Leroy meint, du hättest Talent. Er sagte, mit einem guten Manager könntest du es weit bringen.«

»Wann hat er das gesagt?«

»Letzte Nacht. Deine neuen Lieder haben ihm wirklich gut gefallen.«

Holly sprach über die Songs, die Randy ihm geschickt hatte. Cole war unschlüssig gewesen, ob er sie in der Öffentlichkeit ohne Zustimmung des Komponisten singen durfte, doch Randy hatte ihm versichert, er werde sich darum kümmern. »Ich finde sie auch gut«, sagte er.

»Ich habe die Gäste beobachtet, mehrere haben wirklich zu essen aufgehört, um dir zuzuhören.«

Cole rollte sich auf die Seite, um Holly besser betrachten zu können. »Mehr kann ich nicht verlangen«, meinte er.

»Sind es deine Songs? Hast du sie geschrieben?«

»Ich wünschte, es wäre so. Aber eigentlich hat mein Bruder mich auf den Komponisten aufmerksam gemacht.«

»Ist dein Bruder auch Sänger?«

Cole erschrak. Er wurde nachlässig. Es war Zeit, das Thema zu wechseln. »Erzähl mir von Troy.«

»Ich habe dir bereits alles über ihn erzählt.«

»Hast du ihn geliebt?«

Holly wurde unruhig. »Ich glaubte es.«

»Und jetzt?«, hakte Cole nach.

»Ich war einsam und …«

»Und er hatte einen warmen Körper.«

»Das klingt, als wärst du dabei gewesen«, sagte Holly zurückhaltend.

»Mehr als einmal«, gab er zu.

»Das ist es, was mir Angst macht, Neal.«

»Ich weiß. Mir auch.« Doch seine Angst war anderer Art. Er hatte keinerlei Zweifel an seinen Gefühlen für Holly, doch er war nahezu krank vor Furcht, dass Hollys Empfindungen für ihn nicht stark genug waren, wenn sie von seiner wahren Identität erfuhr.

Ein kleines Lächeln glitt über Hollys Gesicht. Sie legte die Hand auf den Bauch. »Das Mittagsschläfchen scheint vorüber zu sein.«

Cole sah ihr zu, fasziniert von dem Ausdruck auf ihrem Gesicht. Er versuchte, sich in sie hineinzuversetzen. Was empfand sie noch außer dem Gefühl, in ihrem Inneren würden Boxübungen veranstaltet?

Sie blickte auf und ertappte ihn, wie er sie anstarrte. »Komm näher«, sagte sie, nahm seine Hand und legte sie auf ihren Bauch.

»Ich kann nichts …«

»Warte ein bisschen. Es ist ja nicht, als würde er da drinnen Boogie tanzen.«

»Wärst du sehr enttäuscht, wenn ›er‹ ein Mädchen wäre?«

Holly grinste schelmisch. »Kürzlich habe ich geträumt, ich hätte ein Mädchen zur Welt gebracht, und es hätte erst nach fünf Jahren angefangen mit mir zu sprechen, weil ich es neun Monate lang einen Jungen genannt habe.«

Cole versuchte sich darauf zu konzentrieren, warum seine Hand auf ihrem Bauch lag, und nicht, wie sehr ihm das gefiel. »Ich habe etwas Geld für eine Ultraschall-Untersuchung beiseite gelegt. Aber du kannst es natürlich auch für etwas anderes verwenden«, fügte er schnell hinzu.

»Ich war beim Arzt und er meinte, Ultraschall sei nicht nötig. Außerdem habe ich kürzlich einen Artikel über eine Studie an Frauen gelesen, die diese Untersuchung durchführen ließen; die Studie zeigte, dass diese Frauen kleinere Kinder geboren haben.«

»Ging es dabei nicht um Frauen, die diese Untersuchung fünfmal oder öfter machen ließen?«

»Ich kann es nicht fassen!«, sagte Holly. Mit einer impulsiven, zärtlichen Geste fuhr sie durch Coles Haar. »In den ersten dreieinhalb Monaten meiner Schwangerschaft bin ich fast vor Sehnsucht nach jemandem gestorben, mit dem ich darüber reden konnte. Und dann bist ausgerechnet du mir über den Weg gelaufen.«

Coles Inneres verkrampfte sich vor Freude über die zärtliche Berührung. »Schön zu hören, dass du liest.«

»Du hast gelogen. Die Seiten des Buches hafteten gar nicht zusammen. Ich habe es kontrolliert.«

»Es war …« Er hielt inne, denn er fühlte eine sanfte, rollende Bewegung unter seiner Hand. »War es das?«

»Hm.«

»Unglaublich.« Er hoffte, das Baby würde sich noch einmal bewegen. »Toll.«

»Als ich letztes Mal beim Arzt war, ließ er mich die Herztöne hören.«

»Wie hat das geklungen?«

»Wie der Flügelschlag eines Kolibris.«

»In dem Buch steht ...«

»Dass hundertfünfzig Schläge normal sind«, beendete sie den Satz für ihn.

Danach schwiegen beide. Endlich brach Holly die Stille und sagte leise: »Danke, Neal.«

»Wofür?«

»Dass du jetzt bei mir bist.«

Cole rutschte auf die Knie und sah Holly lange und eingehend an. »Ich werde dich jetzt küssen, Holly.«

Sie errötete. »Was soll ich darauf sagen?«

Er beugte sich vor. »Nichts. Ich wollte dich nur nicht überraschen oder erschrecken oder ...« – er war ihr jetzt so nahe, dass er ihren Atem auf seinen Lippen spüren konnte – »oder dich glauben lassen ...« Der Rest des Satzes ging unter, als ihre Lippen sich trafen.

Noch nie hatte Cole eine Frau so sehr begehrt. Sein Wunsch wurde übermächtig. Er versuchte, sich zurückzuhalten, seinen Kuss sanft und einladend zu gestalten, doch als Holly ihre Lippen öffnete und ihre Zunge die seine berührte, war er verloren. Er zog sie näher an sich heran, um sie besser spüren zu können. Die Position war ungemütlich, und er hatte Angst, Holly wehzutun. Widerstrebend ließ er sie los.

»Es tut mir Leid«, sagte Holly, »es war ein Reflex.«

Coles Antwort war unmissverständlich. Er legte seine Hand in ihren Nacken und zog sie wieder an sich. Dieses Mal war er fordernder und seine Zunge spielte suchend in ihrem Mund. Er umfasste ihre Brust und fühlte, wie sie sich eine wundervolle Sekunde an ihn drängte. Doch dann zog sie sich zurück.

»Wir sollten das nicht tun«, flüsterte Holly atemlos. Mit einer kleinen, aber für Cole eindeutigen Geste berührte sie ihren Bauch. Er hatte nicht gerade auf diese Worte gewartet, aber Holly hatte Recht. So sehr er ihr seine Liebe auch körperlich zeigen wollte, konnte er doch verstehen, weshalb sie nicht fühlte wie er. Ihr Körper gehörte ihr nicht mehr allein. Sie musste an das Baby denken und Cole musste warten, so viel war klar. Er überlegte, wie er sich von seinem Begehren ablenken konnte. »Willst du ins Kino gehen?«

»Eigentlich nicht, aber vermutlich wäre es eine gute Idee.« In Hollys Augen stand klares Verständnis für das, was eben zwischen ihnen vorgefallen war. »Aber wohin wir auch gehen, wir sollten es lieber öffentlich tun.«

Auf der Fahrt zurück in die Stadt spulte sich in Coles Gedanken wieder und wieder ab, was fast zwischen Holly und ihm geschehen wäre. So sehr er sich auch nach ihr sehnte, eine lästige Stimme in seinem Kopf flüsterte ihm immer wieder zu, dass sie noch nicht bereit seien – nein, dass er noch nicht bereit sei.

Als ihm der Grund klar wurde, traf es ihn wie ein Schlag. Nie hatte er früher daran gedacht, aufgrund seiner Lebensweise könnte er Ansteckung durch das HIV-Virus ausgesetzt sein. Aber wer konnte sich heutzutage noch sicher fühlen? Er hatte in den vergangenen Jahren mit mehr als einer Frau geschlafen, manchmal dummerweise auch ohne Schutz. Zwar hatte man nach seinem Unfall einen Test im Krankenhaus vorgenommen, der negativ ausgefallen war; jedoch hatte der Arzt gemeint, dass dieser Test zur Sicherheit nach sechs Monaten wiederholt werden sollte.

Wie hatte er etwas so Wichtiges vergessen können?

»Würde es dir etwas ausmachen, das Kino ausfallen zu lassen?«, fragte er. »Ich hatte vergessen, dass ich für heute Nachmittag schon etwas vorhabe.«

»Ich habe keine bestimmten Pläne. Soll ich dich begleite?«

Cole schüttelte den Kopf. Trotz ihrer praktischen Veranlagung war Holly noch immer ein Mädchen vom Lande, das bereit war, ihr Vertrauen wie ein Geschenk darzureichen. »Das ist etwas, was ich alleine tun muss.«

»Okay«, antwortete sie ein wenig zu munter.

»Irgendwann werde ich es dir erzählen«, versprach er.

Holly sah ein Band im Kassettenabspieler stecken und schaltete es an. Das Führerhäuschen füllte sich mit Musik.

Die Worte trafen Cole, als seien sie speziell für ihn erdacht worden. Sein ganzes Leben lang hatte er Liebeslieder gesungen, ohne genau zu wissen, wovon er sang.

Bis jetzt.

21

»Ich habe ein R-Gespräch von einem Neal Chapman«, sagte die Stimme in der Vermittlung. »Übernehmen Sie die Gebühren?«

»Ja«, antwortete Buddy und fragte dann Cole: »Wieso R-Gespräch? Weshalb benutzt du nicht die Kreditkarte?« Doch ehe Cole antworten konnte, fügte er hinzu: »Ist ja auch unwichtig. Ich bin froh, dass du gerade jetzt anrufst.«

Die Besorgnis in Buddys Stimme machte Cole hellhörig. »Was ist los?«

»Ich hörte vor ein paar Tagen von Eric George, dass jemand bei ihm zu Hause nach dir gefragt hat. Und heute früh rief Mike an und erzählte, ihm sei das Gleiche passiert. Hast du eine Ahnung, was da im Busch ist?«

»Hast du mit Randy darüber gesprochen?«

»Ich habe vor etwa einer halben Stunde in deinem Haus angerufen. Man sagte mir, er sei auf dem Weg ins Büro und wollte den ganzen Nachmittag dort bleiben.«

»Was für ein Büro?«, fragte Cole zerstreut.

»Deines.«

»Was macht er dort?« Was für eine dumme Frage. Woher sollte Buddy über Randys Kommen und Gehen Bescheid wissen?

»Wie er mir letzte Woche erzählt hat, wird er in Zukunft ziemlich viel Zeit hinter dem Schreibtisch verbringen«, sagte Buddy. »Er übernimmt die Leitung der Verkaufsförderung.«

Diese Neuigkeit machte Cole sprachlos. Wenn er früher die geschäftliche Seite von Webster Enterprises ins Gespräch brachte, hatte Randy entweder gegähnt oder das Thema gewechselt. Und wenn Cole darauf bestanden hatte, Randys Meinung über etwas zu hören, hatte dieser demonstrativ den Raum verlassen. Und nun übernahm er die Leitung einer Abteilung?

Das ergab keinen Sinn. Er musste Randy selbst anrufen, um herauszufinden, was vor sich ging.

»Als du letzte Woche mit ihm telefoniert hast«, fragte er, wieder zu dem ursprünglichen Thema zurückkehrend, »hat Randy etwas davon gesagt, dass Frank mich noch immer suchen lässt?«

»Er sagte lediglich, dass Frank Urlaub mache.«

Soweit Cole sich erinnern konnte, hatte sein Vater noch nie im Leben Urlaub gemacht. »Sprechen wir über denselben Frank? Meinen Vater?«

»Ich weiß, ich war auch von den Socken. Aber warte, bis du den Rest hörst. Er ist nämlich nicht allein. Er hat eine Frau namens Janet Reynolds mitgenommen.«

Das brachte alles wieder ins Lot. Frank war nicht im Urlaub, er hatte nur zeitweise seinen Arbeitsplatz verlegt. »Wohin ist er gefahren – nach Nashville?«

»Nein, Hawaii.«

Hawaii? Niemals würde Frank einen Ort wie Hawaii aussuchen, um von dort aus Geschäfte zu tätigen. Er hatte etwas gegen teure Ferngespräche, und wenn er arbeitete, war er ständig am telefonieren. »Na, da will ich doch verdammt sein«, murmelte Cole mehr zu sich selbst als zu Buddy. Er brauchte Zeit, um sich mit einem so außergewöhnlichen Gedanken anzufreunden. »Zurück zu Mike«, sagte er.

»Ach, ja. Er sagte, er habe versucht, dem Mann einige Informationen zu entlocken, aber der sei verschlossen gewesen wie eine Auster.«

»Wie ist Mike darauf gekommen, dir davon zu erzählen?«

»Er hatte mit Eric gesprochen und sie haben miteinander darüber geredet. Dabei sind sie zu dem Schluss gekommen, dass du davon erfahren solltest. Da ich immer noch mit Randy in Verbindung stehe, meinten sie, das wäre die beste Möglichkeit, dir das mitzuteilen.«

»Hat keiner von beiden daran gedacht, mich direkt zu informieren?«

»Ich sagte dir doch, Cole, dass deine alten Bekannten sich nicht mehr an dich herantrauen, seit du ganz oben bist.«

»Hast du ihnen den Kopf zurechtgerückt?«

»Nein, das ist nicht meine Aufgabe. Wenn du wieder Kontakt zu ihnen aufnehmen möchtest, ist es an dir, sie anzurufen.«

Seit Cole weggegangen war, war er mit einigen Tatsachen konfrontiert worden, die nicht gerade schmeichelhaft für ihn waren. Obwohl er sich immer beschwert hatte, nicht über sein eigenes Leben bestimmen zu können, musste er nun feststellen, dass es ihm gefallen hatte, anderen die Verantwortung zu überlassen.

Es hatte vieles einfacher gemacht für Cole, dass meistens Frank an seiner Stelle Entscheidungen traf, besonders solche, die lästig waren oder viel Aufmerksamkeit erforderten. Je mehr er sich ausgeschlossen gefühlt hatte, umso weniger Schuldgefühle hatte er gegenüber Dingen, über die er keine Kontrolle hatte. Natürlich hatte er seine alten Freunde vernachlässigt, weil seine Tage mit so viel Arbeit angefüllt waren, dass er sich darum nicht auch noch kümmern konnte. Zugegeben, es war recht bequem für ihn gewesen, Frank für alle Fehler und verletzten Gefühle der vergangenen fünf Jahre verantwortlich zu machen.

Cole räusperte sich und versuchte, den schlechten Geschmack im Mund loszuwerden, den dieser Blick auf die Wahrheit hinterließ. »Tut mir Leid«, meinte er, »natürlich darf ich nicht von dir erwarten, dass du mir die Wege zu Mike und Eric ebnest.«

»Die Zeiten ändern sich, Cole, und wir ändern uns mit ihnen. Du brauchst jetzt nicht hinter sämtlichen alten Freunden herzulaufen, nur weil du dich dafür schuldig fühlst, dass du Erfolg hattest und sie nicht. Und so verrückt es klingen mag, es fällt vielen Leuten leichter, in schweren Zeiten zusammenzuhalten, als in guten. Du musst nur ...« Er hielt inne. »Du liebe Zeit hast du mir zugehört? Sag mir, dass ich für dich nicht genauso blöde klinge wie für mich selbst.«

»Nicht blöde, Buddy, bloß ein wenig oberlehrerhaft. Aber du hast natürlich Recht. Sobald ich zurückkehre ...«

»Das wird langsam Zeit«, unterbrach Buddy ihn, »ich hatte schon die Hoffnung aufgegeben, diese Worte von dir zu hören.«

»Wovon redest du?«, fragte Cole völlig verwirrt.

»Du hast es geschafft, Junge. Das ist das erste Mal, dass du sagst ›sobald‹. Bisher habe ich immer nur gehört ›falls‹. Ist etwas passiert, wovon ich noch nichts weiß?«

Erst in diesem Augenblick wurde Cole klar, dass er irgendwie zu einem Entschluss gelangt war, wie sein Leben weitergehen sollte. Er hatte sich diesen Augenblick immer wie einen Donnerhall, einen Vulkanausbruch vorgestellt. Stattdessen war die Eingebung auf einem Lufthauch dahergeschwebt, der so zart war, dass er ihn bis eben nicht wahrgenommen hatte.

»Ich habe vor einigen Wochen noch etwas herausgefunden«, sagte Cole und wunderte sich über sich selbst. »Ich hebe ab, wenn ich vor Publikum stehe, und besonders, wenn ich es dazu bringen kann, mir zuzuhören.«

»Du singst?«, fragte Buddy ungläubig. »Öffentlich? Und niemand hat dich erkannt?«

Cole kicherte. »Ist das nicht toll?«

»Wie, zum Teufel, hast du das geschafft?«

»Die Leute sehen, was sie sehen wollen. Der Cole Webster, den seine Fans kennen, lebt in Kalifornien in einem riesigen Haus hinter einem hohen Zaun. Er tritt mit einer zehnköpfigen Band vor Tausenden von Menschen auf. Er hat lange Haare, ist glatt rasiert und trägt keine Brille. Und er singt Cole-Webster-Songs. Warum sollte jemand mich für ihn halten?«

»Niemand – wirklich niemand – ist dahinter gekommen?«, fragte Buddy. »Mensch, du bist doch in Tennessee und Nashville ist keine fünf Stunden entfernt.«

»Genau. Warum sollte ein Prominenter wie ich in einer Kleinstadt wie Maryville auftreten, wenn fast nebenan das Herz der Countrymusik schlägt?« Cole fuhr sich durch den Bart. »Übrigens hatte der Arzt Recht. Die Schwellungen sind abgeklungen und die Narben verblasst. Das Gesicht, das ich morgens im Spiegel sehe, sieht mir von Tag zu Tag ähnlicher.«

»Nun, dann sind deine stillen Tage wohl gezählt. Gleichgültig, wie klein diese Stadt auch sein mag: Eines Tages blickt jemand zur Bühne und durchschaut deine Verkleidung. Ich hoffe nur, du hast Holly gesagt, wer du bist, ehe das geschieht. Es wäre hart für sie, wenn sie es von Fremden erfahren müsste.«

Genau das hatte Cole sich auch selbst schon gesagt. Doch anstatt darauf einzugehen, wechselte er lieber das Thema.

»Übrigens, beim letzten Betrag, den du mir geschickt hast, hast du vergessen, die Telefonrechnung abzuziehen.«

»Die war kaum der Rede wert.«

»Buddy, wir hatten eine Abmachung.«

»Ach, es ist in Ordnung, einen Lotus gegen einen Truck einzutauschen, aber wegen einer Telefonrechnung von fünfzig Dollar regst du dich auf!«

»Wenn dich das glücklich macht, gebe ich dir deinen rostigen Truck zurück, sobald das hier vorbei ist.«

»Denkst du, ich möchte diesen klapprigen Blechhaufen wieder in meiner Einfahrt stehen haben?«

Cole lachte. »Leg den Hörer hin, Buddy, und lass mich mit den gescheiteren Familienmitgliedern sprechen.«

»Einen Moment, ich hole sie.«

Einige Sekunden später war Suzy dran. »Hast du Holly überredet aufzuhören?«, fragte sie.

»Die Vorstellung hat ihr nicht gefallen.«

»Aber du hast sie davon überzeugt?«

»Irgendwie schon.«

»Was soll das heißen? Ich habe es ernst gemeint, als ich dir sagte, es sei gefährlich für Holly, wenn sie so weiterschuftet« sagte Suzy leidenschaftlich. »Im Service ist es hart genug, und wenn du die andere Arbeit noch dazuzählst, ist es einfach zu viel.«

»Sie arbeitet nicht mehr als Zimmermädchen. Arnold hat sie rausgeworfen. Jetzt habe ich ihren Job.«

»Du arbeitest als Zimmermädchen?«, fragte Suzy vorsichtig.

»Ich wusste, dass du als Frau, die sich für die Gleichberechtigung einsetzt, dafür Verständnis haben würdest.« Schade, dass Suzy sein zufriedenes Grinsen nicht sehen konnte.

»Was hat sich sonst noch getan?«, wollte sie wissen.

»Holly ließ mich fühlen, wie das Baby sich bewegt«, sagte Cole. Man hörte ihm an, wie viel dieses Ereignis ihm bedeutete.

Suzys Stimme wurde weich. »Ich erinnere mich, wie Buddy zum ersten Mal Klein-Cole fühlte. Es war etwas ganz Besonderes für uns beide.«

»Suzy, ich habe mich in Holly verliebt«, gestand Cole, und es gefiel ihm, wie diese Worte sich anhörten.

»Natürlich, das ist mir schon seit Wochen klar. Du wirst ein wunderbarer Vater für das Baby.«

Suzys Worte und der überzeugte Ton, in dem sie sprach, ließen Coles Brust vor Freude anschwellen. »Ich wollte dich noch etwas fragen, aber ich …«

»Ich weiß nicht, warum ich es dir so leicht machen soll, aber möchtest du wissen, ob man mit einer schwangeren Frau Sex haben darf?«

Suzy würde niemals einen Preis für Zartgefühl erhalten. »Ja, darauf läuft es hinaus«, gab Cole zu.

»Natürlich ist jede Frau anders, aber bei einigen von uns bewirken die Hormone im zweiten Schwangerschaftsdrittel die erstaunlichsten Dinge. Wenn Holly mir auch nur entfernt ähnelt, werdet ihr eine tolle Zeit miteinander verleben.«

Cole vernahm Buddys peinlich berührtes Stöhnen im Hintergrund. »Und wenn sie nicht wie du ist?«

»Dann zwing sie nicht. Es lohnt sich zu warten.«

»Danke«, sagte Cole.

»Gern geschehen. Weißt du übrigens, wann sie entbindet?«

»Drei Tage vor dir.«

»Wäre es nicht süß, wenn sie zu spät oder ich zu früh dran wäre? Dann könnten unsere Kinder gemeinsam Geburtstag feiern.« Suzy lachte. »In deinem Haus.«

Es gefiel Cole, dass sie Holly und ihr Baby in Gedanken bereits in ihr eigenes und Buddys Leben integriert hatte. Es ließ seinen eigenen Traum hoffnungsvoller erscheinen. Eines Tages würde er Holly gestehen müssen, woher er sein fachmännisches Wissen über Schwangerschaften bezogen hatte. Wenn er es nicht selbst tat, würde Suzy sie sicherlich beim ersten Zusammentreffen sofort davon in Kenntnis setzen.

Sie unterhielten sich noch einige Minuten, dann musste Suzy zur Arbeit. Nachdem er sich von ihr verabschiedet hatte, bat Cole: »Würdest du bitte noch einmal Buddy ans Telefon holen?«

»Wenn du mich wieder wegen der Telefonrechnung löchern willst – ich mag es nicht hören«, sagte Buddy angriffslustig, als er wieder am Apparat war.

»Nein, es ist nicht deswegen«, versicherte Cole. »Ich will nur wissen, was du von dieser Geschichte mit Mike und Eric hältst. Ich neige dazu, Frank dahinter zu vermuten; aber andererseits habe ich festgestellt, dass ich ständig versuche, Frank alles in die Schuhe zu schieben.«

»Ach, langsam siehst du es selbst ein.«

»Ja, und es gefällt mir überhaupt nicht.«

»Nun, es ist sicher eine große Versuchung, es Frank anzuhängen, aber ich glaube nicht, dass er etwas damit zu tun hat.«

»Weshalb nennst du es eine Versuchung?«

»Nun, weil wir es uns dann sparen könnten, woanders

zu suchen. Oder hast du eine Ahnung, wer sonst noch dahinter stecken könnte?«

»Ich kann mir höchstens vorstellen, dass ein Reporter auf eigene Faust herumschnüffelt, weil er sich nicht mit unseren Presseverlautbarungen zufrieden gibt.«

»Klingt vernünftig.«

»Ich werde Randy anrufen und hören, was er dazu meint«, sagte Cole.

»Lass mich wissen, wenn du etwas herausfindest.«

»Mach ich«, versprach Cole. Er legte auf und wählte anschließend die Nummer in Los Angeles.

»Webster Enterprises«, meldete sich eine angenehme Stimme mit Südstaatenakzent. »Was kann ich für Sie tun?«

»Ich möchte mit Randy Webster sprechen.«

»Wer ist am Apparat, bitte?«

Cole überlegte kurz. »Sagen Sie ihm, es ist Buddy Chapman.«

»Einen Augenblick, bitte.«

Randy nahm sofort ab. »Hast du etwas von Cole gehört? Hast du ihm gesagt …«

»Er hat es mir gesagt.« Cole lächelte. Es tat gut, Randys Stimme zu hören.

»Wie geht's?«

Cole hätte ein Dutzend Antworten auf Lager gehabt, alle mehr oder weniger wahr, doch er sagte: »Nagle mich ja nicht darauf fest, aber mir kommt es so vor, als bekäme ich langsam ein wenig Heimweh.«

»Nach Kalifornien?«

»Nach meinem alten Leben. Oder zumindest nach einer leicht abgeänderten Version. Und das ist die Version, die ich bei meiner Rückkehr vorfinden möchte.«

»Ich habe kaum noch gehofft, diese Worte von dir zu hören«, sagte Randy.

»Ich habe festgestellt, dass es mir Spaß macht, für meine Brötchen zu singen – was gut ist, da ich sonst nichts gelernt habe.«

»Dad hat etwas in dieser Richtung gesagt, gleich nachdem du verschwunden bist.«

»Da wir von Dad sprechen, ich hörte, er sei auf Hawaii.«

Randy schnaubte empört. »Er war auf Hawaii. Hat es kaum drei Tage ausgehalten.«

»Aber er war dort«, sagte Cole. »Das hat dich sicher genauso überrascht wie mich.«

»Er spricht von nichts anderem mehr, seit er zurück ist. Er tut, als habe er die Ferien erfunden.«

»Das ist aber nicht alles«, hakte Cole nach.

»Buddy hat es dir schon erzählt, wie?«

»Also stimmt es? Janet war wirklich bei ihm?«

»Schon ein seltsames Paar«, meinte Randy. »Ich bin noch immer nicht dahinter gekommen, was sie an ihm findet, aber für solche Dinge hatte ich noch nie ein gutes Gespür.«

»Und Dad?« Cole war gespannt auf die Antwort. Als sie noch viel unterwegs waren, waren die Frauen in Franks Leben gekommen und gegangen. Für einen Mann wie Frank, der eine Mission vor Augen hatte, waren es immer nur kurzzeitige Ablenkungen gewesen. Zumindest hatten seine Söhne das geglaubt. Niemals war es Cole oder Randy in den Sinn gekommen, ihr Vater könnte außer seinen Söhnen noch einen Menschen brauchen, der sein Leben mit ihm teilte, oder wie schwer es sein mochte, eine Frau zu finden, die gewillt war, die Stiefmutter zweier Jungen zu werden, die stets darauf bedacht waren, ihrem Vater das Leben so schwer wie möglich zu machen.

»Mit ihm war es noch schlimmer als mit Janet«, erzählte Randy. »Ich musste ihn fast an den Stuhl fesseln, damit er sich anhörte, was ich ihm über Janet sagte. Doch sobald ihm die Augen aufgegangen waren, gab es für ihn kein Halten mehr.«

Die Feststellung, dass er an all diesen Ereignissen keinen Anteil hatte, machte Cole betroffen. »Wie bist du dahinter gekommen?«

»Janet und ich arbeiteten eines Tages gemeinsam im Büro, als ihr herausrutschte, was sie für Dad empfindet.

Sie hat sich dann sehr aufgeregt und beschwor mich, nichts zu verraten, aber …«

»Du konntest der Versuchung, den Kuppler zu spielen, nicht widerstehen«, sagte Cole ein wenig neidisch. Mehr als alles andere führte Randys Mitwirkung Cole vor Augen, wie grundlegend die Beziehungen zwischen allen Beteiligten sich verändert hatten. Cole freute sich für die anderen, doch es tat ihm Leid, dass er nicht dort gewesen war.

»Ich glaube, die beiden werden es schaffen«, meinte Randy.

Da in Coles Erinnerung Frank und Janet sich ständig in den Haaren lagen, musste er die beiden erst zusammen sehen, um wirklich glauben zu können, was da vor sich ging. Doch im Augenblick ging es um etwas anderes. »Wahrscheinlich kenne ich deine Antwort bereits, aber ich frage dich trotzdem: Glaubst du, dass Frank etwas mit diesem herumschnüffelnden Reporter zu tun haben könnte?«

Es dauerte einige Sekunden, ehe Randy antwortete: »Ich weiß nicht, wovon du sprichst.«

»Tut mir Leid, ich dachte, Eric und Mike hätten schon mit dir telefoniert.« Cole erzählte, was er zuvor von Buddy gehört hatte.

»Frank hat nichts damit zu tun«, sagte Randy ohne zu zögern.

»Wieso bist du so sicher?« Cole musste herausbekommen, ob Randys Antwort auf seinen neu entdeckten Gefühlen für Frank oder auf Fakten beruhte.

»Weil er und Janet sich so viel Mühe gegeben haben, dir die sechs Monate Zeit zu verschaffen, die du wolltest. Warum sollten sie jetzt alles zunichte machen, indem sie dich früher nach Hause holen? Außerdem fürchtet Frank, dass du möglicherweise überhaupt nicht wiederkommen willst, falls er dich bedrängt. Er würde sich damit ins eigene Fleisch schneiden.«

Randys Beteuerungen vertrieben Coles Besorgnis. Auch wenn ein Reporter auf eigene Faust herumwühlte, so würden doch die Leute, die etwas wussten, ihm nichts verraten. »Du solltest Dad darüber berichten, für alle Fälle«, meinte er.

»Ich sehe nicht ein, weshalb du das nicht selbst tun solltest.«

»Weil du ihn sowieso siehst und das für mich erledigen kannst«, gab Cole verärgert zurück. »Es ist schließlich nur eine Kleinigkeit.«

Randy konnte ebenso gut austeilen wie einstecken. »Cole, die Zeiten, da ich noch dein Laufbursche war, sind vorbei. Wenn du Dad etwas mitteilen möchtest, tu es gefällig selbst.«

Cole wand sich innerlich. So hatte er sein Leben lang mit Frank und Randy sprechen wollen, ohne es je zu schaffen. »Ich werde ihn später anrufen.«

»Tut mir Leid, Cole, es sollte nicht so hart klingen.«

»Entschuldige dich nicht. Du warst im Recht. Da ist nur noch eine Sache.«

»Was denn?«

»Ich möchte, dass du dieses Gespräch nicht vergisst.« Die Fortschritte, die er, Randy und Frank gemacht hatten, sollten sich nicht in Luft auflösen, wenn er nach Hause kam, und es konnte sicher nicht schaden, ein wenig vorzubeugen.

»Wenn du mich dabei erwischst«, meinte Randy, »wie ich wieder in den alten Trott verfalle, kannst du mir eins über die Rübe geben.«

Es war so einfach. Randy hatte instinktiv verstanden, was Cole meinte. So war es immer zwischen ihnen gewesen. Cole empfand Sehnsucht nach seinem Bruder, und er stellte sich vor, wie es sein würde, wenn er Randy und Holly einander vorstellte. Doch noch stärker als diese Empfindungen war die Furcht, dass alle seine Zukunftsträume platzen konnten wie eine Seifenblase, falls er Holly verlor.

Er brauchte genug Zeit, um sicherzustellen, dass das nicht passierte.

»Cole?«

Cole fand in die Gegenwart zurück. »Ja?«

»Soll ich mich ein bisschen umhören, um herauszufinden, wer hinter dir her ist?«

»Nein, du sollst noch mehr tun. Sprich mit Marshall und lass ihn ein paar Leute darauf ansetzen.« Marshall Thompson, ein pensionierter FBI-Agent, war auf den Tourneen der Band für die Sicherheit verantwortlich.

»Und was willst du tun, wenn es sich wirklich um einen Reporter handelt?«

»Das kommt darauf an, für wen er arbeitet. Wenn er von einem Magazin beauftragt wurde, versuchen wir herauszufinden, wie viel er weiß, und ködern ihn eventuell mit einer Exklusiv-Story.«

»Und wenn er freiberuflich arbeitet?«

»Dann hat er mich am Wickel.« ›Freiberufler‹, war eine beschönigende Bezeichnung für jemanden, der seine Geschichte an den Meistbietenden verkaufte. Je sensationeller der Autor seine Geschichte gestalten konnte, umso mehr würden die einschlägigen Blätter dafür bezahlen. Ein solcher Reporter würde sich die Rechte von Cole nicht abkaufen lassen, wobei in Coles Augen ein solcher Versuch ohnehin einer Erpressung gleichkam.

»Sobald ich etwas weiß«, sagte Randy, »gebe ich Buddy Bescheid.«

Cole fand, dass die Gründe für die bisherige umständliche Kommunikationsweise nun hinfällig waren. »Hast du einen Stift?«, fragte er.

»Einen Moment – ja, jetzt bin ich bereit.«

Cole gab ihm Hollys Telefonnummer. »Und denke dran, du musst nach Neal Chapman fragen.«

»Interessante Namenswahl.«

»Ja, der Name kam mir in den Sinn, als ich aus dem Koma erwachte. Er half mir, mich zu …« Er hielt inne, aber es war zu spät.

»Welches Koma?«, wollte Randy wissen.

»Das ist eine lange Geschichte. Ich erzähle sie dir, wenn ich wieder zu Hause bin.«

»Hattest du einen Rückfall?« Randy wollte das Thema so schnell nicht aufgeben.

»Ich erhielt einen Schlag auf den Kopf, aber das ist Monate her«, wiegelte Cole ab. »Jetzt geht's mir gut.«

»Verdammt noch mal, wann kommst du endlich heim?«

»Sobald ich Holly alles erklärt habe.«

»Was gibt es da zu erklären? Ich verstehe nicht, wieso du solche Angst hast, sie könnte dich fallen lassen, sobald sie erfährt, wer du wirklich bist. Es ist doch völlig gleichgültig, wie du heißt, du bist immer derselbe.«

»Es ist ein wenig kompliziert. Holly hat gewisse Erfahrungen mit Countrysängern und deren Zuverlässigkeit. Wenn es nicht wegen des Babys wäre …« Da, nun hatte er sich schon wieder verplappert.

»*Baby?*«, rief Randy aufgeregt. »Du wirst Vater – ich werde Onkel – und das sagst du mir erst jetzt?«

»Ganz so einfach ist es nicht«, sagte Cole langsam.

»Wieso? Ach, du meinst wegen Belinda?«

Cole stöhnte. Belinda hatte er ganz vergessen. »Wohnt sie immer noch in unserem Haus?«

Nach kurzem Schweigen antwortete Randy: »Natürlich. Warum sollte sie nicht?«

»Weil ich ihr schon vor Wochen gesagt habe, dass es aus ist zwischen uns. Sie sollte sich nach einer anderen Wohnung umsehen.«

»Bist du sicher, dass sie dich verstanden hat? Zu mir hat sie nie etwas davon gesagt.«

»Das glaube ich dir. Aber das ist nicht dein Problem, sondern meines.« Wie konnte er Holly überzeugen, dass er anders war als Troy, solange Belinda noch bei ihm wohnte?

»Bei dieser Angelegenheit bin ich dir gerne behilflich«, meinte Randy. »Besonders, wenn das deine Rückkehr mit Holly und meinem Neffen oder meiner Nichte beschleunigt.«

»Und wenn das Baby gar nicht von mir ist?«

»Du meinst biologisch?«

»Ja.«

»Du hast Holly sozusagen im Doppelpack genommen?«

»Ja.«

»Nun, soweit es mich betrifft, bist du der Vater und ich bin der Onkel.«

Eine neue Erkenntnis dämmerte Cole: »Und Frank der Opa.«

Randy lachte. »Lass ja nicht zu, dass er dem Kind jemals eine Gitarre in die Hand drückt. Schau nur, was aus dir geworden ist.«

Cole hörte Hollys Wagen in der Einfahrt. »Ich muss Schluss machen«, sagte er. »Ruf mich an, sobald Marshall etwas herausgefunden hat.«

»Was ist mit Belinda?«

»Ich weiß es nicht. Ich muss erst nachdenken, wie ich es anstelle, sie nicht noch mehr zu verletzen, als ich es bereits getan habe.«

»Vielleicht könnte ich …«

»Randy, ich muss jetzt wirklich auflegen.« Holly kam bereits über die hintere Veranda.

»Kann ich Dad von dem Baby erzählen?«

»Nein!« Das fehlte noch.

»Ich wollte dich nur auf den Arm nehmen«, kicherte Randy. »Bis bald.«

»Ja, hoffentlich«, meinte Cole zu sich selbst, als er den Hörer auflegte.

Obwohl Cole an diesem Morgen nur zwei Zimmer hatte putzen müssen und lange vor Holly mit seiner Arbeit fertig war, schien sie überrascht zu sein, ihn mitten in der Küche stehen zu sehen. »Hast du auf mich gewartet?«, fragte sie.

»Ich habe nichts zum Essen gefunden, also dachte ich, wir könnten uns zwei Hamburger holen.«

Holly legte ihre Handtasche auf den Tisch und schälte sich aus dem Mantel. »Im Vorratsschrank gibt es Thunfisch.«

»Aber wir hatten in dieser Woche schon dreimal Thunfisch. Ich habe allmählich Lust auf eine Abwechslung.« Seit ihrem Picknick in Cades Cove vor drei Tagen benahmen sie sich wie zwei Preisboxer – vorsichtig abwartend, einander umkreisend und sich niemals zu nahe kommend. Coles Begehren wurde nur noch von seiner Furcht übertroffen, Holly durch Unvorsichtigkeit zu verlieren. Noch nie in seinem Leben hatte er etwas so sehr gewollt, wie er Holly wollte.

»Arnold kann uns nicht mehr lange beschäftigen, wenn das Motel nicht besser läuft. Und bei diesem regnerischen Wetter wird das nicht der Fall sein.«

»Sorge dich nicht, Holly. Wir schaffen das schon.«

Holly fuhr sich mit der Hand durchs Haar, das dringend einen neuen Schnitt benötigte. »Ich wünschte, ich wäre so zuversichtlich wie du.«

»Vertrau mir«, sagte Cole. Doch Holly sah so niedergeschlagen aus, dass er sie in seine Arme schloss.

Sie legte den Kopf an seine Brust. »Es ist nur …«

Er zog sie näher an sich heran und legte leicht sein Kinn auf ihr Haar. »Holly, du hörst mir nicht zu. Ich sagte, wir schaffen das, und das ist die Wahrheit.«

»Ich möchte dir so gerne glauben, wirklich.«

»Aber?«

Es dauerte lange, ehe sie antwortete. »Ich mag es, wie du den Zauber der Sonnenuntergänge siehst, Neal, aber einer von uns beiden muss auf dem Boden der Tatsachen bleiben.«

»Du hast Unrecht, Holly, und ich werde dir das beweisen.«

Holly legte ihre Arme fest um seinen Leib. »Das wäre das schönste Geschenk, das du mir machen könntest.«

22

Holly wartete darauf, dass die Ampel auf Grün schaltete. Wieder einmal war sie mit ihren Gedanken bei Neal. Eine Woche war nun seit ihrem Picknick vergangen, eine Woche, die zu den schönsten ihres Lebens gehörte. Sie hatte gelernt, wieder über alberne Kleinigkeiten zu lachen, über die sie sich vor kurzem noch geärgert hätte. Als sie mit dem Ellbogen ein Loch in die morsche Fliegentür gestoßen hatte, hatte sie nicht daran gedacht, wie teuer eine Reparatur würde, sondern wie gut es sei, dass der Sommer vorüber war und keine Mücken mehr kamen. Neal hatte ihr dafür auf der lächerlichen Glücksskala, die er erfunden hatte, die Note ›sehr gut‹ verliehen. Vergeblich hatte sie versucht, ihn von der Verleihungszeremonie abzubringen, doch als er sie in die Arme genommen und sie mit einem Kuss beglückwünschte, hatte sie gerne nachgegeben.

Obwohl Neal ständig bestritt, dass ihr wachsender Umfang abstoßend sei, begann sie sich zu fragen, ob er die Wahrheit sagte. Sie hätte nichts dagegen gehabt – zumindest jetzt. Aber sie konnte sein Zögern verstehen, schließlich besaß sie einen Spiegel.

Als die Ampel Grün zeigte, setzte Holly ihren Heimweg fort. An der Einfahrt hielt sie an, um ihren Briefkasten zu leeren. Sie überflog die Werbeprospekte und stutzte, als sie dazwischen einen Brief mit dem Absender ihres Arztes fand. Neugierig riss sie ihn auf, nachdem sie ihr Auto hinter Neals Truck geparkt hatte.

Seltsamerweise war er an Neal adressiert. Sie besah sich den Umschlag und fand dort ebenfalls Neal als Adressaten. Weshalb schrieb ihr Arzt Neal einen Brief? Sie zögerte. Es war einer Dame nicht würdig zu spionieren. Das hatte ihr bereits in frühester Kindheit ihre Mutter beigebracht.

Andererseits, wer wollte behaupten, dass sie eine Dame sei?

Sehr geehrter Mr. Chapman,
ich freue mich, Ihnen mitteilen zu können, dass das Ergebnis der Bluttests, die Sie in meiner Praxis machen ließen, negativ ausgefallen ist. Ihre Besorgnis, möglicherweise Mrs. Murdoch oder ihrem Kind bei einem eventuellen Intimverkehr Schaden zufügen zu können, ehrt Sie, ist aber unbegründet.

Ich habe auch die Information über die Geburtsvorbereitung nach der Lamaze-Methode beigefügt. Bitte lassen Sie es mich wissen, wenn ich Ihnen in dieser oder anderer medizinischer Hinsicht behilflich sein kann.

Hochachtungsvoll,

Dr. Patrick Sidney

Es dauerte einige Zeit, bis Holly begriff, weshalb Neal diese Bluttests hatte vornehmen lassen. Doch dann wurde es ihr klar. Dies war das größte Geschenk, das Neal ihr je würde machen können; es war etwas ganz Besonderes. Sie stieg aus dem Wagen und suchte ihn. Sie fand ihn unter der Dusche.

Zuerst wollte sie anklopfen, um ihn wissen zu lassen, dass sie zu Hause sei, dass sie versehentlich seinen Brief geöffnet habe und dass sie ihn von Minute zu Minute mehr liebte. Doch dann fiel ihr ein weitaus besserer Weg ein, ihm ihre Gefühle zu zeigen.

Noch ehe sie darüber nachdenken konnte, ob ihr Vorhaben vernünftig war, hatte sie sich schon ihrer Kleider entledigt. Sie klopfte an die Tür der Dusche.

Cole sah einen Schatten vor der Glaskabine. Er trat unter dem Wasserstrahl hervor, stieß die Tür auf und sah Holly draußen stehen. Sie hielt sich ein Handtuch vor den Körper, ihre Arme und Beine waren nackt. Eine Hitzewelle überflog Cole, er stöhnte. »Hast du eine Ahnung, was du anrichtest?«

»Nein.«

Vermutlich hatte sie unter dem Handtuch gar nichts an. Cole warf einen Blick in den Spiegel und sah Hollys bloße Kehrseite. »Was soll das, Holly?«

»Ich habe versehentlich deine Post geöffnet.«

»Was hat das …«

»Die Post von Dr. Sidney.«

»Oh.«

»Er schreibt, du hättest den Test bestanden.«

»Ich dachte nur …«

»Du musst mir nichts erklären«, sagte Holly.

Er schob die Tür weiter auf. »Bist du sicher, dass du das willst?«

Sie nickte.

Zärtlich ließ Cole seine Finger über den Spalt zwischen Hollys Brüsten wandern, dann entwand er ihr vorsichtig das Handtuch und ließ es zu Boden fallen. Mehrere Sekunden blickte er sie voller Verlangen an. »Möchtest du hereinkommen, oder soll ich hinauskommen?«

Im Blick seiner Augen las Holly alles, was sie wissen wollte. Er fand sie schön. Ihr vorstehender Bauch war so unwichtig wie das Mal auf ihrer Schulter. Sie trat unter den warmen Wasserstrahl in Coles wartende Arme.

Das herabsprühende Wasser legte sich wie eine zweite glatte Haut über die beiden. Cole senkte den Kopf und legte seinen Lippen auf Hollys erwartungsvollen Mund. Der Kuss war wie eine Explosion, die seinen Körper erschauern machte.

»Ich muss dir etwas gestehen«, meinte Cole zögernd. Erst vor wenigen Wochen hatte er viele Worte darüber gemacht, dass ihre Beziehung Zeit zum Wachsen und Reifen brauchte. Wie würde Holly nun eine Erklärung von ihm aufnehmen? Er hatte es eigentlich auf später verschieben wollen, aber inzwischen war er es leid, ständig zu warten.

»Ich liebe dich, Holly«, sagte er.

Sie sah ihn an. »Ich weiß«, lächelte sie. »Ich glaube, ich liebe dich auch.«

Er wich zurück, so weit der beengte Raum es zuließ. »Du glaubst?«

»Na gut, ich weiß es.«

»Und was sollen wir nun mit diesem Wissen anfangen?« Cole wollte von Holly hören, dass sie nun zusammengehörten.

Ein kleiner, boshafter Funke blitzte in ihren Augen auf. »Jetzt oder später?«

Sie hatte ihn absichtlich falsch verstanden, aber das machte nichts. Für den Augenblick reichte es, dass sie einfach da war. Coles Zurückhaltung zerfloss wie das Wasser, das über ihn herabrann. Er trat auf Holly zu und meinte ihren Körper zu spüren, noch ehe er ihn berührt hatte. Er legte die Hände auf ihr Gesäß und zog sie eng an sich, sodass die Hitze seiner Erektion sich an ihren weichen Bauch presste.

Ein tiefes Stöhnen entrang sich Holly, während sie ihre Hüften unmissverständlich und einladend bewegte. »Wenn das, was ich jetzt fühle, mit Hormonverwirrungen zu tun hat, dann soll es immer so bleiben.«

Cole lachte. Dieser Augenblick, in dem er hier in einer winzigen Dusche in Maryville, Tennessee, stand, um die Frau zu lieben, die ihm alles auf der Welt bedeutete, war der herrlichste seines Lebens.

Holly berührte seine Wange. »Was denkst du?«

»Wie sehr ich dich liebe.«

Ihre Finger wanderten über die Narben auf der Stirn und an der Augenbraue. »Ich wünschte, ich wäre damals schon bei dir gewesen.«

Cole drückte einen Kuss auf ihre Handfläche. »Das wünschte ich mir auch«, sagte er weich. Er wünschte es mehr, als sie es sich jemals würde vorstellen können.

Holly blickte ihm lange und tief in die Augen. »Berühre mich«, flüsterte sie.

Es bedurfte keiner weiteren Einladung. Coles Hand glitt über ihren Körper, folgte der Linie ihres Halses, dem Schwung ihrer Schulter und der kleinen Einbuchtung am Ende des Rückens. Die Berührung war zärtlich und doch intensiv. Als Holly versuchte, ihn anzutreiben, hielt er ihre Hände fest und setzte seine Entdeckungsreise mit Lippen und Zunge fort.

Endlich fand sein Finger die rosige, geschwollene Perle zwischen ihren Beinen. Holly schnappte nach Luft, während ihre Vernunft sich verflüchtigte. Sie hatte keine Kontrolle mehr über ihren Körper, der nur noch aus einer einzigen Empfindung, einem einzigen Verlagen zu bestehen schien. Sie bewegte sich im gleichen Rhythmus wie Cole und drängte sich gegen seine Hand. Cole beugte sich vor und küsste das Wasser von ihren Brustwarzen, dann nahm er nacheinander die Brustspitzen in den Mund und streichelte sie mit seiner Zunge. Holly presste den Rücken gegen die Wand und grub ihre Finger in Coles Schultern.

Ihre Augen waren geschlossen, ihre Lippen leicht geöffnet. Sie atmete schwer. Cole fühlte die rhythmischen Kontraktionen unter seiner Hand und führte einen Finger ein, um sie zu halten.

Holly öffnete die Augen und traf seinen Blick. Langsam erschien ein verführerisches Lächeln auf ihrem Gesicht. Zärtlich ließ sie ihre Zungenspitze über Coles Ohrmuschel spielen, dann flüsterte sie: »Können wir das im Bett fortsetzen?«

Cole fühlte, wie sein Körper heiß wurde. Es sollte ein denkwürdiger Nachmittag werden.

Der Vollmond schien zum Fenster des Schlafzimmers herein und breitete sein Licht wie einen Baldachin über das große Bett. Cole lag auf der Seite und betrachtete Holly, ängstlich darauf bedacht, ihren Schlaf durch kein Geräusch zu stören.

Er sehnte sich danach, sie zu berühren, die Sanftheit ihrer Lippen und die Weichheit ihrer Haut zu spüren. Die Erinnerung daran lebte in seinem Körper; das Feuer seiner Begierde war noch heiß in ihm.

Nachdem sie endlich ihre Leidenschaft gestillt hatten und in enger Umarmung dalagen, war die Zeit für eine neue Vertrautheit gekommen. Holly hatte nach der Narbe an seinem Bein gefragt, und er hatte ihr davon erzählt und sich gefreut, dass es die Wahrheit war und dass es bald keine Lügen mehr zwischen ihnen geben würde.

Während Cole nun ihren Schlaf bewachte, drehte Holly sich um, sodass sie ihm den Rücken zukehrte. Er legte sich hinter sie und umfasste ihren runden Bauch.

Das Baby bewegte sich. Ein wohltuendes, liebevolles Gefühl überkam Cole. »Dein Leben wird voller Sternschnuppen, Sonnenuntergänge und Ausflüge ans Meer sein«, flüsterte er dem Kind zu, das er als sein eigenes aufziehen wollte.

Als habe es ihn verstanden, bewegte sich das Kind noch einmal. In diesem Moment ereignete sich etwas Geheimnisvolles zwischen Mann und Baby: Cole wusste plötzlich mit unerschütterlicher Gewissheit, dass es ein Mädchen war, das Holly unter dem Herzen trug, und dass er der Vater war, gleichgültig, wer es gezeugt hatte.

»Guten Morgen«, sagte Holly.

Neal öffnete blinzelnd die Augen und lächelte. »Du bist schön«, stellte er fest.

Holly lachte leise. »Wo ist deine Brille? Ich hole sie dir.«

Cole stemmte die Ellbogen auf das Kissen und küsste Holly auf die Nasenspitze. »Ich brauche sie nicht.«

»Wenn ich dir glauben soll, musst du mir erst sagen, wohin du mich wirklich küssen wolltest.«

»Na, genau dahin, wo ich dich geküsst habe – auf dein Kinn.« Er legte die Hand in ihren Nacken und zog sie an sich. Als ihre Lippen sich trafen, gab es keinen Zweifel über das Ziel des Kusses.

Holly rückte näher und bettete ihre weichen Rundungen an seinen einladenden Körper. Es war unglaublich, nach nur einem Kuss war sie schon wieder zur Liebe bereit. Irgendwie hatte Neal sie in der vergangenen Nacht davon überzeugt, dass sie die attraktivste Frau weit und breit war, und sie sonnte sich in diesem Bewusstsein. Sie empfand keine Scheu ihm gegenüber, keinen Zwang, ihre Schultern zurückzunehmen, damit ihre Brüste vorstachen, und zu verstecken, in welchem Zustand sie war, nur um ihm zu gefallen.

Und er mochte sie so, wie sie war. Ihr Herz setzte fast aus vor Freude. Er liebte sie, so wie sie war. Sie wusste das, weil er es ihr letzte Nacht so oft gesagt hatte, dass ihr nichts übrig geblieben war, als ihm zu glauben.

Neal küsste die empfindliche Stelle hinter ihrem Ohr. Holly bewegte den Kopf und seufzte. »Wenn wir so weitermachen, kommen wir zu spät zur Arbeit«, sagte sie und versuchte, ihre Worte so klingen zu lassen, als mache ihr das etwas aus.

Cole ließ sich zurückfallen und grinste. »Ich habe Arnold gesagt, dass wir heute nicht vor Mittag kommen.«

»Du scheinst dich ja ziemlich sicher zu fühlen.«

Er umfasste ihre Brust mit seiner Hand und ließ seinen Daumen über die Brustwarze kreisen. »Das war zu wichtig, um mir nicht sicher zu sein.«

»Du bist verrückt.«

»Nein, ich bin nur ein Mann, der endlich gefunden hat, wonach er sein Leben lang gesucht hat.«

Sanft strich Holly über sein Kinn mit dem knapp geschorenen Bart. »Das Merkwürdigste daran ist, dass ich dir glaube.«

»Was auch immer geschieht, Holly, du darfst nie an meiner Liebe zu dir zweifeln.«

In Hollys Kopf ging eine kleine Alarmglocke los. »Das klingt, als erwartest du etwas.«

»Wirklich?«, fragte er ein wenig zu munter. »So habe ich das nicht gemeint.«

Sie bekam Angst. »Neal, wenn es etwas gibt, das ich wissen sollte, dann sag es mir bitte.«

Mit einem Kuss brachte er sie zum Schweigen. »Wenn du reden willst«, murmelte er, »dann können wir das tun, aber nicht hier. Solange ich in diesem Bett liege, kann ich an nichts anderes denken, als mit dir zu schlafen.«

Seine Worte elektrisierten sie ebenso wie seine Hände. »Was immer es ist«, meinte sie, »es kann warten.«

Eine Stunde später stand Cole wieder unter der Dusche, als Holly ins Badezimmer kam. »Ich gehe ein paar Eier kaufen«, verkündete sie.

Cole öffnete ein wenig die Duschkabine und schaute hinaus. »Wenn du kurz wartest, komme ich mit.«

»Nein, bis du fertig bist, bin ich schon wieder zurück.«

»Du hast wohl Hunger?«

»Schrecklichen Hunger.«

»Dann bis später.« Holly ließ sich küssen und vergaß darüber fast das Frühstück. Es war, als sei sie nicht mehr Herrin ihres Körpers. Ein Blick, ein Kuss, eine Berührung und sie war verloren. Sie wischte einen Wassertropfen von ihrer Nase. »Sieh zu, dass du angezogen bist, wenn ich zurückkomme.«

Coles Mundwinkel hoben sich amüsiert. »Was würden

wohl Leroy und Arnold sagen, wenn wir um einige Tage Urlaub bäten?«

Holly schob ihm eine nasse Strähne aus dem Gesicht. »Es ist mir gleich, was Leroy und Arnold glauben.« Wie sie es hasste, immer vernünftig zu sein. »Aber es ist mir nicht gleich, was die Elektrizitätswerke sagen würden, wenn wir im nächsten Monat unsere Rechnung nicht bezahlen können.«

Cole wurde ernst. »Wir müssen über einiges sprechen, wenn du wieder da bist.«

Holly glaubte zu wissen, worauf er hinauswollte, und beschloss, sich nicht weiter zu wehren. Sie war bereit, ihn von nun an einige ihrer Rechnungen bezahlen zu lassen. »Ich liebe dich.«

»Vergiss das nicht«, meinte Cole.

Das war es nicht, was sie hören wollte. Sie machte einen weiteren Versuch. »Ich liebe dich, Neal Chapman.«

»Und ich liebe dich, Holly Murdoch.«

Sie lächelte. »Das war es, was ich wissen wollte.«

»Ich werde es dir hundertmal am Tag sagen, wenn du mir dafür etwas versprichst.«

»Ach«, neckte sie ihn, »willst du meine Zuneigung kaufen?«

»Wenn du mir wirklich glaubst, dass ich dich liebe, Holly, dann werden wir alles schaffen.«

»Warum sollte ich dir nicht glauben?«

Es dauerte lang, ehe er antwortete. »Ich weiß es nicht.«

Holly legte ihre Hände auf seine Wangen. Wasser floss auf ihre Arme. »Schau nicht so traurig. Es wird uns gut gehen. Es gibt nichts, womit wir zwei nicht fertig werden.«

»Ich liebe dich.«

Holly küsste ihn langsam und zärtlich. »Noch achtundneunzig Mal, Chapman.«

»Beeil dich«, murmelte Cole.

»So schnell mein Auto fährt.«

Als Holly vor dem Supermarkt parkte, hatte sie ihre Frühstückspläne vollständig umgekrempelt. Speck und Eier zu braten und Pfannkuchen zu backen schien ihr Zeitverschwendung. Ein Müsli aus ganzem Korn war nicht nur gesünder, sondern erforderte auch keinen Zeitaufwand.

Als sie auf das Geschäft zuging, bemerkte sie ihr Spiegelbild in der großen Glasscheibe. Verblüfft blieb sie stehen, um es genauer zu betrachten. Wie ein Neonschild kündete ihr selbstzufriedenes Grinsen von den Aktivitäten der vergangenen Nacht. Sie versuchte ein bescheidenes Lächeln, aber es gelang ihr nicht, das Grinsen zu unterdrücken.

Alles, was sie tun konnte, war, ihren Einkauf so schnell wie möglich hinter sich zu bringen und zu hoffen, dass ihr keine Bekannten begegneten. Mit schnellem Schritt und gesenktem Blick ging sie hinein.

Niemand hielt sie auf oder beachtete sie. Holly suchte ihre Lebensmittel zusammen und ging zur Kasse. Die Frau, die vor ihr an der Reihe war, zog eine Anzahl Rabattmarken hervor, die der Kassierer umständlich zu zählen begann. Während Holly wartete, betrachtete sie die neben der Kasse ausgelegten Zeitungen und Zeitschriften. Plötzlich erstarrte sie. Das Herz schlug ihr bis zum Hals, ihre Hände krampften sich um den Griff des Einkaufswagens. Lange starrte sie auf das Bild des Mannes auf dem Titelblatt des *World Reporter* und versuchte vergeblich zu verstehen, was sie da sah.

»Jetzt sind Sie an der Reihe«, sagte der Kassierer zu ihr.

Holly blickte auf.

»Madam, würden Sie bitte Ihren Wagen heranschieben?«

Mit hölzernen Bewegungen tat sie, worum er sie gebeten hatte. »Einen Moment noch.« Sie nahm die Zeitschrift aus dem Regal.

»Tolle Geschichte, was?«, meinte der Kassierer. »Elvis konnten sie nicht finden, deshalb haben sie jetzt wohl eine Belohnung auf die Ergreifung von Cole Webster ausgesetzt.«

Holly runzelte die Stirn. »Cole Webster?«

Der Mann nahm ihr die Zeitschrift aus der Hand und

blätterte um. »So soll er jetzt aussehen, nach der Beschreibung seiner Freundin«, sagte er und wies auf eine Zeichnung. »Was die alles in diesen Heften schreiben …«

Neal war Cole Webster? Und er hatte eine Freundin? Holly legte die Hand auf den Mund. Gleich würde sie sich übergeben müssen.

Cole kam aus der Dusche und zog sich an. Er hatte beschlossen, Holly die Wiege nicht erst zu Weihnachten zu schenken. Er wollte ihr schon jetzt etwas schenken, um ihre neue Beziehung zu feiern, aber vor allem wollte er ihr klarmachen, dass er sie und das Baby als seine Familie betrachtete. Außerdem wollte er sehen, wie sie sich über den neuen Anstrich der Wiege freute. Einen besseren Tag als heute, um ihr sein Werk zu zeigen, konnte es gar nicht geben.

Er holte die Teile aus der Garage und begann, sie in der Küche zusammenzubauen. Gelegentlich unterbrach er das Summen, mit dem er seine Arbeit begleitete, um nach dem Geräusch ihres Wagens zu horchen. Obwohl er ihr zur Tür hatte entgegengehen wollen, war er so in seine Tätigkeit vertieft, dass er es zuerst nicht bemerkte, als Holly plötzlich in der Küche stand.

Seine Begrüßung blieb unausgesprochen, als er den starren Ausdruck auf ihrem Gesicht sah. Er legte den Schraubenzieher beiseite. »Was ist los?«

Er tat einen Schritt auf sie zu, doch sie streckte abwehrend die Hand aus. »Rühr mich nicht an.«

»Holly, was ist?« Kalte Angst stieg in ihm auf.

»Wie konntest du das tun? Warum nur?« Holly schüttelte den Kopf, als wollte sie etwas abwehren, das zu schmerzlich war, um es zu verstehen.

»Sag mir, wovon du sprichst.« Es gab nur eines, das sie so erschüttert haben konnte, doch er wollte es nicht glauben. Wie konnte Holly plötzlich seine wahre Identität entdeckt haben, nachdem sie ihn nun so lange kannte? Und ausgerechnet an diesem Morgen.

Sie streckte ihm den *World Reporter* entgegen. Die Augen fest auf ihn gerichtet, zeigte sie ihm die Titelseite. Cole brauchte nicht hinzuschauen, um zu wissen, wer dort abgebildet war, und doch zwang ihn etwas, seine Augen darauf zu richten. Was er sah, raubte ihm den Atem.

Die Zeichnung war nicht von jemandem angefertigt worden, der ein Gerücht im Krankenhaus gehört und sich dann ausgemalt hatte, wie Cole Webster nach einem solchen Unfall aussehen mochte: Nein, sie war ein perfektes Abbild.

Das Gefühl, hintergangen worden zu sein, bohrte sich wie ein Messer in seinen Kopf. Es gab kaum ein Dutzend Leute, die wirklich wussten, wie der Unfall ihn verändert hatte. Nur zwei der behandelnden Ärzte waren im Bilde, das restliche Krankenhauspersonal kannte ihn nur unter einem falschen Namen.

Die Gewissheit, dass jemand, dem er vertraut hatte, ihm das angetan hatte, machte ihn krank. Aber das Bild sprach eine eindeutige Sprache. Alles stimmte, von der Länge seines Barts bis zur Platzierung der Narben. Unter dem Bild war eine Unterschrift, die er zuerst nicht wahrgenommen hatte: eine Belohnung von zehntausend Dollar wurde der Person versprochen, die als Erste eine Information darüber lieferte, wo Cole Webster sich aufhielt. Er brauchte nicht weiterzublättern, um zu wissen, was da noch stand. Außer einer Zusammenfassung seines Lebenslaufs wurden die Namen der Frauen aufgeführt, mit denen er Affären gehabt hatte, und, was am schlimmsten war, der Name der Frau, die so sehnsüchtig auf seine Rückkehr wartete.

Ihm blieb nicht viel Zeit.

»Du hast mich angelogen. Die ganze Zeit hast du mich angelogen«, klagte Holly.

Cole streckte die Hand nach ihr aus, doch sie wich zurück. »Es tut mir Leid.« Mehr wusste er nicht zu sagen. Wie konnte er die richtigen Worte finden, damit sie ihn verstand?

»Verdammt!« Sie warf die Zeitschrift nach ihm. »Du hattest kein Recht, letzte Nacht mit mir zu schlafen.«

Als er diesmal nach ihr griff, war er schneller. Er zog sie in seine Arme, und obwohl sie sich wehrte, hielt er sie fest. »Bist du böse, weil wir uns letzte Nacht geliebt haben, oder weil du dich verliebt hast, Holly?«

»Ich habe dir vertraut.« Ihre Stimme war gleichzeitig anklagend und schmerzerfüllt. »Ich hatte es nicht gewollt.« Sie hatte aufgehört zu kämpfen und stand ganz still. »Mein Gott, ich war so dumm.«

»Außer meinem Namen habe ich dir nie eine Lüge erzählt, Holly.«

»Vielleicht nicht direkt, aber du hast vieles verschwiegen. Einschließlich einer Frau, die sicher ist, dass du zu ihr zurückkommst. Und Klein-Holly hat dir alles geglaubt.«

Das Telefon läutete. Holly nützte den Moment der Ablenkung, schlüpfte aus Coles Armen und ging durch die Küche. »Geh nicht ran«, befahl Cole.

»Ich tue, was mir passt«, gab Holly zurück. »Das ist immer noch mein Haus und mein Telefon.« Sie riss den Hörer von der Gabel. »Hallo«, rief sie barsch. Eine Sekunde später warf sie Cole einen angewiderten Blick zu. »Eine Minute«, sagte sie in die Sprechmuschel und winkte Cole. »Für dich.«

Er zögerte. Sein altes Leben, in dem das Erscheinen eines Zeitungsartikels davon abhing, ob er ans Telefon ging oder nicht, stürmte auf ihn ein. »Haben sie einen Namen genannt?«

»Irgendein Kerl namens Frank.«

Cole nahm den Hörer. »Falls du anrufst, um mich über die Geschichte im *World Reporter* zu informieren, bist du zu spät dran.« Holly wollte gehen, doch Cole nahm sie an der Hand; und sie blieb.

»Tut mir Leid, Cole«, meinte Frank. »Diese Story hat uns kalt erwischt. Janet sagte, ihr Kontaktmann bei der Zeitung habe keine Ahnung gehabt, dass dort ein Artikel über dich vorbereitet wurde. Sie müssen alles sehr geheim gehalten haben aus Angst, wir könnten dagegen einschreiten.«

Cole brauchte jemanden, an dem er seinen Ärger auslassen konnte. Erstaunt stellte er fest, dass das noch vor sechs Monaten Frank gewesen wäre, gleichgültig, ob er der Schuldige war oder nicht. Noch erstaunlicher war die Erkenntnis, dass Frank die Beschuldigung nicht zurückgewiesen hätte. »Offensichtlich wussten sie, dass wir ihnen kein Exklusiv-Interview gewähren würden, wenn wir dahinterkämen, was sie treiben.«

»Was soll ich tun?«, fragte Frank.

›Ich werde sehr gut allein damit fertig‹, hatte Cole sagen wollen, doch er ließ es bleiben, als ihm klar wurde, wie aufsässig das geklungen hätte. Hatte er in diesen sechs Monaten nichts gelernt? Es wurde Zeit, dass Cole die Stärken seines Vaters schätzen lernte, anstatt ständig auf seinen Schwächen herumzureiten. Und Frank war in Höchstform, wenn er eine Krise zu bewältigen hatte.

Noch ehe Cole antwortete, ertönte ein aufdringliches Klopfen an der Vordertür. Holly zuckte zusammen, dann versuchte sie, um Cole herum zu gelangen, doch er versperrte ihr den Weg. »Warte eine Minute«, sagte er zu Frank und wandte sich dann Holly zu. »Geh mir nicht nach.«

Sie starrte ihn böse an. »Ich höre nicht mehr auf dich, Neal oder Cole, oder wie du sonst heißt.«

»Verdammt noch mal, Holly, dies ist kein Spiel. Entweder tust du, was ich dir sage, oder ich muss dich dazu zwingen.« Er kam nahe an sie heran, um deutlich zu machen, wie ernst es ihm war. »Hast du mich verstanden?«

Ihr Widerspruchsgeist erlosch. »Ja.«

Cole ging zum Fenster des vorderen Schlafzimmers und schob vorsichtig die Gardinen beiseite. Er sah eine Frau im grauen Kostüm auf der Veranda stehen, während hinter dem Lorbeerbusch, halb verborgen, ein Mann mit schussbereiter Kamera lauerte. Noch während er aus dem Fenster blickte, fuhr ein weiterer Wagen vor. Die beiden Leute, die ausstiegen, glichen den zwei ersten aufs Haar.

Wie hatten sie ihn so schnell gefunden? Noch während er sich die Frage stellte, drängten sich ihm ein Dutzend Antworten auf. Er hatte sich nicht bemüht, sich zu verstecken oder zu verkleiden, seit er hier wohnte. Jeder Beliebige konnte die Zeitung angerufen haben, von der Frau nebenan, die ihm eine Tasse Zucker geborgt hatte, bis zu einer der Kellnerinnen in Leroys Restaurant. Zehntausend Dollar waren eine gewaltige Verlockung.

Cole ging zurück in die Küche und nahm den Hörer wieder auf. »Hol uns hier raus, Frank! Egal, wie du es anstellst, es muss nur schnell gehen.«

23

Als Frank zurückrief, hatten sich bereits so viele Reporter und Fotografen vor dem Haus versammelt, dass etliche von ihnen in die Nachbarsgärten ausweichen mussten. Wegen des Lärms, den sie durch ihr Geschrei verursachten, konnte Holly das Telefonat, das sie mit ihrem Großvater führte, nicht beenden. Sie legte auf, nachdem sie ihm versprochen hatte, ihm alles genau zu erzählen, wenn er sie am Flughafen von Phoenix, Arizona, abholte. Als die Polizei auftauchte, um die Menschenmenge zu zerstreuen, waren bereits Pflanzen zertrampelt, Hollys Wäsche von der Leine gerissen, ihr Auto und Coles Truck durchwühlt und das Wohnzimmerfenster eingeschlagen worden.

Sie saßen am Küchentisch. Holly umklammerte mit den Händen die Tasse mit heißer Schokolade, die Cole für sie zubereitet hatte, während Cole einen Kaffee schlürfte. »Du solltest wissen«, sagte Holly, »dass ich nur wegen des Babys mit dir gehe. Wenn es nicht seinetwegen wäre …«

»Ihretwegen«, sagte Cole leise, aber bestimmt.

Holly warf ihm einen vernichtenden Blick zu. »Wenn es nicht seinetwegen wäre, würde ich nicht mit dir hinausgehen.«

Der Moment war nicht günstig, um Holly zu erzählen, woher er die Gewissheit habe, dass ihr Kind ein Mädchen würde. Er wollte sich das für später aufheben, wenn sie die Ruhe hatte, auf dieses erste Mal, da sie sich geliebt hatten, zurückzublicken und sich an den Zauber dieser Nacht zu erinnern. Er weigerte sich, die Möglichkeit zu bedenken, dass es eine zweite solche Nacht vielleicht nie geben würde. Mochte Holly das getrost glauben, er würde jedenfalls alles tun, um sie vom Gegenteil zu überzeugen.

Als eine halbe Stunde später die Limousine eintraf und die Leibwächter ihre Plätze einnahmen, spurteten Holly und Cole, begleitet vom Surren der automatischen Kameras und dem Klicken der Blitzlichter, auf den Wagen zu. Wie ein Meteoritenschweif folgten ihnen Polizeiautos und eine Horde von Reportern zum Flugplatz von Alcoa, wo Frank einen Privatjet für sie hatte bereitstellen lassen.

Die Limousine fuhr auf das Flugfeld und hielt so nahe neben dem Flugzeug, dass Cole und Holly direkt aus- und einsteigen konnten. Cole versuchte, Holly vor dem Blitzlichtgewitter der Fotografen abzuschirmen, die sich hinter der Absperrung drängten, doch bei einer derart heißen Geschichte spielte die Qualität der Bilder kaum eine Rolle. Sie würden sich auf jeden Fall auf der Titelseite der nächsten Ausgabe wiederfinden.

»Ich bin noch nie in einem Flugzeug gewesen«, sagte Holly hölzern, als sie sich auf dem Sitz gegenüber Cole niederließ. Dieser saß mit dem Rücken zum Cockpit. »Hast du Angst vor dem Fliegen?«, fragte er.

»Nicht so viel Angst wie vor dem, was sich da draußen abspielt.«

»Es wird nicht lange dauern, dann wird das Fliegen für dich etwas ganz Alltägliches sein. Die Reporter bilden nur noch einen Hintergrund.«

»Das wird nicht geschehen, Neal.«

Cole widersprach ihr nicht. »Wenn dir das Fliegen nicht gefällt, können wir auch einen der Busse benutzen. Auf Tourneen sind wir ständig darin unterwegs. Du kannst dir nicht vorstellen, wie bequem sie sind.«

»Rede nicht so«, sagte Holly.

»Wie kannst du uns so schnell aufgeben, Holly?«

»Ich kann so nicht leben. Und auch wenn ich es versuchen und mich dazu zwingen würde, so würde ich doch nicht wollen, dass mein Baby ein solch unnatürliches Leben führt. Du weißt so gut wie ich, dass ich heute nicht freiwillig mit dir gekommen bin, Neal ... Cole.« Sie wandte sich ab und sah aus dem Fenster. »Der Mann, in den ich mich verliebt habe, hieß Neal Chapman. Cole Webster kenne ich nicht, weshalb also sollte ich den Rest meines Lebens mit ihm verbringen wollen?«

Cole antwortete nicht, da ihm nichts einfiel, womit er sie überzeugen konnte. Endlich bekamen sie Starterlaubnis und das Flugzeug setzte sich in Bewegung. Cole ließ seinen Sicherheitsgurt zuschnappen.

»Es wird für mich in Maryville nie wieder wie früher sein«, sagte Holly. »Die Bekanntschaft mit dir hat mein Leben durcheinander gebracht. Ich werde nie wieder nur ich selbst sein können. Immer werde ich für die anderen die Frau an Cole Websters Seite sein. Dabei hat es mir gefallen, Ich zu sein. Ich hasse es, dass mir das genommen wurde.«

»Es tut mir Leid.« Mehr konnte Cole nicht sagen, denn er wusste, dass sie die Wahrheit sprach.

»Schau dir das an«, meinte Holly und nickte zum Fenster hin, »sie können uns nicht einmal mehr sehen und fotografieren trotzdem noch.« Ein hysterischer Unterton schwang in ihrer Stimme mit. »Glaubst du, sie warten auf einen Absturz, den sie vielleicht verpassen könnten, wenn sie jetzt nach Hause gingen?« Tränen stiegen ihr in die Augen. »Ich kann so nicht leben.« Die Worte klangen wie eine Beschwörungsformel.

»Ich weiß, wie hässlich dir das alles vorkommt und wie erschreckend es sein muss.« Cole erinnerte sich daran, wie es ihm selbst ergangen war, als er zum ersten Mal im Mittelpunkt einer solchen Massenhysterie gestanden hatte. Doch inzwischen hatte er sich daran gewöhnt. »Ich will dir nichts vormachen. Das ist keine einmalige Sache. Es geschieht, wo immer ich hingehe. Es ist ein Teil meines Lebens, auch wenn dieser Teil mir nicht gefällt. Ich wünschte, ich könnte es verhindern, ebenso wie ich gerne verhindern möchte, dass in der Boulevardpresse morgen alle möglichen Halbwahrheiten und Lügen gedruckt werden. Was du heute erlebt hast, war das, wovor ich geflohen bin, der Grund, weshalb ich nach Maryville kam – und dich traf.«

»Willst du behaupten, du hast diese ganze Neal-Chapman-Geschichte aufgezogen, um den Reportern zu entgehen?«

»Nein, es ist natürlich komplizierter«, gab er zu. »Der Unfall, von dem ich dir erzählt habe, hat mich in eine tiefe Krise gestürzt. Erst als du mich gezwungen hast, wieder zu singen, wurde mir klar, dass ich gerne singe, und dass dies, sei es nun gut oder schlecht, mein Leben ist. Doch die Kehrseite der Medaille ist sozusagen das Wissen, dass du Menschen wie mich verabscheust. Das war es auch, was mich immer wieder davon abgehalten hat, dir zu sagen, wer ich bin. Ich glaubte immer, wenn ich dir etwas mehr Zeit ließe, mich kennen zu lernen, würdest du einsehen, dass ich anders bin. Und nun ist das passiert.«

»Du bist nicht anders, das bildest du dir nur ein. Wie konntest du sagen, dass du mich liebst, wenn in Kalifornien eine Frau auf dich wartet?«

Die Brüchigkeit ihrer Stimme strafte ihre trockenen Augen Lügen. Was sollte er über Belinda erzählen, ohne leichtfertig zu klingen? Er öffnete seinen Gurt und beugte sich vor, um nach Hollys Hand zu greifen. Holly jedoch verschränkte die Arme fest über der Brust und sah zum Fenster hinaus.

Cole lehnte sich zurück. »Ich werde dich nicht aus diesem Flugzeug herauslassen, bis du mich angehört hast.«

Holly saß lange still und schwieg, doch endlich sagte sie: »Du hast Zeit, bis wir in Phoenix sind, um mich zu überzeugen.«

Als das Flugzeug in Phoenix landete, war es später Nachmittag. Holly sah so erschöpft aus, wie Cole sie noch nie gesehen hatte. Trotzdem rang sie sich ein Lächeln ab, als sie bemerkte, dass Cole sie beobachtete. Er hatte vom vorderen Kabinenteil aus telefoniert, um einige letzte Anweisungen für seine Rückkehr zu geben. Auf Hollys Wunsch hatte er auch Arnold und Leroy angerufen und ihnen mitgeteilt, dass sie nunmehr zwei Angestellte weniger hatten. Er vermutete zwar, dass die beiden schon selbst dahinter gekommen waren, doch er war bereit, alles zu tun, was Holly wünschte.

»Es geht mir gut«, sagte Holly auf seinen besorgten Blick hin.

»Ich lasse dich ungern hier«, antwortete Cole. Für Holly war es das Beste, sie aus dem Medienrummel herauszuhalten, der ihn bei seiner Heimkehr erwarten würde. Aber er konnte sich des Gefühls nicht erwehren, dass diese Trennung, auch wenn sie nur kurz sein sollte, ein Fehler war.

»Wir brauchen beide etwas Zeit«, meinte Holly vernünftig, »ich muss nachdenken und du musst, na ja, ich kann mir ausmalen, was du tun musst.«

»Du änderst doch nicht wieder deine Meinung?« Der Übergang von Feindseligkeit zu Verständnis war hart erkämpft. Holly hatte so lange in ihrer Empörung verharrt, bis Cole befürchtete, dass nichts, was er sagte, ihre Einstellung ändern könnte.

»Alles, was ich im Augenblick weiß, ist, dass ich dich liebe«, sagte Holly sanft.

»Versprich mir, dass du das nicht vergisst. Und wenn du glaubst, dies sei nicht genug, gib mir trotzdem eine Chance.«

»Ich werde nichts entscheiden, ohne vorher mit dir darüber zu sprechen.« Holly nahm seine Hand und drückte sie beruhigend.

Das Flugzeug zog eine Kurve und steuerte einen kleinen Privatlandeplatz an. Cole blickte aus dem Fenster, um zu sehen, ob draußen Leute mit Kameras herumstanden. »Sieht aus, als hätten wir sie abgeschüttelt«, meinte er. »Zumindest für die nächsten paar Tage wirst du im Haus deines Großvaters sicher sein. Bis dahin wird sich alles soweit beruhigt haben, dass ich dich nach Los Angeles holen kann, ohne einen solchen Aufstand zu verursachen wie in Maryville.«

»Du klingst so sicher.«

»Die Geschichte ist nicht sensationell genug, um länger als eine Woche breit getreten zu werden. Sobald ich auf einer Pressekonferenz bewiesen habe, dass ich immer noch ich bin, wird die Meute sich ein anderes Opfer suchen.« Aus den Augenwinkeln bemerkte Cole einen Mann, der dem Flugzeug wild zuwinkte. Er trug ein blaues Golfhemd und Khakihosen und sah aus, als würde er gleich vor Aufregung platzen. Cole machte Holly auf ihn aufmerksam. »Sollte das zufällig dein Großvater sein?«

Holly erkannte ihn sofort. Sie lächelte vergnügt. »Großvater tut nichts halbherzig.«

Cole freute sich, dass ihre Augen wieder glänzten. Er wäre gerne selbst die Ursache für dieses Strahlen gewesen.

Vor dem Ankunftsgebäude stand auch eine Frau in einem dunkelblauen Kostüm, die einen Aktenkoffer in der Hand trug. Frank hatte wieder einmal alles durchorganisiert, und diesmal freute sich Cole darüber.

Als das Flugzeug sich den Wartenden näherte, kam Holly näher ans Fenster und winkte ihrem Großvater zu. Während sie die Finger an das Glas drückte, meinte sie: »Ist es nicht erstaunlich, wie das Gedächntnis einen beschützt, indem es einen vergessen lässt, wie sehr man jemanden vermisst?«

»Ist das eine Feststellung oder eine Prophezeiung?«

Holly dachte nach. »Ich weiß es nicht.« Sie sah Cole in die Augen. »Vielleicht beides.«

Wieder hatte Cole das dumpfe Empfinden, es sei ein Fehler, Holly in Phoenix zurückzulassen. Wenn nur Frank ihm nicht gesagt hätte, dass Belinda bereits mit Randy auf dem Weg zum Flughafen in Los Angeles war.

Aus dem Lautsprecher drang die Stimme des Piloten. »Der Tankwagen steht schon bereit, Mr. Webster. Sobald wir Kraftstoff nachgefüllt haben, können wir weiterfliegen.«

Cole drückte den Sprechknopf. »Danke.« Hollys Augen verschleierten sich. »Was ist?«, fragte Cole.

»Du kommst mir so fremd vor. Für mich ist all das neu

und seltsam, aber für dich ist es nichts Ungewöhnliches. Ich war noch nie zuvor in einem Flugzeug, aber du weißt genau, wofür all die Knöpfe da sind. Letzte Nacht warst du noch ein einfacher Landjunge, der …« Sie hielt inne und atmete tief durch, dann presste sie die Hand auf den Mund und blinzelte, um die Tränen zurückzudrängen. »Der eine gebrauchte Wiege kaufte und sie in …«

»Und ich dachte, du hättest es nicht bemerkt«, sagte Cole.

»Wenn sie nun nicht mehr da ist?«

Cole setzte sich neben sie und nahm sie in die Arme. »Das macht nichts, Holly, »ich werde eine neue kaufen.«

»Aber ich will keine neue.«

»Dann werde ich jemanden beauftragen, zu deinem Haus zu gehen und sie uns zu schicken.«

Holly blickte stirnrunzelnd zu ihm auf. »Für dich ist das so leicht. Ist das so, wenn man reich ist?«

Noch ehe Cole antworten konnte, stoppte das Flugzeug und der Pilot kam aus dem Cockpit, um die Tür nach draußen zu öffnen. Holly setzte sich gerade und richtete ihr Haar mit den Fingern.

Wenige Sekunden später dröhnte eine Stimme durch die Kabine: »Holly, mein Mädel, wo versteckst du dich?«

»Hier bin ich, Großvater.«

Cole erhob sich und trat beiseite. Doch anstatt auf seine Enkeltochter zuzustürzen, ging Horace Murdoch auf Cole zu und betrachtete den jüngeren Mann einige Sekunden lang. »Sie müssen der Kerl sein, der meine Holly in diese Schwierigkeiten gebracht hat.«

Diese Feststellung traf Cole unerwartet. Er war unsicher, ob er stehen bleiben und seine Schuld zugeben oder lieber ausweichen sollte. Doch dann dämmerte ihm, dass Horaces Bemerkung sich wahrscheinlich auf Hollys Leibesumfang bezog. Sie hatte ihm zwar am Telefon von ihrer Schwangerschaft erzählt, doch sie zum ersten Mal so zu sehen war sicher ein Schock für ihn. »Ich bin mir bewusst«, begann Cole, »wie das für Sie aussieht, aber Sie sollten wissen …«

»Keine langen Erklärungen, mein Sohn. Die sind absolut nicht nötig. Wenn Sie gut genug sind für Holly, dann sind Sie auch gut genug für mich.« Er streckte Cole die Hände, die er bis dahin in die Hüften gestemmt hatte, in einer herzlichen Geste entgegen.

»Ich liebe Ihre Enkelin, Mr. Murdoch.« Es gefiel Cole, das Wort *Liebe* laut auszusprechen. Es hatte einen guten Klang.

»Ist auch verständlich«, lächelte Horace und sah zu Holly hinüber. »Man kann ja gar nicht anders.«

»Du siehst prima aus, Großvater«, sagte Holly. »Das Klima scheint dir zu bekommen.«

»Und du blühst wie eine von Großmutters berühmten Teerosen«, antwortete Horace und schloss seine Enkelin in die Arme.

Die Frau in dem Kostüm war inzwischen hereingekommen und wartete diskret an der Tür. Cole entschuldigte sich und ging zu ihr.

»Ich habe das Geld und den Barscheck mitgebracht«, sagte sie und überreichte ihm einen Umschlag.

»Danke.« Cole spähte hinein, um sich zu vergewissern, dass es kein Missverständnis gegeben hatte.

Die Frau nickte. »Wir stehen gerne zu Diensten. Wenn das alles war …«

»Ja, danke.«

»Dann gehe ich jetzt. Ich wünsche Ihnen einen angenehmen Flug.«

Cole trat wieder zu Holly und Horace. Er händigte Horace den Umschlag aus. »Wenn ich das Holly geben würde, bräuchte ich die ganze Nacht, um sie zum Annehmen zu bewegen.«

Horace blickte nicht in den Umschlag, sondern wog sein Gewicht in der Hand. Er kniff die Augen zusammen. »Denken Sie wirklich, dass sie so viel braucht, solange sie hier ist? Es hieß doch, dass sie nur ein paar Tage bei mir bleibt.«

Erst bei dieser Bemerkung wurde Cole klar, dass das Geld als Abfindung missverstanden werden konnte. »In vielen Krankenhäusern wird man nicht aufgenommen, wenn man nicht versichert ist oder eine Kaution hinterlegt. Ich hoffe natürlich, dass nichts passiert, aber solange Holly nicht bei mir mitversichert ist, möchte ich kein Risiko eingehen.«

»Er hat Recht, Großvater, auch wenn ich es ungern zugebe«, sagte Holly und wandte sich dann an Cole. »Versuche ja nicht wieder, etwas hinter meinem Rücken zu tun.«

»Ich dachte nur an das Baby, und ich weiß doch, wie stur du sein kannst, wenn es darum geht, Geld von mir anzunehmen.«

»Du kennst mich nicht so gut, wie du glaubst, Cole Webster. Wenn es nötig ist, stehle ich sogar das Geld aus der Sammelbüchse der Heilsarmee, um dieses Baby zu schützen.«

»Und danach würdest du dir die Finger wundschuften, um es zurückzuzahlen«, erwiderte Cole.

Horace kicherte über diesen verbalen Schlagabtausch. »So also läuft das zwischen euch. Ich habe mich schon immer gefragt, bei was für einem Mann meine Holly wohl landen würde.« Er betrachtete die beiden. »Dieses Baby wird euch noch zu schaffen machen.«

Holly wand sich unter seinem Blick.

»Besonders, wenn sie ihrer Mutter gleicht«, schmunzelte Cole.

»Er«, widersprach Holly.

»Wir sollten uns auf den Weg machen, wenn wir die Hauptverkehrszeit vermeiden wollen«, meinte Horace und schlug Cole auf die Schulter. »Ich freue mich darauf, Sie bald besser kennen zu lernen, Sohn.«

»Danke, Mr. Murdoch.«

»Es gefällt mir, dass Sie Ihre gute Kinderstube nicht vergessen haben, aber wir sind jetzt eine Familie, also nennen Sie mich Horace.« Er ging auf die Tür zu. »Holly hat mir erklärt, warum Sie nicht aus dem Flugzeug aussteigen wollen. Niemand soll Sie sehen und auf die Idee kommen, Holly nachzufahren. Deswegen werde ich draußen auf sie warten, bis ihr euch verabschiedet habt.«

»Hast du die Telefonnummer von meinem Haus?«, fragte Cole, nachdem Horace außer Sicht war, »und die Nummer des Autotelefons?«

»Hast du mir nicht erzählt, dein Bruder habe kein Telefon in seinem Truck?«

»Das stimmt, aber ...«

»Ich mache nur Spaß.«

»Bitte nicht. Die Sache ist zu ernst. Ich will sicher sein, dass du mich jederzeit erreichen kannst, egal wo ich bin und was ich tue.«

»Es sind doch nur ein paar Tage«, protestierte Holly.

»Wirklich?«

»Ich liebe dich, Neal ... Cole. Eines Tages werde ich mir merken können, wie du heißt.«

»Aber reicht es, mich zu lieben?« Er machte einen Fehler, aber er musste fragen.

Holly ließ sich Zeit mit ihrer Antwort. Endlich antwortete sie aufrichtig: »Ich weiß es nicht.«

Das war es nicht, was er hören wollte. Er küsste sie lange und leidenschaftlich, als wolle er sich ihrem Körper und ihren Gedanken unauslöschlich einprägen. Sie durfte ihn nicht verlassen.

Das Erste, was Cole hörte, als er zwei Stunden später aus dem Flugzeug stieg, war das laute Freudengeheul, das Randy ausstieß, während er über die Landebahn rannte. Er packte den überraschten Cole, hob ihn hoch und schwang ihn herum, ehe er ihn keuchend wieder auf den Boden stellte.

»Es tut verdammt gut, dich wiederzusehen, Cole«, sagte er und umarmte seinen Bruder herzlich.

Cole lachte über die begeisterte Begrüßung. »Ich bin auch froh, dich zu sehen«, sagte er. Es war, als habe er einen Rettungsanker wieder gefunden. Er wusste jetzt, dass Zuhause nicht einen Ort bedeutete, sondern die Menschen, die man liebte.

»Wie geht es Holly?«, fragte Randy. »Kommt sie mit alldem zurecht?« Noch ehe Cole antworten konnte, fügte er hinzu: »Die Aufregung schadet doch hoffentlich nicht dem Baby. Kennt sie einen Arzt in Phoenix? Nicht dass sie einen braucht, aber es schadet nicht, auf alle Eventualitäten vorbereitet zu sein.«

Cole machte sich von Randy los und betrachtete ihn. »Hast du was geschluckt?«

»Wie kommst du darauf?«, lachte Randy. »Ich bin einfach froh, dass du wieder da bist. Und jetzt beantworte meine Frage.«

»Holly geht es gut.« Cole schob die Brille auf seinem Nasenrücken zurecht. Er freute sich schon auf seine Kontaktlinsen. In der Tat hatte er, als das Flugzeug sich seinem Ziel näherte, überrascht festgestellt, dass er sich auf viele Dinge freute. »Jedenfalls ging es ihr vor ein paar Stunden noch gut. Sie ist überraschend gut mit meiner Enttarnung fertig geworden. Ich weiß nicht, ob es mir in ihrer Position genauso gut gelungen wäre. Aber so ist sie eben. Als dieser Hundesohn Troy Martin ihr den Laufpass gab, hat sie nicht einmal …« Cole hielt inne. Dies war weder die rechte Zeit noch der rechte Ort, um sich mit Randy in die Geschichte von Troy Martin zu vertiefen. »Jedenfalls ärgert es mich, wie schnell der Kerl nach oben kommt.«

Randy legte seinen Arm und Coles Schultern, und gemeinsam gingen sie auf den Hangar zu. »Und vermutlich kommt er auch bis zur Spitze, wenn er sich nicht vorher selbst ein Bein stellt.«

Ein Flugzeug startete hinter ihnen, daher musste Cole seine nächste Frage schreien. »Hast du etwas von Marshall gehört?«

»Er hat die Spur des Mannes, der bei Eric und Mike schnüffeln wollte, bis zu einem Privatdetektiv nach Los Angeles zurückverfolgt. Dieser Detektiv hat gelegentlich auch schon für Marshall gearbeitet. Er scheint wirklich gut zu sein und ist nicht billig.«

»Eine innere Stimme sagt mir, dass die Person, die den Detektiv angeheuert hat, auch das Bild an den *World Reporter* verkauft hat. Was ich nicht verstehe, ist das Warum.«

»Du kannst dir den Höllenspektakel nicht vorstellen, der sich heute früh nach dem Erscheinen der Zeitschrift vor unserem Haus abgespielt hat. Die Reporter standen so dicht gedrängt, dass Frank eine Viertelstunde brauchte, um sich durchzuquetschen.«

»Wie hast du es angestellt, dass dir niemand gefolgt ist?«

»Frank hat Belinda und mich gleich heute Morgen nach deinem Anruf ausquartiert. Wir blieben in einem Motel in El Monte. Dort hat er uns später angerufen und uns gesagt, wann du ankommst.«

»Wo ist Frank jetzt?«

»Er und Janet legen eine falsche Spur für die Reporter zum Internationalen Flughafen von Los Angeles.« Er dirigierte Cole um eine Ecke des Gebäudes.

Sie waren bereits auf dem Weg zu dem Parkplatz, wo Randys Truck stand, als Cole aufsah und Belinda erblickte. Sie trug einen weißen Sportanzug, der im Licht der Bogenlampen nahezu durchsichtig wirkte, und lehnte in aufreizender Pose an der Kühlerhaube des Wagens. Sie sah besser aus denn je.

Randy folgte Coles Blick. »Frank hat ihr gesagt, sie solle sich unauffällig kleiden.«

»Jetzt wird es unangenehm«, meinte Cole. »Es tut mir Leid, ich wollte dich nicht da mit hineinziehen. Hat Frank ihr nicht gesagt, dass sie im Motel auf mich warten soll?«

»Sie ließ sich nicht dazu bewegen. Wenn es nach ihr gegangen wäre, hätte sie dich alleine abgeholt.«

Mit der geübten Lässigkeit eines Mannequins kam Linda auf sie zu, und als sie kurz vor ihnen stand, erschien ein strahlendes, triumphierendes Lächeln auf ihren Lippen. »Du siehst fantastisch aus«, sagte sie mit rauer Stimme. »Ich könnte dich glatt auffressen. Und das werde ich auch tun, sobald wir alleine sind.«

Cole warf Randy einen peinlich berührten Blick zu. Das war eine Belinda, die er nicht kannte. Die Frau, die er vor sechs Monaten zurückgelassen hatte, wäre ihm nie so in der Öffentlichkeit entgegengekommen. Nicht dass sie solche Worte nicht benutzte, aber sie hatte sie immer für das Schlafzimmer aufgehoben.

Belinda spürte sein Unbehagen. »Randy weiß, wie lange die Trennung für uns war. Es macht ihm nichts aus.« Damit schob sie sich zwischen die Brüder, legte ihre Arme um Coles Nacken und küsste ihn so tief, dass er ihre Zunge fast in seinem Rachen spüren konnte.

Cole erschrak fast vor dem Abscheu, den er bei diesem Kuss empfand. Er hatte geglaubt, Mitleid oder sogar Schuld beim Wiedersehen mit Belinda zu fühlen, nicht aber Feindschaft. Er befreite sich aus ihrem Griff. »Denk dran, dass wir keine Aufmerksamkeit erregen wollen«, sagte er.

»Ach, Randy wird gerne ein Stück vorausgehen ...« Doch sie besann sich eines Besseren. »Du hast Recht. Es tut mir Leid. Wir werden später genug Zeit für uns haben.« Sie nahm seinen Arm und drückte im Gehen ihre Brust dagegen.

Die gelegentlichen kurzen Telefonate mit ihr hatten Cole klargemacht, dass sie nicht willens war, das Feld kampflos zu räumen. Doch das ging weiter, als er gedacht hatte. Ihre Handlungsweise hatte etwas Verzweifeltes an sich.

Am Truck angekommen, half Cole ihr mechanisch auf den Sitz, während sich in seinem Kopf die Gedanken überstürzten. Und plötzlich wurde ihm klar, was ihn am allermeisten gestört hatte – ihr Lächeln, als sie ihn gesehen hatte.

Dieses Lächeln war weder erfreut noch erleichert gewesen, sondern triumphierend.

Er setzte den Fuß auf das Trittbrett und nagelte Belinda mit einem eiskalten Blick fest. »Wie viel hat man dir für das Bild bezahlt, Belinda?«

Sie wurde aschfahl. »Ich weiß nicht, wovon du sprichst«, stammelte sie.

»Hoffentlich war es genug, um dich über Wasser zu halten, bis du einen anderen Trottel findest, der bereit ist, dich auszuhalten, denn ich bin fertig mit dir.«

»Wie kannst du mir so etwas zutrauen?« Sie legte ihre Hand auf seinen Arm. »Du bist müde. Wenn wir im Haus sind und du dich ausgeruht hast, wirst du deine Ansicht ändern.«

»Warum hast du es getan, Belinda?«, fragte Cole wütend und neugierig zugleich. »War es wegen des Geldes?«

Belindas Blick flackerte unstet umher und sie befeuchtete ihre Lippen mit der Zunge. »Ich habe nicht ... nie hätte ich ...« Sie umklammerte seinen Arm fester. »Bitte, Cole, erinnere dich, was wir einander bedeutet haben.«

Sie brachte Cole fast zum Lachen. »War ich immer so leicht zu manipulieren?«

»Du musst das verstehen.« Sie hatte einen Fehler gemacht und zu viel gesagt und nun versuchte sie abzulenken. »Ich war verzweifelt, weil du so lange weg warst. Und ich hatte Angst, jawohl, ich war fast verrückt vor Angst. Und ich war auch einsam. Du kannst dir nicht vorstellen, wie es für mich war, als du nicht da warst.« Sie warf Randy einen flehenden Blick zu. »Sag ihm, was ich durchgemacht habe, Randy. Du warst dabei. *Sag es ihm!*«

»Zieh Randy nicht mit hinein«, sagte Cole.

»Schau mich an, Cole«, rief sie. »Denk an die Nächte, die wir miteinander verbrachten. Ich bin die Erfüllung jedes erotischen Traumes, den du je hattest. Es kann für uns wieder so werden.«

»Spar dir die Worte für eine Kontaktanzeige, Belinda.« Cole pflückte ihre Hand von seinem Arm. »Wer weiß, der *World Reporter* würde dir vielleicht einen günstigen Preis dafür machen, nach allem, was du für ihn getan hast.«

24

»Wie konntest du das wissen?«, fragte Randy, während er den Truck durch den Verkehr lenkte.

»Es hat sich plötzlich alles zu einem Bild zusammengefügt«, antwortete Cole.

»Glaubst du, sie hat die Zeitungen angerufen, nachdem wir den Flugplatz verlassen haben?«

»Darauf könnte ich wetten.«

»Du bist ziemlich hart mit ihr umgesprungen«, meinte Randy, »besonders, als du ihr das Geld für ein Taxi verweigert hast.«

»Für die fünfzigtausend Dollar, die sie für mein Foto bekommen hat, könnte sie sich ein Taxi *kaufen*.« Coles Enttäuschung über Belinda war noch größer als sein Zorn, aber mit Zorn ließ sich leichter umgehen.

»Glaubst du ihr?«, fragte Randy kurze Zeit später.

»Du meinst, weshalb sie es getan hat?«

»Ja.«

Cole kurbelte das Fenster herab und genoss die kühle Abendluft. »Oh, es war sicher die Liebe, die sie dazu getrieben hat. Allerdings nicht die Liebe zu mir, sondern zu dem, was ich ihr bieten konnte. Für jemanden wie Belinda gibt es nur einen Weg, sich den Lebensstil zu leisten, den sie zu verdienen glaubt – indem sie sich an einen Mann wie mich hängt. Auf gewisse Weise ist das ihr Beruf, es ist alles, was sie gelernt hat.«

»Hast du das schon immer gewusst?«

»Wahrscheinlich. Ich wollte es mir bloß nicht eingestehen. Wenn du ausgehst und am Arm eine Frau wie Belinda hast, zeigt das jedermann, wie erfolgreich du bist.«

»Und was zeigt es, wenn man mit einer Frau wie Holly ausgeht?«, hakte Randy nach.

Cole lächelte. »Das zeigt, wie glücklich ich bin.«

»Ich sollte mir auch so eine zulegen. Hat Holly Schwestern?«

»Mir war nie aufgefallen, dass du unter Mangel an weiblicher Gesellschaft leidest.«

»Ach ja, ich habe mich zwar fleißig umgesehen, aber die Richtige habe ich noch nicht entdeckt«, sagte Randy lebhaft. »Immer wieder werde ich von Schmetterlingen mit zerbrochenen Flügeln vom rechten Weg abgelenkt.«

»Hm, mir scheint, dass das noch schlimmer werden wird.«

Randy sah Cole fragend an. »Was möchtest du damit sagen?«

»Nun, sobald es sich herumspricht, wie sensibel du in Wahrheit bist, werden dir die Frauen die Schlafzimmertür einrennen.«

»Wieso sensibel?«, fragte Randy vorsichtig.

Cole wurde ernst. »Wegen dieser Lieder, die du schreibst.«

»Lieder? Welche Lieder?«

»Versuche nicht, es abzustreiten«, sagte Cole. »Wenn ich ein wenig aufmerksamer gewesen wäre, hätte ich schon vor langer Zeit deine Handschrift in dieser Musik bemerkt.« Nach einigen Sekunden fügte er hinzu: »Warum hast du es mir nicht gesagt?«

»Weil ich eine ehrliche Meinung hören wollte.«

»Nun, jetzt hast du eine. Was willst du nun tun?«

»Kommt drauf an.«

»Auf was?«

»Ob du daran interessiert bist ...«

»Verdammt noch mal, Randy, wage es nicht, diese Lieder an jemand anders zu verkaufen.«

»Das tue ich aber. Endlich habe ich auch einmal die Oberhand ...«

»Werde ja nicht frech zu deinem großen Bruder.«

Randy grinste Cole an. »Zu spät. Ich werde diese Kuh melken, bis der Eimer überfließt.«

Cole lehnte sich in den Sitz zurück und schloss die Augen, während auf seinem Gesicht ein zufriedenes Lächeln erschien. Randy hatte ein Anrecht auf seinen Eimer voll Milch, und auf mehr dazu.

»Mach es dir nicht zu gemütlich«, warnte ihn Randy. »Sobald wir auf dem Dellwood Boulevard ankommen, fahre ich rechts ran und lasse dich nach hinten.«

Cole konnte sich ein Lächeln nicht verkneifen. Was für eine großartige Heimkehr, versteckt vor den Reportern auf der Ladefläche eines Kleinlasters. Ach ja, die Sonnenseiten des Ruhms.

Die Morgendämmerung färbte bereits den Himmel purpurrot, als Cole den Gedanken an Schlaf aufgab und nach unten ging, um sich eine Tasse Kaffee aufzubrühen. Frank saß bereits in der Küche. Er war in einen alten Filzbademantel gewickelt, und an den Füßen trug er die Pantoffeln, die Randy ihm vor fünfzehn Jahren zu Weihnachten geschenkt hatte.

»Willkommen zu Hause«, sagte er.

Es war ihr erstes Zuammentreffen, seit Cole wieder im Haus war. »Danke«, sagte Cole, und da er großzügig gestimmt war, fügte er hinzu: »Es ist schön, wieder hier zu sein.«

»Bist du wach«, fragte Frank, »weil du nicht schlafen kannst oder weil du immer noch an die Zeit in Tennessee gewöhnt bist?«

»Wahrscheinlich beides.«

»Mir scheint, als hättest du diese Monate der Abwesenheit gebraucht. Du hast schon lange nicht mehr so gut ausgesehen.«

Cole fuhr mit der Hand über sein frisch rasiertes Kinn. Er hatte seinen Bart so lange getragen, dass er einige Zeit benötigen würde, um sich wieder an sein Gesicht zu gewöhnen. »Heute früh hatte ich Probleme mit meinen Kontaktlinsen. Sie fühlen sich seltsam an.« Er blinzelte ein paarmal.

»Vielleicht brauchst du neue.«

»Vielleicht.« Hätte ihnen ein Fremder zugehört, so hätte dieser den Eindruck gewonnen, sie führten ein Gespräch fort, das sie erst am Abend zuvor abgebrochen hatten.

»Wie geht es Holly?«, fragte Frank interessiert.

Mit dieser Frage hatte Cole nicht gerechnet. Es überraschte ihn, dass Frank dieses Thema anschnitt. »Sie schlief, als ich gestern Abend anrief. Horace meinte, sie sei zwar müde, aber ansonsten ginge es ihr gut.«

Frank stand auf, holte eine weitere Tasse Kaffee und reichte sie Cole. Dann setzte er sich wieder an den Tisch. »Als ich gestern Nacht heimkam, erzählte mir Randy, was

Belinda angestellt hat. Ich war so sauer, dass ich am liebsten ihr ganzes Zeug auf dem Tennisplatz gestapelt und ein Grillfeuer für die wartenden Reporter veranstaltet hätte. Aber Janet hat es mir ausgeredet.«

Cole lachte. »Wie schade, die Idee war gut.«

Danach schwiegen beide. Die Stille hatte etwas Gespanntes. Cole versuchte, seine Verlegenheit zu verbergen, indem er den Inhalt des Kühlschranks inspizierte, während Frank nervös in seinem Kaffee rührte. Es war, als ließen sich die Jahre der Gegnerschaft nicht aus der Welt schaffen, ohne dass darüber gesprochen wurde.

Frank legte den Löffel beiseite und nippte an dem schwarzen süßen Gebräu, das er Kaffee nannte. »Hast du gefunden, was du suchtest, Cole?«, fragte er leise.

Cole stellte Hefekringel und Rahmkäse auf die Anrichte und setzte sich seinem Vater gegenüber. »Ich weiß nicht, mit welchen Fragen ich losgefahren bin, aber auf jeden Fall habe ich einige Antworten mit nach Hause gebracht.«

»Ich will deinen Worten nicht mehr Bedeutung beimessen, als du selbst es tust – aber du sagtest eben ›nach Hause‹. War das nur eine Redensart oder …«

»Ich habe mich seit dem Unfall verändert. Und mir scheint, nicht nur ich. Hoffentlich sind diese Veränderungen von Dauer, denn auf keinen Fall möchte ich, dass es hier wieder so wird wie vorher.« Er hielt inne, um Frank Gelegenheit zu geben, die Worte aufzunehmen, doch dann fiel ihm ein, dass er das Wichtigste vergessen hatte. »Ich weiß jetzt, dass ich ein Sänger bleiben möchte und dass ich hierher gehöre.«

»Ich habe auch viel nachgedacht, Cole, und du kannst mir glauben, dass auch ich die Zeit nicht zurückdrehen möchte. Und damit ich nicht in Versuchung komme, habe ich mir etwas ausgedacht, wovon ich dir erzählen möchte.« Frank steckte wieder den Löffel in die Kaffeetasse und begann erneut umzurühren. »Die Plattenfirmen liegen mir ständig in den Ohren, mich neuer Sänger anzunehmen. Nun, ich bin der Meinung, dass es uns allen gut tun würde, wenn ich noch ein paar andere Leute zu managen hätte.« Er rührte immer schneller in seiner Tasse. »Das soll nicht heißen, dass ich deine Geschäfte vernachlässige. Und wenn du doch einmal den Eindruck haben solltest, dass ich mich nicht genug um deine Belange kümmere, werden wir das klären. Aber nie wieder werde ich mich nur mit deiner Karriere beschäftigen. Und nun, da Randy mir so viel Arbeit abnimmt, habe ich sowieso nicht mehr so viel zu tun. Es bleibt kaum noch etwas für mich im Büro zu erledigen.«

»Ich weiß, in welch schwierige Lage ich dich gebracht habe«, gestand Cole. Zweiunddreißig Jahre hatte es gedauert, bis er seinen Vater nicht nur als unüberwindbaren Gegner, sondern als menschlich und fehlbar ansehen konnte.

»Es war schwierig für uns alle«, antwortete Frank und rührte immer heftiger.

Cole langte über den Tisch und nahm ihm den Löffel aus der Hand. »Du hast mich vorhin gefragt, ob ich gefunden habe, was ich suchte.«

»Ich wollte dich nicht ausfragen. Du musst mir nichts erzählen, wenn du nicht möchtest.«

»Erinnerst du dich daran, als ich achtzehn war und wir sechs Monate ununterbrochen in Nashville verbrachten? Ich hatte endlich den Stimmbruch hinter mir, und du warst überzeugt, mein großer Durchbruch stünde nun bevor.«

»O ja. Ich habe jeden Tag mehrmals an alle wichtigen Türen geklopft«, sagte Frank. »Es gab keine Plattenfirma, die ich nicht mindestens zweimal aufgesucht habe.«

»Während du die Plattengesellschaften abgeklappert hast, ging ich immer zum Universitätsgelände hinüber. Ich spazierte dort herum, unterhielt mich mit den Studenten und tat, als gehörte ich dazu. Und nachts lag ich wach und malte mir aus, wie es wäre, einer dieser Studenten zu sein. Ich habe mir das mit solcher Kraft gewünscht, dass es manchmal schmerzte.«

Frank fuhr sich mit den Fingern durch die Locken und

blickte zur Decke. »Und ich dachte immer, ich würde dir und Randy eine aufregende Kindheit bieten. Ihr tatet die Dinge, wozu die meisten Menschen nicht den Mut finden. Wann immer du auf die Bühne tratest, gab es da unten im Publikum nicht einen Mann, der sich nicht heimlich wünschte, an deiner Stelle zu sein – ab und zu.«

»Ich vermute, das ist etwas, was einem niemand erklären kann. Man muss es selbst herausfinden.«

»Es ist nur schade, dass du nicht den Zeitpunkt deiner Heimkehr selbst wählen und Holly mitbringen konntest, wie du es gern getan hättest.«

»Wir werden es schon schaffen.«

»Und ob wir das schaffen«, grinste Frank. »Da wir gerade davon sprechen, erzähl mir doch etwas über meinen zukünftigen Enkel.«

»Enkel*tochter*«, verbesserte ihn Cole. »Da gibt es wirklich nicht viel zu sagen. Aber Holly wird hier sicher viele Dinge verändern, und keiner von uns wird es schaffen, sie davon abzuhalten.«

»Ich habe mich nur gefragt, na ja, nicht dass es wirklich bald eintreten wird, aber ich habe mir überlegt … nun ich habe mehr getan, als nur nachzudenken, es ist mehr wie …«

»Mensch, Dad, spuck es endlich aus!«

Frank nahm einen Schluck Kaffee und räusperte sich. »Was würdest du sagen, wenn ich eurem kleinen Mädchen zu einer Großmutter verhelfen würde?«

Langsam breitete sich ein Lächeln über Coles Gesicht. »Ich würde sagen, das wäre das schönste Geschenk, das ihm jemand machen könnte.«

Später am Vormittag, während er mit Randy um die Wette schwamm, trat Janet aus dem Haus und kam zum Swimmingpool herüber. »Möchtet ihr die heutigen Zeitungen sehen?«, fragte sie und wedelte mit einer Zeitschrift.

Cole schwamm zu ihr und hievte sich aus dem Wasser. »Du weißt sicher schon, was drin steht«, vermutete er.

»Natürlich ein Haufen wilder Spekulationen über deinen Aufenthalt in Tennessee. Verständlicherweise sind alle ganz wild auf Einzelheiten über diese geheimnisvolle schwangere Frau. Und was sie nicht aus Hollys Freunden oder Nachbarn herausquetschen konnten, haben sie einfach dazuerfunden.«

Randy gesellte sich zu ihnen. »Was schreiben sie über Cole?«

»Dass man ihn an einem unbekannten Ort versteckt«, antwortete Janet.

»Weshalb sollte ich mich jetzt verstecken?«, fragte Cole.

»Das wird dir gefallen: Die Mehrheit der Magazine vermutet, dass du nach deinem Unfall eine fehlgeschlagene Gesichtsoperation hattest und dich in ein Mitleid erregendes Ungeheuer verwandelt hast.« Randy öffnete den Mund, um etwas zu sagen, doch Janet hob abwehrend die Hand. »Wartet, es kommt noch besser. Unbekannte Quellen behaupten, Cole wäre selbstmordgefährdet gewesen, nachdem er sein Gesicht sah. Um ihm wieder Lebensmut zu geben, habe Frank ihm eine Frau beschafft, die er schwängern konnte.«

»Und schreiben sie auch, wie Frank diese Frau fand?«

Cole stöhnte, während er seinen Blick über die Zeitschrift gleiten ließ. »Hoffentlich schafft es Horace, diesen Mist von Holly fern zu halten.«

Janet grinste boshaft. »Ich kann es kaum erwarten, dich auf der Pressekonferenz vorzuführen. Wenn wir dir einen Hut aufsetzen, um das kurze Haar zu verbergen, wird niemand erkennen können, dass du einen Unfall hattest.« Sie warf die Zeitungen auf einen Tisch und begann sie durchzusehen. »Hier ist noch etwas Besonderes, das du dir anschauen solltest.«

Sie reichte Cole ein auflagenstarkes Magazin aus Nashville. Anders als die anderen Titelseiten, die unscharfe Aufnahmen von ihm und Holly zeigten, wie sie zur Limousine hasteten, war Holly auf diesen Bildern deutlich zu erkennen. Die Fotos waren einige Jahre alt. Holly trug das Haar länger und sie war zaundürr, aber das Gesicht war unverkennbar.

»Woher haben sie die Fotos?«, fragte Janet.

»Ich weiß es nicht«, antwortete Cole und starrte auf die Bilder. Natürlich war es unvermeidlich, dass irgendwann ein gutes Foto von Holly auftauchte, aber er hatte gehofft, dies würde erst geschehen, wenn er und Holly wieder zusammen waren.

Randy spähte über Coles Schulter. »Die Frau gefällt mir. Sie sieht eigensinnig aus, als hätte sie eine eigene Meinung.« Er kicherte und stieß Cole spielerisch in den Rücken. »Meine innere Stimme sagt mir, dass ich mich gut mit ihr verstehen werde.«

Cole wollte so schnell wie möglich alle Hebel in Bewegung setzen, um Holly den Weg zu ihm zu ebnen.

»Kannst du die Pressekonferenz vorziehen?«, fragte er Janet.

Janet spürte die unausgesprochene Furcht in seiner Frage. Ihr Lächeln schwand. »Du möchtest es so schnell wie möglich hinter dich bringen, nicht wahr?«

Er nickte.

»Ich werde tun, was ich kann.«

Am nächsten Tag telefonierte Cole gerade mit Buddy, als Janet ins Wohnzimmer kam. Er gab ihr zu verstehen, dass er das Gespräch so schnell wie möglich beenden würde, doch dann bemerkte er ihren Gesichtsausdruck. »Buddy, ich werde dich später noch einmal anrufen.«

»Vergiss nicht, Holly zu sagen, dass wir schon das Gästezimmer für euren Besuch hergerichtet haben«, sagte Buddy.

»In Ordnung«, versprach Cole, während seine Blicke Janet nicht losließen, die aussah, als wäre sie in diesem Augenblick am liebsten weit weg. Er legte den Hörer auf. »Was ist passiert?«, fragte er sie.

»Du hast sicher den *Tennessean* noch nicht gelesen?«

»Nein.«

»Hast du je von einem Mann namens Troy Martin gehört?«

Die Frage traf Cole wie ein Schlag. Er riss Janet die Zeitung aus der Hand. Er brauchte nur die Schlagzeile zu überfliegen, um zu wissen, was los war: WEBSTERS VATERSCHAFT FRAGLICH. Troy Martin hatte eine Gelegenheit gesehen, sich ins Gespräch zu bringen, und er hatte sie ergriffen. »Kein Wunder, dass Holly heute früh nicht ans Telefon kommen wollte«, murmelte Cole.

»Wenn sie das gesehen hat …« Doch dann gewann seine Vernunft die Oberhand. Falls Horace nicht neben einem großen Zeitschriftenladen oder einem Geschäft lebte, das überregionale Zeitungen führte, konnte Holly den Artikel heute Morgen noch nicht zu Gesicht bekommen haben.

»Sie braucht es gar nicht im *Tennessean* zu lesen«, sagte Janet leise. »Soweit ich erfahren habe, wurde die Story von nahezu jeder Zeitung im Lande aufgegriffen. Ich hätte es dir schon gestern Abend sagen sollen, nachdem man mich gebeten hatte, einen Kommentar dazu abzugeben, aber ich dachte, die Geschichte sei so abwegig, dass es nicht wert sei, dich deswegen aufzuwecken.«

»Ich hatte angenommen, Frank oder Randy hätten dir gesagt, dass das Baby nicht von mir ist.«

»Sie haben nicht daran gedacht.« Sie hielt inne, als sammle sie Kraft für einen bevorstehenden Kampf. »Wie soll ich jetzt vorgehen, Cole?«

Frank trat ins Zimmer. »Hast du es ihm gesagt?«, fragte er Janet.

Sie nickte. »Jetzt müssen wir den besten Weg finden, damit fertig zu werden.«

Cole stand auf und trat ans Fenster. Er blickte einige Minuten unbewegt hinaus, dann drehte er sich um. »Findet heraus, ob Troy Martin das wegen der Publicity tut oder weil ihm etwas an dem Baby liegt.«

»Und wenn es wegen des Babys ist?«, fragte Janet.

»Dann müssen wir uns etwas ausdenken«, erwiderte Cole.

»Und wenn es wegen der Publicity ist?«, wollte Frank wissen.

»Dann werde ich ihm das Leben so schwer machen, dass er wünscht, nie geboren zu sein. Er hat Holly benutzt und ist damit durchgekommen. Aber ich werde es nicht zulassen, dass er auch ihr Baby benutzt.«

»Vielleicht solltest du Holly anrufen und sie warnen, was auf sie zukommt«, schlug Frank vor.

»Ich habe schon den ganzen Morgen versucht, sie zu erreichen.«

»Wir sollten jemanden hinschicken und sie holen lassen.« Janet legte behutsam die Hand auf Coles Arm. »Sie sollte wissen, dass du ihr zur Seite stehst. Wenn ich an ihrer Stelle wäre, dann wäre ich vor Sorge außer mir.«

»Du hast Recht, aber ich kann sie nicht herbringen lassen, ehe ich mit ihr darüber gesprochen habe«, gestand Cole.

»Wieso nicht?«, fragte Frank.

»Weil ich nicht einmal weiß, wo Horace wohnt.« Er hatte einfach vergessen, danach zu fragen. Holly hatte nur ein paar Tage in Phoenix bleiben sollen. Er hatte ihre Telefonnummer, das hatte ihm gereicht.

Frank stöhnte ärgerlich auf, doch Janet warf ihm einen warnenden Blick zu. »Es ist nicht so schlimm, wie es aussieht«, sagte sie. »Wenn wir die Telefonnummer haben, können wir auch die Adresse herausfinden. Wenn ich zum Flugplatz fahre, kann ich in ein paar Stunden in Phoenix sein. Sobald ich dort bin, rufe ich dich an, und wenn du Holly in der Zwischenzeit erreicht hast, fahre ich hin und hole sie ab. Dann können wir beide am Abend wieder hier sein.«

Die Wartezeit würde qualvoll werden. Cole wäre am liebsten selbst geflogen, doch wenn ihn jemand entdeckte, würde er nicht einmal durch den Flughafen gelangen. »Ich würde Marshall hinschicken, aber ich glaube, es ist tatsächlich besser, wenn du fliegst, Janet. Holly wäre nie einverstanden, mit einem grobschlächtigen Detektiv mitzugehen.«

Janet lächelte ihm ermutigend zu. »Sie mag zäh sein, aber ich bin zäher.«

»Das hoffe ich bei Gott.«

Als Janet und Frank aus dem Zimmer waren, ging Cole wieder zum Telefon und wählte Horaces Nummer. Er ließ es mindestens ein dutzend Mal läuten, ehe er aufgab. Als er den Hörer auflegte, sah er zur Uhr. In zehn Minuten wollte er es wieder versuchen. Doch bereits fünf Minuten später hielt er wieder den Hörer in der Hand.

Lieber Cole,
einer der Gründe, weshalb ich dich liebe, ist, dass du immer Verständnis dafür hattest, dass mein Baby für mich das Wichtigste auf der Welt ist. Ich weiß, dass es auch schon fast dein Baby war und dass deine Liebe zu mir es mit einschließt. Aber ich kann darauf keine Rücksicht mehr nehmen. Ich darf nicht zulassen, dass Troy mein Kind bekommt. Ich habe lange darüber nachgedacht, Cole, und ich ängstige mich zu Tode. Es gibt viele Richter in diesem Land, die sagen würden, ich sei Troy gegenüber nicht fair gewesen, weil ich ihn nie von meiner Schwangerschaft informiert habe und dass ich eine unwürdige Mutter sei wegen der Sache mit dir. Was wird aus meinem Kind, wenn ich an einen dieser Richter gerate?

Großvater wird bei mir bleiben, bis das Baby geboren ist. Er ist verwirrt und versteht nicht, wie Troy in mein Leben kommt. Er sagt immer nur, dass ich ihn zum Teufel schicken solle und mein Baby bereits einen Vater habe.

Ich liebe dich und ich kann dir nicht sagen, wie Leid es mir tut, dir diesen Schmerz zufügen zu müssen. Ich werde nie aufhören, mich zu fragen, wie unser gemeinsames Leben wohl ausgesehen hätte, aber der einzige Ausweg, den ich jetzt sehe, ist, dich zu verlassen. Bitte verzeih mir.

Holly.

Janets Stimme war brüchig, als sie fragte: »Soll ich dir den Brief noch einmal vorlesen?«

»Nein«, sagte Cole.

»Es tut mir so Leid.«

»Ich werde sie finden, Janet«, sagte Cole fest. »Egal, wie lange es dauern wird, aber ich werde sie finden.«

Kurz darauf betrat Randy das Zimmer. Er wollte etwas sagen, doch dann hielt er inne und starrte Cole an. »Um Gottes willen, was ist mit dir passiert?«

»Holly ist weg.« Es kostete Cole Mühe, die Worte laut auszusprechen. »Sie hat den Artikel über Troy gelesen und ist verschwunden.«

»Konntest du ihr das nicht ausreden?«

»Ich hatte keine Gelegenheit dazu.«

Randy ließ sich Cole gegenüber nieder. »Sie muss wirklich große Angst haben.«

»Das Baby ist ihr Leben.«

»Wie kann ich helfen?«

Cole fand keine Antwort; er wusste kaum, was er selbst unternehmen konnte. Doch dann fiel ihm etwas ein. »Du kannst den Flugplatz anrufen und ein Flugzeug bereitstellen lassen.«

»Hast du eine Ahnung, wo sie sein könnte?«

»Nein.« Coles Angst und Wut hatten ein Ziel gefunden. »Aber ich weiß, wo ich Troy Martin finde.«

Das Flugzeug, das Randy gechartert hatte, landete am nächsten Morgen eine Stunde vor Sonnenaufgang in Nashville. Eine Limousine stand bereit und Cole gab dem Fahrer die Adresse von Emily Thomas' Haus.

Randy hatte angeboten mitzukommen und hatte sogar darauf bestanden, als Cole ablehnte. Doch dies war etwas, das Cole allein erledigen musste. Er hatte Randy in Los Angeles zurückgelassen, auf der Suche nach einem Piloten, der ihn seinem Bruder nachfliegen sollte. Cole war bereits fünfzehn Minuten in der Luft, als Randy empört anrief. Erst nachdem Cole ihn überzeugt hatte, dass es nicht um eine Schlägerei mit Troy ging, ließ er sich überreden, ihm nicht zu folgen.

Es war kein blaues Auge, was Cole Troy Martin verpassen wollte. Er hatte an etwas Beständigeres gedacht.

Der Fahrer hielt vor dem Tor und ließ durch die Sprechanlage mitteilen, Cole Webster wolle Troy Martin sprechen. Das schmiedeeiserne Gitter öffnete sich so schnell, als sei er erwartet worden.

Troy kam Cole an der Tür entgegen. Mit einem breiten Grinsen ließ er Cole in die teure, marmorgeflieste Eingangshalle treten. Er war groß und muskulös, sein Haar war von einem vorzüglichen Frisör so geschickt geschnitten, dass es die beginnende Glatze nahezu verbarg. Aus einem blauen, seidenen Bademantel, der bis zum Gürtel offen war, lugte eine dicht behaarte Brust hervor. Seine nackten Füße steckten in Pantoffeln. Er bot den Eindruck, als sei er der Besitzer dieses kostbaren Heims und nicht ein zeitweiser Gast.

Troy streckte lächelnd die Hand aus. »Es ist mir eine Ehre, sie hier zu begrüßen. Ich bin seit Jahren Ihr Fan.«

»Sparen Sie sich das«, sagte Cole, ohne Troys Hand zur Kenntnis zu nehmen. »Sie wissen, weshalb ich hier bin. Also kommen wir zur Sache.«

»Ich lasse uns Kaffee in den Salon bringen.«

»So lange werde ich nicht bleiben.«

»Nun, wir können trotzdem wie zivilisierte Menschen darüber sprechen.«

Cole musterte ihn von Kopf bis Fuß. »Ich versichere Ihnen, dass meine Anwälte äußerst zivilisiert sind«, meinte er kühl. »Zumindest so lange, bis es zu einer Gerichtsverhandlung kommt.«

Das Lächeln auf Troys Gesicht erlosch. »Aber weshalb wollen Sie Anwälte in einer Sache bemühen, die wir als Freunde regeln können?«

Das war die Antwort, auf die Cole gewartet hatte. Es war nicht Hollys Baby, hinter dem Troy her war. »Weil ich angenommen hatte, Sie wollten Ihre väterlichen Rechte schützen.«

Troy hörte den beißenden Unterton aus Coles Stimme heraus. Seine Selbstsicherheit verließ ihn. »Nun, ich wollte keine gerichtlichen Schritte unternehmen, falls Sie das meinen.«

Cole ballte die Fäuste in den Hosentaschen. »An welche Schritte dachten Sie denn?«, fragte er unschuldig.

»Da wir beide etwas gemeinsam haben, wäre es doch nur natürlich, uns hier und da gegenseitig behilflich zu sein.«

»Ich verstehe. Und wobei könnten Sie mir Ihrer Meinung nach behilflich sein?«

Troy wühlte aufgeregt in seinem Brusthaar, dann zog er den Mantel enger zusammen und knotete den Gürtel neu. »Ich dachte lediglich, sie wollten freie Bahn bei Holly.«

»Und das Baby?«

Troy hüstelte nervös. »Sie können Holly haben und auch das Baby.«

»Und was wollen Sie als Gegenleistung?«

»Sie kennen eine Menge wichtiger Leute. Sie könnten mich vorstellen und ein gutes Wort für mich einlegen.«

Cole schwieg und gab sich den Anschein, als überdenke er Troys Vorschlag. »Eine Art freundschaftliches Einvernehmen, ist es das, was Sie sich vorstellen?«

»Genau«, sagte Troy eifrig.

»Ich weiß nicht. Meine Anwälte finden es weitaus besser, wenn Sie Ihre familiären Bindungen zu Holly und dem Kind legalisieren würden.« Cole riskierte viel mit seinen Worten, aber er war zuversichtlich, dass Troy den Bluff nicht durchschaute. »So wären beide finanziell abgesichert, ohne von mir abhängig zu sein.«

»Legalisieren?«, krächzte Troy und riss die Augen auf.

»Sie wissen schon – Unterhaltszahlungen, Alimente und so weiter. Sie müssen wissen, Troy, dass meine Anwälte ihre Aufgabe sehr ernst nehmen. Wenn sie mit Ihnen fertig sind, werden Sie von Glück sagen können, wenn Sie während der nächsten zwanzig Jahre auch nur die Hälfte Ihrer Einnahmen für sich behalten dürfen.«

»Nicht, wenn ich sage, ich hätte mich geirrt und das Baby sei gar nicht von mir.«

»Es gibt Bluttests ...«

»Sie verfluchter Hundesohn, weshalb sind Sie hergekommen?«

»Um herauszufinden, was für ein Mensch Sie sind.«

»Sind Sie jetzt fertig?«

»Nein, da ist noch etwas. Diese ganzen wichtigen Leute, bei denen ich Ihr Fürsprecher sein sollte ...«

»Was ist mit denen?«, fragte Troy vorsichtig.

Coles Stimme wurde drohend. »Es ist wohl kaum in Ihrem Sinne, dass ich mit ihnen über Sie spreche.«

»Wollen Sie mir drohen?«

»Ich sage nur, Sie sollten niemals in meine Nähe oder in die Nähe der Menschen kommen, die mir etwas bedeuten: aus den Augen, aus dem Sinn.«

»Ihre Anwälte könnten doch ein Papier aufsetzen, in dem steht, dass ich nichts mit dem Kind zu tun haben will.«

»Wollen Sie das wirklich?«

»Ich will nur, dass Sie mich in Ruhe lassen.«

»Ich fürchte, so geht das nicht, Troy. Alles, was Sie tun, muss freiwillig geschehen. Sonst kommen Sie vielleicht später zu mir und behaupten, ich hätte Sie zu etwas gezwungen.«

»Ich will es wirklich, freiwillig.«

Cole nickte, als er Troys Kapitulation entgegennahm.

»Lassen Sie mir die Urkunde durch Ihren Anwalt zuschicken.«

»Ich habe keinen Anwalt.«

»Möchten Sie, dass ich Ihnen einen Anwalt empfehle?«

»Ich möchte nur, dass Sie sich zum Teufel scheren.«

Zum ersten Mal, seit er Troy gesehen hatte, lächelte Cole. »Viel Glück bei Ihrer Karriere, Troy.«

25

Zehn Monate später

Cole kletterte auf die Leiter an der Rückseite der Bühne, um die Befestigung des Seilzugsystems zu überprüfen, das ihn zu Beginn der Show auf die Bühne befördern sollte. Es war in körperlicher Hinsicht die ehrgeizigste Vorführung, an die er sich je herangewagt hatte, und die gefährlichste. Sie hatten auf dieser Tournee bereits in drei Städten gespielt, sodass er seinen spektakulären Auftritt bereits ein dutzend Mal glatt hinter sich gebracht hatte. Frank schwor, er altere bei jeder Vorstellung um Jahre, aber das Publikum war begeistert.

Vier Drähte führten von der Bühne in den Zuschauerraum, und niemand außer den Bandmitgliedern und Bühnenarbeitern wusste im Voraus, an welchem Seil Cole an dem jeweiligen Abend hereinsausen würde. Die Show hatte bisher gemischte Kritiken hervorgerufen, was nicht überraschend war. Die Puristen erklärten, solche Effekte hätten nichts mit Country-Musik zu tun; fortschrittlichere Geister waren zwar von den Lichtern und dem Rauch angetan, beanstandeten aber, dass all die ›Glocken und Pfeifen‹, die von einer Ballade zur nächsten überleiteten, störend wirkten. Frank hatte von Vorstellung zu Vorstellung kleinere Änderungen vornehmen lassen, und alle waren zuversichtlich, dass für ihren Eröffnungsabend in Dallas nun alles so arrangiert war, wie es sein musste.

»Hast du die Handbremse ausprobiert?«, fragte Cole den Mann, der mit ihm arbeitete. »Sie machte einen etwas laschen Eindruck heute Morgen.«

Der Arbeiter nickte. »Randy sagte, sie ist jetzt genau so, wie du es haben möchtest.«

»Randy?«, fragte Cole.

»Er ist den ganzen Morgen über die Seile gerutscht. Schien sich wie in einem Vergnügungspark zu fühlen.«

Randy spazierte über die Bühne. »Stimmt nicht«, protestierte er. »Ich überprüfe nur alles, um sicherzugehen, dass der Star nicht auf dem Hintern landet und seine Band in eine peinliche Lage bringt.«

Cole warf eine Rolle Silberkabel nach seinem Bruder. »Wo hast du gesteckt? Frank hat dich schon überall gesucht.«

Randy tat die Frage mit einer Handbewegung ab. »Ich habe mich nur ein bisschen umgesehen.«

Cole merkte, dass Randy etwas vor ihm verbarg. »Und wo?«

Widerstrebend antwortete Randy: »Ich habe Janet geholfen, die Hollys auszusortieren.«

Der Arbeiter, der nicht Zeuge einer privaten Unterhaltung werden wollte, verließ die Bühne.

Cole, dem das Thema unangenehm war, wollte trotzdem wissen: »Was ist dabei herausgekommen?« Seit er in einer Fernsehsendung Holly gebeten hatte, sich bei ihm zu melden, wurde er förmlich von Frauen überschwemmt, die vorgaben, Holly zu sein. Zu Hunderten schrieben sie ihm und riefen ihn an. Sie standen vor seinem Büro, vor seinem Haus und bei den Konzerten vor dem Bühneneingang. Trotz aller Enttäuschungen gab Cole die Hoffnung nicht auf, dass *seine* Holly ihm schreiben oder eines Tages einfach bei ihm auftauchen würde.

»Es waren ein paar dabei, die den Fotos ziemlich ähnlich sahen, aber keine Einzige konnte die Fragen über Phoenix beantworten.«

Cole erklomm die Leiter und balancierte auf der vorletzten Sprosse. Manchmal empfand er Hollys Verlust so schmerzhaft, dass er kaum arbeiten konnte. Frank und Janet hatten ihr Äußerstes geleistet, um die Tournee vorzubereiten und ihn wieder auf die Bühne zu bringen. Am wichtigsten war ihnen dabei gewesen, ihn davon abzubringen, ständig in das Zimmer zu laufen, das er für das kleine Mädchen hergerichtet hatte, und in die leere Wiege zu starren, die wohl niemals benutzt werden würde.

»Natürlich ist es Buddy und Suzy gegenüber ungerecht, aber manchmal halte ich es kaum aus, wenn ich ihren kleinen David sehe«, sagte Cole. »Jedes Mal, wenn ich ihn anschaue, muss ich an Holly denken und …« Er rieb sich den Nacken. »Ach, Randy, ich erzähle dir immer wieder dasselbe.«

»Manchmal ist es ermüdend«, gestand Randy, »aber dann wieder frage ich mich, wie es wohl ist, jemanden so zu lieben, wie du diese Frau liebst, und dann werde ich neidisch.«

»Hat mich das so verändert?«, fragte Cole.

»Du siehst die Dinge jetzt anders. Es ist, als wärst du durch eine Tür gegangen, als du Holly kennen gelernt hast, und könntest jetzt nicht mehr zurück. Was man einmal gelernt hat, kann man nicht mehr vergessen.«

Cole lächelte. »Klingt, als würdest du an einem neuen Lied schreiben.«

»Ja, ich denke seit einiger Zeit darüber nach«, gab Randy zu.

Cole sah sich auf der Bühne um, auf der die Mannschaft noch letzte Vorbereitungen traf, und blickte auf das leere Stadion, das sich in weniger als fünf Stunden mit sechzigtausend Menschen füllen würde. »Ich danke Gott für das alles«, sagte er sowohl zu sich selbst als auch zu Randy, »es hält mich am Leben. Ich weiß nicht, was ich sonst tun würde.«

Holly verglich die Nummer auf dem Ticket mit der Sitznummer und wandte sich um, um zu sehen, wie weit sie von der Bühne weg war. Entmutigt stellte sie fest, dass die Entfernung aufgrund der technischen Aufbauten zwischen Bühne und erster Reihe viel größer war, als sie gedacht hatte. Dreihundert Dollar! Das war viel Geld, um jemanden singen zu hören, aber sie war froh gewesen, überhaupt noch ein Ticket auf dem Schwarzmarkt ergattern zu können. Seit sie in Dallas angekommen war, hatte sie die Zeitungen nach Anzeigen für Eintrittskarten durchkämmt, und etwas Besseres als diesen Platz in der achtzehnten Reihe hatte sie nicht finden können.

Erst vor einem Monat hatte sie sich zu dem Entschluss durchgekämpft, Cole wiederzusehen. Es müsste ein Leichtes sein, einfach seine Telefonnummer zu wählen oder ihm einen Brief zu schreiben. Doch zuvor hatte es Monate gedauert, bis ihre Angst vor Troy zu einer Größe geschrumpft war, mit der sie fertig werden konnte, und noch einige Monate der Mutterschaft, begleitet von der liebevollen Zuwendung ihres Großvaters, während derer sie erfolgreich gegen eine schwere postnatale Depression angekämpft hatte.

In Gedanken hatte sie sich mit der Möglichkeit abgefunden, dass Cole sein Leben ohne sie eingerichtet hatte; sie war dieses Risiko eingegangen, als sie ihn verließ. Sie hatte damals geglaubt, wegen eines im Hintergrund lauernden Troy ein Problem für Cole darzustellen, und er hatte doch weiß Gott genug eigene Sorgen. Nie jedoch hatte sie sich vorgestellt, dass die Entscheidung, ihn wiederzusehen, ihr noch viel schwerer fallen würde als seinerzeit die Trennung von ihm.

Als er sie damals in Phoenix zurückgelassen hatte, hatte sie die Liste mit Telefonnummern, die er ihr gegeben hatte, weggeworfen; sie hatte wirklich alle Brücken hinter sich abbrechen wollen. Als sie nun wieder Kontakt zu ihm aufnehmen wollte, musste sie es daher schriftlich tun. Die Antwort war von seinem Fan-Club gekommen und enthielt ein Foto von Cole in der Größe einer Schreibmaschinenseite mit einem aufgestempelten Autogramm, dazu ein Informationsschreiben mit den Daten seiner gegenwärtigen Konzerttournee.

Im zweiten Anlauf hatte sie es telefonisch bei Webster Enterprises versucht. Die Frau in der Telefonzentrale hatte sich mühsam ein Lachen verbissen, als Holly ihren Namen nannte, und sich geweigert, sie weiterzuverbinden. Als Holly darauf bestand, dass Cole großen Wert auf ihren Anruf legen würde, erklärte ihr die Telefonistin, dass sie bereits die hundertste ›Holly‹ sei, die heute anrief. Verwirrt hatte Holly einige Nachforschungen angestellt und herausgefunden, weshalb so viele Frauen versuchten, sich als Holly auszugeben.

Sie hatte mit Horace darin übereingestimmt, dass es zwecklos sei, nochmals zu schreiben oder anzurufen. Sie musste dorthin gehen, wo Cole war. Nach Auskunft des Fanclubs hieß das Kansas City. Sie war einige Stunden vor Beginn der Show eingetroffen und hatte sich von dem Taxifahrer vor dem Künstlereingang absetzen lassen. Während der Monate, die sie mit Troy verbracht hatte, hatte sie den Betrieb hinter den Bühnen kennen gelernt. Das gab ihr die Zuversicht, sich eine Gelegenheit zum Zutritt verschaffen zu können.

Doch sie gelangte nicht einmal in die Nähe. Die wartenden ›Hollys‹ reihten sich zu Hunderten.

Trotzdem verließ sie Kansas City nicht entmutigt, sondern umso entschlossener. Sie wollte Cole wiedersehen, und wenn sie ihm während seiner Tournee von Stadt zu Stadt hinterherreisen musste. Allerdings hatte sie nicht mehr viel von dem Geld, das Cole ihr in Phoenix gegeben hatte, obwohl sie sehr sparsam damit umgegangen war. Sie und Horace hatten in der Kleinstadt in Louisiana, in der sie sich niedergelassen hatten, bescheiden gelebt, und die Arzt- und Krankenhauskosten waren nicht so hoch gewesen wie befürchtet. Trotzdem waren ihre monatlichen Ausgaben höher als das Gehalt, das sie für ihre Teilzeitarbeit in einem Restaurant erhielt.

Eine Frau schob sich an Holly vorbei und setzte sich auf den Platz neben ihr. Sie trug einen schwarzen Stetson-Hut, ein leuchtend rotes Hemd mit Silberknöpfen, schwarze Jeans mit silberbeschlagenem Gürtel und schwarz-rote Stiefel mit silbernen Spitzen. Ihr Lächeln war so strahlend wie ihre Aufmachung. »Sind Sie zum ersten Mal auf einem Cole-Webster-Konzert?«, fragte sie.

»Ich habe ihn schon singen gehört, aber noch nie an einem solchen Ort«, antwortete Holly. Sie war überwältigt von der Größe des Stadions und den vielen Menschen, die gekommen waren, um Cole zu erleben. Natürlich wusste Holly aus den Zeitungen über Coles Popularität, doch diese begeisterten Massen zu sehen war etwas ganz anderes. Es fiel ihr schwer, die Verbindung zwischen dem Mann in dem Restaurant herzustellen, der für eine Hand voll Gäste, die mehr an der Speisekarte als an seinen Liedern interessiert waren, gesungen hatte, und diesem Megastar, dessen Fans zu Tausenden alles kauften, was sein Bild trug, seien das nun Kaffeetassen oder T-Shirts.

»Sagen Sie nicht, Sie hätten ihn in diesem Restaurant in Tennessee spielen gehört. Davon müsste es Tausende geben, wenn man allen glauben würde.«

»Ich verstehe nicht, was Sie meinen«, sagte Holly.

»Tut mir Leid, dass ich so ungläubig klinge, aber seit er damals in Tennessee aufgetaucht ist, scheint es für jede seiner Handlungen Zeugen zu geben, die angeblich nur aus Rücksicht auf seine Privatsphäre bisher geschwiegen haben. Es wird einfach unglaubwürdig, wenn man es zu oft hört; es ist wie mit all diesen Leuten, die Elvis Presley im Schnellimbiss an der Ecke gesehen haben wollen.«

»Ich vermute, jeder möchte ein Stückchen von einer solchen Berühmtheit erhaschen«, meinte Holly, »sogar wenn man dafür eine Geschichte erfinden muss.«

»Nun, ich nehme es ihm nicht übel, dass er sich für eine Weile abgesetzt hat«, lächelte die Frau. »Ich bin nur froh, dass es nicht für immer war.«

»Sie sind gewiss schon seit langem ein Fan?«

»O ja, seit er damals in den Spelunken dieser Gegend aufgetreten ist. Bereits als ich ihn zum ersten Mal hörte, sagte ich zu Skeeter – das war mein damaliger Ehemann –, dass dieser Cole Webster seinen Weg machen würde.« Sie sprach mit Besitzerstolz, als habe ihre Vorhersage einen Teil zu Coles Erfolg beigetragen. »Und Sie?«, fragte sie Holly.

»Bei mir reicht das nicht so weit zurück.«

Die Mitglieder der Vorgruppe betraten die Bühne und nahmen ihre Plätze ein. Gleich würde die Show beginnen. Eine nervöse Aufregung erfasste Holly, ihr wurde gleichzeitig heiß und kalt. Nach so vielen Monaten würde es nun kaum noch eine Stunde dauern, bis sie den Mann sehen würde, mit dem sie den Rest ihres Lebens verbringen wollte, den Mann, der ihrem Kind ein Vater sein würde, den Mann, den sie über alle Maßen liebte, so sehr, dass sogar die Furcht vor Troy Martin ihre Macht verlor.

Die Zeit schien sich endlos zu dehnen. Holly sandte unfreundliche Stoßgebete gen Himmel, in denen sie bat, den Sänger der Vorgruppe stolpern zu lassen oder stimmlos zu machen. Endlich marschierte Coles Gruppe herein und das Scheinwerferlicht wurde gedämpft. Erwartungsvolle Stille senkte sich über das Stadion, die gesammelte Erwartung von sechzigtausend Menschen wurde zu einem lebenden, atmenden Wesen. Holly blickte angestrengt zur dunklen Bühne, als das Licht von einem Dutzend Suchscheinwerfer über die Zuschauer hinstrich. Sie war verwirrt und sah fragend ihre Sitznachbarin an.

»Was geschieht jetzt?«

»Pssst!«, zischte diese und stach aufgeregt mit dem Zeigefinger in die Dunkelheit. »Dort!«

Holly schaute zur anderen Seite des Stadions, wohin der Finger wies. In diesem Augenblick konzentrierten sich die Lichter auf einen Punkt, jemand wirbelte in die Luft und flog in ihre Richtung. Das Publikum sprang auf und erhob ein ohrenbetäubendes Gebrüll, das sich noch steigerte, während die Gestalt näher sauste. Holly erkannte, dass es ein Mann mit einer Gitarre war, die er auf den Rücken geschnallt hatte, und dass er aussah wie ... lieber Gott, er sah nicht nur aus wie Cole, es war Cole.

Er landete schwungvoll auf der Bühne, dann drehte er sich zu seinen Fans um und reckte triumphierend die Faust in die Luft. Die Band setzte ein, sie spielte sein Erkennungslied, ein schnelles, hartes, herausforderndes Rocklied, dessen dominanter Bass und die von der Menge gestampften Füße die billige Bestuhlung erschütterten. Cole ging nach vorn an die Bühnenkante, schwang seine Gitarre über die Hüften und röhrte die erste Strophe. Sechzigtausend Kehlen stimmten ein.

Holly stand erstarrt mit vor Überraschung offenem Mund. Sie verglich den Mann auf der Bühne mit dem netten, ordentlichen Neal Chapman, den sie kannte. Doch dieser Cole Webster war wie ein Funken sprühender, tanzender Würfel. Sie war hingerissen von seinem Talent. Die Luft war wie elektrisiert von der Kraft seiner Ausstrahlung.

Das Lied war zu Ende; der Beifall wollte nicht enden, bis Cole die Hand hob, um die Menge zu beruhigen. Lachend meinte er, sie würden sich ein wenig zurückhalten müssen, denn schließlich wolle er noch mehr Lieder singen und er könne sein Publikum nicht gehen lassen, bevor er damit fertig sei. Zustimmend grölte die Menschenmasse.

Als ein wenig Ruhe eingekehrt war, stellte er seine Band vor. Über jedes Mitglied erzählte er eine kleine Geschichte, sodass die namenlosen Musiker für die Zuschauer zu Individuen wurden. Den Bassspieler hob er für zuletzt auf.

»Und nun sollt ihr das wirkliche Talent in der Webster-Familie kennen lernen«, sagte Cole, »meinen Bruder Randy. Vor ein paar Monaten, während ich mich in unserem herrlichen Land herumgetrieben habe, saß er zu Hause und schrieb die Lieder für das Album, das wir im Herbst veröffentlichen werden. Ich will ihn nicht über den grünen Klee loben; schließlich ist er mein kleiner Bruder und ich will nicht daran schuld sein, wenn er überheblich wird. Aber die Lieder, die Randy für dieses Album geschrieben hat, sind die besten, die ich je aufgenommen habe.« Cole wartete, bis der Applaus sich gelegt hatte, und fügte grinsend hinzu: »Und täglich danke ich meinem Schöpfer auf Knien, dass er mich mit einem Bruder gesegnet hat, der schreibt wie ein Poet, aber singt wie ein liebeskranker Straßenkater.«

Randy lachte mit den anderen, während Cole wieder zur Bühnenmitte ging und auf seiner Gitarre die Anfangstöne einer Ballade zupfte. Als er zu singen begann, war seine Stimme klar und rein. Er sang über einen Farmer, der zu lange auf den Feldern gearbeitet hatte, über die Frau, die zu lange in der Küche gestanden hatte, und über die Träume in ihren Herzen, die zu lange hatten warten müssen.

Hollys Augen füllten sich mit Tränen. Cole erzählte nicht einfach nur eine Geschichte, er fühlte sie und brachte alle dazu, mit ihm zu fühlen.

Auch das dritte Lied war wieder eine Ballade. Diesmal, um das Publikum noch besser zu erreichen, wurde das Stadion ausgeleuchtet. Cole trat an den Bühnenrand und blickte in die Gesichter der Menschen, die gekommen waren, um einen Abend mit ihm zu verbringen.

Das war der Augenblick, auf den Holly gewartet hatte. Ihre Hände zitterten, als sie in den großen Beutel griff, der zwischen ihren Füßen stand, und ein gefaltetes Stück Leinwand herauszog. Ihr blieben höchstens zwei Minuten, um sich Cole bemerkbar zu machen. Länger würde es nicht dauern, bis die Leute hinter ihr sich lautstark bei den Sicherheitskräften beschweren würden.

Aufgeregt entfaltete sie den Stoff und hätte ihn beinahe verkehrt herum hochgehalten, doch endlich reckte sie ihre

Botschaft in die Höhe ... und wartete. Sie kniff die Augen zu und konnte vor Erwartung kaum atmen.

Die Band ließ keinen Takt aus, ebenso wenig wie Cole.

Und dann hörte Cole plötzlich zu singen auf, während die Musiker weiterspielten.

Er starrte auf die fünf roten Worte; das Lied, das er begonnen hatte, blieb in seiner Kehle stecken. Was er da las, konnte nur eine einzige Person geschrieben haben. Sein Verstand wollte nicht glauben, was seine Augen sahen; zu oft war er enttäuscht worden. Doch sein Körper wollte seinem Verstand nicht gehorchen. Sein Herz schlug zum Zerspringen.

Um ihn an seinen Einsatz zu erinnern, fing die Band das Lied von vorne an. Als Cole nicht reagierte, versuchten sie es ein weiteres Mal. Noch immer stand er wie angewurzelt da und starrte in die Menge.

Endlich fand er seine Stimme wieder. »Es wurde aber auch Zeit, dass du kommst«, sagte er mit verlangender Zärtlichkeit, ohne zu versuchen, den Schmerz des Wartens zu verbergen.

Langsam senkte Holly die Leinwand und blickte vorsichtig darüber hinweg, während sie insgeheim darum betete, Coles Blick auf sie gerichtet zu finden. Um sich herum vernahm sie fragendes Flüstern, das sich wellenartig fortpflanzte. Als sie feststellte, dass Cole wirklich zu ihr gesprochen hatte, wusste sie sich vor Freude kaum zu fassen.

Die Botschaft in seinen Augen, die Worte, die er gesprochen hatte, waren ebenso privat wie persönlich; es war, als wären sie beide allein in dem riesigen Stadion. »Ich habe eine Weile gebraucht, um den Weg zu finden«, rief sie zurück.

Cole schnallte seine Gitarre ab, legte sie auf die Bühne und sprang herab.

Holly ließ ihr Schild fallen und zwängte sich an ihren erstaunten Sitznachbarn vorbei.

Ungeduldig, sie zu berühren, sich zu überzeugen, dass Holly wirklich da war, hatte Cole sie bereits erreicht, noch bevor sie es bis ganz nach vorne geschafft hatte. Sie warf sich in seine Arme und umschlang seinen Nacken. Er riss sie von den Füßen und drehte sich glücklich mit ihr im Kreis. Die Kraft ihrer Umarmung schien sie miteinander zu verschmelzen.

Eine neue Welle der Verwirrung ergriff das Publikum. Und dann ertönten die leise gesprochenen Worte ›Ich liebe dich, Holly‹ aus Coles drahtlosem Mikrofon, und das ganze Stadion hörte sie. Eine neue Woge des erregten Verstehens ging durch das Publikum.

Einige klatschten, anderen fielen ein. Sekunden später, als Cole sich herabbeugte und Holly einen herzerwärmenden, zärtlichen Kuss gab, waren sie von donnerndem Beifall umtost.

Neben Hollys Sitzplatz bückte sich die Frau in Rot und Schwarz nach dem zu Boden gefallenen Stück Stoff, das die Ursache dieser ganzen Aufregung gewesen war. Sie hob es auf und las:

ICH HABE SIE ROSE GENANNT!

Die Frau runzelte die Stirn. Was in aller Welt war daran so aufregend?